教育部人文社科基金项目
"20世纪20年代俄苏文艺转型时期'谢拉皮翁兄弟'文学革新研究"
（编号：19YJA752029）；
哈尔滨师范大学外国语言文学一级学科资助

文学朝圣者"谢拉皮翁兄弟"
文学创作研究

赵晓杉　刘淼文○著

中国社会科学出版社

图书在版编目(CIP)数据

文学朝圣者"谢拉皮翁兄弟"文学创作研究/赵晓彬,刘淼文著.
—北京：中国社会科学出版社，2022.4
ISBN 978-7-5203-9837-4

Ⅰ.①文⋯　Ⅱ.①赵⋯②刘⋯　Ⅲ.①俄罗斯文学—现代文学—文学创作研究　Ⅳ.①I512.065

中国版本图书馆CIP数据核字(2022)第038351号

出 版 人	赵剑英
责任编辑	郭晓鸿
特约编辑	杜若佳
责任校对	师敏革
责任印制	戴　宽

出　　版	中国社会科学出版社
社　　址	北京鼓楼西大街甲158号
邮　　编	100720
网　　址	http://www.csspw.cn
发 行 部	010-84083685
门 市 部	010-84029450
经　　销	新华书店及其他书店
印刷装订	北京君升印刷有限公司
版　　次	2022年4月第1版
印　　次	2022年4月第1次印刷
开　　本	710×1000　1/16
印　　张	20.25
插　　页	2
字　　数	292千字
定　　价	108.00元

凡购买中国社会科学出版社图书，如有质量问题请与本社营销中心联系调换
电话：010-84083683
版权所有　侵权必究

目 录

序 言 ………………………………………………………（1）

彼得格勒"谢拉皮翁兄弟"成员简介 ……………………（1）

绪 论 ………………………………………………………（1）
    第一节 "谢拉皮翁兄弟"在西方 …………………………（2）
    第二节 "谢拉皮翁兄弟"在俄罗斯 ………………………（5）
    第三节 "谢拉皮翁兄弟"在中国 …………………………（9）

上编 "谢拉皮翁兄弟"文学渊源研究

第一章 "谢拉皮翁兄弟"创作背景 ………………………（17）
    第一节 1920年代文学语境 ………………………………（17）
    第二节 "谢拉皮翁兄弟"文艺争鸣 ………………………（20）
    第三节 "谢拉皮翁兄弟"文学史地位 ……………………（25）

第二章 "谢拉皮翁兄弟"团体概论 ………………………（28）
    第一节 "谢拉皮翁兄弟"述略 ……………………………（28）
    第二节 "谢拉皮翁兄弟"之聚与散 ………………………（38）

第三节　"谢拉皮翁兄弟"之承与创 ……………………………… (41)

　　第四节　"谢拉皮翁兄弟"之悲与欢 ……………………………… (48)

第三章　"谢拉皮翁兄弟"导师团 ……………………………………… (53)

　　第一节　扎米亚京与"谢拉皮翁兄弟" …………………………… (53)

　　第二节　什克洛夫斯基与"谢拉皮翁兄弟" ……………………… (62)

　　第三节　高尔基与"谢拉皮翁兄弟" ……………………………… (76)

中编　"谢拉皮翁兄弟"文学创作研究

第一章　卡维林"谢拉皮翁兄弟"时期小说创作 ……………………… (93)

　　第一节　卡维林与霍夫曼传统 …………………………………… (94)

　　第二节　《第十一条公理》：几何式结构 ………………………… (102)

　　第三节　《爱吵架的人》：一部"带钥匙的小说" ………………… (106)

第二章　隆茨的戏剧创作 ………………………………………………… (127)

　　第一节　《超越法律》与西班牙黄金时代戏剧 ………………… (128)

　　第二节　《伯特兰·德·伯恩》与《神曲》 ……………………… (135)

　　第三节　《真理之城》：反乌托邦文学先驱之作 ………………… (141)

　　第四节　《猿猴来了！》：元戏剧先驱之作 ……………………… (158)

第三章　弗谢·伊万诺夫"谢拉皮翁兄弟"时期小说创作 ………… (169)

　　第一节　弗谢·伊万诺夫创作主题 ……………………………… (174)

　　第二节　中短篇小说人物形象 …………………………………… (188)

　　第三节　中短篇小说装饰体风格 ………………………………… (201)

第四章　费定"谢拉皮翁兄弟"时期小说创作 ……………………… (211)

　　第一节　《荒地》：旧文学遗风 …………………………………… (213)

第二节　《城与年》:一部形式主义风格小说 ……………（224）
　　第三节　《兄弟们》:通往现实主义之路 ………………（230）
　　第四节　《兄弟们》:音乐—文学互媒介性 ……………（233）

下编　"谢拉皮翁兄弟"文学批评家研究

第一章　格鲁兹杰夫的文学"面具"理论 ……………（243）
　　第一节　面具与面目 ………………………………………（244）
　　第二节　讲述人:面具理论的实现者 ……………………（254）
　　第三节　俄国形式主义与面具理论 ………………………（258）

第二章　隆茨浪漫主义戏剧理论 ………………………（262）
　　第一节　隆茨与现代俄国戏剧 ……………………………（262）
　　第二节　隆茨与西欧浪漫主义 ……………………………（267）
　　第三节　隆茨的大众戏剧思想 ……………………………（269）
　　第四节　隆茨的表导演思想 ………………………………（277）

结　语 ………………………………………………………………（283）
参考文献 ……………………………………………………………（287）
后　记 ………………………………………………………………（299）

序　言[*]

  中国读者对"谢拉皮翁兄弟"这一文学团体并非一无所知。个别作家的某些作品已有过中文译本（如费定的《城与年》、伊万诺夫的《铁甲列车14—69》等）。其中，康斯坦丁·费定、弗谢·伊万诺夫、尼古拉·吉洪诺夫、米哈伊尔·斯洛尼姆斯基被认为是苏联经典文学作家、社会主义现实主义文学的代表作家，同时他们也是苏联作家协会的成员。韦尼阿明·卡维林、米哈伊尔·左琴科等则继承了俄罗斯经典文学传统。与此同时，他们的创作命运与1920年代文学语境有着紧密关系。当时他们视自己为一个整体，为"兄弟""谢拉皮翁"。对此，我们可以回顾一下该团体毋庸置疑的领袖及其代表列夫·隆茨在自己宣言式的文章《为什么我们是谢拉皮翁兄弟?》中的观点："我们不是一个学派，不是一种潮流，也不是霍夫曼的培训班。我们不是某个俱乐部的票友，不是同事，不是同志，而是兄弟!"米哈伊尔·斯洛尼姆斯基也在自己的回忆录中这样描述："我们自愿聚集在一起，没有规章和制度，我们只通过直觉来挑选新的成员。"

  文学团体"谢拉皮翁兄弟"的历史可以追溯到1919年末的夏天。当

---

[*] 加丽娜·罗曼诺夫娜·罗曼诺娃，俄罗斯阿穆尔国立师范大学语文系教授，俄语语文学博士，赵晓彬译。

时《世界文学》出版社开设了一个工作室，目的是培养有才华的年轻人成为翻译人员。该工作室位于彼得格勒"艺术之家"（简称 ДИСК）。在马克西姆·高尔基的领导下，一些年轻人在艺术上产生了自己的见解，但他们很快发现，自己渴望掌握的语言艺术与文学技巧不应局限于翻译领域，随后便逐渐转向了文学领域，工作室举办了一系列由著名作家、诗人、语文学家领导的关于文学体裁的研讨会，如由尼古拉·古米廖夫主持的研讨会等。

叶甫盖尼·扎米亚京在"谢拉皮翁兄弟"的文学道路上起到了无可置疑的关键性作用。在1919—1921年间，扎米亚京开始为年轻作家们讲授艺术小说技巧课程，他在课堂上表达自己对于综合理论、创作心理学、情节与本事之间关系的理解，在语言技法方面对作家们提出这样的要求："你们说的话越少，这些话所表达的内容就越多，作用就越大，艺术效果也就越强烈。"米哈伊尔·左琴科、尼古拉·尼基京、列夫·隆茨、伊利亚·格鲁兹杰夫均出席了扎米亚京关于"谢拉皮翁兄弟"未来如何写作小说的研讨会，他们都跟大师学习文学的简洁艺术。

维克多·什克洛夫斯基一段时间曾主持研讨会。尼古拉·楚科夫斯基在回忆其中一次会议时说，会上有关文学事宜他只字未提，取而代之的是，他转述了一段第一次世界大战结束后，什克洛夫斯基本人在土耳其和波斯发生的非常有趣的冒险经历（后来成为他的小说《感伤的旅行》中情节的一部分）。

1920年，米哈伊尔·斯洛尼姆斯基搬进了艺术之家。正是在那个时候，研讨会的参与者被划分为两个文学团体：一个是"诗人行会"，另一个就是"谢拉皮翁兄弟"。前者认为，文学创作必须要依靠古米廖夫的审美准则，并拒绝撰写现代生活；后者则恰恰相反，他们认为书写现代生活才十分必要。理念不同导致的结果是：社会上出现了两类和睦相处的伙伴，他们各自独立存在。

1921年，大家一同在艺术之家庆祝了新年。这也成为该文学团体形成的前兆。第二个文学团体的代表们——未来的"谢拉皮翁兄弟们"聚集在那里,其中包括阿隆季娜、加茨凯维奇、萨佐诺娃、哈里通和卡普兰,他们成为后来的"谢拉皮翁姐妹"。未来的文学团体成员之间就这样建立起友好的关系。

并非所有的"谢拉皮翁兄弟"都是在艺术之家开启自己创作之路的。正如斯洛尼姆斯基所言,费定是在1920年首次访问高尔基之后才来到艺术之家的。什克洛夫斯基带来了卡维林,在介绍他的时候并没有介绍他的名字,而是介绍了他参加比赛的小说名字——《第十一条公理》。比赛是于1920—1921年冬季在艺术之家举行的。正如楚科夫斯基在自己的回忆录中所写,正是得益于这件事,费定和卡维林才走进"谢拉皮翁兄弟"的文学圈(卡维林这个姓氏是作家济利别尔从1922年开始使用的笔名,这件事从当年他写给高尔基的信件中可以得到证实)。获得小说竞赛一等奖的作品是费定的《果园》,二等奖作品是尼基京的《地下室》,三等奖作品则是卡维林的《第十一条公理》。此外,被提名的作品还有隆茨的《天堂之门》和吉洪诺夫的《力量》。比赛结果于1921年5月,也就是在文学团体成立之后才公布。

"谢拉皮翁兄弟"文学团体的第一次会议是在艺术之家斯洛尼姆斯基的房间里举行的。这件事在楚科夫斯基的回忆录中得到了记载。此次会议正式宣布了"兄弟"团体成员的名单:格鲁兹杰夫、左琴科、隆茨、尼基京、费定、卡维林、斯洛尼姆斯基、波隆斯卡娅、什克洛夫斯基和波兹涅尔。斯洛尼姆斯基在自己的回忆录中也提到了关于团体成立时的情景。他写道:1921年2月1日,一群年轻的作家在高尔基的带领下,在他的房间里相互朗读着彼此的小说。从那时起,他们每周都聚会一次。费定在《高尔基在我们中间》一书中也提到了这件事:"每个星期六,我们所有人都会在斯洛尼姆斯基的房间里一直坐到深夜,我们相互阅读某篇新的小说或者诗歌,然后开始讨论他们的优点或缺点。我们风格迥异,我们的作品在友好的氛围中不断地得到改进。"

在所有的公开演讲中，最值得一提的是在艺术之家举行的两场广为人知的文学晚会。第一场在 1921 年 10 月 19 日，普希金"贵族学校"周年纪念日举行。在晚会上，费定、斯洛尼姆斯基、伊万诺夫和卡维林朗读了自己的作品。第二场在 1921 年 10 月 26 日举行，波隆斯卡娅、楚科夫斯基、左琴科、尼基京和隆茨朗读了自己的作品。这两场晚会开幕式的致词人均为什克洛夫斯基。

什克洛夫斯基、楚科夫斯基和斯洛尼姆斯基均提供过一些关于该文学团体名字由来的信息。什氏写道："谢拉皮翁兄弟"这个名字很可能是卡维林所取。楚科夫斯基则回忆道：在 1921 年 2 月 1 日，该团体的第一次会议上，当时德国浪漫主义者霍夫曼的推崇者卡维林提出了"谢拉皮翁兄弟"这个名字。隆茨和格鲁兹杰夫对此想法表示赞同，但是其他人却反应冷淡。这是由于包括楚科夫斯基本人在内的许多人都不熟悉霍夫曼的那本同名小说。后来隆茨在解释的时候还提到了僧侣会议——在这样的聚会上，每个人都要讲一个有趣的故事。而该文学团体的成员们同样是聚集在一起，然后阅读自己的作品。

但波隆斯卡娅却坚持认为隆茨是团体名称的发起者："当列夫·隆茨建议称我们的团体为'谢拉皮翁兄弟'时，我们所有人都被'兄弟'一词吸引了，甚至都没有想到隐士谢拉皮翁。"波隆斯卡娅很可能是根据隆茨的那篇著名的关于"谢拉皮翁兄弟"的文章而做此判断。而斯洛尼姆斯基的版本则略有不同：这个名字是在一次会议上被选出来的，然而理由却有其偶然性。据作者回忆说："在我的桌子上，放着一本不知道谁带来的书，破烂的亮绿色封皮上写着：霍夫曼的《谢拉皮翁兄弟》，革命前由《外国文学学报》出版。"不知是谁（完全没人记得）拿着书高喊道："就是这个！'谢拉皮翁兄弟'！他们也聚集在一起互相阅读自己的作品！"因此，彼得格勒的"谢拉皮翁兄弟"与霍夫曼笔下主人公们的相似性也是该团体名字由来的原因之一。

尽管这个名字一直保留了下来，但是在当时大家都认为这个名字只是临时的选择。然而，还有一个尚未解决的问题就是，为什么在小组成员会议期间，这本书会出现在桌子上，这件事又与什么有关呢？要回答这个问题，就必须要回顾一下，霍夫曼的作品在1920年代的苏维埃俄罗斯经历了什么。

1920年11月，也就是该团体第一次会议前几个月，在莫斯科著名的塔伊罗夫剧院，举行了根据霍夫曼同名小说改编的剧本《布拉姆比尔拉公主》的首映式。此次演出给公众留下了深刻的印象，也受到知识界的热烈讨论。第二个同样重要的事情是：至1921年《谢拉皮翁兄弟》最后一卷已经出版一百年了。我们相信，这也是该书在团体会议期间出现在会议室的原因之一。最后一点，1922年是霍夫曼逝世一百周年纪念日。越接近那一天，大家对这位德国作家的作品就越感兴趣。1922年由著名的艺术评论家布拉乌多创作的献给霍夫曼的一篇特写在苏联出版。由此可见，"偶然"出现在桌子上的书正是当时国内文化生活中诸事件的结果。

彼得格勒的"谢拉皮翁兄弟"成员的组成是一个很有趣的问题。该团体在1921年是不断发生变化的。1921年4月中旬波兹涅尔移民。虽然是他父母的决定，但是由于年龄的原因，他也一同离开了自己的祖国。楚科夫斯基在回忆录中记述了他们和隆茨在华沙站为他送行的场景。

弗谢·伊万诺夫是在团体形成之后才加入"谢拉皮翁兄弟"的。据楚科夫斯基回忆，在"谢拉皮翁兄弟"与高尔基第一次会面期间，是高尔基介绍他们认识了弗谢·伊万诺夫及其作品。随后弗谢·伊万诺夫就加入了兄弟团。这件事也在弗谢·伊万诺夫本人的回忆录中得到证实。他写道，高尔基介绍他与年轻的"谢拉皮翁兄弟们"认识。随后弗谢·伊万诺夫就成为"谢拉皮翁兄弟"的一员。据楚科夫斯基回忆，吉洪诺夫在1921年11月之后加入团体。

经过多番考量，我们最终这样确定该文学团体成员名单：弗谢·伊万诺夫、斯洛尼姆斯基、左琴科、卡维林、尼基京、费定、隆茨、吉洪诺夫、波隆斯卡娅、格鲁兹杰夫。该名单在《简明文学百科全书》、第三版

《大苏联百科全书》和斯洛尼姆斯基的回忆录中均有体现。

"谢拉皮翁兄弟"中每个人都有自己的滑稽性绰号。这些绰号可能与霍夫曼小说中的讲述者有关。正是在这些绰号中产生了最原始的游戏元素。作家阿列克谢·列米佐夫也参与其中，为兄弟团成员提供了一些私人绰号。弗列津斯基对彼得格勒"谢拉皮翁兄弟"的创作颇有研究，他认为这些绰号并非随机选择，它们是有据可依的，是符合作家们的行事风格的。

伊利亚·格鲁兹杰夫——大司祭

列夫·隆茨——百戏艺人

韦尼阿明·卡维林——炼金术士

米哈伊尔·斯洛尼姆斯基——司酒官

尼古拉·尼基京——演说家/编年史专家

康斯坦丁·费定——看门人/掌匙者（列米佐夫提议）

弗谢沃洛德·伊万诺夫——阿留申

米哈伊尔·左琴科——剑士（列米佐夫提议）

尼古拉·吉洪诺夫——波洛伏茨人（只有列米佐夫这么称呼）

弗拉基米尔·波兹涅尔——小兄弟

"谢拉皮翁兄弟"中唯一的"谢拉皮翁姐妹"是叶莉扎维塔·波隆斯卡娅。

该文学团体拥有自己选举成员的方式，这显然也出自霍夫曼的《谢拉皮翁兄弟》一书。兄弟团队的会议和纪念日都是对外公开的，客人们可以随时来参加。客人中不乏兄弟团队的导师：高尔基、扎米亚京、楚科夫斯基。还有一些是著名的作家和诗人：霍达谢维奇、福尔什、莎吉娘、施瓦尔茨、特尼扬诺夫、列米佐夫、阿赫玛托娃、曼德尔施塔姆、克柳耶夫。画家有霍达谢维奇和安年科夫。文学家有艾亨鲍姆和维戈茨基。经常来参加会议的女客人们有阿隆基娜、加茨凯维奇、萨佐诺娃、哈里通和加普兰。他们成为了后来的"谢拉皮翁姐妹"。斯洛尼姆斯基在回忆"谢拉皮翁兄弟"在会议上讨论的场景时说道:"兄弟们毫不留情地相互责骂着,这种相互谴责不但没有伤害兄弟间的友情,相反,还促进了兄弟们的成长。"

弗谢·伊万诺夫在自己的回忆录中详细地描绘了该团体在进行文学批评时的场景:"霍夫曼笔下有些'谢拉皮翁兄弟'对同伴的作品是十分宽容的,但我们不同,我们是无情的……(进行文学批评时)在作者的脸上看不到恐惧,在其他'谢拉皮翁兄弟'的脸上也看不到同情。身为首要发言人,'演说家'尼基京非常尽责,他详尽地分析、称赞或者批评作家所朗读的作品。在现场可以听到费定的男中音,列夫·隆茨不太稳定的男高音和什克洛夫斯基恳求般的呼吸声。尽管什克洛夫斯基并没有加入'谢拉皮翁兄弟',但却是兄弟们最亲密的监护人和保卫者……我们会残酷地指出彼此的缺点,也会为彼此的成就而热血沸腾。"

什克洛夫斯基在团体中扮演的角色需要我们更加仔细地研究。什克洛夫斯基本人曾提到,他可能会成为'谢拉皮翁兄弟',但却永远都不会是小说家。尽管如此,隆茨在其1922年的文章《关于意识形态与政论》中指出,什克洛夫斯基确为"谢拉皮翁兄弟"的一员。楚科夫斯基也证明他确实加入了该文学团体。卡维林则认为,什克洛夫斯基是一位受人尊敬的客人,但同时他也指出,有一段时间,"谢拉皮翁兄弟"都将他视为团体成员之一。

什克洛夫斯基在该文学团体成立过程中所起的作用远不止于此。他在1921年的文章《谢拉皮翁兄弟》中首次以书面形式提到"谢拉皮翁们",用波隆斯卡娅的话讲,这也就成为他们的"诞生证明"。什氏在文章中描述了这些青年文学家的真实状况:"尽管他们具有写作的技能,但却没有出版的能力。"

也正是在这篇文章中,什克洛夫斯基提到了某些文学流派的起源,以及它们对"谢拉皮翁兄弟"创作产生的影响。一方面是"从列斯科夫到列米佐夫,从安德烈·别雷到叶甫盖尼·扎米亚京"的文学路线;另一方面则是西方冒险小说。

什克洛夫斯基指出，团体内部分化出东方派和西方派。后来，在同时期的一封私人信件中，什克洛夫斯基还更加确切地表明：该文学团体的成员划分为"日常派"和"情节派"。得益于什克洛夫斯基的积极干预，《谢拉皮翁兄弟》（第一本文集）于1922年出版。这也是"谢拉皮翁兄弟"唯一的一本文集。随后于1922年在柏林问世的《谢拉皮翁兄弟》（海外版文集）只是俄文版的扩展本。该文集使世人们开始关注兄弟们的风格特点，以及他们在作品形式方面所付诸的努力。在这种情况下，值得一提的是已成为传统的"谢拉皮翁式"的问候："你好，兄弟！写作十分艰难。"这句话出自费定与高尔基的通信。当时，费定提到了文学创作的复杂性："每个人都曾接触过某种未经规范化的学科，这门学科就是：写作十分艰难。"高尔基曾就该问题欣然回应道："写作十分艰难——这正是一个极好的口号。"后来，卡维林还以此为书名撰写了一本回忆录。"写作十分艰难"这句话成为"谢拉皮翁兄弟"的共同口号，它反映出该团体从文学学徒到逐渐形成个人风格及职业化的转变。扎米亚京在1922年曾这样评价自己的学生："他们每个人都有自己的特色和风格，这都是从培训班中学习到的……对文学作品中冗余成分的摒弃，也许要比写作更加困难。"

马克西姆·高尔基支持"谢拉皮翁兄弟"的文学实验并对此给予很高的评价。这一点从高尔基与费定的通信，以及费定的《高尔基在我们中间》一书中都可以得到证明。得益于高尔基的努力，该文学团体不但正式成立，而且实实在在地生存下来。在高尔基的申请下，"谢拉皮翁兄弟"还获得了衣食供给和经济援助。但最重要的是，高尔基在国外大力地宣传"谢拉皮翁兄弟"的创作，商定外文译本的修订并监督维护作家权益。除此之外，高尔基在俄罗斯也极力保护"谢拉皮翁兄弟"，使其免受批评责难。

斯洛尼姆斯基在1922年8月给高尔基的信中这样写道："于我而言，

在当代俄罗斯，该文学团体的存在是最有意义的，也是最令人愉快的事情。在我看来，不夸张地讲，您开启了俄罗斯文学发展的某个新阶段。"

文学团体"谢拉皮翁兄弟"存在的时间并不长。1924年5月9日，23岁的作家列夫·隆茨英年早逝，该文学团体的辉煌时期也随之终结。对于隆茨的离世，费定在给高尔基的信中这样写道："当然，我们每个人都遭受了不同的损失。但现在将我们联系在一起的，是从前的亲密友谊，而不再是为了某种能够支撑团体创作的保障。我们并没有解散，因为'谢拉皮翁'超出了我们自身之外而存在。这个名字拥有自己的生命，它使我们不由自主地，对于一些人来说，甚至是强制性地团结在一起……团体内部逐渐分化，兄弟们开始成长，他们收获了一些技能，个性也日益变得突出。我们常常聚在一起，我们也喜欢聚在一起。我们的聚会是以习惯、友情及必要性为前提，而非强制性的要求。团体的工作和生活需求随着彼得堡浪漫主义者一同消失了。但团体并没有正式解散，直到1929年'谢拉皮翁兄弟'还在照常庆祝他们的周年纪念日。"团体这个概念本身已经成为过去式，文学团体的生存状况并没有随着时间而得到改善。随着苏联统一作家联盟的出现，它们被迫彻底退出了历史的舞台。

2020年12月于俄罗斯

彼得格勒"谢拉皮翁兄弟"成员简介

米哈伊尔·米哈伊洛维奇·左琴科（1895—1958）：绰号"剑士"（брат-мечник），生于艺术之家。1913年中学毕业，考入圣彼得堡大学法律系。一战爆发，左琴科作为志愿兵入伍。1919年左琴科回到彼得格勒，从红军退伍，同时参加了位于彼得格勒艺术之家的翻译培训班，随后成为"谢拉皮翁兄弟"的一员。战争岁月给了他宝贵的创作财富，他将鲜活口语融入创作中，为20世纪俄罗斯文学做出了独特的贡献。列米佐夫看完左琴科的《蓝肚皮先生的故事》后称：请珍视左琴科，他是我们的当代果戈理。左琴科一生的创作变化多样，最具艺术性的作品大都集中在1920—1930年代。

列夫·纳塔纳耶维奇·隆茨（1901—1924）：绰号"百戏艺人"（брат-скоромох），隆茨是"谢拉皮翁兄弟"文学团体中最有才华，但命运也最凄凉的作家。他生于圣彼得堡，毕业于彼得格勒大学语文系，毕业后留在该系从事教研工作。死于德国汉堡。隆茨精通德语、法语、西班牙语、英语、拉丁语五门外语，他与卡维林在"谢拉皮翁兄弟"中是西方派的代表，创作中强调向西方学习情节小说传统，崇尚西方狂飙突进运动传统，喜欢德国浪漫主义戏剧，尤为推崇雨果与席勒。在短短的五年创作生涯中，他先后写了4部戏剧，10篇小说和25篇评论性文章，以及书评、剧评、诸多序跋。他发表于1922年的文章《为什么我们是谢拉皮翁兄弟?》被认为是该团体的宣言。

弗谢沃洛德·伊万诺夫（1895—1963）：绰号"阿留申"（Брат-алеут），出生于农村教师家庭。自1915年开始出版作品，《红色处女地》在1921年和1922年分别刊登了弗谢·伊万诺夫的中篇小说《游击队员》和《铁甲列车14—69》，这些作品让伊万诺夫一跃成为最知名的苏联作家之一。伊万诺夫是第一批描写苏联游击战争题材的作家，在小说风格上多贴近民俗作家，有强烈的装饰体风格。其强烈的冲突感，彩色写生与游击主题对后世相关题材的小说写作都产生了重大影响。20世纪二三十年代的游击队小说是伊万诺夫创作的巅峰。

米哈伊尔·列昂尼多维奇·斯洛尼姆斯基（1897—1972）：绰号"司酒官"（брат-виночерпий），出生于彼得堡文学世家，韦根洛夫教授的侄子，一战在前线服役。1919年自前线归来，先在彼得格勒大学历史语文系学习，并在彼得格勒《世界文学》杂志出版社工作，担任高尔基的文学秘书。1920年斯洛尼姆斯基拜访了彼得堡艺术之家，并成为艺术之家秘书，在翻译培训班听讲，成为扎米亚京的学生，在这基础之上就诞生了文学团体"谢拉皮翁兄弟"。斯洛尼姆斯基于1928—1929年出版了四卷本文集，1969—1970年又出了四卷本，但艺术水准相差甚大。在作家逝世后有关于"谢拉皮翁兄弟"的回忆录《明天·小说·回忆录》出版。他是俄罗斯后现代文学奠基人安德烈·比托夫的文学启蒙老师。

韦尼阿明·亚历山德罗维奇·卡维林（1902—1989）：绰号"炼金术士"（Брат-алхимик），原名济利别尔，生于普斯科夫音乐世家。他毕业于列宁格勒大学历史语文系（1924）与东方语言系（1923），他是"谢拉皮翁兄弟"团体中最年轻的成员。卡维林的处女作是短篇小说《莱比锡城纪事》，对德国作家霍夫曼颇为着迷，早年小说深受其影响。1920年代的卡维林致力于写作霍夫曼风格小说，之后也远离了自己的小说实验。1944年因小说《船长与大尉》获得斯大林奖金。卡维林在1963—1966年出版了六卷本文集，1980—1983出版了八卷本文集。他是"谢拉皮翁兄弟"中活得最长的一位，几乎经历了整个苏联文学的创作过程。

尼古拉·尼基京（1895—1963）：绰号"编年史专家"（брат-канонарх），出生于铁路职员家庭。1915—1918年在彼得格勒大学语文系与法律系学习。1918年参加红军志愿军，1920年在与高尔基会面之后决定选择将作家作为自己的职业。尼基京的处女作是实验小说《黛西》。1922年尼基京出版的小说《令人作呕的前线》和《石头》都充满了实验性风格。但随后尼基京的创作风格逐步转向了纪实性、官方性很强的社会主义现实主义。1951年尼基京的小说《北方的曙光》获得斯大林二等奖章。1920年代之后评论界便对尼基京的创作失去兴趣了。

康斯坦丁·亚历山德罗维奇·费定（1892—1977）：绰号"看门人"（привратник），出生于萨拉托夫文具商店主家庭。中学毕业后先考进了商业学院，1914年费定来到德国进修德语，却因战争困在那里直到战争结束。这些经历成为费定第一部小说《城与年》的创作题材。1919年费定在塞兹兰地方报纸当编辑，随后为第七军前线报纸当编辑。1921年他加入彼得格勒文学团体"谢拉皮翁兄弟"，成为其中年纪最大的作家。1959年，费定成为苏联作协第一书记，苏联作协主席（1971），苏联科学院院士（1958），苏联英雄（1967），获得了斯大林奖章（1949）以及各类奖章。他是这一文学团体中在政治上最成功的作家。也是因为这一点费定在苏联解体之后为评论界所诟病，特别是在"帕斯捷尔纳克时间""萨哈洛夫和索尔仁尼琴事件"中，费定表现出的坚决维护苏联政府立场，为不少知识分子所不齿。

尼古拉·谢苗诺维奇·吉洪诺夫（1896—1979）：绰号"波洛伏茨人"（брат-половчанин），苏联作家，诗人。他1918年开始出版作品，1922年在"谢拉皮翁兄弟"团体成立之后被引荐参加了团体。但是吉洪诺夫的出勤率不高，是"谢拉皮翁兄弟"中存在感比较小的诗人作家，早期的吉洪诺夫表现出了极高的诗歌天分。1949年吉洪诺夫成为苏联保护和平协会的代表，随团访问了亚洲和欧洲。吉洪诺夫在费定之后成为苏联作家协会主席。吉洪诺夫在艺术之家中受到诗人古米廖夫的影响。

伊利亚·亚历山德罗维奇·格鲁兹杰夫（1892—1960）：绰号"大司祭"（настоятель），"谢拉皮翁兄弟"成员中的文艺批评家，高尔基的生平和创作研究者。1911年自彼得罗夫商业学校毕业进入圣彼得堡历史语文系，一战后在前线服役。"谢拉皮翁兄弟"文集未能收录其作品《脸与面具》。之后他关注了当代小说中的叙述者角色，并分析了左琴科小说中的叙述者角色。格鲁兹杰夫最大的贡献在于高尔基的传记《高尔基的生活与冒险》（1926），《高尔基》（1946）。其创作于1958年的《高尔基传》为青年近卫军出版社"杰出人物生平"丛书收录。

叶莉扎维塔·格里高利耶维奇·波隆斯卡娅（1890—1960）：生于波兰城市比亚韦斯托克，后迁至罗茨，1917年到彼得格勒，进入世界文学出版社下属文学翻译培训班学习，师从古米廖夫、扎米亚京和洛津斯基。她是"谢拉皮翁兄弟"中的唯一女性成员，诗人。后供职于彼得格勒真理报。她是谢拉皮翁兄弟中唯一没有绰号的。

维克多·鲍里索维奇·什克洛夫斯基（1893—1984）：绰号"装甲车""爱吵架的人"（Брат броневник，скандалист），俄国形式主义代表人物，参加了早期谢拉皮翁兄弟的活动，是谢拉皮翁兄弟的导师之一，也被认为是"谢拉皮翁兄弟"第十二位成员，什克洛夫斯基在1920年代积极参与了艺术之家"谢拉皮翁兄弟"的主要活动,并对隆茨、卡维林、费定的作品产生了一定的影响。1922年因社会革命党旧案重提,什克洛夫斯基被迫从芬兰外逃到德国侨居一年。后在马雅可夫斯基与高尔基的斡旋下回国,从事电影工作,1950年代之后重新开始文艺理论研究。有五卷文集留世。

弗拉基米尔·索洛蒙诺维奇·波兹涅尔（1905—1992）：绰号"小兄弟"（младший брат），俄罗斯法国双料诗人,作家,文学评论家,出版家。出生于欧洲家庭,1919年进入世界文学出版社下属的文学培训班学习,结识了彼得格勒的年轻作家们,被认为是最年轻的"谢拉皮翁兄弟"成员。但他1921年随父母前往立陶宛、巴黎,1924年毕业于巴黎大学。波兹涅尔在团体中待的时间不长,影响较小。

尼古拉·拉吉舍夫（Николай Корнеевич Чуковский, 1904—1965）：科尔涅·楚科夫斯基的小儿子,1921年毕业于彼得格勒著名的捷尼舍夫中学（彼得堡最出名的贵族私立高中,纳博科夫、曼德尔施塔姆均毕业于此）,考入彼得格勒大学历史语文系,并在艺术之家听课。与"谢拉皮翁兄弟"成员走得很近,在"谢拉皮翁兄弟"第一版文集中有他的文章。

绪 论

"谢拉皮翁兄弟"是俄罗斯文学史上最著名的文学团体之一。它的历史可以追溯到1918年彼得格勒"世界文学出版社"①建立的一个翻译培训班。这个培训班由当时彼得格勒一批最著名的作家、诗人、语文学者执教：扎米亚京、古米廖夫、什克洛夫斯基、艾亨鲍姆、洛津斯基、楚科夫斯基等均有不同程度参与。据楚科夫斯基的儿子回忆，翻译培训班中有一批志同道合的年轻人，他们的兴趣很快由文学翻译转向了文学创作。这批年轻人以扎米亚京小说技法班上的学生为核心，并于1921年2月1日在彼得格勒"艺术之家"②成立了以"谢拉皮翁兄弟"命名的文学团体，此后他们每周六在"艺术之家"斯洛尼姆斯基的房间中聚会，风雨无阻。"谢拉皮翁兄弟"是一个自由的文学小组，在1920年代的俄苏文坛颇为独特。随着苏联解体，文学史评价更迭，这群苏联文学最早探索者的名字

---

① 世界文学出版社（Всемирная литература），创办于1918年9月，是人民教育委员会下属出版机构，在高尔基倡议下建立。该社旨在翻译出版18—20世纪最好的文艺作品。截至1924年该出版社出版了大批欧美及东方（波斯、印度、中国、日本）文学名著，约120卷。1924年该出版社被并入列宁格勒出版社。

② 彼得格勒艺术之家（Дом исскуств в Петрограде），1919年由高尔基和楚科夫斯基倡议成立，位于彼得格勒莫伊卡河59号，是彼得格勒1920年代重要的文化活动中心之一，1923年关停。艺术之家活动的参与者之一，苏联作家奥尔加·福尔什（Ольга Форш）将艺术之家活动写成小说，名为《疯狂的轮船》（Сумасшедший корабль，1933）。

也逐渐被人遗忘。"谢拉皮翁兄弟"大部分成员从事小说创作，波隆斯卡娅、吉洪诺夫与波兹涅尔三人从事诗歌创作，隆茨从事戏剧批评与创作，格鲁兹杰夫是文学批评家，后者以高尔基的传记小说闻名。由于"谢拉皮翁兄弟"成员们是1920年代彼得格勒颇有才华的一群年轻人，所以他们很早就引起了学界的注意，无论在俄国还是西方以及中国，关于团体成员的研究几乎是伴随其成立就开始了。

第一节 "谢拉皮翁兄弟"在西方

西方学者对于"谢拉皮翁兄弟"的研究和介绍几乎与团体成员们的创作同时起步。柏林以及巴黎的侨民文学界对于这一文学团体甚为关注，包括别雷、霍达谢维奇、别尔别洛娃、布宁、茨维塔耶娃，以及后来的列米佐夫和扎米亚京对"谢拉皮翁兄弟"都颇为熟悉。后来移居美国的马克·斯洛宁在他的文学史中花了较大篇幅来叙述"谢拉皮翁兄弟"。1920年代在柏林、巴黎出现过"谢拉皮翁兄弟"等人的作品，1923年《谢拉皮翁兄弟文集·1921》（*Серапионовы братья. Альманах. 1921*）在柏林出了海外版。但总体上，西方对于"谢拉皮翁兄弟"的研究并不系统，主要还是零星见于各种文学史、作家回忆录中。俄裔美籍文学史大家马克·斯洛宁在其著述的两部文学断代史《苏维埃俄罗斯文学：1917—1977》（*Советская русская литература：1917—1977*）、《现代俄国文学》（*Современная русская литература*）中都专辟一章论述"谢拉皮翁兄弟"团体，对"谢拉皮翁兄弟"的渊源、成立、成员，及其创作命运、诗学特征等都做了相应的叙述，体现了"谢拉皮翁兄弟"在马克·斯洛宁文学史图景中的独特地位。尽管马克·斯洛宁的许多论断不乏精辟见解，但是作为一个拥有十多位成员的文学团体，十几页的概述还是显得太过单薄，每位作家几乎蜻蜓点水，涉及具体作品的文本分析太少，只是单纯在描述事实，未曾深入分析。

在西方最早研究"谢拉皮翁兄弟"的是埃哲顿（W. Edgerton），他于1946年撰写了介绍性论文《谢拉皮翁兄弟：一场早期苏联的争论》（The Serapion Brothers: An Early Soviet Controversy）[1]，并在美国《斯拉夫与东欧评论》杂志发表。但是真正对这一团体进行细致研究的是嘉莉·科恩（G. Kern）、皮佩尔（D. Piper）、谢尔顿（R. R. Sheldon）、奥拉诺夫（H. Oulanoff）等。除此之外，"谢拉皮翁兄弟"在美国的研究与《斯拉夫与东欧评论》[2]杂志紧密相关。

科恩的研究与隆茨创作相关。20世纪60年代，嘉莉·科恩（Kren Gary）在偶然机会之下，打开了堆放在隆茨的妹妹热尼亚·纳塔纳夫娜·隆茨（Женя Натановна Лунца）房间顶楼一个堆满灰尘的箱子，发现了隆茨的珍贵的信件。隆茨的妹妹与嘉莉·科恩于1966年分两期在美国纽约俄语杂志《新杂志》（Новый журнал）上发表。她本人也撰写了文章《列夫·隆茨和"谢拉皮翁兄弟"》[3] 在该杂志上发表。同年，作为俄亥俄州立大学斯拉夫及东欧语言文化系创系教授之一的奥拉诺夫博士出版了关于"谢拉皮翁兄弟"团体的第一本专著《谢拉皮翁兄弟：理论与实践》[4]。三年后，嘉莉·科恩以第一手文献为研究资料撰写的博士论文《列夫·隆茨：谢拉皮翁兄弟》（Лев Лунц. Серапионов брат）[5] 为研究隆茨创作的最早论文。嘉莉·科恩的贡献不仅仅在于发现了隆茨、第一手文献并对其进行梳理和研究，更重要的是，她开拓了"谢拉皮翁兄弟"这一研究领域，激起了美国斯拉夫学者对这一团体，乃至整个1920年代

---

[1] Edgerton, W., "The Serapion Brothers: An Early Soviet Controversy", Am. Slav. East Ero. Rev, No. 1, 1946, pp. 47-64.

[2] 《斯拉夫与东欧评论》创建于1946年，是美国当时主要的斯拉夫研究机构斯拉夫研究会的季刊。

[3] Керн，Г.，"Л. Лунц и Серапионовы братья", Новый журнал, Т. 82, 1966, С. 136-192.

[4] Oulanoff, H., The Serapion Brothers: Theory and Practice, Vol. 44, Mouton, 1966, p. 186.

[5] Kern, G., Lev Lunc, The Serapion Brother, Ph. D. dissertation, Princeton University, 1969.

俄罗斯文学的兴趣。

1968 年《斯拉夫与东欧评论》杂志第一期刊发了学者谢尔顿关于"谢拉皮翁兄弟"的文章①，作者阐明了高尔基与什克洛夫斯基在建立"谢拉皮翁兄弟"这一团体中所起到的作用。

皮佩尔的研究涉及了"谢拉皮翁兄弟"与形式主义之间的关系。他于 1969 年发表在《斯拉夫与东欧评论》杂志上的《形式主义与谢拉皮翁兄弟》（Formalisim and The Serapion Brothers）② 详尽分析了俄国形式主义运动对"谢拉皮翁兄弟"创作的影响。

1976 年奥拉诺夫的专著③研究了卡维林的小说创作。奥拉诺夫是美国最早的卡维林小说研究者，这本专著是其 4 篇研究论文的合集，书中分析了卡维林小说创作中的浪漫主义源头、其对文学技巧的关注、悲剧式及年轻的英雄人物形象。他还在书中探讨了卡维林对待文学的态度及其终生对科学题材的痴迷等话题。

1988 年学者拉塞尔在《斯拉夫与东欧评论》上发表了关于隆茨戏剧的论文④。

苏联解体后，美国对苏联文学的研究热度减小，但仍有学者关注"谢拉皮翁兄弟"，1996 年美国学者多尔夫曼（Dorfman, L. J.）研究了"谢拉皮翁兄弟"团体中唯一的女性波隆斯卡娅的诗歌创作，并撰写了博士论文。⑤ 同年在美国佛蒙特州举办了"谢拉皮翁兄弟"团体成立 75 周

---

① Sheldon, R., "Shklovskij, Gorkij and The Serapion Brothers", *Slav. East Ero. Rev*, No. 1, 1968, pp. 1 – 13.

② Piper, D., "Formalisim and The Serapion Brothers", *Slav. East Ero. Rev*, No. 108, 1969, pp. 78 – 93.

③ Oulanoff, H., *The Prose Fiction of Veniamin A. Kaverin*, Slavica Publishers, 1976, p. 203.

④ Russel, R., "Dramatic Works of L. Lunc", *Slav. East Ero. Rev*. T 66, No. 2, 1988, pp. 210 – 223.

⑤ Dorfman, L. J., Serapion Sister, The Poetry of Elizaveta Polonskaja, Ph. D. dissertation, The university of Michigan, 1996.

年纪念学术研讨会。该研讨会部分论文后来在巴黎出版。

总之，欧美对"谢拉皮翁兄弟"的研究开始较早，但主要集中在团体内的单个作家，如隆茨、波隆斯卡娅、卡维林、吉洪诺夫等人，或关注团体与高尔基、什克洛夫斯基及形式主义之间的关系。1960年代是欧美的"谢拉皮翁兄弟"研究的高潮，对后来的研究奠定了良好的基础。

第二节 "谢拉皮翁兄弟"在俄罗斯

俄罗斯国内对于"谢拉皮翁兄弟"的研究大致可分为三次浪潮。

同时代人对"谢拉皮翁兄弟"的批评是"谢拉皮翁兄弟"研究的第一次浪潮。在1920年代，"谢拉皮翁兄弟"是俄苏文坛上的一颗耀眼新星。在彼得格勒文坛，"谢拉皮翁兄弟"交游甚广，阿赫马托娃、古米廖夫、霍达谢维奇、列米佐夫、艾亨鲍姆、什克洛夫斯基等作家、诗人、学者均是"谢拉皮翁兄弟"的好友，不同程度地参与过"谢拉皮翁兄弟"的聚会。"谢拉皮翁兄弟"每周定期聚会的主要内容就是相互朗诵作品，互相点评。这一传统来源于德国霍夫曼笔下的"谢拉皮翁兄弟"，并为年轻人们所模仿，因此成员之间的相互看法成为研究"谢拉皮翁兄弟"的第一手材料。这些材料散见于各成员之间的信件之中，特别是其成员与高尔基、什克洛夫斯基、列米佐夫、特尼扬诺夫、别尔别洛娃以及扎米亚京等人的通信。同时代的作家、批评家，诸如扎米亚京、特尼扬诺夫、什克洛夫斯基、高尔基、柯甘、托洛茨基、莎吉娘等人都写过关于"谢拉皮翁兄弟"的文章。什克洛夫斯基1920年代在《新生活》报上发表的不少文章都提及"谢拉皮翁兄弟"，对"谢拉皮翁兄弟"的创作持鲜明的鼓励与赞赏态度。1923年，扎米亚京的《新俄罗斯小说》（Новая русская проза）对当时的"谢拉皮翁兄弟"团体创作做过较为精辟的总结。莎吉娘等人则认为其创作属于俄罗斯现实主义小说，贴近心理小说。1923年，托洛茨基在《文学与革命》(Революция и литература)一书中将这一团体称为"同路人"作家。总而言之,这一时期对于"谢拉皮翁兄弟"的研究只言片语多于长篇大论,主观、直观多于客观评述。

20世纪30—90年代,苏联对于这一团体讳莫如深,这一团体只能在文学史和作家回忆录中看到。俄罗斯国内对于"谢拉皮翁兄弟"的评论开始进入另一个阶段。"谢拉皮翁兄弟"成员的回忆录代表着一种看法。如,卡维林、弗谢·伊万诺夫、波隆斯卡娅、费定、尼古拉·拉吉舍夫等人的回忆录对于重构"谢拉皮翁兄弟"文学活动具有重大意义。卡维林发表于1965年的《你好,兄弟!写作是非常困难的!》(Здравствуй, брат, писать очень трудно),1989年逝世时出版的《尾声》(Эпилог)就是其中代表。卡维林的多部回忆录对于了解作家本身以及"谢拉皮翁兄弟"文学活动都很重要。费定发表于1943年的大型文学回忆录《高尔基在我们中间》(М. Горький среди нас, 1920—1921, 1921—1928),什克洛夫斯基在回忆录《感伤的旅行》(Сентиментальное путешествие)中也有对于"谢拉皮翁兄弟"活动的描写。1963年,弗谢·伊万诺夫去世后,由什克洛夫斯基、费定等人所著的怀念文章合集也提到了"谢拉皮翁兄弟"成员的活动与创作。楚科夫斯基的回忆录中对于这段时间的文学活动也有大量描写,并具有很高的文学史与文学价值,对研究"谢拉皮翁兄弟"文学团体也至关重要。

此外,苏联文学史中对"谢拉皮翁兄弟"的看法代表着另一观点:在俄罗斯由科瓦廖夫主编的《苏联文学史》(История советской литературы)、叶尔绍夫主编的《苏联文学史》(История советской литературы)等对这一团体有一定的描写,但大都对这一文学团体讳莫如深,一方面,受官方意识形态影响,文学史家们对这一团体的形式主义倾向颇为不满;另一方面,这一团体中走出了苏联最初的一批经典作家,费定、吉洪诺夫甚至一度成为苏联最主要的文化官僚。

整个苏联时期并未出版过有关"谢拉皮翁兄弟"的专著,但是对于其中个别作家，诸如费定、左琴科、弗谢·伊万诺夫、卡维林等人的研究颇有成就。学者扎伊特曼于 1978 年写过一本专著《高尔基与团体"谢拉皮翁兄弟"的青年作家们》①，但该书在勃列日涅夫时期因意识形态批评未能出版。1987 年作者再次试图出版该书，并邀请卡维林作序，依然未能成功，直到 2003 年该书才在下诺夫哥罗德面世。另一本类似于传记的作品却成功在 1976 年出版，即格尔布诺夫的《"谢拉皮翁兄弟"与费定》②。该作品因费定去世，得到费定家人资助，在伊尔库茨克以纪念性书籍出版。此处不得不提到另一位苏联学者：М. В. 米诺金，他在 1971 年对国外（主要是美国）斯拉夫学者的"谢拉皮翁兄弟"研究进行了梳理，并撰写了《谢拉皮翁兄弟的海外阐释》③一文，对后期俄罗斯的"谢拉皮翁兄弟"研究影响深厚。这也表明在冷战期间，依旧有人关注"谢拉皮翁兄弟"，且在这期间双方都有尝试了解研究动态。

　　苏联解体之后，对于"谢拉皮翁兄弟"的研究上了一个新的台阶。1990 年起，依托圣彼得堡"普希金之家"④举办过数次"谢拉皮翁兄弟"专题会议。2001 年在萨马拉举行了"谢拉皮翁兄弟"创作研讨会，研讨会还出了论文集。这些会议讨论及论文集的出版极大地扩展了"谢拉皮翁兄弟"研究领域。在这些学者中，需要特别强调以下几位学者：普罗科波娃（Прокопова, Т. Ф.）、列明克（Лемминг, Е.）、弗雷津斯基（Фрезинский Б. Я.）、加尔涅莉亚·伊钦（Корнелия Ичин）、卡拉索娃（Колосова, Н. А.）、瓦西里耶夫（Васильев, В. Е.）、达维多娃（Давыдова,

---

① Зайдман, А. Д., *М. Горький и молодые прозаики содружества «Серапионовы братья»* (1919—1927), Нижний Новгород: [б. и.], 2003.

② Горбунов, А. Б., *Серапионовы братья и Федин*, Иркуск: Восточно-Сибирское книжное издательство, 1976, С. 278.

③ Минокин, М. В., "Серапионовы братья в зарубежных истолкованиях", *Русская литература*, No. 1, 1971, С. 177 – 186.

④ 普希金之家（Пушкинский Дом），俄罗斯科学院俄罗斯文学研究所（Институ́т ру́сской литерату́ры Росси́йской акаде́мии нау́к，简称 ИРЛИ РАН）。

А. В.）。普罗科波娃主编的《谢拉皮翁兄弟选集》① 一书中收集了"谢拉皮翁兄弟"成员的宣言、报告、文章、小说选和回忆录。瓦西里耶夫在其《20世纪俄罗斯文学史》（История русской литературы XX века）一书中谈到了"谢拉皮翁兄弟"与高尔基、什克洛夫斯基、扎米亚京的关系，"谢拉皮翁兄弟"的文学继承性等问题。达维多娃则以1920年代文学的新现实主义流派为轴，分析了扎米亚京、弗谢·伊万诺夫、左琴科等人的创作。弗雷津斯基在《谢拉皮翁兄弟命运·肖像与情节》② 一书中细致研究了其团体成员活动、创作、个体命运等，但需要指出的是，该书的观点并未全部为学界所接受，不少观点还处于争论中。列明克的贡献在于收集了所有出版过的"谢拉皮翁兄弟"书信集，将其放置于一本书③中，具有重要的参考价值。

近年来，隆茨的作品得到了广泛的研究，加尔涅莉亚·伊钦和卡拉索娃的研究显得尤为重要。乌克兰学者卡拉索娃在《秘密与解答：关于1920—1940年代文学文化》④ 一书中细致地分析了隆茨的作品，并论述了一个积极乐观的隆茨形象。加尔涅莉亚·伊钦⑤则选择了隆茨的4部戏剧作品为研究对象，对隆茨的戏剧观、戏剧文本进行了全面的分析和阐述，这是目前为止研究隆茨戏剧创作最重要的成果之一。

总体上看，俄罗斯的"谢拉皮翁兄弟"研究是前沿的、高水准的，特别是苏联解体之后的近30年成果斐然。其涉及内容之广泛，研究的系

---

① Прокопова, Т. Ф., *Серапионовы братья. Антология: Манифесты, декларации, статьи, избранная проза, воспоминания*, М.: Школа-Пресс, 1998, 640 с.

② Фрезинский, Б. Я., *Судьбы Серапионовых: Портрет и сюжет*, СПб: Академический проект, 2003, 592 с.

③ Лемминг, Е., *Серапионовы братья в зеркалах переписки*, М.: Аграф, 2004, 544 с.

④ Колосова, Н. А., *Загадка-ответ. О литературе и культуре 1920—1940 годов*, Киев: Издательский дом Дмитрия Бураго, 2011, 576 с.

⑤ Корнелия, И., *Лев Лунц, брат-скоморох*, Белград: Изд-во филфака Белградского университета, 2011, 345 с.

统性与深度远超西方。但是，我们仍能看到其不足之处，第一，团体总体性研究成果较少，仅有少数论文与专著；第二，相对于同时代的其他作家，其关注度还不够，影响力有限；第三，对某些作家的偏向性。

第三节 "谢拉皮翁兄弟"在中国

一 译介情况

应该说，国内对于"谢拉皮翁兄弟"的翻译研究起步是很早的。最早可以追溯到鲁迅。1920年，费定发表了其短篇小说《果园》，很快被鲁迅看中，称其为脍炙人口的作品并翻译成中文《果树园》。1930年，韩侍桁翻译了弗谢·伊万诺夫的小说《铁甲列车14—69》，也由鲁迅审阅校对，作译后记。1930年代，俄语文学翻译家曹靖华先生翻译了弗谢·伊万诺夫的《幼儿》一文，收录在他著名的《苏联作家七人集》中，该书前后再版十余次，对中国现当代文学影响深远。此外，1930年代，曹靖华还试译了费定小说《城与年》（1946年首次译完），并搜集了苏联木刻家亚历克舍夫的木刻版画交由鲁迅写序言。鲁迅1930年代就介绍过费定、左琴科、吉洪诺夫、隆茨、弗谢·伊万诺夫等人，并翻译过隆茨的小说《在荒漠中》。

1949年起，这以上四位作家（隆茨除外）的主要作品陆续被译介到中国来。如左琴科的《左琴科幽默讽刺作品选》（顾亚玲、白春仁译，外语教学与研究出版社1981年版）、《丁香花开》（吴村鸣等译，漓江出版社1984年版）、《一部浅蓝色的书》（靳戈译，百花文艺出版社2000年版）、《左琴科幽默讽刺作品集》（吕绍宗译，译林出版社2004年版）、《日出之前》（戴骢译，百花文艺出版社1997年版）；弗谢·伊万诺夫的《铁甲列车14—69》（罗稷南译，生活·读书·新知三联书店1951年版）；吉洪诺夫的长诗集《勇敢的游击队员》（邱威译，鲁林校，光明书局1950

年版）、《基洛夫同我们在一起》和《吉洪诺夫诗集》（林凌等译，人民文学出版社 1950 年版）；费定的《城与年》（曹靖华译，人民文学出版社 2007 年版）、《弟兄们》（沈立文、根香译，上海文艺出版社 1961 年版）、《早年的欢乐》（左海译，作家出版社 1961 年版）、《不平凡的夏天》（主万译，人民文学出版社 1983 年版）和《篝火》（叶冬心译，人民文学出版社 1981 年版）。

此外，卡维林的小说在国内也有多部译本，如 1938—1944 年创作并获得斯大林奖章的作品《船长与大尉》便于 50 年代被翻译过来，1982 年外国文学出版社出版《船长与大尉》（于光译，陈文校），《一本打开的书》三部曲《青年时代》（成时译，人民文学出版社 1958 年版）、《符拉森克娃医生》（成时译，人民文学出版社 1958 年版）、《希望》（唐其慈译，外国文学出版社 1984 年版）；此外，《苏联当代中篇小说选》中收录了卡维林 1978 年发表于《新世界》的中篇小说《两小时的散步》（王步丞译，河北人民出版社 1981 年版）。

另一位成员尼基京的作品《北方的曙光》于 1951 年获得斯大林奖金，次年国内就出现了译本（史善扬译，文化工作社 1952 年版）。

大鹏与张捷 1981 年翻译的《"谢拉皮翁兄弟"自传》具有较大价值，1998 年上海译文出版社出版的由张捷等人编译的《十月革命前后苏联文学流派》一书收录了隆茨等人一些文论。

值得注意的是，虽说在小说翻译上取得的成就不小，但对 1920—1930 年代"谢拉皮翁兄弟"的作品翻译得并不多，而且翻译的作品也大都集中在左琴科、费定、卡维林、吉洪诺夫、弗谢·伊万诺夫几人，其余成员几乎没有涉及，以上几人作品的翻译也多是在其成名之后的代表作，对于他们创作初期，特别是"谢拉皮翁兄弟"活动期间发表的作品少有译本。此外，对于深入了解"谢拉皮翁兄弟"成员有较大帮助的几部作家回忆录几乎都未有过译本。所以说，目前的"谢拉皮翁兄弟"的译介情况并不乐观。

二 研究概况

国内对于"谢拉皮翁兄弟"的研究起步很晚，尽管鲁迅在 1920 年代就提到过费定、左琴科、隆茨等人，但鲜有深入的研究。1940 年代，在边区延安，以及晋察冀地区的文化工作者转译、编译过一些与苏联文学事件相关的材料，其中 1940 年代对左琴科的批判以及当年刊登于《真理报》的批判文章都被他们编译到边区日报之中，受到了广泛关注。1960 年代，虽然中苏关系恶化，左琴科的作品却意外地在中国流行起来，到现在为止，左琴科是最为中国读者所熟悉的苏联作家之一，也是"谢拉皮翁兄弟"十几个人中作品被译介最多、研究最成熟的作家。然而，在 20 世纪六七十年代，"谢拉皮翁兄弟"研究却几乎停滞不前。到了 1980 年代初，这种状况开始有所改观。我们甚至可以将 1980 年代看作"谢拉皮翁兄弟"在中国研究的开端。1980 年代，随着大量成员作品译介过来，对其成员的研究逐次展开。

但是，国内学界对"谢拉皮翁兄弟"的整体研究并不深刻。该文学团体产生的背景及其具体的创作问题，在我国俄罗斯文学史中很少提及或仅一笔带过，如彭克巽在《苏联小说史》中仅以 8 页篇幅介绍了这一团体及其几位主要成员；任光宣在《俄罗斯文学史》中对"谢拉皮翁兄弟"及其文学继承性稍有提及。至于对"谢拉皮翁兄弟"创作的理论研究就更不深刻。大鹏于 1986 年在《苏联文学》上发表过一篇译文；张捷在同期杂志上发表了《关于"谢拉皮翁兄弟"及其自传》的评论；蓝英年于 1996 年在《读书》杂志发表了《倒霉的"谢拉皮翁兄弟"》一文、2003 年又在《鲁迅研究月刊》发表了《得意的"谢拉皮翁"两兄弟》一文，两篇文章均为研究"谢拉皮翁兄弟"成员生平逸事的成果。

关于"谢拉皮翁兄弟"团体内部关系的研究，如什克洛夫斯基与"谢拉皮翁兄弟"，或"谢拉皮翁兄弟"与形式主义之间的关系，国内不少研究者有所提及。如，1983 年《苏联文学》第 4 期发表的《早期苏联文艺界的形式主义理论》一文中，虽然对于形式主义否定多于肯定，但该文在国内最早提出形式主义与"谢拉皮翁兄弟"之间关系的问题，文章指出："谢拉皮翁兄弟"团体中不少作家也是形式主义理论的宣扬者，他们不是把文学作品看作对现实的反映，而是看作风格与手段的总和，这个团体在很大程度上是那个时代形式主义倾向的表达者。[①] 这一观点被叶水夫主编的《苏联文学史》(1994)，张捷、李凡辉主编的《20世纪俄罗斯文学史》(1994)等引用或接受；张冰在其著作《陌生化诗学：俄国形式主义研究》(2000)中也多次提到"谢拉皮翁兄弟"与俄国形式主义之间的关系，并认为"谢拉皮翁兄弟"是受到形式主义影响而形成的文学团体；李毓榛在《20世纪俄罗斯文学史》(2000)一书中则认为"谢拉皮翁兄弟"属于唯美主义文学团体，主张为艺术而艺术；刘文飞在其《俄罗斯文学大花园》(2007)一书中称"谢拉皮翁兄弟"的文学主张有形式主义之嫌疑；2015年，侯佳希在其硕士论文《什克洛夫斯基语文体小说研究》中，从什克洛夫斯基语文体小说的文学史意义为出发点，专节谈到什克洛夫斯基对"谢拉皮翁兄弟"的影响，并分析了卡维林小说《爱吵架的人，或瓦西里耶夫岛之夜》中对什氏纪事文风的模仿与陌生化手法的关注。这说明国内已经开始关注和重新审视两者之间的关系。但是什克洛夫斯基与"谢拉皮翁兄弟"之间关系如何，什氏与"谢拉皮翁兄弟"有无共同审美诉求，什氏对"谢拉皮翁兄弟"影响究竟体现在哪些地方？这些问题都有待探究；2017年赵晓彬、刘淼文在《俄罗斯文艺》第二期合作发表的文章《什克洛夫斯基与"谢拉皮翁兄弟"》中介绍了什克洛夫斯基与该团体特殊的文学渊源。

值得注意的是，国内有关"谢拉皮翁兄弟"文学继承与革新问题的研究取得了较大成就。2015年刘淼文、赵晓彬在《俄罗斯文艺》发表的《"谢拉皮翁兄弟"的文学继承性》一文，简要阐述了"谢拉皮翁兄弟"

---

① 李凡辉：《早期苏联文艺界的形式主义理论》，《苏联文学》1983年第3期。

部分成员创作中存在的继承性问题；2016年上海外国语大学张煦博士论文《传承与革新：卡维林与"谢拉皮翁兄弟"二三十年代的文学探索》也从继承与革新性入手，分析了卡维林与整个团体的创新，该文作者还于2017年在《俄罗斯文艺》发表了《20世纪俄罗斯"文化神话"的终结之链》一文，从"神圣的命名""入侵的历史"和虚构的作者形象为出发点描绘了20世纪日常生活与艺术创作之间的关系，对列米佐夫的"猿猴议会"和"谢拉皮翁兄弟"两个文学团体进行了对比分析。

2019年，笔者获批了教育部人文社科项目《20世纪20年代"谢拉皮翁兄弟"文学革新研究》，从2015年至今指导了一系列专门研究"谢拉皮翁兄弟"文学创作的学位毕业论文：如，王时玉《卡维林二三十年代的主题与叙事研究》（2017），任曙碧《隆茨戏剧体裁革新研究》（2019），张婉玲《格鲁兹杰夫文学批评研究》（2019），齐芳《左琴科"谢拉皮翁兄弟"时期小说创作研究》（2019），牛珊珊《斯洛尼姆斯基20年代小说创作研究》（2019），刘琳婉玉《卡维林二三十年代元小说研究》（2020），杨丽娜《费定二三十年代小说创作转型研究》（2020），赵康延《隆茨戏剧现代性转型研究》（2020），张尚鹤《隆茨小说创作诗学研究》（2020），杨容《左琴科科学文艺体小说研究》（2020）等，均以团体中单个作家为研究对象探讨了该团体在小说、戏剧等创作上的贡献。

以上这些著作和论文大体代表了国内对于"谢拉皮翁兄弟"的研究状况。可以说，"谢拉皮翁兄弟"在新时期引起了学者们的兴趣，并取得了相当的研究成果。但目前，关于"谢拉皮翁兄弟"的研究仍存在一些问题及不足。

第一，缺失性：作品翻译上，20年代"谢拉皮翁兄弟"成员的作品翻译得不多，且带有严重的倾向性。

第二，无分量性：缺乏比较有分量的著述。

第三，滞后性：没有对"谢拉皮翁兄弟"进行过整体把握，文学史上关于"谢拉皮翁兄弟"的论述严重滞后，评论研究均停留在苏联批评家观点之中。

第四，不均衡性：即有些作家分析得透彻，随处可见，有些作家却罕有提及，对于国内来说非常陌生。

第五，片面性：即对有些作家的认识很不全面，带有偏见。

"谢拉皮翁兄弟"是1920年代俄罗斯最主要的文学团体之一，但相关研究仍颇为薄弱。再者，还没有对该团体进行专门研究的著作。该团体在1921—1929年之间的数年活动，其主要作家在1920年代的创作，也几乎无人涉及。本书将着眼于这一团体的起源、发展直到解体，详细叙述"谢拉皮翁兄弟"的文学活动、成员、组织形式、宣言与主张、内部流派、人物命运。此外，就其团体的创作特点，本书着重分析1920年代这一团体创作，以文学之继承性与革新性为纵坐标，以费定、隆茨、卡维林、弗谢·伊万诺夫等人的小说创作为横轴，立体地描绘和阐述该团体小说和戏剧创作的基本状况。本书将这一团体作为一个整体来研究，较为系统地梳理这一团体的发展历程与团体特征，在此基础上将重点探讨"谢拉皮翁兄弟"创作中对西方文学、俄罗斯经典现实主义文学、俄罗斯新现实主义小说创作技法的继承；详细解读弗谢·伊万诺夫的幻想现实主义风格、左琴科的幽默讽刺风格、卡维林的霍夫曼和果戈理基因及元小说实验、隆茨的情节小说、元戏剧，格鲁兹杰夫的文学面具理论及传记批评等，对"谢拉皮翁兄弟"中较有代表性的作家作品进行全面研究。

上 编

"谢拉皮翁兄弟"文学渊源研究

第一章 "谢拉皮翁兄弟"创作背景

第一节 1920年代文学语境

19世纪末20世纪初俄罗斯民族面临着深重的灾难,国内上层社会与底层民众的对立达到了极限,最终以数次革命以及国内战争为终结,推翻了旧的社会体制,组建了新的政治体制国家。这种巨大的政治突变,动荡的后果给文化造成无法抹平的裂痕,仅从文学上来看,完整的俄罗斯文学被不可抗拒力一分为三:侨民文学、官方文学以及潜流文学[①],1917年的十月革命是这场无法弥合分裂的开端。这在世界文学史上都是极为罕见的现象。

在苏联境内,作为主流的苏联文学具有特殊的秉性。苏维埃文学是一种以意识形态为主导的新文学,似乎在一夜之间出现。苏维埃在获得对政权的掌控之后,开始着手对意识形态及文学进行监控,他们力图建立对世界和人的统一看法。在1917—1934年间,苏维埃政党对待文艺的态度是很明确的,在政权建立之初他们就试图将文学囊括进政治生活里。布尔什维克领导一切,文学开始发挥其宣传及意识形态功能,这一文艺政策自列

---

① 俄语为:эмиграция, метрополия, потаенная литература。

宁到苏联解体都是一以贯之的，从未松动。

列宁的两种文化理念是基于阶级斗争基础之上形成的，受教育阶层与普通民众的矛盾造就了苏维埃的两种文化。列宁在1913年就写道，"每一个当代民族里都存在着两个民族，每一个民族文化中都存在两种民族文化。有普利希科维奇、古奇科夫、司徒卢威的伟大俄罗斯文化，也有车尔尼雪夫斯基和普列汉诺夫界定的伟大俄罗斯文化"①。这种文艺思想在布尔什维克取得政权之后也未曾变化，到1920年代已成为一系列文学事件的重要导火索，其中就包括"哲学船事件"②。官方意识形态及其文化政策对作家们创作具有重要的影响。

在十月革命之后，要将组织意志施加于民众并不是一个简单的任务。这一意愿在苏联政权建立之初，由于官方意识形态收紧引起了不小争论。1920年代在文学上至少有两种对立的倾向：一种倾向是文学发展的多样并举；另一种则代表党的文化政策和政权意志，把文学引向意识形态的团结一致和艺术上的单一。用音乐来比喻的话，1920年代的苏联文学已进入多声部或复调行将结束的阶段，但还未转向单一的独白、独奏。而这两种倾向则造就了1920年代初的独特进程：从百家争鸣到万马齐喑、一枝独秀的发展态势。

大量的社团活动是1920年代初主张文学发展多样并举的一种体现。在彼得格勒与莫斯科各个文化设施，诸如：纪念馆、图书馆、文学之家及各文艺茶室内诞生了数量众多、不可计数的文学团体。有些如昙花一现，成立不久便消失在公众视线；有些则影响极大，成员庞杂，比如拉普。比

---

① Ленин, В. И., *Полное собрание сочнение*, Т. 24, М.: Изд-во политической литературы, 1973, С. 129.

② 哲学船事件（философский пароход）：1922年上半年苏联政府逮捕审讯一大批知识分子，9月将他们送往彼得格勒，由港口分批次（哈肯船长号和普鲁士号）送离苏联。因船上有大批哲学教授、思想界人士、宗教人士及作家，如别尔嘉耶夫、司徒卢威、布尔加科夫、弗兰克等知名哲学家，故史称"哲学船事件"。

较有名气的文学团体有："拉普""列夫派""岗位派""山隘""谢拉皮翁兄弟""奥贝利乌"等。这些文学团体在各种公共场合及报纸杂志中，互相挞伐，不仅发表各自对文艺的认识观念，还从艺术之中转向干预现实生活，针砭时弊，抑或发表言论表达对新政权、对文化政策的态度，从而获取苏维埃政府的支持，扩大其影响力与社会话语权。

托洛茨基是革命后苏维埃官方文学观的代表性人物之一。托洛茨基的才华不仅表现在其革命与社会政治领域，还表现在文学领域。托洛茨基用革命热情来撰写文学评论，其观点都严格地归属于革命。"对于托洛茨基来说，一切艺术的成果都在革命的形式下被审视着；一切艺术创作，从形式到内容，从宏大主题到细小细节辞章、意象、修辞手段，一切都必须渗透革命的精神，一切文学艺术行为和现象，都必须成为革命意志的表现，如此，诗学便成为革命的诗学。"[①]

"同路人"（Попутчикии）这个概念便是托洛茨基的革命诗学的奇思。这个概念最早出现于德国社会思潮之中，被托洛茨基运用到文学批评中。在托洛茨基看来，1920年代的俄罗斯文学是个过渡时期的文学，旧艺术与其说是不想存在，不如说是已经不能存在。[②] 托洛茨基将1920年代的作家分为三种：第一种是革命作家；第二种是地主资本家的作家；第三种便是"同路人"作家。所谓的"同路人"作家便是这过渡时期的作家，他们非常年轻，精神面貌和文学形象都在革命中形成。他们也接受革命，只是每个人都以自己的方式接受革命。在托洛茨基看来，"同路人"作家们生长于革命年代，都与革命有着或多或少的关系，他们在革命前后，怀着革命梦想走上文坛。但是在这些人对革命的接受中，有一个他们所有人都具有的共同特点，这一特点将他们与共产主义严格区分开来，并

[①] 邱运华等：《19—20世纪之交俄国马克思主义文学思想史论》，北京大学出版社2006年版，第181页。

[②] ［俄］托洛茨基：《文学与革命》，刘文飞、王景生等译，外国文学出版社1992年版，第41页。

使他们随时有可能走上与共产主义相对立的危险道路，他们从来没有从总体上把握革命，对革命的共产主义也感到陌生……他们不是无产阶级革命艺术家，而是无产阶级革命艺术的同路人……他们的文学创作是一种新的苏维埃民粹主义。①"谢拉皮翁兄弟"这个文学团体的所有成员在托洛茨基看来都是"同路人"作家。

除了宏观层面与意识形态上的背景之外，文学自身也发生了不小的变革。在19世纪初期，大型体裁（长篇小说）拥有在叙事上无可比拟的优势，每位大作家几乎都以撰写大型体裁为最终目标，并奠定其文学史地位。但自契诃夫之后，小型体裁（短篇小说）也获得了几乎与长篇小说同等的地位，契诃夫成为世界短篇小说大师的同时，文艺界也承认了短篇小说这一体裁的艺术性与文学性。契诃夫在19—20世纪文学史上是一个承上启下的人物。与此同时，白银时代让诗歌时隔百年重回文坛中心地位，群星璀璨。但1920年代之后，诗歌似乎主动让出了核心地位，为中小体裁腾出地盘。所以我们会发现，在革命之后最初的几年，苏联文学的最主要作品几乎都是中短篇小说，甚至可以更具体一些，是英雄主义中短篇小说，比如谢拉菲莫维奇的《夏伯阳》以及弗谢·伊万诺夫的游击队小说。这或许也是1920年代"谢拉皮翁兄弟"这一小说创作团体出现并获得成功的文学原因之一。

第二节 "谢拉皮翁兄弟"文艺争鸣

1922年，《文学纪事》杂志刊出大名鼎鼎的《为什么我们是谢拉皮翁兄弟?》一文后，引起了巨大的争论。争论的焦点在于"谢拉皮翁兄弟"

---

① ［俄］托洛茨基：《文学与革命》，刘文飞、王景生等译，外国文学出版社1992年版，第41页。

的几个文艺主张：其一，文学艺术创作需要相对自由；其二，文学的相对独立性，不依附于任何组织；其三，文学的继承性问题。

"谢拉皮翁兄弟"关于创作自由的主张，体现在他们相对人性化的组织形式上。"谢拉皮翁兄弟"的组织形式别具一格。与"拉普""瓦普"等其他文学团体大搞规章制度、登记注册等文学团体不一样，"谢拉皮翁兄弟"聚集在一起，但不定章程、不搞选举表决。① 这是一个相对松散、自由的组织，而把大家聚集在一起仅靠的是成员之间的友谊和个人情谊。该团队的创作的兴趣也千差万别，并不固定统一，可谓"各人一把号，各吹各的调"。因为"任何固定不变的形式都会产生强制，使人感到气闷，变得毫无乐趣"。② 他们不愿雷同于模仿，渴求创作上的自由，不受政治约束。托洛茨基就断言："谢拉皮翁兄弟有一种内在要求，就是想摆脱革命，保障其创作自由不受革命和社会要求的干扰。"③ 从此被贴上"同路人"的标签，步履蹒跚地走到寿终正寝，其存在不足十年（1921—1929）的光景。然而，尽管该组织最后不得不解散，停止活动，但是其对于艺术创造的自由追求却从未停止，"谢拉皮翁精神"在部分兄弟的创作中有所体现。1931年卡维林在《无名艺术家》一书中写过一句话："艺术的创造精神和每个人都有权谋求表达自由。"④

那么在"各敲各的鼓"、追求创作个性和独特文学趣味的同时，"谢拉皮翁精神"的创作理念有无共性特点呢？毫无疑问是有共性的。其一，团队成员在创作中有着对于创作技法的共同探索。其实，这一点并无特殊之处，从白银时代到1920、1930年代初，俄罗斯文学几乎所有流派与个

---

① ［俄］隆茨、左琴科等：《谢拉皮翁兄弟自传》，大鹏译，《苏联文学》1986年第4期。
② ［俄］隆茨、左琴科等：《谢拉皮翁兄弟自传》，大鹏译，《苏联文学》1986年第4期。
③ ［俄］托洛茨基：《文学与革命》，刘文飞、王景生等译，外国文学出版社1992年版，第55页。
④ 转引自［美］马克·斯洛宁《现代俄国文学史》，汤新楣译，人民文学出版社2001年版，第307页。

人都有此追求。这种实验性创作在未来派诗歌探索和形式主义实验小说中均体现得淋漓尽致。其二，团队成员有着对艺术审美思想的继承性。在1920年代的苏俄文坛，"谢拉皮翁精神"是唯一一家将文学继承性作为其创作任务来加以保护的文学流派。这也是其成员的共同理念。

在当时的文学语境中，文学遗产被定位为"过去的诅咒"来加以规避，因为继承意味着蓄意的倒退，而"谢拉皮翁兄弟"却旗帜鲜明地将其表现出来。隆茨于1922年在《文学纪事》上发表的《为什么我们是谢拉皮翁兄弟?》一文中就明确地表明："我们就不提新的口号，不发表宣言和纲领，但是对我们来说，旧的真理具有伟大的实际意义，这种意义在我们俄罗斯没有被人理解或者被遗忘。"[①] 对于当时单调枯燥的俄罗斯文学，隆茨相当反感，特别是对当时评论界将"古典主义和浪漫主义悲剧看成旧的残余"，把大仲马说成毫无价值，把霍夫曼和史蒂文森只当成儿童文学作家等种种现象表示不解。隆茨认为，作家可以描绘现实，也可以不描绘现实，不描绘现实的霍夫曼的艺术成就不亚于巴尔扎克和托尔斯泰，大仲马也一点不比陀思妥耶夫斯基差，他们都是经典作家。反映现实不应该成为艺术价值的评价标准，那只是表现手法而已。

在对于文学遗产的兴趣上，"谢拉皮翁兄弟"也呈现出多样化的趋势。隆茨和卡维林体现出对于西欧文学的某些兴趣；在费定、斯洛尼姆斯基、弗谢·伊万诺夫作品中则可以看到俄罗斯经典文学，诸如普希金、屠格涅夫和托尔斯泰的影子；尼基京、隆茨和左琴科则对自己的老师扎米亚京的某些写作技法深感兴趣；此外，形式主义方法在"谢拉皮翁兄弟"中也影响巨大。关于这一点，我国学者张冰在谈到形式主义的影响时也曾表示："形式主义对'谢拉皮翁兄弟'拥有决定性的影响。"[②] 这些分散性的兴趣深刻地影响了"谢拉皮翁兄弟"成员的创作风格。也正是其继

---

① [俄]隆茨、左琴科等：《谢拉皮翁兄弟自传》，大鹏译，《苏联文学》1986年第4期。
② 张冰：《陌生化诗学：俄罗斯形式主义研究》，北京师范大学出版社2000年版，第5页。

承性特征使这批年轻的作家在百家争鸣的 1920 年代文坛以其出色的艺术水平脱颖而出并获得读者的认可。马克·斯洛宁也认为"谢拉皮翁兄弟"的确是"苏联文学的早期倡导者及最有天分的一群人"①。

当然,"谢拉皮翁兄弟"这种文学继承性特征,是与 1920 年代苏俄文学语境密不可分的。在十月革命前后的苏俄文坛,各种文学团体林立,百家争鸣。革旧迎新之声不绝于耳。早在 1912 年,马雅可夫斯基等人发表的《给社会趣味一记耳光》就宣称,"要把普希金、陀思妥耶夫斯基和托尔斯泰从现代的轮船上抛下去"。到了 1918 年,未来派再度举起大旗,称"既然可枪毙白卫军,则又为何不对付普希金呢?"② 脱胎于未来主义的左翼艺术阵线——"列夫派"(1922)继承了未来派对待传统文化的态度。马雅可夫斯基在给"列夫派"下定义时说道:"我们把每一个仇恨旧艺术的人都称为'列夫派'。那什么是仇恨呢?……还是用旧文化来做我们的参考书好,而利用的程度,则应以它不至于扼杀当代活的文化为限。这是其一。其二便是为了表现革命所给予我们的整个宏大内容,必须使文学形式革命化。就是这两个原则使我们成为列夫派。"③ 马雅可夫斯基这一定义点明了"列夫派"的未来走向——继承和发展上的明确态度。而在对待继承这一节点上,无论是从 1912 年马雅可夫斯基的把传统抛向大海,还是到 1918 年的对付普希金,再到 1927 年的"仇恨旧艺术""当我们的参考书",都一如既往地坚持虚无主义立场,把传统当作具有"扼杀当代文化"能力的洪水猛兽来对待。当然,这种虚无主义从侧面也反映出其对本身立场的不自信。深受庸俗社会学影响的拉普(广义,含莫普、

---

① [美] 马克·斯洛宁:《现代俄国文学史》,汤新楣译,人民文学出版社 2001 年版,第 308 页。

② [美] 马克·斯洛宁:《现代俄国文学史》,汤新楣译,人民文学出版社 2001 年版,第 308 页。

③ [俄] 马雅可夫斯基:《马雅可夫斯基选集》(第四卷),臧仲伦等译,人民文学出版社 1987 年版,第 577 页。

瓦普、岗位派时期）在对待传统问题上，则走向了对古典文学遗产和当代非无产阶级文学的双向否定，与"列夫派"相比，也有过之而无不及。他们和"无产阶级文化派""列夫派"一样对文学文化遗产采取了虚无主义的态度。他们甚至认为无产阶级文学的基本宗旨就是对过去文学的否定与克服。① 同时，他们对当代所谓"同路人"作家也大加挞伐和批判，极尽排挤打压之能事。

1920年代文学界对待文学遗产的分歧，实质上是新生的苏维埃政权在其建立新文化的过程中权衡利弊和趋利避害的一种反应。其产生分歧的原因就在于对传统文学遗产的利弊认识上。在今天看来，这一点是毫无争议的。但是在当时，这确实是一个争议的焦点。新生的苏维埃政权与过去的沙皇俄罗斯，与资产阶级是势不两立的，这自然会导致在普遍意识上将新生的文学文化与旧的资产阶级文学文化完全对立起来。以至于在大多数文学团体中出现了对传统文学遗产的完全摒弃的态度，意图在荒芜的大地上重建文学乌托邦。而这种试图让无源之水源远流长和让无本之木长成参天大树的想法无异于痴人说梦。连列宁都看得出来，"列夫派"和"拉普"等在创作技法上远不如"同路人"作家。

在这场划清与传统文化界限的文学运动之际，"未来派"表现得尤为激烈。后者除了对传统文化遗产具有先天破坏性基因之外，还在于其创作的哗众取宠、标新立异以博取眼球的特性。在当时的文学语境之下，对待传统文化遗产的态度成为未来派旗帜鲜明的标志。而随着新生政权的建立，阶级和意识形态的对立则为其提供了一个完美的着陆点，它便顺理成章地在此着陆了。传统文学遗产的有害性也从此坐实了罪名。而相对于"未来派"（"列夫派"）的查有实证，"拉普们"就显得简单粗暴。他们多数以无产者标榜，以无产阶级文学自居，却乏有马克思辩证主义思维。

在对待传统文学遗产上，拥有辩证思维的恰恰是其大加讨伐的，需要

---

① 张杰、汪介之：《20世纪俄罗斯文学批评史》，译林出版社2000年版，第227页。

改造的"同路人"作家们。这其中包括扎米亚京、"谢拉皮翁兄弟"、布宁等。扎米亚京就提出，一切文学与生活现象的基本批判准则是肯定—否定—综合（否定之否定）。一切都应遵循着这种永恒的辩证法道路，它们之间的循环造就了艺术通天塔的螺旋之梯，而艺术的方程式也是无穷无尽的螺旋方程式。"（昨天、今天和明天）这是一个家族，这是祖父、父辈和孙子，孙子始终不渝地爱戴和憎恨父辈，父辈不可改变地爱戴憎恨祖辈。"[①]《明天》这篇文章就很明显表明了扎米亚京的看法，昨天、今天和明天便是指文学的过去、现在和未来。他在《明天》手稿旁边标注的字样里就有"文学继承性"这几个字。如果说当时的大环境包括"拉普""列夫派""无产阶级文化派"代表的子辈、孙辈对于祖辈、父辈之憎恨的话，那么"同路人"作家们看到的却是对于祖辈、父辈们的爱戴。扎米亚京是"谢拉皮翁兄弟"文学团体的老师，他对文学遗产的继承性观点直接影响了"谢拉皮翁兄弟"。

从某种程度上说，扎米亚京、"谢拉皮翁兄弟"所代表的"同路人"作家在文艺思想上的继承性探索观点，应该是苏联文艺诞生之初最正确、最合理的发展路径之一。但是，扎米亚京这类有眼光的作家毕竟少之又少。而1920年代将文学遗产的继承性作为其创作任务加以探索的文学团体就只有"谢拉皮翁兄弟"一派。在这种文学语境之下，文学的继承性问题就显得尤为重要了。这也是"谢拉皮翁兄弟"与同时代其他流派作家的文艺观产生分歧的症结之所在。

第三节 "谢拉皮翁兄弟"文学史地位

托洛茨基作为官方无产阶级文学批评的代表，他对"谢拉皮翁兄弟"

---

① ［俄］扎米亚京：《明天》，闫洪波译，东方出版社2000年版，第57页。

的创作持批评性的态度，但是对于他们的艺术贡献也是肯定的："我们深知同路人政治上的局限性、不稳定性和不可靠性。但是如果我们抛弃皮利尼亚克和他的《荒年》，抛弃弗谢·伊万诺夫和吉洪诺夫和波隆斯卡娅等'谢拉皮翁兄弟'，抛弃马雅可夫斯基和叶赛宁，——那么，除了标榜无产阶级那几张未兑现的票据外，还能剩下什么呢？"① 在文学的继承与革新的关系上，1920年代的苏俄文坛上处理最好的无疑是"谢拉皮翁兄弟"。费定后来在《高尔基在我们中间》（1943）一书中对"谢拉皮翁兄弟"就如此盖棺定论："谢拉皮翁兄弟在文学史上不会泯没无闻。"②

虽然"谢拉皮翁兄弟"是于1929年停止活动的，1924年"谢拉皮翁兄弟"中最有才华的剧作家和小说家隆茨的逝世就为其终止埋下了伏笔，但实质上，"谢拉皮翁兄弟"大部分成员成了知名的作家：弗谢·伊万诺夫在20年代凭借《游击队员》《铁甲列车14—69》名满文坛；隆茨虽然英年早逝，但其才华却为大家所肯定；卡维林创作时间最长，于1945年凭借《船长与大尉》获得斯大林奖金二等奖；左琴科虽一生两次受到批判，但其才华更是不言而喻的，左琴科是1920—1930年代苏俄最受欢迎的作家之一，直到现在依然拥有读者。在"谢拉皮翁兄弟"中，左琴科的作品在中国译介最多，影响也最大。而吉洪诺夫早期诗歌中有古米廖夫的影响，后来当了苏联作协主席，费定后来还成了苏联作协主席、苏联科学院院士，他们成为1950—1970年代苏联最主要的文化官僚。此外，还有两个批评家：格鲁兹杰夫和什克洛夫斯基。

总之，在苏联文坛，作为1920年代几乎是唯一的小说创作团体："谢拉皮翁兄弟"文学团体在存在形式与艺术创作上都独树一帜，是苏俄的最早一批小说家。"谢拉皮翁兄弟"在苏联文学史上的地位在于：第一，

---

① ［俄］托洛茨基：《文学与革命》，刘文飞译，外国文学出版社1992年版，第203页。
② ［美］马克·斯洛宁：《现代俄国文学史》，汤新楣译，人民文学出版社2001年版，第308页。

他们是苏联文学的最早实践者，卓有成效的文体改革者，对于革命后的战争、游击队、革命题材小说做过很有成效的探索；第二，"谢拉皮翁兄弟"在小说体裁与风格上的探索影响了后来的苏联作家，甚至对俄罗斯后现代文学亦有影响；第三，隆茨的反乌托邦戏剧、元戏剧创作，更是开辟了俄罗斯反乌托邦和元戏剧之先河；第四，格鲁兹杰夫在文学面具理论、讲述人等方面的论说得益于形式主义学者的研究成果，为后来巴赫金、洛特曼等理论及叙事学研究提供了有益的借鉴。由此可见，"谢拉皮翁兄弟"是1920年代苏联文学的最主要参与者，是苏俄文学不可或缺的一部分，研究这一团体对研究苏俄文学史、1920年代文学进程都颇有裨益。

第二章 "谢拉皮翁兄弟"团体概论

第一节 "谢拉皮翁兄弟"述略

"谢拉皮翁兄弟"是由彼得格勒世界文学出版社于1919年2月举办的翻译培训班发展起来的文学团体，培训班原本目的是为出版社培养翻译人才。彼得格勒世界文学出版社规模宏大，拥有员工350余人及当时全俄最大的"戈比"（«Копейка»）印刷厂。高尔基是世界文学出版社的组织者，他的意图非常明确：引进外国文学名著，翻译出版一批18—20世纪的世界文学，出版俄罗斯经典文学名著。截至1924年，世界文学出版社更名为列宁格勒出版社之前，共出版了约120卷的世界文学名著，包括西欧、近东和中国的一些作品。面对如此大规模的文学翻译，培养翻译人才，给译者普及一些文学艺术翻译技巧、文学史和文学理论知识就显得非常必要。1919年2月，世界文学出版社设立了这个培训班，一开始翻译培训班旨在为出版社内部员工提供一些翻译和文学知识培训，但随后该培训班开始欢迎一些有志于创作与研究文学的人也前来听课。在一份给人民委员会报告的文件中可以看到1919年翻译培训班的课程设置状况：

（一）诗歌艺术

课程包括：

1. 诗歌理论

2. 诗歌史

3. 俄罗斯与外国韵律

4. 比较神话学

5. 19—20 世纪欧洲诗歌

6. 19—20 世纪俄罗斯诗歌

（二）小说艺术

课程包括：

1. 文学理论

   1）修辞

   2）韵律

   3）结构

2. 文学史

3. 文学研究史

4. 文学体裁发展概要

   1）长篇小说与中篇小说

   2）戏剧

5. 俄语语音学

6. 语义学

7. 欧洲 19—20 世纪文学

（三）文学批评

课程包括：

1. 文学批评方法论

2. 文学思想史

3. 史料学

4. 19—20 世纪欧洲文学批评

5. 俄罗斯 19—20 世纪文学

（四）讨论课

课程包括：

1. 诗歌艺术

    1）诗歌作品创作

    2）诗歌翻译

    3）诗歌评论

2. 小说艺术

    1）小说作品创作

    2）文学翻译技巧（法语、英语、德语）

    3）文学评论

3. 文学批评

    1）文学特性比较

    2）传记与图书目录比较概要[①]

在世界文学出版社工作的大都是彼得格勒文坛一流作家、诗人和理论家，这其中有扎米亚京、楚科夫斯基、洛津斯基、诗人古米廖夫等。[②] 但参与授课的远不止这些，从现有资料来看，至少有以下学者、作家、诗人在艺术之家讲过课：阿列克谢耶夫、勃洛克、布拉乌多、巴丘什科夫、布拉乌、高尔基、古米廖夫、扎米亚京、列文森、洛津斯基、奥利登堡、楚科夫斯基、什克洛夫斯基、艾亨鲍姆、什列依科等人。后来，年轻人兴趣逐渐由翻译转向了文学创作，翻译培训班发展成为由这些作家开设的创作培训班。[③] 随后组成了包括10—13人的团体。"谢拉皮翁兄弟"这一名字源于德国作家霍夫曼的同名中篇小说集《谢拉皮翁兄弟》（*The Serapion Brothers*）。

[①] Зайдман, А. Д., *М. Горький и молодые прозаики содружества «Серапионовы братья»*, Нижний Новгород: [б. и.], 2006, С. 27.

[②] 张捷：《十月革命前后的文学流派》，上海译文出版社1998年版，第357页。

[③] Чуковский, Н. К., *Литературная воспоминания*, М.: Советский писатель, 1989, С. 52.

1921年2月1日，在彼得格勒艺术之家斯洛尼姆斯基的狭小房间里举行了聚会，据楚科夫斯基回忆，当时有格鲁兹杰夫、左琴科、隆茨、尼基京、费定、卡维林、斯洛尼姆斯基、波隆斯卡娅、什克洛夫斯基与波兹涅尔参加了晚会。① 斯洛尼姆斯基称，自此之后每周周六聚会成了惯例。

至于"谢拉皮翁兄弟"名字的由来，说法各有不同。楚科夫斯基（Н. К. Чуковский）在日记中写道："谢拉皮翁兄弟"这一名称是卡维林提议的，因为他那时候是霍夫曼的粉丝，这一提议得到了隆茨和格鲁兹杰夫的支持，但是其他人对此都很冷淡，因为包括尼古拉·楚科夫斯基本人在内的人对霍夫曼的作品都不熟悉。② 隆茨在彼得格勒大学师从日尔蒙斯基研究德国浪漫主义文学，他对"谢拉皮翁兄弟"一词甚为了解，并为其他人解释了什么是"谢拉皮翁兄弟"。所谓"谢拉皮翁兄弟"，就是来自霍夫曼的中篇小说集《谢拉皮翁兄弟》，书中兄弟们定期聚会，每个人轮流讲述有趣的事情。其他成员听后遂一致同意这一名称。第二个说法来自另一位"谢拉皮翁兄弟"斯洛尼姆斯基的回忆录，他的叙述比较简单："在某次聚会上，纯属偶然，桌上正好有本霍夫曼的书。甚至跟书中主人公们也有表面相似性：他们也是聚在一起相互讲述各种故事。"③ 我国有学者在研究中曾引用了第二种说法。④ 经多方考究，我们发现事情并不那么简单：斯洛尼姆斯基是记不清了还是在刻意模糊某些记忆？卡维林与斯洛尼姆斯基在20年代末发生过一些嫌隙，关于这些卡维林在其最后一本书《尾声》中讲述了两件事：其一是1920年代末，斯洛尼姆斯基被选为

---

① Чуковский, Н. К., *Литературная воспоминания*, М.：Советский писатель，1989，С. 80.

② Чуковский, Н. К., *Литературная воспоминания*, М.：Советский писатель，1989，С. 80.

③ Слонимский, М. Л., *Завтра. Проза. Воспоминания.* Л.：Советский писатель，1987，С. 374.

④ 张煦：《20世纪俄罗斯"文化神话"的终结之链——从列米佐夫的"猿猴议会"到"谢拉皮翁兄弟"》，《俄罗斯文艺》2017年第3期。

彼得格勒作协秘书处秘书，卡维林在作家出版社编辑部说他是"秘书处的草人"，这话毫无疑问被传达给了斯洛尼姆斯基。其二是两人发生过争吵，最后以卡维林侮辱性的语言结束。当卡维林某篇小说要刊印时，斯洛尼姆斯基向他隐瞒了高尔基写的一篇非常好的评论。① 什克洛夫斯基在《感伤的旅行》这本书中用春秋笔法描绘了斯洛尼姆斯基与其他年轻人产生矛盾的原因："谢拉皮翁兄弟的核心人物是米哈伊尔·斯洛尼姆斯基，最初所有人都很尊敬他，他担任着格尔热宾出版社的秘书，还创作了《文学沙龙》。后来，他写了一部拙劣的小说《涅瓦大街》，此后开始写滑稽短剧，掌握了描写荒谬之事的技巧。他写得不错。现在没有人尊重他，因为他是一个出色的作家。他变得年轻起来，像是自己二十三岁的样子。他现在躺在床上，有时一天工作十二个小时。在烟雾缭绕中。在领到科学院的口粮前，他像尼基京和左琴科一样经历过难以忍受的饥饿。"② 什克洛夫斯基写得非常隐晦，但很明显斯洛尼姆斯基因某种原因在1920年代初便与其他兄弟们产生了嫌隙，所以在他回忆这段时光时刻意隐瞒了某些信息。由此看来，斯洛尼姆斯基的回忆录并不坦诚，他并不想过多回忆这段经历，更不想提到卡维林。而其他参与者，如什克洛夫斯基在弗谢·伊万诺夫逝世纪念文集《弗谢·伊万诺夫：作家与人》中就提到，这一名称首先是卡维林找到的。③ 可见，在这件事情上，楚科夫斯基的回忆录可信度更高。当然，还有另一种说法来自普希金之家出版的"谢拉皮翁兄弟"研究材料集里一篇关于《列米佐夫与"谢拉皮翁兄弟"》的文章。该文在引用列斯尼科娃《关于列米佐夫的回忆录》④ 中的话时写道：

---

① Каверин, В. А., *Эпилог*, М.: Рабочий, 1989, С. 101.
② ［俄］什克洛夫斯基：《感伤的旅行》，杨玉波译，敦煌文艺出版社2014年版，第296页。
③ Шкловский, В. Б., "Всеволод Иванов: Писатель и человек", в кн.: Т. В. Иванов, *Воспоминания современников*, М.: Советский писатель, 1970, С. 15.
④ Резникова, Н. В., *Огненная память. Воспоминания об Алексее Ремизове*, Berkeley, 1980, С. 84 – 85.

多年之后，回忆起他喜欢的霍夫曼，他宣称，正是他给这个团体取了这个绰号。① 不过，相对于前两者来说，该书作者并非"谢拉皮翁兄弟"团体的直接参与者，虽然他们在革命前后（1917—1921）交往甚密，但其说法的可信度不如前两者高。因此，我们认为最早提出"谢拉皮翁兄弟"这一名称的是卡维林。

"谢拉皮翁兄弟"团体成员应该有 13 人。他们分别是：

伊利亚·格鲁兹杰夫 ——堂长兄弟

列夫·隆茨 ——流浪艺人兄弟

韦尼阿明·卡维林 ——炼金术士兄弟

米哈伊尔·斯洛尼姆斯基 ——司酒官兄弟

尼古拉·尼基京 ——演讲家兄弟/编年史编撰者

康斯坦丁·费定——看门人兄弟/掌匙者兄弟（列米佐夫提议）

弗谢沃洛德·伊万诺夫 ——阿留申兄弟

米哈伊尔·左琴科——没有绰号兄弟/掌剑者兄弟（列米佐夫提议）

尼古拉·吉洪诺夫——波洛伏茨人（只有列米佐夫如此称呼）

弗拉基米尔·波兹涅尔——小兄弟

尼古拉·拉吉舍夫（H. 楚科夫斯基）——小兄弟

维克多·什克洛夫斯基——爱吵架者兄弟（列米佐夫给他取了一个"装甲车兄弟"的称呼）

唯一一个没有绰号的谢拉皮翁兄弟，或者姐妹——叶莉扎维塔·波隆斯卡娅（他们认为给女性取过于戏谑性）

各成员进入团体的时间不一样，比如诗人波兹涅尔参与团体时间很短，1921 年 2 月 1 日团体成立，1921 年 4 月中旬，波兹涅尔双亲决意侨居巴黎，波兹涅尔不得不离开彼得格勒，远赴欧洲，成为最早离开

---

① Кукушкина Т. А., Обатнина Е. Р., «Серапионовы братья» в собраниях пушкинского дома. Материалы. Исследования. Публикаци, СБП: Пушкинский дом РАН, 1998, С. 173.

"谢拉皮翁兄弟"的成员,隆茨本人亲赴华沙火车站送行。弗谢·伊万诺夫是团体成立之后由高尔基引荐参加"谢拉皮翁兄弟"的。弗谢·伊万诺夫此时从西伯利亚来到首都与高尔基见面。高尔基在与"谢拉皮翁兄弟"这群年轻的作家见面之际曾向他们介绍了弗谢·伊万诺夫的创作,后者因此被"谢拉皮翁兄弟"接纳,并有了绰号"阿留申兄弟"。另一位"谢拉皮翁兄弟"——吉洪诺夫成为其成员的时间不会早于1921年的11月。[①] 他与弗谢·伊万诺夫一样也是在团体成立之后才加入的。除此之外,罕有人知道,什克洛夫斯基也是"谢拉皮翁兄弟"的成员。隆茨《关于意识形态与政论》一文中称什克洛夫斯基是"谢拉皮翁兄弟"。[②] 如上所述,"谢拉皮翁兄弟"这一团体共由13人组成,但其影响范围并不局限于其实际成员。事实上,在当时有些不属于"谢拉皮翁兄弟"的列宁格勒作家也跟他们有过交集。正如扎米亚京所说,"谢拉皮翁兄弟的车厢门上着锁。可是,实际上他们的车厢还可以坐许多人"。[③]

  首先是奥利加·福尔什。他的短篇小说以描写现代生活为主,虽显得有些肤浅且直接,但其剧本创作则表现得深入且感人,其《拉维》《哥白尼》等剧作在当时有不小的影响力。福尔什虽然不属于"谢拉皮翁兄弟"的成员,但积极参与"谢拉皮翁兄弟"每周六举行的文学会。费定曾回忆道,"很快,文学界便没有人不知道这间小屋了。哪位作家星期六没到过这来?说实话,我们并不对所有人都欢迎……到这来的有年长的同志和指导教师,我们的大门对他们永远敞开,是他们赋予我们学术品质和文学气氛。他们是福尔什、沙吉尼杨、楚科夫斯基、扎米亚京还有什克洛夫斯

[①] Чуковский, Н. К., *Литературная воспоминания*, М.: Советский писатель, 1989, С. 86–87.

[②] Лунц, Л. Н., "Об идеологии и публицистике, Родина и другие произведения", в кн.: Вайштейн, *Иерусалим*, 1981, С. 61.

[③] Замятин, Е. И., *Новая русская проза*, М.: Книга, 1988, С. 319.

基"。① 福尔什的小说《疯狂的轮船》写的就是关于1920年代彼得格勒"艺术之家"及"谢拉皮翁兄弟"的故事。所谓"疯狂的轮船"即指彼得格勒"艺术之家",他将彼得格勒艺术之家比喻成拯救人类于大洪水的挪亚方舟,而艺术之家里的年轻作家们就是革命大洪水之后人类精神文明的火种。

这些年轻作家和"谢拉皮翁兄弟"之间一个最大的共同点就是,他们都没有为当时的政权去宣传、去歌功颂德,去赶制"社会订货",也没有拘泥于传统文学中不能自拔,而是在吸收优秀传统文学的基础上对文学、对小说进行实验,都在进行真正的创作。虽然大部分作家的创作技巧还不完善,但他们的创新精神和实验精神无疑是值得肯定的。

"谢拉皮翁兄弟"组织形式独特,不设主席,没有规章制度,但成员们又因对文学的爱以及描绘世界的欲望而聚在一起,互相品读新作,谈论文学。应该说,"谢拉皮翁兄弟"在创作上具有典型的继承性和革新性特征,使得它成为苏俄文学的先行者之一。该团体活动时间约从1921年至1929年,团体解散后,大部分作家成了苏联的知名作家。"谢拉皮翁兄弟"为苏俄文学的发展做出过较大贡献。

1922年"谢拉皮翁兄弟"成员在《文学纪事》杂志刊发自传,而隆茨却写了《为什么我们是谢拉皮翁兄弟?》一文。该文阐释了"谢拉皮翁兄弟"的文学观与创作思想,其中主要涉及以下几点:第一,每个作家都应有自己独立的个性,不应该成为一种纲领、口号或思想主张、美学主张的奴隶,而应成为"谢拉皮翁隐士";第二,作者的声音"不应该是虚假的,我们相信作品的真实性,不管它是怎样的颜色","文学的幻想是特殊的真实",亦即文学要强调艺术真实,遵从艺术的内在逻辑;第三,文学不能是功利的,"我们不是为了宣传而写作","文学如同生活一样,

---

① [俄] 托洛茨基:《文学与革命》,刘文飞译,外国文学出版社1992年版,第202页。

是没有目的，没有意义的，它之所以存在，只是因为它不能不存在"；第四，文学是多元的，多样化的"每个人都把自己的房子漆成自己喜欢的颜色"；"一个兄弟可以祷告上帝，另一个可以祷告魔鬼，但他们都是兄弟"，"我们不是同志，而是兄弟"。[①] 该文虽然不乏偏激之处，且并不能代表所有成员的文学创作观，但在当时的时代背景下，有其特殊的价值：它有力地反击了庸俗社会学批评片面强调文学的社会功能而忽略美学原则的思想意识，批评了 1920 年代苏俄文学功利化、政论化的不正常倾向，同时它也为苏俄文学提供了一条可行的发展道路。

这篇文章在相当长的时间内都被当作"谢拉皮翁兄弟"成立的宣言。事实上，并不是所有的"谢拉皮翁兄弟"成员都认同这些观点。费定的文艺观便与隆茨大不相同，每次聚会都会起争执。于是团体内部便有了所谓的"东方派"和"西方派"，或者"严肃派"和"愉悦派"之称。严肃的东方派以费定、弗谢·伊万诺夫、左琴科等为主，愉悦的西方派以隆茨、卡维林等人为代表。他们在创作上也风格迥异，谋篇布局与行文上各有所长。但是，这些争执仅限于文学上而并未影响作家们的交往。在组织形式上"不设主席，不搞选举"的"谢拉皮翁兄弟"在 1920 年代初期独树一帜，成为彼得格勒文坛上最出名的文学团体之一。

有研究者认为，1924 年 5 月隆茨因病于德国汉堡逝世，标志着"谢拉皮翁兄弟"的解体。实质上，个别成员的离去并不能左右这个团体的命运：1921 年波兹涅尔随父母侨居巴黎，什克洛夫斯基也曾在柏林旅居一年后重返彼得格勒，包括隆茨的逝世都未能导致团体解散，最多只是成为解散的内因之一。除了内部因素外，苏联文化政策的收紧，实际上也是"谢拉皮翁兄弟"解散的重要原因之一。特别是 1925 年苏联颁布《关于党在文艺方面的政策》中提出了党领导文学活动的基本原则。这其中便

---

① Лунц, Л. Н., *Литературное наследие*, М.：Научный мир, 2007, С. 345 – 347.

有如何对待"中间作家"的处理方法。"谢拉皮翁兄弟"便是这"中间作家",即"同路人"作家的一部分。伴随着文化政策的收紧,"谢拉皮翁兄弟"失去了他们赖以生存的文艺多样性土壤,这朵苏俄文学史上的奇葩自然会在其羽翼尚未丰满之际便随风飘落。实际上,自1926年后"谢拉皮翁兄弟"便很少活动了。

关于"谢拉皮翁兄弟"这一团体存在的时间有必要在此进一步阐述。学界关于这一问题是存在争议的。达维多娃认为,谢拉皮翁兄弟的存在时间是1921—1929年。① 但笔者认为,如果以"谢拉皮翁兄弟"的群体性活动算起,而不是1921年2月的某个具体日期为准,那么其开始时间是1919年。团体最后解散的时间如果也按照此标准来计算的话,我们在卡维林一篇未宣读的发言稿中可以发现端倪。1929年2月本是"谢拉皮翁兄弟"成立八周年,卡维林后来出版的作品中有一篇名为《谢拉皮翁兄弟团八周年未宣读发言稿》(也就是说八周年纪念聚会未能举办),在该文中卡维林感叹道:"在过去的一年我们一次也没聚会,这难道不糟糕么? 我们已很少读彼此的书了,这难道不糟糕么? 糟糕。我还记得每周聚会的兴趣曾超过一切,我们常特意阅读彼此的书,读完之后思考,为文学而不是为自己而争吵。"② 卡维林这段话至少说明1928年"谢拉皮翁兄弟"未能聚会,那1927年呢? 我们在1927年3月13日格鲁兹杰夫给高尔基的信件中找到了证据:"我们'谢拉皮翁兄弟'也有消息。费定过去几天给我们读了自己的小说《兄弟们》,这小说将在《星》杂志三月刊出版。"③ 1926年据斯洛尼姆斯基回忆,他们读了他的小说《拉夫罗夫一

---

① Давыдова, Т. Т., "Замятин и Серапионовы братья: из истории литературной учебы 1920. гг", *Литературная учеба*, No. 1, С. 142.

② Каверин, В. А., *Собеседник: воспоминания и портреты*, М.: Советский писатель, 1973, С. 52.

③ Архив, А. М. Горького, *Переписка А. М. Горького с И. А. Груздевым*, Т. 11, М.: ИМЛИ РАН, 1966, С. 105.

家》。由此我们断定,"谢拉皮翁兄弟"的存在时间是1919—1927年。当然,如果粗算的话,就是1919—1929年十年的光阴。

第二节 "谢拉皮翁兄弟"之聚与散

"谢拉皮翁兄弟"作为一个艺术整体,在1920年代,出现于彼得格勒文坛,有其偶然性,也有其必然性。但毫无疑问,它是一个自然的整体,它的形成与发展到解体都合乎自然生长发育与凋零的规律。"谢拉皮翁兄弟"的自然特性在于其"散"的组织形式与"聚"的精神内核。

在这个团体中,对于文学的热爱,发展成为对俄罗斯文学的一种责任——变革文学。这种责任并非凭空产生,而是基于对世纪之交以来文艺革命的认识基础之上的。"谢拉皮翁兄弟"的"散"的状态是其自然性的反映,其"聚"的缘由是责任使然。这两者统一于一体,成为其复杂的精神内核之一,我们可以称这个精神内核为"谢拉皮翁兄弟精神"。

就该团体组织形式而言,"谢拉皮翁兄弟"更像读书会。"'谢拉皮翁兄弟'没有宣言,在其存在期间所写文章与所发言论均不能令人信服地表达其共同的纲领。"[①] 成员们每周六于彼得格勒艺术之家定期聚会、品读新作、讨论文学问题。此外,似无其他关联。其形式之散,以至于团体成员人数现在还存争论。

与同时代其他文学团体相比,"谢拉皮翁兄弟"之"散"还体现在其成员地位以及他们之间的关系上。"谢拉皮翁兄弟"不存在自上而下的领导体制以及从属关系,所有成员平等相处,从无利益之争,也没有嫉妒。费定就提出过这个问题:"谁是'谢拉皮翁兄弟'之中最重要的人?"他

---

① Хеллман Бен., *Предисловие "Серапионовы Братья альманах 1921"*, СПб: ЛИМБУС ПРЕСС, 2012, С. 8.

的回答是:"谁也不是。"① 在"谢拉皮翁兄弟"成立之前,所有成员都还未成名,但是每个成员都带着自己的品味与兴趣而来,各有不同。"谢拉皮翁兄弟"并不主张消除每个作家的个性,而倾向于保留这种个性自由度,从而呈现出"散"的状态。尼基京在团体成立后的第二次会议中称这种保留作家个性的状态为:"各敲各的鼓。"②

"谢拉皮翁兄弟"团体的内部创作兴趣、创作手法、形式也无统一共性。比如隆茨精通五门语言,对西方文学非常熟悉,毕业之后又师从日尔蒙斯基研究德国浪漫主义文学。在隆茨的视域中,西方文学具有无可比拟的吸引力。隆茨不止一次地呼吁大家:向西看!团体大部分成员虽并非学院派,但他们人生阅历丰富,心智成熟。这些人更偏爱俄罗斯传统创作手法,在俄罗斯现实主义文学中汲取营养,比如弗谢·伊万诺夫、费定与左琴科等人。所以,他们显得更俄罗斯化,在小说创作上比隆茨更成熟,更饱满。"谢拉皮翁兄弟"中的"东方派"与"西方派"正是在这一分歧上被凸显出来。事实上,他们的差异并非天然不同,而是彼此之间一直在对话之中。但从表面上看,"散"确实是这一团体最明显的特征之一。

此外,"谢拉皮翁兄弟"在创作思想以及美学主张上也表现出"散"的特征。隆茨在《为什么我们是谢拉皮翁兄弟?》一文中表达的作家要保持个性化、艺术创作要遵循真实性原则、文学艺术要多样化及非功利化等文学思想和主张,明显具有"散"的特征。

"谢拉皮翁兄弟"团体之"散"并非偶然形成,它有其深刻的历史根源。首先,从外部来看,白银时代打破了19世纪俄罗斯文学统一的审美形态,一个作家统领一个时代的阶段不复存在,一大批优秀作家个性张扬地出现在文坛,使得审美多样化,其本质是作家们对文学的任务与表现手

---

① Федин, К. А., *Горький среди нас: картины литературной жизни*, М: Советский писатель, 1977, С. 76.

② Лунц, Л. Н., *Литературная студия дома искусств. Литературное наследие*, М.: Научный мир, 2007, С. 345.

法各执一词，在创作上分道扬镳。而在"谢拉皮翁兄弟"团体中，成员们在表现手法上的差异要大于创作任务上的差异。从内部来看，其显得"散"的原因在于成员们的个性化、没有向心力。正因为成员之间个体势均力敌，所以在形式上就体现为"散"的状态。就像费定所言，"谢拉皮翁兄弟"中没有主要人物，形成不了向心力，再加上作家们鲜明的个性，其"散"的状态就自然形成了。

那么"谢拉皮翁兄弟"之"聚"的特征又体现在哪些方面呢？

"谢拉皮翁兄弟"的前身是世界文学出版社下设的一个翻译培训班。高尔基在《谢拉皮翁兄弟》一文中提到："培训班中聚集了大概四十个年轻人，世界文学出版社的编委们是他们的领导：有小说家，杰出的俄语大师扎米亚京、批评家楚科夫斯基、语文学家洛津斯基和希列伊科、什克洛夫斯基以及天才诗人古米廖夫。"[①]

不少人认为维系"谢拉皮翁兄弟"的纽带是"兄弟情义"，这一说法不能令人信服，他们并非血亲姻亲，无以用"兄弟情义"来定性。他们之所以能"神聚"的原因在于，他们有一股对于文学的由衷真切的热爱。正如费定所感受的一样："我那时有着难填的'欲壑'，一切都很明了，我也坚信：只有文学能更好更高地满足我的要求。"[②] 先有了对文学共同的爱，加之两年之相处，才有了"兄弟情义"，而这兄弟情义也非牢不可破。卡维林在后来的回忆录中感叹道："70—80 年代还活着的'谢拉皮翁兄弟们'，他们早已不是兄弟，而是敌人或者冷漠的相识者了，世界文学出版社也假装似乎从来不曾有过隆茨这个人，也未曾有过这个略带缺陷的理想化的文学团体。"[③] 但对文学的热爱却伴随了每一位成员的一生。对

---

① Горький, М., "*Группа 'Серапионовы Братья'*", в кн.: *Литературное наследство*, Т. 70, *Горький и советские писатели. Неизданная переписка*, М.: Изд-во АН СССР, 1963, С. 561.

② Федин, К. А., *Горький среди нас: картины литературной жизни*, М: Советский писатель, 1977, С. 18.

③ Каверин, В. А., *Эпилог*, М.: Эксмо, 2014, С. 63.

文学的爱才是"谢拉皮翁兄弟""神聚"的最大原因。他们在艺术之家斯洛尼姆斯基斗室中谈论文学,以文会友,结下深厚友谊。这一群志同道合的文学爱好者在文艺精进的同时,唤起了创造新俄罗斯小说的意愿,我们或许可将之理解为责任。如果说对文学表达形式的争议是造成"谢拉皮翁兄弟"显得"散"的原因之一的话,那么,对文学创作的责任就是其"聚"的重要因素。再者,团体中的所有成员都是年轻人,他们都经历了一战和两次革命,左琴科等人甚至亲临过战场。从之后成员的创作主题来看,时代风貌、革命与战争确实是他们重要的创作主题。正如斯洛尼姆斯基所说:"时代的洪流,对文学的极度热爱与追求,打破革命前小说叙事惯性,用文字表达战争与革命年代经历与见闻的愿望将我们连接在一起。"[1]

"谢拉皮翁兄弟"形散神聚的形式,保证了成员彼此之间的自由创作,也为其进行大胆的文学实验、文学探索提供了可行的空间。正是在这基础之上,"谢拉皮翁兄弟"成了苏俄文学的先行者之一。

第三节 "谢拉皮翁兄弟"之承与创

那么,为什么我们会认为"承"与"创"也是"谢拉皮翁兄弟"的主要特征呢?其一,这是个年轻人组成的文学团体,几乎所有成员还未发表过作品,因此团体所有的作家都是从模仿名家开始写作的;其二,得益于"谢拉皮翁兄弟"独特的读书会形式,所有的成员一起品读名作,学习写作技巧,使得其成员能够更好地汲取前人的创作经验,审视新的文艺观点,这就为其继承与创新创造了极好的环境;其三,1920年代特殊的文学批评环境也从外部刺激了这一文学团体的"通变"观。"谢拉皮翁兄

---

[1] Слонимский, М. Л., *Завтра. Проза. Воспитания*, Л.: Советский писатель, 1987, С. 373.

弟"诸多文艺观点如"无倾向性""各敲各的鼓""艺术只因不能不存在而存在"等被看作"为艺术而艺术"的唯美主义纯艺术观而被加以批评。比如波隆斯基就曾试图将其推到反革命的立场上:"他们不与革命说'是'……'谢拉皮翁兄弟'很明显想穿上拒绝革命的'颜色'。"① 事实上,"谢拉皮翁兄弟"文艺观与唯美主义观念并不相同,隆茨在自己文章中便多次强调自己并非唯美主义者。他们只是认为应珍视前人经验,文学不应该是政论的影子,它有其自身的规律。作家应该在继承与创新中寻找文学的规律。

同时代的俄罗斯作家莎吉娘参加了"谢拉皮翁兄弟"早期的几乎所有聚会,她认为:"这群年轻人之'根',深埋于'保守的'俄罗斯小说之中,贴近心理现实主义,贴近高尔基、库普林、布宁、扎伊采夫;贴近莫斯科的《知识》,贴近《土地》,贴近彼得堡的《野蔷薇》,如此亲近的血缘。"② 笔者在《"谢拉皮翁兄弟"的文学继承性》一文中说过:"'谢拉皮翁兄弟'在文学的创作思想、手法以及审美情趣上,受过传统文学的熏陶,它像双头鹰一般,一头朝向西欧文学,另一头顾着俄罗斯文学传统。"③ 由此观之,尽管"谢拉皮翁兄弟"内部兴趣各有不同,甚至还存有争论,但在继承性问题上他们的兴趣是一致的。

说到继承,必须首先谈一下19世纪末20世纪初文学体裁上的变化:世纪之交旧的表达形式没落,旧的统一的审美也被打破。人与社会、人与环境之间的关系失去了稳定性,观察世界表现出碎片性、不连续性。"在这一时期,灵活多变的短篇小说与特写占据了体裁的中心位置"④,体裁

---

① Полонский Вяч.,"Литературное движение октябрьского десятилетия", *Печать и революция*, No. 7, 1927, С. 29.

② Шагинян, М. С., Серапионовы братья, в кн.: В. Я. Фрезинский, *Судьбы Серапионов: портреты и сюжеты*, СПб.: Академический проект, 2003, С. 528.

③ 刘森文、赵晓彬:《"谢拉皮翁兄弟"的文学继承性》,《俄罗斯文艺》2015年第3期。

④ [俄]阿格诺索夫主编:《20世纪俄罗斯文学》,凌建侯等译,中国人民大学出版社2000年版,第16页。

上短小精悍的形式适应了表达新内容的趋势。

"谢拉皮翁兄弟"是一个文学创作团体。从体裁上来看,其创作主要是以小说为主,兼有诗歌和戏剧;而从文学继承来看,我们首先要关注的就是"谢拉皮翁兄弟"对故事体(Сказ,也有译为"讲述体")小说样式的继承。"故事体"作为一种文学样式,已有悠久的历史,但该术语直到20世纪才由俄国形式主义批评家艾亨鲍姆提出,他认为故事体是从口语风格出发写作的作品,是一种词法、句法和语调方面的选择基于叙述者的口语基础之上的叙述模式,并把普希金、果戈理、列斯科夫、列米佐夫、别雷都归结为此类作家。[①] 如果从叙事学的角度来看,这是一种叙事者(讲述者)与隐含作者存在巨大差异的体裁,而且这种不相吻合性能被读者很明显感知到。这种文体的优点就在于:相对于书面语,口语的语言是鲜活的、具有时代性的,对描述时下社会具有无可比拟的优势,这种文体恰好成为20世纪初俄罗斯现实主义文体危机的出路之一。艾亨鲍姆也曾在彼得格勒艺术之家讲授课程,并成为"谢拉皮翁兄弟"晚会的座上客,对"兄弟们"的创作不无影响。毫无疑问,"谢拉皮翁兄弟"继承了自普希金到别雷的故事体小说特点与叙述模式。当然,对故事体继承最成功的作家当属左琴科。左琴科深受白银时代女作家苔菲的影响,形成了自己的故事体小说风格。左琴科很早便开始寻找一种全新文体,并在1923年冬写《贵族女人》一文中成型,这是一种全新的、浓缩而精简的语言。从左琴科的新小说中可以看到他对苔菲风格的继承:经典的幽默,荒谬的词汇,滑稽的讽刺,突出两三个主人公的典型性格。其实早在彼得格勒艺术之家的时候左琴科就写文分析过苔菲风格,并在创作中模仿。除苔菲外,果戈理、列斯科夫、扎米亚京对左琴科的故事体文体都有不同程度的影响。左琴科的创作也由此渐入佳境,成了风靡一时的幽默讽刺大家。

其次是对人物形象与情节母题的继承。在"谢拉皮翁兄弟"的小说

---

① 李懿:《俄国文学叙事样式:故事体研究》,《中国俄语教学》2016年第4期。

创作中,我们可以看到不少俄罗斯文学经典人物形象与母题的复现。费定在其第一部成名小说《果园》中描绘的主人公守园人西兰季就很容易让人联想起俄罗斯文学中的一连串小人物形象,小说结尾西兰季一把火烧了园子和木屋,火光又让人联想起《樱桃园》结尾处的伐木声,而西兰季不断重复的那句话:"东家好像把一切都带走了!……"又像是布宁小说中那淡淡的忧伤与对过往美好逝去的无力感。左琴科小说中对于人物形象与母题的继承也很明显,比如其短篇小说《可怜的丽莎》中描绘了一位嫌贫爱富、爱慕虚荣的女子,但她每换一位丈夫,其上一任丈夫却都意外地发达了,命运似乎在有意地捉弄和讽刺她善于钻营的性格。这就不难看出,嫌贫爱富而抛弃丈夫这一形象与契诃夫《跳来跳去的女人》中的奥尔加·伊万纳夫娜相类似,而频繁结婚这一母题又与契诃夫的小说《宝贝儿》相吻合;此外,左琴科小说的题目《可怜的丽莎》也取自卡拉姆津的同名小说,但卡拉姆津作品中的丽莎是被纨绔子弟抛弃投水而死,而左琴科笔下的丽莎却是个一心嫁富、不料弄巧成拙的人,其中讽刺意味可见一斑。隆茨的小说《第37号发文》是一个奇幻的短篇小说,关注国内战争时期纸张匮乏情况的作品,这个短篇其实不难发现来自果戈理的《外套》中对机关单位小人物的描写传统。

  而在情节的继承上,我们应该首推隆茨。隆茨的文学继承性是具有一定理论高度的。隆茨说过:"俄罗斯小说停止了运动,它躺着在小说里,毫无作为,什么也不会发生,尽管其中或讨论或感受,但没什么可干,无所事事,它会死于血液阻滞,死于久躺,死于水肿,它变成了思想纲领的简单反响,政论的镜子,不再像艺术一样存在。"[①] 隆茨认为,俄罗斯小说像躺在圈椅上等死的奥勃洛莫夫一样,一动不动,而拯救他的唯一办法便是西方的情节小说。尤为值得注意的是,作为一位戏剧家,隆茨还认为

---

① Федин, К. А., *Горький среди нас: картины литературной жизни*, М.: Советский писатель, 1977, С. 77.

戏剧的核心是情节，但由于长久以来情节的缺位，导致俄罗斯没有戏剧，甚至也不曾有过，有的仅仅是五到七部轻喜剧和一些稍好的日常剧。"我们甚至不曾有过一部悲剧。"① 隆茨还细致地分析了列米佐夫、别雷、布宁、扎米亚京、库兹明等人的创作，认为他们的创作有一个共性：即情节的缺失。而当代俄罗斯小说之所以衰落，西方小说之所以繁荣，原因就在于西方情节文学不可战胜。由此他多次呼吁成员们向西方小说家学习。隆茨这些观点虽然极端，却不无道理。

"谢拉皮翁兄弟"充当的另一个角色是革新者的角色。继承性与革新性是同一层面的两个问题。在继承性的引导下，"谢拉皮翁兄弟们"萌生了其团体的责任感：革新俄罗斯小说。隆茨认为，当时的俄罗斯文学异常单调、古板，不仅忽略传统、搞虚无主义，而且情节匮乏、形式单一。因此，"谢拉皮翁兄弟"开始在小说上做实验。

"谢拉皮翁兄弟"最初进行的小说实验是内容上的。新的主题、新的形象进入文学，既是时代的要求，自然也成为这群年轻作家们的创作初衷。正如巴拉诺娃在《高尔基与苏联作家》一书中所言："苏俄文学发展最初阶段的一大难题便是描绘新人物。"② "谢拉皮翁兄弟"成立于旧世界覆灭、新生事物层出不穷的时代，这也给作家们提供了良好的素材。他们笔下最常见的场景与形象便是国内战争、白匪红军、革命日常、市侩、新人、新机构、新的感受等。他们突出描写新生活：人在这种新旧对峙之中如何选择，人性在这矛盾之中又会遭受什么考验？这些都是作家们探讨的主题。比如，弗谢·伊万诺夫的短篇小说《幼儿》描写了一个蒙古游击队的故事。草原上闹起了兵灾，慌乱起来，从额尔齐斯河流域迁居蒙古游牧的吉尔吉斯人组建了一个"谢利瓦诺夫游击队"。在蒙古，他们显得既善良又残忍，无知而粗暴。他们杀了俄国军官一家，却又要留下嗷嗷待哺

---

① Лунц Н. Л., *На запад, Литературное наследие*, М.：Научный мир, 2007, С. 351.
② Баранова Н. Д., *М. Горький и советский писатель*, М.：Высшая школа, 1975, С. 146.

的婴儿，不乏善良。为了奶"白匪"婴儿，却又将抢来的吉尔吉斯女人的亲生孩子扔掉，把奶水留给俄罗斯军官的遗孤。这是一种人性善恶不得不服从自然选择、法制观念淡薄、杀人抢女人成为常态的奇异世界。这是一种具有浓烈的异域风情的世界，蒙古人、吉尔吉斯人、中国人等奇异的东方形象给新生的苏俄文学注入了新的活力，这样的艺术内容充满了现代气息。弗谢·伊万诺夫的早期游击队小说别具一格，他因此成为1920年代革命战争文学游击队主题最早的开拓者。除此之外，卡维林在知识分子形象上的探索、左琴科对小市民形象的描绘都深入人心，使得他们成为苏联第一批家喻户晓的作家。

除内容上的探索之外，"谢拉皮翁兄弟"在小说形式与技法的探索上也卓有成效。"谢拉皮翁兄弟"走出了纯自然主义描绘事件的阶段，其作品一开始就具有较高的艺术水准。而且，无论这群作家之后的创作理念发生了何种变化，在刚刚步入文坛的时候，他们都进行了或多或少的小说实验。值得注意的是，在小说形式的实验上，"兄弟们"和形式主义大师什克洛夫斯基渊源颇深。比如，费定的第一部小说集《荒地》（1923）就能看到形式主义的影响，其中不乏什克洛夫斯基"陌生化"等理论的影响。[1] 弗谢·伊万诺夫1920年代的小说创作总体上是带有浪漫主义气息的，异域风情颇为浓郁。"他最初是一个幻想作家"[2]，"崇尚彩色写生，其笔下的风、石头、树林都带着浓烈的个人情感"[3]。比如《幼儿》一书开篇这样写道："蒙古是一头野兽，没有欢乐，石头是野兽，河水也是野兽，连蝴蝶都想咬人。"[4] 弗谢·伊万诺夫的天分在于其敏锐的感官与不

---

[1] Баранова, Н. Д., *М. Горький и советский писатель*, М.：Высшая школа, 1975, С. 142.

[2] Иванов, Т. В., *Писатель и человек: воспоминания современников*, М.：Советский писатель, 1970, С. 6.

[3] Иванов, Т. В., *Писатель и человек: воспоминания современников*, М.：Советский писатель, 1970, С. 7.

[4] ［俄］弗谢·伊万诺夫：《幼儿》，曹靖华译，《曹靖华译著文集》（第5卷），北京大学出版社1992年版，第198页。

加选择的洞察力，正如扎米亚京所说："他更多的是体验……不加选择地洞察一切……弗谢·伊万诺夫的嗅觉是非常出色的、兽性的……"[①] 弗谢·伊万诺夫的想象、感官、洞察力加上西伯利亚异域风情在读者的认知盲区上获得了某种陌生化的感受。弗谢·伊万诺夫的早期作品《蓝色小兽》和左琴科的《维克多利娅·卡季米洛夫娜》都以民间叙事传统或装饰风格（Орнаментализм）写就。左琴科对小说形式的创新主要来源于故事体叙事框架与独特的叙事手法的安排。隆茨在新戏剧上的探索也成效显著，他的戏剧《超越法律》颇受好评。俄罗斯文学在19世纪末20世纪初遭遇的形式危机而促成的文艺革命在"谢拉皮翁兄弟"的创作之中得到了充分的实现。其中"故事体"和"装饰体"的运用，为他们的小说创作增色不少。

无论形式还是内容上的革新，"谢拉皮翁兄弟"的小说实验都受到了"形式主义"文艺理论的影响。那么为什么"谢拉皮翁兄弟"对"形式主义"理论爱不释手呢？

第一，形式主义是一个特殊的文艺学派，其文艺理论回答了年轻人的两大问题："怎么写作？"以及"接下来写什么东西？"回答第一个问题就需要观察经典作家们的成功经验，是为继承，而回答第二个问题，便涉及个人风格的形成，语言的探索，即为革新。

第二，形式主义方法论有别于传统的社会历史批评、庸俗社会学方法论，它重视艺术家个性，不否认个体创作意义，代表另一种审美与心理，这种特立独行的文艺理念深得年轻作家们的喜欢，正是这种革新性理念使"谢拉皮翁兄弟"这一文学团体与众不同。

第三，形式主义方法论研究文学将其看作一系列特殊的现象链，而不是让现象屈尊于某种封闭的逻辑体系之中。被庸俗社会学曲解下的马克思主义一元论在当时的文坛中比较盛行，但形式主义者认为文学艺术不仅仅

---

① ［俄］扎米亚京：《明天》，闫洪波译，东方出版社2000年版，第70页。

是社会现实的单纯反映，他们更强调文本的价值与作家在创作中的个性与自由。

第四，形式主义者们直接与"谢拉皮翁兄弟"进行过对话。什克洛夫斯基参加了大部分"谢拉皮翁兄弟"的活动，并且将"奥波亚兹"的不少活动安排到艺术之家举行，这直接对"谢拉皮翁兄弟"文艺观的塑造起到了积极作用。

总而言之，"谢拉皮翁兄弟"在 1920 年代或多或少都进行了小说形式与内容上的探索与实验，有的成功探索出了自己的风格，有些则并不太成功，但这些探索对苏俄文学都是有裨益的。

第四节 "谢拉皮翁兄弟"之悲与欢

19 世纪初，有一段著名的公案：那便是"无名人阿尔扎马斯社"（Арзамасское общество безвестных людей，1815—1818）与"俄罗斯语言爱好者座谈会"（Беседа любителей русского языка，1811—1816）关于文学语言的争论。1811 年由希什科夫倡议成立了"俄罗斯语言爱好者座谈会"，旨在保护俄语的纯洁性，保留教堂斯拉夫语，使其免受外来词侵蚀。参与者有杰尔查文、赫沃斯托夫等。而另一派以卡拉姆金为首，参与者有茹可夫斯基、巴丘什科夫、普希金等人，力图使俄语接近口语化，摆脱教堂斯拉夫语陈腐的表达形式。1816 年文坛领袖杰尔查文逝世，"俄罗斯语言爱好者座谈会"解散，阿尔扎马斯社延续至 1818 年，他们之间的激烈争论虽然未能彻底解决文学语言的走向问题，却留下了许多有趣的形式。为反对"俄罗斯语言爱好者座谈会"官方严肃的组织形式，阿尔扎马斯社成员们想出了许多怪诞的方法：阿尔扎马斯社取自普鲁多夫（Блудов）的讽刺文，每个成员都有一个取自茹可夫斯基抒情诗的绰号，社徽是一只纯种阿尔扎马斯鹅，具有强烈的戏谑性。在聚会期间，所有人都玩各种愉悦的游戏，以戏谑的诗歌唱和。阿尔扎马斯社的传统自此在俄罗斯社团活动中被保留下来。巴赫金于1973年接受杜瓦金采访时谈论起在大学期间参加过的社团，有一个叫"肚脐"的社团便是阿尔扎马斯形式，可见这一传统影响之深远。

阿尔扎马斯社所代表的是一种反传统的、革新的精神内核，尽管其外在形式表现为戏谑的、狂欢的、反讽的。其精神本质是积极的，其组织形式存在本身就是一种隐喻与讽刺。阿尔扎马斯社与"谢拉皮翁兄弟"之间的关系绝不仅仅是模仿与被模仿的关系，这或许也是精神上的传递。此外，他们还有一个共同之处在于，与阿尔扎马斯社一样，"谢拉皮翁兄弟"也是一个由年轻人组成的文学团体。青年的精神正是叛逆的、娱乐的、反传统与革新的，因此创作氛围的娱乐性也是这个团体的主要特征之一。

这是个松散的文学团体，与当时的社会组织形式托拉斯或者合作社更为相似。松散给很多娱乐活动予以可乘之机，也让这一文学团体充满了与众不同的活力。"谢拉皮翁兄弟"在诸多特点上模仿了阿尔扎马斯社。其一，每个成员都有个怪异的绰号（除波隆斯卡娅之外）。此外他们见面之时，问候的方式也极为特殊："你好，兄弟，写作是非常困难的！"这句话来自费定与高尔基的通信，后来因其符合团体成员们对于写作事业的崇敬而逐步发展成为问候语，卡维林在60年代还以此为书名写了一本回忆录。其二，"谢拉皮翁兄弟"第一次的会议备忘录形式也完全模仿"无名人阿尔扎马斯社"。

"谢拉皮翁兄弟"的戏谑性质始终存在。以至于老成稳重的费定有时候难以忍受："那儿大家用文学开玩笑，玩游戏，我知道这仅仅是种方式，这里的人喜欢普希金、阅读托尔斯泰的作品并不亚于我，但是这种方式让我感到很诧异。"[1] 费定认为所有人天性是不同的，故如前所说，此

---

[1] Федин К. А., *Горький среди нас: картины литературной жизни*, М: Советский писатель, 1977, C. 77.

团体分为两派，以隆茨为首的愉悦的"左派"和以弗谢·伊万诺夫为首的严肃的"右派"。其实，这种分法，除写作风格上的差异之外，年龄差异也是一方面的原因，毕竟隆茨、卡维林等人才不满二十岁，玩心还重，而费定、左琴科等人已成家娶妻，人生阅历丰富，沉稳而不苟言笑，特别是弗谢·伊万诺夫，几乎就是个沉默寡言的人。但毫无疑问，愉悦的隆茨深得所有成员喜欢，他才华横溢，极擅于辩论，幽默且善于调节气氛，一度被认为是该团体的核心作家。

但"谢拉皮翁兄弟"悲剧性也正在于此。其自成立之日起便因不合时宜的主张成为文艺界批评的焦点。"谢拉皮翁兄弟"成立的第一年，团体年纪最小的波兹涅尔便随双亲远赴巴黎；形式主义大师什克洛夫斯基，作为活动的积极参与者也出国而去。1923年，团体中才华横溢的隆茨因罹患重病而卧床一年，于1924年5月在德国汉堡逝世。隆茨逝世之后，"谢拉皮翁兄弟"活动日渐减少直至解体，由此不少人说，隆茨的逝世是导致团体解散的主要原因。

其实，"谢拉皮翁兄弟"解体的威胁是始终存在的。首先，"谢拉皮翁兄弟"团体成立之后，内部还因个人兴致不一而分化出东方派与西方派。其次，在隆茨的文学批评文章《为什么我们是谢拉皮翁兄弟？》《向西去！》中就已经用具体的创作任务与分化意识替代了其脆弱的融合性，而卡维林与斯洛尼姆斯基在某种程度上支持了这一观点，团体由此分化出了内部派别。隆茨刊发这些文章明显并未和兄弟们进行商量，但在行文中都用"我们"来代替整个团体。这在兄弟中容易产生嫌隙，而且这一现象不仅体现在隆茨身上，在1924年1月27日彼得格勒作家纪念列宁逝世的签名备忘录中可以看出，一个统一的团体已经貌合神离：格鲁兹杰夫的签名位于团体签名之外，弗谢·伊万诺夫是作为彼得格勒作协作家出席的，而以"谢拉皮翁兄弟"团体出现的只有尼基京、费定、左琴科、波隆斯卡娅、卡维林、吉洪诺夫和斯洛尼姆斯基，而隆茨远在汉堡疗养。是什么原因导致出现这种状况，现已无法言明，但问题的本质就在于谁也无法单独地替整个团队做决定，这些问题应该在"谢拉皮翁兄弟"的内部聚会上进行详细讨论。用特尼扬诺夫的俏皮评论来说，此时的"谢拉皮翁兄弟"更像"谢拉皮翁堂兄弟"。

还有另外一种观点认为，"谢拉皮翁兄弟"的解体与成员的个体成长关系密切。什克洛夫斯基就曾认为，当"谢拉皮翁兄弟"成员们逐渐获得出版机会之后，兄弟们将再难聚合。事实上确实如此，到1920年代中期，费定、左琴科、弗谢·伊万诺夫和尼基京已成为知名作家，获得了出版界的认可，而卡维林与隆茨在当时还未成名，也未出版过什么，获得出版机会的兄弟们开始较少参加聚会，最后干脆就不出席了。

"谢拉皮翁兄弟"的解体，除内部因素外，还有外部因素。因为"谢拉皮翁兄弟"独特的组织形式，自由的艺术创作主张都显得很不适宜。在某种程度上，这些艺术主张也为其制造了不少外部压力。卡维林后来回忆道："那个时候，差异很大，1920年代是一个样，1930年代是另外一个样。"[①] 随着国内政局稳定下来，当局开始着手掌控意识形态方面事宜。文艺多样性存在的土壤流失，而倡导文艺多样性与创作自由的"谢拉皮翁兄弟"解体是自然而然的事情。

综上所述，我们以"谢拉皮翁兄弟"整体为观察对象，以组织形式、精神内核、戏谑娱乐方式为着眼点，总结出这一团体"聚"与"散"、"承"与"创"、"悲"与"欢"这六个特点。"谢拉皮翁兄弟"产生于白银时代的喧嚣犹在耳畔，苏联文艺政策尚未收紧的1920年代，凭借对文学的热爱和革新文学的意愿他们踏上文坛。其特殊的组织形式，不乏激进的艺术主张使得团体一经成立便引起了文坛的关注。如果以文学史的眼光来看的话，"谢拉皮翁兄弟"的成员们在这一团体中只是度过了其创作生涯之中最初的青涩创作阶段。然而这却是他们创作生涯中最重要的时光，

---

① Каверин В. А., *Эпилог*, М. : Эксмо, 2014, С. 62.

因为正是在这一阶段里，年轻的作家们学习传承优秀传统，进行小说的实验与探索，逐步形成了自己的创作风格。"谢拉皮翁兄弟"的成员们为苏俄文学发展做出了较大贡献，他们与同时代其他作家们一道，使得1920年代成为几乎整个苏俄文学史上最有活力的时期。

第三章 "谢拉皮翁兄弟"导师团

在"谢拉皮翁兄弟"的成长史上，彼得格勒一众文化名流，诸如日尔蒙斯基、洛津斯基、洛斯基、阿赫马托娃、列米佐夫、波隆斯基、勃洛克、古米廖夫、楚科夫斯基等扮演着重要角色。但是要论对"谢拉皮翁兄弟"创作影响最大之人，那无疑是以下三位作家：扎米亚京、高尔基与什克洛夫斯基，他们无论是在精神上、物质上还是在创作上都给予了这群年轻人最有力的帮助。

第一节 扎米亚京与"谢拉皮翁兄弟"

"谢拉皮翁兄弟"是1920年代俄罗斯文学的主要参与者，对当时的文学有重要的影响，这离不开扎米亚京和高尔基等人的支持。扎米亚京可以说是20世纪初最有才华的作家之一，他对"谢拉皮翁兄弟"这一文学团体的影响是不言而喻的。扎米亚京在彼得格勒艺术之家文学培训班讲过很长一段时间的小说创作技巧课程（在所有翻译家、文学家、文艺学家的课程中，扎米亚京的这一课程是最受学员们欢迎的），他们中的每位成员都听过扎米亚京的课程，并积极践行其美学主张。实际上，自1919年扎米亚京在培训班授课以来，"谢拉皮翁兄弟"的主要成员几乎都出自扎米亚京的课堂。什克洛夫斯基在其回忆录小说《感伤的旅行》中这样写道:"冬季过到一半的时候,在下层成立了'谢拉皮翁兄弟'。叶甫盖尼·扎米亚京在艺术之家的培训班任教,他讲得浅显易懂,却是关于技巧的,他教授如何写散文。他的学生相当多,其中就包括尼古拉·尼基京和米哈伊尔·左琴科。"① 无论是私人交流,还是文学创作,扎米亚京都与"谢拉皮翁兄弟"之间有着十分密切的关联,年轻的作家们实际上受扎米亚京的影响颇深。

扎米亚京十分重视俄罗斯文学新生力量,并将希望寄托在这群年轻作家身上,认为他们承载着俄国文学的未来。当时,很多作家仍在用现实主义的"老木犁"开垦文学,他们坚信,革命的艺术就应当是反映革命日常生活的艺术。扎米亚京对此持否定态度,他在那篇著名的文章《论文学、革命、熵与其他话题》中写道:"有生命的文学形式特征,正是那同一内部的特征:放弃真理,也就是放弃那些人尽皆知的和在此之前我们所知道的——脱离经典化的轨道,驶出宽阔的大道。俄国文学之大道被托尔斯泰、高尔基、契诃夫等巨匠的车轮压出了光泽,这条大道就是现实主义、日常生活。由此可见,应当脱离这种日常生活。被勃洛克、索洛古勃、别雷奉为经典神圣不可侵犯的轨道是脱离了日常生活的象征主义,因而应当贴近这种日常生活……这世界是一种假定性、抽象性、非现实性的,因此社会主义的现实主义与资产阶级的现实主义都是不现实的。"②扎米亚京意识到小说改革的风潮已经到来,而最早产生革新意识的就是"谢拉皮翁兄弟"。他对这些青年作家的身份及其作品还进行过恰如其分的定位和解读。扎米亚京是"谢拉皮翁兄弟"成员们直接的创作导师,他的课程在艺术之家所有老师中(包括著名的学者洛津斯基,汉学家、翻译大家阿列克谢耶夫院士,形式主义者什克洛夫斯基)最受年轻作家

---

① [俄] 什克洛夫斯基:《感伤的旅行》,杨玉波译,敦煌文艺出版社2014年版,第295页。
② [俄] 扎米亚京:《明天》,闫洪波译,东方出版社2000年版,第125—126页。

们的喜爱。除此之外，扎米亚京还对"谢拉皮翁兄弟"早期成员们的创作进行了一一点评。

扎米亚京在《新俄罗斯小说》中写道，"谢拉皮翁兄弟根本就不是兄弟，他们有各自的父亲；也不是什么学派，更谈不上什么流派：一些人朝东走，另一些人向西行，他们一起乘车从传统文学到第一枢纽站：只有一部分人继续乘行，其余人则滞留在这一临时的、道听途说的现实主义车站。"① 扎米亚京将兄弟们比喻成在艺术列车上出发点相同，但终点不同的乘客们。在这趟艺术列车行驶途中，由于每一站的风景不同，兴趣使然的情况下，兄弟们在不同的站台选择下车。而率先选择在离传统文学最近的一站下车的就有弗谢·伊万诺夫、费定、尼基京和左琴科，这一站运载的丰富语言将四人吸引到地面，引入日常生活。

弗谢·伊万诺夫是"谢拉皮翁兄弟"中最年长的，同时也是最突出、最重要、最可靠的一位。俄裔美籍批评家马克·斯洛宁在《谢拉皮翁兄弟及同路人》一文中将其称为"谢拉皮翁兄弟会中最放异彩的人物"②，并对其写作手法、技巧大为赞赏。扎米亚京在对伊万诺夫进行评价时首先肯定了他的观察与模仿能力，"在俄罗斯至今没有任何一位作家能像伊万诺夫这样善于观察"。③ 毫无疑问，对于一个作家来说，对细节的观察是极为重要的，弗谢·伊万诺夫具备成为一个大作家的潜力。扎米亚京在称赞伊万诺夫的观察能力与描写刻画能力的同时也指出，最大的遗憾就是其作品中明显缺乏必要的思考。在扎米亚京看来，伊万诺夫不加选择地洞察一切，其作品中散发着"被汗浸湿的裤子"的气味，还散发着狗毛的气味、污粪味、香皂味、马乳酒味、烟味等，这种名词可以被无休止地列举。伊万诺夫总是能够用文字十分精准地将客观事物展现给读者，使读者

---

① ［俄］扎米亚京：《明天》，闫洪波译，东方出版社 2000 年版，第 68—69 页。
② ［美］马克·斯洛宁：《现代俄国文学史》，汤新楣译，人民文学出版社 2001 年版，第 308 页。
③ Замятин, Е. И., *Новая русская проза*, М.：Книга, 1988, C. 302.

如临其境，但却忽视了作品中应该具有的思想性，而非单纯的文字组合排列。"伊万诺夫的嗅觉十分出色，堪称兽性。但他应该意识到，人的构成不是只有感觉器官，人还应该试着哲学地思考。"① 托洛茨基在《文学与革命》中也提道，"题材上的片面性和艺术把握上较大的狭隘性，在伊万诺夫清新、明亮的色彩上留下了单调的痕迹。"② 扎米亚京和托洛茨基关于伊万诺夫的共同论见就在于，二者都肯定了伊万诺夫日常生活的描写能力，同时也都指出了在文字运用上应该适当节略，这是成为一个伟大作家的必要条件。

扎米亚京将伊万诺夫归为贴近传统的作家，是因为他的作品都是描写革命的日常生活。他之所以可以拿到"谢拉皮翁兄弟"专车车票，是凭借对客观事物进行描写时的印象主义手法，但扎米亚京同时指出，若要想创造出好的文学作品不能只靠观察、模仿和纯粹的描写与刻画。

扎米亚京对尼基京作品的批评同样毫不留情，虽用笔墨不多，却句句深刻。扎米亚京直言，尼基京有时发表的作品内容颇为令人费解，譬如"疲惫的汗水"，"脱落的麦穗"或者"海鸥在水面上振翅高声喊叫"，"眺望有腿之苍天"，③ 同时指出，苦闷、痛苦是尼基京作品的主要主题，他总是在竭力表达恐惧与不安的情绪，遗憾的是，他还没有真正学会如何恰当地表现这些情绪，在表达中有用力过猛之嫌。在扎米亚京看来，尼基京的《佩拉》《石》《桩》等都是不成功的短篇小说，他还表示："尼基京比伊万诺夫更加令人担心，这体现在其表现日常生活和艺术创作的能力上，因此他面对自己的事业不可能高枕无忧。"④ 托洛茨基对尼基京的评论与扎米亚京大致相同。托洛茨基称，尼基京在1922年所写的东西，较前一年有巨大的突破，但在这种迅速成熟中，就像一个早熟的少年一样，

---

① Замятин, Е. И., *Новая русская проза*, М.: Книга, 1988, С. 303.
② [俄] 托洛茨基：《文学与革命》，刘文飞译，外国文学出版社1992年版，第57页。
③ Замятин, Е. И., *Новая русская проза*, М.: Книга, 1988, С. 305.
④ Замятин, Е. И., *Новая русская проза*, М.: Книга, 1988, С. 305.

在他身上总会出现某种不安的东西。读过一些尼基京的作品，我们就会发现，两位批评家所说的"不安情绪"主要表现在作者玩世不恭的腔调上，青年人或多或少地都有这种腔调，但它在尼基京这里，却具有与众不同的恶劣的性质。问题不在于粗鲁的字眼，而是对人对事的一种特殊的、有意粗俗化的态度，会让人心生厌恶。毫无疑问，扎米亚京的直觉与看法都非常准确，尼基京早期展现出的才华并没有在之后的创作中延续下去，他被湮没在了苏联大批新生作家之中，是"谢拉皮翁兄弟"中最早被遗忘的兄弟。

与前两位作家相比，扎米亚京对左琴科的态度明显柔和了许多："他们三人同坐一桌旁，然而左琴科既没有尼基京的烦躁不安，也没有像伊万诺夫般不加选择的贪食。"并称赞道，"左琴科是彼得堡所有文学青年中最能准确无误地把握民间方言和民间故事形式的作家"。① 关于这一点，左琴科自己也曾说过，"我用普通人所想和所说的语言来写作"。② 他还通过夸张和幻想这面凸透镜来鞭挞苏联生活中的黑暗面，并敢于在冠冕堂皇的口号背后揭露日常生活中的粗俗和蠢笨。左琴科的每个小说都构思精巧，言语精练，是 1920 年代年轻作家中创作技巧上最成熟的作家。正如美国作家苏联文学研究学者马克·斯洛宁所认为，"左琴科在语言的运用和掌握无疑是对扎米亚京的继承"③。左琴科当时尚未发表的一部戏仿作品《阿波罗和塔玛拉》引起了扎米亚京的注意，扎米亚京曾预言，左琴科的创作领域或许不仅仅局限于民间故事。事实证明，左琴科成为 20 世纪俄罗斯文坛最具特色的作家之一，直到现在依然拥有读者。

扎米亚京对于费定的介绍极为简单，"目前，费定比其他人更加正

---

① Замятин，Е. И.，*Новая русская проза*，М.：Книга，1988，С. 307.

② Зощенко，М. М.，*Рассказы и фельетоны. Ранняя проза*，М.：Московский рабочий，1988，С. 63.

③ ［美］马克·斯洛宁：《苏维埃俄罗斯文学》，浦立民、刘峰译，译文出版社 1983 年版，第 93 页。

确，更加规范"。① 同时指出，《果园》和《安娜·季莫菲耶芙娜》虽然可以算作优秀的小说，但受布宁影响的痕迹太重，扎米亚京不禁感慨道："这部小说若再署名布宁该多好。"② 1924 年费定出版小说《城与年》获得成功，费定的这部小说标志着史诗作品的开始和宏伟的传统风格的恢复之征兆。高尔基对费定的创作颇为欣赏，认为"他是一位严肃、认真、严谨工作的作家，他从不急于说出自己的话，但一旦开口，总是说得很好"。③

可以看出，这四位兄弟都对俄罗斯传统文学饶有兴趣，他们不仅真实地反映现实，而且还非常重视写作技巧。尽管对某些方面处理得还不够完美，但可以看出他们对传统文学已有了继承的意识。扎米亚京本人一贯主张，应以辩证的思维来看待文学与生活现象，在对待传统文学上同样理应如此。扎米亚京对待传统文学的观点显然已经影响了"谢拉皮翁兄弟"。这篇文章写于 1923 年，"谢拉皮翁兄弟"大部分成员刚刚开始发表作品，扎米亚京对这四人的评论是非常精当，且具有前瞻性的。

在扎米亚京看来，前面四位青年作家选择在第一站下车，兄弟们"与霍夫曼式谢拉皮翁兄弟不过是点头之交"④，而卡维林、隆茨和斯洛尼姆斯基则拿到了继续前行的车票，"他们与霍夫曼同宗同族不只从身份证上看出来"⑤。扎米亚京在文中指出：想入非非、情节的贫血症状、一切流于彩色写生艺术形式，这都成了俄国小说家的传统病症。而这三位作家的作品是靠彩色写生艺术、建筑艺术、情节结构及幻想创作出来的，他们的创作继承了西欧理论文学及霍夫曼风格。

霍夫曼是 19 世纪德国后期浪漫主义最主要的代表作家。其创作风格

---

① Замятин, Е. И., *Новая русская проза*, М.：Книга, 1988, С. 309.

② Замятин, Е. И., *Новая русская проза*, М.：Книга, 1988, С. 309.

③ Барахов, В. С., *Новый взгляд на М. Горького и его эпоха. Материалы и исследования*, М.：Наука, 1995, С. 50.

④ Замятин, Е. И., *Новая русская проза*, М.：Книга, 1988, С. 309.

⑤ Замятин, Е. И., *Новая русская проза*, М.：Книга, 1988, С. 310.

团体，与海涅、施莱格尔等德国传统浪漫主义作家不同。霍夫曼受费希特和谢林哲学的影响，把现实世界看成是有限的，而把幻想的世界看成无限的，于是提出将幻想的无限与现实的有限相对抗。霍夫曼认为，美好的理想境界，只有在另一世界，即幻想的"无限"世界才有可能达到，这便给其作品蒙上了神秘忧郁的色彩。霍夫曼经常描写鬼怪、魔法、精灵变换的故事和荒诞的场面，却清楚无误地让读者意识到，那些引起恐慌的事物来源于庸俗生活，所有的鬼怪妖魔只是现实世界中丑恶事物的比喻、影射和夸张。《谢拉皮翁兄弟》就是其颇具影响力的一本小说集，霍夫曼借小说主人公之口宣扬了自己的艺术主张：深信想象的力量能够征服时间和空间，而霍夫曼的这一理论主张正是扎米亚京和"谢拉皮翁兄弟"这一团体在创作中所遵循的原则。霍夫曼每部小说都具有奇异难测、想象丰富等特点，并宣扬每个人都应追求内心的自由，仇恨对日常生活盲目追随的写实说法，可见，"谢拉皮翁兄弟"在追求创作自由上也是遵循了霍夫曼的创作原则。

从整体上来讲，扎米亚京对隆茨是极为欣赏的，尤其对其创作手法及理论颇为欣赏。但对其作品结构及其处理经验评价较低："他的短篇小说还未走出基本练习阶段，也许永远如此。他作品中的情节通常十分紧张，以致短篇小说薄薄的外壳已经承受不住。"[1] 尽管隆茨在情节处理等方面还存在着一定的不足，但我们可以发现，他和自己的导师扎米亚京"都在创作中积极捍卫对当代文学所面临的迫切任务的立场"，而其"向西看"的宣言更是在当时产生了巨大影响，隆茨是当时文坛的辩论鬼才，批评文章风格犀利，入木三分，颇为前辈作家所倚重。

扎米亚京对隆茨的影响直接体现在了其著名的反乌托邦戏剧《真理之城》之中。众所周知，扎米亚京的小说《我们》被认为是世界上第一部反乌托邦小说，而隆茨的《真理之城》则可以认为是第一部反乌托邦

---

[1] Замятин, Е. И., *Новая русская проза*, М.: Книга, 1988, С. 316.

戏剧。《我们》这部小说获得出版是在作者出国侨居之后，而这部小说实际上创作于 1921 年前后——十月革命之后这一敏感时期。扎米亚京非常敏感地嗅到了革命后未来某种集权化的危机，并将其反映到了自己的小说之中。在扎米亚京的小说中，未来的世界集体意识吞灭了个人意识，整个玻璃墙内只有一个我们，我们是大恩主意志的表达者，大一统王国内没有一个号码有自我意识。小说的一个主线便是描写 Д-503 自我意识的觉醒，在这过程中异端者有重要地位。小说中 I-330 便是这个异端者，这个大一统数学王国的异徒，这条难以捉摸的曲线。她在小说中起到唤醒主人公自我意识与"我们"对抗的作用。从小说主人公发展来看，个人意识之增长好比熵增（扎米亚京最喜欢的一个隐喻），随着个人意识之增长，原有理性秩序走向无序，直接抵达熵，万物归元沉寂。小说中的 I-330 这个异端者在主人公个人意识增长过程中扮演着重要作用，是熵增催化剂。同样的，这一隐喻扩大到革命观念上，革命在扎米亚京看来也是熵增。扎米亚京认为，不存在完美的社会制度，所以任何社会必然要经历建立、毁坏、革命、建立、再毁坏、再革命的无限循环，即永恒革命。小说中扎米亚京借 I-330 之口说出了革命是无止境的。革命好比熵增永不停止，直至归于沉寂。隆茨戏剧《真理之城》的乌托邦构建也是建立在"我"与"我们"的对立之上的。戏剧中的士兵们是有自我意识的探索者，他们从"中国"出发，前往"俄罗斯"那个流着奶和蜜的天国，在沙漠中遇见一座"公平之城"。这座公平之城实际上是个原始酋长制共和国，所有东西均是公有的，人们相互之间没有你我之别，甚至对于女人和孩子也是如此。"我"与"我们"的巨大冲突最后演变成一场屠杀，导致城市毁灭，所有士兵又开始踏上寻找"奶与蜜的王国"之征程。在这部戏剧中，隆茨将扎米亚京的永恒革命的思想以更具象的方式表现出来。同时这也是一场关于社会制度的实验，或者更具体些是"关于即将成型的社会制度"的小型推演。这种写法与主题不可谓不大胆，但很明显，无论是在乌托邦世界的构建还是思想及创作手法，隆茨都受到了扎米亚京的影响。

卡维林是"谢拉皮翁兄弟"中霍夫曼风格的最忠实拥趸。扎米亚京自然也发现了其创作中的这一特性:"他创作的坚固的合成物都是发自幻想和现实。"① 卡维林更是直接称自己是浪漫主义者,他也是贴着浪漫主义标签登上文坛的。扎米亚京以卡维林的《第五个朝圣者》为例,指出了卡维林具有追求情节的离奇性,并善于用独特的环境描写塑造奇幻神秘世界等特点,其作品明显带有霍夫曼的风格痕迹。扎米亚京首先肯定了卡维林具备哲理思考的能力且情节结构处理得当;同时也隐晦地指出,卡维林在文学语言上需进一步加强,"他如果能把目光从自己的纽伦堡(德国的一座城市)转向彼得堡,对自己的语义稍作修饰,并记起这语言是俄语就好了。"② 扎米亚京只列举了卡维林的一篇文章,在之后1920—1930年代初的卡维林创作中都可以找到明显的霍夫曼风格特性。

"谢拉皮翁兄弟"中剩下的几人,例如斯洛尼姆斯基、波隆斯卡娅、格鲁兹杰夫等人对中国读者来说都不熟悉,他们的作品均未被介绍到中国来。在这些人中扎米亚京只对斯洛尼姆斯基的创作做了简单评论,称其"目前来看,只能算个杂家:其唯一一部短篇小说集《第六个射手》,其中对日常生活的描写总是给人松散之感。"③ 扎米亚京虽然把他列入"霍夫曼式"的"谢拉皮翁兄弟"中,但认为其"幻想小说处理的极不成熟"④。

作为导师,扎米亚京直指每个人身上的不足和应该改进的地方,但总的来说,他对这一团体的文学精神是极为赞扬的,这和扎米亚京个人文学主张及追求相契合,甚至可以说,在一定程度上,正是他引领着年青一代的作家们,为了俄国文学的明天,为了真正的文学在奉献着自己的力量,每个人都在批判与否定中前行。

---

① Замятин, Е. И., *Новая русская проза*, М.: Книга, 1988, С. 317.
② Замятин, Е. И., *Новая русская проза*, М.: Книга, 1988, С. 317.
③ Замятин, Е. И., *Новая русская проза*, М.: Книга, 1988, С. 314.
④ Замятин, Е. И., *Новая русская проза*, М.: Книга, 1988, С. 318.

第二节 什克洛夫斯基与"谢拉皮翁兄弟"[①]

什克洛夫斯基（В. Б. Шкловский，1893—1984），是俄国形式主义团体"奥波亚兹"的文艺理论家，也是著名的作家。什克洛夫斯基的文艺理论已为我国学界广为熟知，但是他的文学作品对后人的影响，他对文学创作的传承，却很少为国内学者所关注；同时代苏俄著名的文学团体"谢拉皮翁兄弟"的创作，就在很大程度上受到什克洛夫斯基的影响。俄国学者扎伊特曼在自己书中写道："谢拉皮翁兄弟"（主要是隆茨、格鲁兹杰夫，还有卡维林）接受了形式主义美学原则。[②] 但其实"谢拉皮翁兄弟"与什克洛夫斯基有千丝万缕的联系，而什克洛夫斯基本身也既是"谢拉皮翁兄弟"成员又是其导师，可谓其当之无愧的精神导师和不可或缺的灵魂人物。

一 什克洛夫斯基："既是导师又是兄弟"

文学史上关于"谢拉皮翁兄弟"成员的组成有过多种说法：一种是10人，即以1922年在《文学纪事》杂志上发表自传的成员为准，即尼基京、格鲁兹杰夫、斯洛尼姆斯基、费定、左琴科、叶莉扎维塔·波隆斯卡娅、卡维林、弗谢·伊万诺夫、隆茨、吉洪诺夫（文中用绰号称呼），其中最大的28岁，最小的不过18岁。"兄弟"成员，如斯洛尼姆斯基在《艺术生活报》1929年第11期发表的文章、卡维林在"谢拉皮翁兄弟"八周年未宣读的发言稿中都有如是说。第二种是13人，即在10人基础上

[①] 该小节中的部分内容曾发表在《俄罗斯文艺》2017年第2期，在此有所修订。

[②] Зайдман А. Д., *М. Горький и молодые прозаики содружества «Серапионовы братья»* (1919—1927), Нижный Новгород: [б. и.], 2003, С. 60.

加上两位年轻成员：波兹涅尔和尼古拉·拉吉舍夫，以及评论家什克洛夫斯基。什氏本人也持此观点，他在《谢拉皮翁兄弟》（1921）一文中曾宣称："他们总共12人，叶莉扎维塔·波隆斯卡娅是唯一的女性。弗谢·伊万诺夫，米哈伊尔·左琴科，米哈伊尔·斯洛尼姆斯基，列夫·隆茨，韦尼阿明·济利别尔（卡维林），尼古拉·尼基京，康斯坦丁·费定，尼古拉·拉吉舍夫，弗拉基米尔·波兹涅尔，伊利亚·格鲁兹杰夫（吉洪诺夫）。而我则是第13个。"① 第三种说法，即所谓的广义上的"兄弟"，分为内部成员和外围成员：除上述成员外，把列米佐夫、扎米亚京、安年科夫、阿达耶夫茨娃、楚科夫斯基等人也算入其内，而外围成员则被称为"谢拉皮翁女郎学院"，即阿隆金娜、开普兰·英格尔（斯洛尼姆斯基的追随者）、萨宗诺娃、哈里通、加茨克维奇。

不过，在以上三种说法中有一个共性，即1922年在《文学纪事》发表自传的10人都是稳定的，有争议的无非是后来几位，而什克洛夫斯基就是其中之一。欧美学界就将什克洛夫斯基视为"谢拉皮翁兄弟"的成员。如，俄裔美籍批评家马克·斯洛宁在其文学史著作中很早就指出："维克多·什克洛夫斯基，一个尖刻的自我矛盾的批评家，也是几本引起争议的短文集和回忆录作者（《感伤的旅行》，1923；《动物园，或不谈爱情的信札》，1923；《第三工厂》，1926；《汉堡计分法》，1928），既是谢拉皮翁兄弟会成员，也是形式主义创始人。"② 俄罗斯学者也赞同这一观点：如，鲍里斯·弗雷津斯基在《谢拉皮翁兄弟命运》（2003）一书中曾列举六大论据证明什克洛夫斯基是"谢拉皮翁兄弟"的成员：（1）什克洛夫斯基有绰号：爱吵架的人（卡维林的小说《爱吵架的人，或瓦西里耶夫岛之夜》（1928）中的主人公涅克雷洛夫即是以什氏为原型）；（2）

---

① Шкловский, В. Б., *Гамбургский счет*, М.: Советский писатель, 1990, C. 139.
② ［美］马克·斯洛宁：《苏维埃俄罗斯文学》，浦立民、刘峰译，上海译文出版社1983年版，第105页。

《文学之家纪事》杂志上有其成员列举:"诗语理论家与批评家格鲁兹杰夫、维克多·什克洛夫斯基是团体成员";(3)"谢拉皮翁兄弟"在准备《艺术之家》第二丛刊选集时将什氏的文章也列入其间;(4)隆茨在关于"意识形态与政论"的辩论性文章里大声宣告过:"什克洛夫斯基过去是谢拉皮翁兄弟,现在也依然是";(5)费定在《高尔基在我们中间》(1944)一书中承认什克洛夫斯基甚至是"第一个谢拉皮翁兄弟成员":"按照激情、对我们生活的贡献力、在我们争论中抛出的尖锐问题来看,他是第一个谢拉皮翁成员";(6)在艺术之家的"谢拉皮翁兄弟"聚会上,什氏曾两度发言(1921年10月19日与26日)①。俄罗斯另一位学者弗拉基米尔·别列金在《什克洛夫斯基传》(2014)的"谢拉皮翁兄弟"一章中,还引用鲍里斯·弗雷津斯基以上六大论据,专门论证了什克洛夫斯基与"谢拉皮翁兄弟"的关系。②

  实际上,从上述六大论据来看,第六点和第一点确有说服力:第六点中提及了"谢拉皮翁兄弟"成立的两次关键性聚会;第一点则是所有兄弟成员的标志——几乎所有的兄弟都有绰号。有趣的是,俄罗斯学者阿格诺索夫还对列米佐夫给人起"绰号"评价道:"它有助于生活的浪漫化,有助于逃离作家所言的那种无聊的'尘世必然性'。"③ 而什克洛夫斯基的绰号"爱吵架的人"(скандалист)这一绰号既与其性格完美契合,又是"谢拉皮翁兄弟"团体阿尔扎马斯戏仿特性的体现。

  一直以来,学界忽略什克洛夫斯基的"谢拉皮翁兄弟"身份而只接受其为"奥波亚兹"创始人,原因或许有二:一是,对于"谢拉皮翁兄弟"来说,什克洛夫斯基是知名度最高的成员,但对于什克洛夫斯基来

---

① Фрезинский, Б. Я., *Судьба Серапионов* (*Портреты и сюжеты*), СПб.: Академический проект, 2003, С. 162.

② Березин, В. С., *Виктор Шкловский*, М.: Молодая гвардия, 2014, С. 129.

③ [俄] 阿格诺索夫:《俄罗斯侨民文学史》,刘文飞等译,人民文学出版社1998年版,第221页。

说，参加"兄弟"活动却并非首要任务，其所在"奥波亚兹"的名气要远大于"谢拉皮翁兄弟"；二是，什克洛夫斯基在"谢拉皮翁兄弟"中所担任的导师成分多于兄弟成分，评论界一般将其与扎米亚京等人并列，视其为兄弟们的老师而非成员。

总之，什克洛夫斯基是一位特殊的兄弟成员，他"既是成员也是导师"。"尽管他可能并不是所有人的导师，但他的思维方式早已吸引了所有人"①，什克洛夫斯基及其形式主义文艺理论对"谢拉皮翁兄弟"创作的影响是毋庸置疑的；由于形式主义在1920年代的批评界可谓风光占尽、独领风骚，"谢拉皮翁兄弟"与其关系密切，故有人称1920年代为"谢拉皮翁兄弟"的形式主义时期是不难理解的。

二 "奥波亚兹"与"谢拉皮翁兄弟"：旨趣相通的文艺先锋队

20世纪初，俄罗斯现代文艺思潮，可谓百舸争流、千帆竞发。形式主义文艺理论团体"奥波亚兹"异军突起，一举扛起文艺变革的大旗；而现代文艺创作，则以白银时代诗歌的繁荣为伊始，以20年代后诗歌逐渐式微、小说开始崛起为契机，在延续果戈理开创的小说传统、革新叙事技巧的发展进程中再次得到发展。"继承"和"革新"成为现代文学审美的双刃剑。"谢拉皮翁兄弟"正是在这一文学背景下应运而生的小说团体。

"谢拉皮翁兄弟"自成立之初就主张小说变革或小说实验。而这种小说变革或实验，是与20世纪初现代主义先锋文艺思潮之涌动分不开的。这场先锋文艺思潮的代表，"奥波亚兹"和未来派艺术家们都迷恋于形式创造，自诩艺术即游戏的信条。什氏的纲领性文章《语词的复活》（1914），就是通过对未来派诗歌的形式分析而一举成名的。而"兄弟"作为苏联文学的先行者，对文艺革新的诉求，同样表现了对风云变幻的革命现实的

---

① ［俄］阿格诺索夫：《俄罗斯侨民文学史》，刘文飞等译，人民文学出版社1998年版，第129页。

全新观照，及对新型文体的幻想。该团体大部分成员受到"奥波亚兹"的影响，在复杂的情节、结构以及怪诞的结局上做实验。①

有证据表明，"谢拉皮翁兄弟"的小说创作，在技巧上很大程度借鉴了形式主义美学与创作理论，尤其是什克洛夫斯基的陌生化理论。作为"谢拉皮翁兄弟"的导师，扎米亚京与什克洛夫斯基的创作艺术观都是"谢拉皮翁兄弟"进行小说实验的理论支撑。正如"谢拉皮翁兄弟"成员波隆斯卡娅在1924年该团体成立三周年庆典之际所作诗中所言："它可曾有母亲/问题可疑又不明/但它有两个父亲/什克洛夫斯基与扎米亚京！"②

"谢拉皮翁兄弟"与"奥波亚兹"的另一共同诉求是"创作自由"。在什克洛夫斯基看来，艺术既是自由的亦是非自由的。就艺术本身而言，它有其自身的特殊规律——假定性。③ 他在《马步》一书前言中，以"象棋中的马只能走'日'字"为例，揶揄地提出了艺术的自由本质："马步之所以显得奇特，原因有很多种，但主要的是因为——艺术的假定性……第二个原因是——马之所以侧身前进，原因在于直线前进在他来说是受禁止的。"④ 这里的"假定性"，实际上就是指艺术自身的规律，即艺术有其自身规律，不受其他政治意识形态所左右。在他看来，艺术应该独立于其他诸如宗教、政治宣传等意识形态范畴。他在《马步》的《乌利亚！乌利亚！马尔西安娜！》一文中还极形象地指出："艺术从来都是独立于生活之外的，它的颜色从未反映过城堡上空旗帜的色彩。"⑤ 也就是说，艺术色彩与政治颜色不应混为一谈。什氏在回应当时的批评界时这样写道：

---

① ［美］马克·斯洛宁：《苏维埃俄罗斯文学》，浦立民、刘峰译，上海译文出版社1983年版，第103页。

② Березина, А. М., *Русская литература 20 века: школы, направления, методы творческой работы.* СПб.: LOGOS, 2002, С. 173.

③ 张冰：《白银挽歌》，黑龙江人民出版社2013年版，第134页。

④ Шкловский, В. Б., *Гамбургский счет*, М.: Советский писатель, 1990, С. 135.

⑤ 张冰：《白银挽歌》，黑龙江人民出版社2013年版，第79页。

"俄罗斯艺术极度不幸,并未给它限制,让它像心脏在胸中一样律动,可它却规律得像火车一样行驶。"①

"谢拉皮翁兄弟"与什克洛夫斯基的艺术观是有很多共性的。1922年《文学纪事》上发表的兄弟们自传中清晰地表达出类似如上的观点。如,斯洛尼姆斯基说:"大家最怕的是丧失独立性,担心突然变成'教育人民委员部所属谢拉皮翁兄弟社',或附属于任何其他机关"②,而隆茨在自传《为什么我们是谢拉皮翁兄弟?》一文中也旗帜鲜明地表达了其崇尚自由的精神:"我们决定聚集在一起,不订章程,不推主席,不搞选举和表决……我们就不提新的口号,不发表宣言和纲领。"③ 毫无疑问,这些表述与什克洛夫斯基的艺术主张是一脉相承的。

综上观之,"奥波亚兹"与"谢拉皮翁兄弟"可谓同一时代两个旨趣相通的文艺先锋队,虽然前者研究文艺理论,后者从事文学创作,但二者的美学旨趣是相通的、相互验证的。正是这种在美学旨趣上的互通、互应,使得"奥波亚兹"与"谢拉皮翁兄弟"不仅保持着师生关系而且有兄弟情谊,当然也导致了这两个文艺先锋队的共同命运,即都经历了波峰与浪谷,并都在20年代末偃旗息鼓,最后名存实亡直至解散。什克洛夫斯基在发表《一个科学错误的纪念碑》(1930)一文之后便转向了电影和传记小说写作,离开文学研究长达数十年,而导致他们共同命运的,也正是他们对创作自由的不合时宜的共同诉求。

三 什克洛夫斯基小说理论与"谢拉皮翁兄弟"小说实验

如果说"谢拉皮翁兄弟"追求创作自由、专注于小说技术或形式革

---

① Шкловский, В. Б., *Гамбургский счет*, М.: Советский писатель, 1990, C. 77.
② [俄] 斯洛尼姆斯基等:《"谢拉皮翁兄弟"自传》,大鹏译,张捷校,《苏联文学》1986年第4期。
③ [俄] 斯洛尼姆斯基等:《"谢拉皮翁兄弟"自传》,大鹏译,张捷校,《苏联文学》1986年第4期。

新，在很大程度上受到"奥波亚兹"的影响，那么对"谢拉皮翁兄弟"影响最大的就是什克洛夫斯基。1919年彼得格勒世界文学出版社开设了翻译培训班，什克洛夫斯基在此给培训班讲授情节理论与小说创作的课程。在什克洛夫斯基等人的影响下，未来的"谢拉皮翁兄弟"成员们很快为文学创作所吸引，开始从事小说及诗歌创作。

　　回顾什克洛夫斯基的小说理论，其中最为核心的问题之一就是时间性。按照什克洛夫斯基的说法——艺术家对待时间的态度，比题材重要。[1] 时间性内涵有二：一是指人的主观感受、思维作为一个内时间意识所具有的诸如开始、伸展、延续、停滞、延缓乃至终结等时间属性；二是指内时间意识作为一个积极的价值寻求与实现过程，具有兴发着、涌动着的绽出特性……[2] 为了获取时间的延滞，延长审美过程，艺术技巧的作用才凸显出来。通过审美意图"分裂化法则"把整体炸成碎片，以让读者在阅读重组过程中获得审美。而小说的结构与布局乃是获取时间延滞的一大利器，是艺术技巧中的动机或铺垫，故比反映现实生活显得更为重要。而艺术家常用"位移""突转""发现"等手法营造结构上的延宕效果。因此环形结构、阶梯式结构、插笔、迁移情节等是小说结构布局的重要方式。

　　什克洛夫斯基关于小说创作技巧的观点，为多数兄弟们所接受，并用于自己的创作中。我们以费定、卡维林、隆茨等"兄弟"的创作为例，简要分析其小说创作与什克洛夫斯基小说理论的关联。

　　费定的《城与年》（1924）是受形式主义理论影响较大的一部作品，特别是在作品结构布局上。《城与年》作为费定第一部获得世界性声誉的小说，其成功就在于作者赋予小说一种相对精巧的结构布局和较高的艺术性或文学性。

---

[1] 张冰：《陌生化诗学：俄国形式主义研究》，北京师范大学出版社2000年版，第243页。
[2] 刘彦顺：《涌动着的意义：论什克洛夫斯基文学思想中的时间性问题》，《文艺理论研究》2014年第5期。

从叙事时间上看，小说一开始便来到 1921 年——小说收场的一年。这一章直接交代了主人公安德烈被库尔特枪杀，而委员会竟得出"该同志所采取方式正当，本案不做记录，速记稿销毁"的结论，[①] 这就营造了一种阅读阻碍即"悬念"的效果，使人产生一种去探究安德烈为何许人的强烈好奇心。接着，叙述回到 1919 年的彼得堡（彼得格勒），这同样悬念迭起，让人疑问丛生：安德烈带着一封奇怪的信来到陌生人家中，并留宿替他出工；施泰因的出现又让安德烈慌乱不已；安德烈在十字街头碰到自己的妻子……然后小说跳到 1914 年德国小城埃朗根，从这里才开始按照正常的时间顺序叙事，情节也悄然铺开。小说最后又回到 1921 年。从时间布局看，这就是一个环形结构。故事的发生地点也不断变换：彼得堡、埃朗根、纽伦堡、塞米多尔、莫斯科……这种章目倒叙，时间地点跳跃变化，作者在小说结构上苦心孤诣的实验可见一斑，这不难看出是对什氏小说理论中"回环""阻滞"手法的应验。此外，小说之中书信、日记、庭审发言、诗歌引言、演讲等插笔随处可见，这种对"无关性"成分的引入，造成了"制动"与"阻碍"的效果，延滞了读者感受时间，获得了陌生化效果。正像什氏所断言，小说在形式上具有很大的自由度，它可以容纳感情分析、描写、旅行记、爱情故事及历史事件等等。[②]

总之，费定对小说创作的实验方式，与什氏对小说理论的阐述有着异曲同工之处。高尔基在回答费定关于怎么写作的问题时谈到了《城与年》一书，并说他已经接近解决这个问题了。[③] 这说明《城与年》在艺术技巧上具备理论高度。费定本人在自传中也肯定了《城与年》的写作形式

---

① ［俄］费定：《城与年》，曹靖华译，人民文学出版社 2007 年版，第 6 页。
② 钱善行：《苏联文学史论文集》，中国社会科学院外文研究所苏联文学研究室编，外语教学与研究出版社 1982 年版，第 257 页。
③ 钱善行：《苏联文学史论文集》，中国社会科学院外文研究所苏联文学研究室编，外语教学与研究出版社 1982 年版，第 282 页。

(特别是它的结构)"反映了当时文学上革新的尖锐斗争"。① 在他看来,这种斗争就是"谢拉皮翁兄弟"对形式主义的追随,即不把文学作为对现实生活与社会斗争的反映,而是看成各种文体的总汇。②

"谢拉皮翁兄弟"年龄最小的成员卡维林,是受到俄国形式主义理论影响最大的人物之一。他与形式主义"三巨头"什克洛夫斯基、艾亨鲍姆、特尼扬诺夫关系甚密,与特尼扬诺夫还有姻亲。卡维林始终忠于"兄弟会",他本人也表露过,"兄弟会"与形式主义潮流关系密切。③ 在卡维林的创作生涯中,形式主义的影响一直如影随形,比如什氏关于陌生化手法中的"戏仿",在卡维林小说中就很常见。所谓"戏仿",是指通过故意对某种行为举止或者经典人物形象、情节构造、叙事成规甚至文体进行歪曲、变异或嘲弄,从而虚拟出一个全新的主题,生成小说的新手法、新文体。作为什氏小说理论中一个重要概念,"戏仿"即是通过对艺术意图与技巧的有意暴露,以达到破坏以假乱真的幻象的目的。什氏认为艺术具备两重性:真实与幻觉,两者和谐统一才是艺术的真谛。小说本身是虚构的,如果过分强调逼真,形式感受到破坏甚至导致认假为真,这是艺术需要避免的。什氏在自己的书信体小说《动物园,或不谈爱情的信札》(1923)中大量使用了"戏仿"手法。标题的第三部分"或第三个爱洛伊丝"明显就是对法国作家卢梭的小说《新爱洛依丝》的戏仿,以此表明与文学传统的相关性。

卡维林对什氏将现实人物写入小说中的戏仿手法大加赞赏,并在小说创作中对这一手法进行了实验探索。如,卡维林第一部长篇小说《爱吵架的人,或瓦西里耶夫岛之夜》(1928)在人物的塑造上使用了戏仿。与

---

① [俄]费定:《城与年》,曹靖华译,人民文学出版社2007年版,第393页。
② [俄]费定等:《苏联作家谈创作经验》,严绍端等译,中国青年出版社1956年版,第74页。
③ [美]马克·斯洛宁:《苏维埃俄罗斯文学》,浦立民、刘峰译,上海译文出版社1983年版,第307页。

什克洛夫斯基的小说一样,现实中的形式主义学派和学院派在语言学界和文艺学界的斗争被搬到了小说中,现实生活中的原型人物改名换姓粉墨登场,主人公德拉格马诺夫和涅克雷洛夫的原型就是大名鼎鼎的语言学家波利瓦诺夫和文艺理论家、作家什克洛夫斯基。而涅克雷洛夫的绰号"爱吵架的人",与现实中原型什克洛夫斯基在"谢拉皮翁兄弟"团体中的绰号完全统一。卡维林为塑造人物与学派斗争引用了大量什克洛夫斯基著作《动物园》《第三工厂》《汉堡计分法》中的句子、话语和学术观点,戏仿了什克洛夫斯基,新旧两派文人的矛盾与冲突得以清晰地呈现出来。

"谢拉皮翁兄弟"中的另一位重要成员,戏剧家隆茨也受到过形式理论的影响。据什克洛夫斯基回忆,隆茨是当年"艺术之家"培训班中"最活跃的学生之一"。[①] 什氏培训班讲授的《情节理论》对隆茨产生了极为重要的影响。隆茨认为俄罗斯人根本不会使用情节。由于情节的缺失,俄罗斯没有一部像样的悲剧,因为戏剧的核心恰恰是情节。而西方小说之所以能够长盛不衰,原因就在于其情节文化的不可战胜性,而俄罗斯小说因情节的缺位,浪漫主义小说都尚在萌芽之中。所以隆茨呼吁大家:"向西看!"向西方学习情节。[②] 尽管隆茨的情节理论与什氏的形式理论不尽相同,但毫无疑问,正是什克洛夫斯基、日尔蒙斯基等人的形式理论的启发让隆茨注意到戏剧中情节的价值。

《在沙漠上》是隆茨的一部模仿《圣经》的讽喻性小说。首先,作者在这部作品中使用了新颖的戏仿手法:如,小说中上帝被"隐藏","圣经"被改写成"伪经";其次,人物也被篡改:摩西本是上帝的先知,原本要带领以色列人远离法老之国,向着那流着奶和蜜的土地行进。但在隆茨小说中却并非如此:"在高高的祭坛之上,团团回旋,从口里吐出白

[①] Шкловский, В. Б., *Сентиментальное путешествие*, М.: Новости, 1990, С. 200.

[②] Лунц, Н. Л., *На запад. Литературное наследие*, М.: Научный мир, 2007, С. 356.

沫，与这白沫一起吐出的还有那莫名其妙而可怕的声音。"① 小说中四次出现的摩西，原本是领袖却显示为愚弄欺骗民众，且无能力领导以色列人出埃及，碰到相异的意见时他唯一能做的便是在祭坛上打摆子的形象，上帝对于他的祷告也从未回应；同样，作为大祭司的亚伦，在小说中充当的却是屠杀者的角色，用利剑残杀抱怨者，"握着剑从人民间通过……"② 非尼哈则从神性之中解放出来，获得了更显人性的性格，他会被美色迷惑，不再忍心亲自杀害米甸女人，最后几经挣扎才痛下杀手。不难看出，隆茨这种对讽拟的娴熟运用，就是什氏强调的"陌生化"或"克服描绘事物困难的最有效方法"之一。

《在沙漠上》的这个小说的情节都是戏仿性的。作者借助《圣经·出埃及记》的片段，用以色列人出埃及后在沙漠中混乱无序的状态，暗喻十月革命后的俄罗斯社会现实。小说人物都是有所指代的：摩西暗指革命后的政府，带有欺骗、无能的性质，而他们的上帝则暗指其信仰；大祭司亚伦代表着政府的执行者，屠杀者的角色可以影射肃反委员会；米甸女人则代表着新社会的诱惑；利末族是最大受益者，与革命后的布尔什维克不乏共通之处；法老之国暗喻逝去的封建沙皇专治；"流着蜜与奶的国度"则是共产主义幻想中的未来乌托邦。不难看出，这种高度契合的隐喻表现出隆茨惊人的创作天赋与缜密的思维。正如日本翻译家米川正夫所说："《在沙漠上》是从《圣经·旧约》的《出埃及记》里，提出和革命和俄国的共通意义来，将《圣经》中的话和现代的话巧妙地调和，用了有弹力的暗示文体加以表现。"③ 总之，小说中运用了传统的圣经语言，大量

---

① ［俄］隆茨：《竖琴》，鲁迅译，载《在沙漠上·鲁迅全集》（第19卷），人民文学出版社1973年版，第41页。

② ［俄］隆茨：《竖琴》，鲁迅译，载《在沙漠上·鲁迅全集》（第19卷），人民文学出版社1973年版，第43页。

③ 鲁迅：《在沙漠上译者附识·鲁迅全集》（第10卷）译文序跋集，人民文学出版社2005年版，第376页。

圣经式叙事与句式融入现代语言之中,《圣经》的故事情节被改写与夸张,以此揶揄不同的题旨,形成新的文本。鲁迅在《在沙漠上译者附识》中指出:"这篇的取材,上半虽在《出埃及记》,但后来所用的是《民数记》……"① 实质上,这部小说更像一部断代伪经。无论是《出埃及记》也好,《民数记》也罢,作者想要叙述的不是摩西如何领众人出埃及,而是借古讽今、暗喻当代,这正是该小说最为有趣之处。《在沙漠上》这篇小说的构思后来成为其反乌托邦戏剧《真理之城》的主要故事蓝本。而隆茨小说中使用的这些新颖、奇异的手法与当时什氏的陌生化小说理论不能不说有紧密的联系。

由上可见,什克洛夫斯基与"谢拉皮翁兄弟"有着共同的审美旨趣。对于什氏和兄弟们来说,自由是艺术自身存在的必要条件、艺术创作的必要环境,而革新则是对文学进行实验,同样是艺术自由发展的保障。所以,革新与自由都是客观研究与认知真理的必要条件。作为20年代文学的主要参与者,什克洛夫斯基与兄弟们在共同的审美诉求下走到一起,为苏联文学开辟了一条有着深厚俄罗斯文学传统的新小说的路线。这是他们文学上的关系,但受政治运动与意识形态等因素影响,他们的私人关系却变得波诡云谲。

什克洛夫斯基与"谢拉皮翁兄弟"之间的亲密关系在1922年出国逃亡之后便疏远了。年轻的作家们在1920年代中后期接受了新的文艺思潮,走向了不同的文学道路。1925年形式主义与马克思主义的辩论让形式主义理论颇为受挫,形式主义理论在苏俄风光大不如前。"谢拉皮翁兄弟"中最先对形式主义发出质疑的是费定。他于1925年之后公开发文与形式主义者辩论,1941年费定在回忆录《高尔基在我们中间》一书中写了高尔基对什克洛夫斯基的态度:"他对情节已经着了魔。他写了关于罗赞诺

---

① 鲁迅:《在沙漠上译者附识·鲁迅全集》(第10卷)译文序跋集,人民文学出版社2005年版,第390页。

夫的书，但是罗赞诺夫在他书中毫无气息：所有只关乎情节。如果不从此解放出来，他将毫无成就……"① 1920 年代末在特尼扬诺夫家中，什克洛夫斯基以其惯有的戏谑话语和风格谈论长篇小说，并说卡维林写不了长篇小说。卡维林愤然声称要将什克洛夫斯基写进他第一部小说里，这便是《爱吵架的人，或瓦西里耶夫岛之夜》一书中涅克雷洛夫形象的由来。自此书之后，什克洛夫斯基与卡维林余下一生都冷漠相对，他回忆录中关于特尼扬诺夫家中的那次相会，什克洛夫斯基的名字被他用"文学家"代替，大概是懒得提及名字。什克洛夫斯基与"谢拉皮翁兄弟"的私人关系大抵如此。

四 什克洛夫斯基评"谢拉皮翁兄弟"

与扎米亚京和高尔基不一样的是，什克洛夫斯基对"谢拉皮翁兄弟"成员并不是一种长辈对晚辈的关系。什克洛夫斯基几乎与这批年轻人打成一片。他在 1920 年代出版的《感伤的旅行》中写道："我住在艺术之家。"② 革命后的什克洛夫斯基决意远离政坛，不再参与政治活动（他原是社会革命党人，是社会革命党中央军事委员会委员，1918 年在彼得格勒策划暴动未遂），安心专事文学研究。他在彼得格勒没有住处，高尔基将其安置在"艺术之家"中，与诗人皮亚斯特、米哈伊尔·斯洛尼姆斯基、亚历山大·格林住在一起。也正因为如此，什克洛夫斯基几乎参与了早期"谢拉皮翁兄弟"的所有活动。这些经历都被写进了什克洛夫斯基的第一部自传小说《感伤的旅行》中：

"早在秋天就在涅瓦大街的世界文学出版社开设了一个译员培训班。不久他简直成了文学培训班。在这里讲过课的有尼·斯·古米廖夫、米·洛津斯基、叶·扎米亚京、安德烈·莱温松、科尔涅·楚科夫斯基、弗·

---

① Федин, К. А., *Горький среди нас*, М.: Молодая гвардия, 1967, С. 87.
② ［俄］什克洛夫斯基：《感伤的旅行》，杨玉波译，敦煌文艺出版社 2014 年版，第 252 页。

卡·希列依科，后来邀请了我和艾亨鲍姆。"①

什克洛夫斯基对这群年轻人的评价非常之高："我有一群年轻的、非常优秀的听众。"他给年轻的作家们讲述长篇小说理论，斯特恩的《项狄传》以及塞万提斯的《堂吉诃德》都是什克洛夫斯基的研究对象，随后这篇文章被刊登出来（《斯特恩的项狄传及小说理论》《堂吉诃德是怎样写成的》）。训练班很快脱离世界文学出版社而独立存在，1921年"谢拉皮翁兄弟"主要成员在"艺术之家"斯洛尼姆斯基房间中成立了这一文学团体。

在"谢拉皮翁兄弟"所有成员中，什克洛夫斯基对隆茨、卡维林最为欣赏。他认为隆茨"一直在写作，而且一直风格各异，通常写得非常好……他写了两部话剧，多部戏剧。他心里装得满满的，可以提取任何东西"。② 什克洛夫斯基非常苛刻，甚至严苛得出名，难得对一个年轻的作家有如此赞赏。

什克洛夫斯基认为卡维林是一位特立独行善于运用情节的作家（卡维林—机械师—情节设计师③）。这也恰恰符合了"谢拉皮翁兄弟"中的西方派向西方学习的特征。对于弗谢·伊万诺夫，什克洛夫斯基褒贬都有，他不喜欢严肃的《彩色的风》，但非常喜欢伊万诺夫早期的短篇小说《幼儿》，什克洛夫斯基喜欢的应该是那种野性的异域和陌生感的世界。

什克洛夫斯基对左琴科非常看重，认为他在参加作家培训班之后便已经写得非常不错了，他的《娜扎尔·伊里奇·辛涅布留霍夫先生的故事》写得很出色。在什克洛夫斯基看来，另一位谢拉皮翁兄弟尼基京受到了扎米亚京的影响，但在创作上并没有模仿扎米亚京。而"艺术之家"文学沙龙曾经的主角斯洛尼姆斯基则把握了写荒谬之事的技巧。在什克洛夫斯基看来他写得也非常好。另一位作家费定在《感伤的旅行》中并没有被

---

① ［俄］什克洛夫斯基：《感伤的旅行》，杨玉波译，敦煌文艺出版社2014年版，第202页。
② ［俄］什克洛夫斯基：《感伤的旅行》，杨玉波译，敦煌文艺出版社2014年版，第297页。
③ ［俄］什克洛夫斯基：《感伤的旅行》，杨玉波译，敦煌文艺出版社2014年版，第297页。

什克洛夫斯基提及。但在什克洛夫斯基的另一本一百页的小书《五位熟悉的人》中，什克洛夫斯基却对费定有所评价：写得很像爱伦堡，但是有趋同化的倾向，这一评论被卡维林运用在自己的小说《爱吵架的人，或瓦西里耶夫岛之夜》中用来塑造"丘费"这一形象，而这一形象的原型正是费定（或有评论家说是费定与阿·托尔斯泰的合体）。

什克洛夫斯基对"谢拉皮翁兄弟"的评价虽然简单，但具有较高的参考性。可以说什克洛夫斯基是"谢拉皮翁兄弟"第一批的读者与文学评论者，并对这些作家随后的创作产生了不小的影响。

第三节　高尔基与"谢拉皮翁兄弟"

"谢拉皮翁兄弟"以文学革新者进入批评家的视线。最早关注到这一文学团体的除了什克洛夫斯基与扎米亚京之外，当属高尔基。在团体组建和发展的过程中，高尔基始终扮演着不可或缺的角色。高尔基是整个20世纪苏联文学的奠基人和20世纪最初三十年文学进程的重要参与者。革命后的高尔基成为年轻文学力量的教育者与组织者。他友好热心地与"谢拉皮翁兄弟"的年轻作家们通信探讨文学问题，传道解惑，为文学青年们的创作和生计而上下奔走，完全可称之为兄弟们的人生导师。什克洛夫斯基在这方面对高尔基佩服有加："'谢拉皮翁兄弟'的成长是艰难的，如果不是高尔基，他们早就销声匿迹了。阿列克赛·马克西莫维奇一开始就对他们非常重视。他们更加相信自己了。高尔基几乎能理解他人的手稿，他在培养新作家方面非常成功。"[①] 后来，俄国学者扎伊特曼也认真研究过高尔基与这一年轻文学团体的关系。扎伊特曼于1978年撰写了《高尔基与年轻小说团体"谢拉皮翁兄弟"》一书，并于2006年在下诺夫

---

① ［俄］什克洛夫斯基：《感伤的旅行》，杨玉波译，敦煌文艺出版社2014年版，第299页。

哥罗德出版。这也是俄国专门研究"谢拉皮翁兄弟"与高尔基关系的第一本著述。[1]

一 高尔基与"谢拉皮翁兄弟"的成立

1917年5月到1918年6月,高尔基担任社会民主报刊《新生活报》的编辑,坚持知识分子立场与思考,就革命与暴力问题与布尔什维克政府展开了激烈的辩论。这些刊发在《新生活报》等杂志的文章后来被集中收录到《不合时宜的思想:关于革命与文化的思考》(彼得格勒,1918)以及《革命与文化:1917年文集》(柏林,1918)两本书中。高尔基与布尔什维克之间的分歧主要体现在革命中的暴力问题上,他反对暴力对待民众,奋力保护学者、作家和思想家。对高尔基来说,十月革命是一次"为时过早的危险、残酷的实验"[2],这段时间高尔基始终居于民主与文化捍卫者的立场,拯救了大批学者、作家与"国家大脑"。什克洛夫斯基后来回忆道:"在写下有关高尔基的一切文字之前,需要说明的是,阿列克赛·马克西莫维奇几次救过我的性命。他向斯维尔德洛夫为我做担保,给我钱,当时我已经做好了死的心理准备,而我最近一段时间在彼得堡的生活,就是在他创立的几个机构之间度过的。"[3] 这期间像什克洛夫斯基这样为高尔基所解救的知识分子不计其数,正如什克洛夫斯基所说:"对于俄国知识分子而言,高尔基就是诺亚,在世界文学出版社、格尔热宾出版社、艺术之家这些诺亚方舟中,人们在大洪水中得救了。"[4] 这是高尔基生命中的光辉时刻,凭借这点高尔基就值得被文学文化史永远

---

[1] Зайдман, А. Д., *Горький и молодые прозаики содружества «Серапионовы братья»*, Нижний Новгород:[б. и.],2003,С. 13.

[2] [俄]科尔米洛夫等:《二十世纪俄罗斯文学史:20—90年代主要作家》,赵丹等译,南京大学出版社2017年版,第81页。

[3] [俄]什克洛夫斯基:《感伤的旅行》,杨玉波译,敦煌文艺出版社2014年版,第204页。

[4] [俄]什克洛夫斯基:《感伤的旅行》,杨玉波译,敦煌文艺出版社2014年版,第206页。

铭记。

　　1918—1921年高尔基居住在革命之都彼得格勒。革命后高尔基对俄罗斯文学发展表现出极大的热情。他给杰米多夫写信说:"我怀着极大的耐心看着在俄罗斯大地发展出新文学,也称赞过很多人。都是好苗子!这非常好。我们国家需要数千作家,他们正朝着那进发。"① 高尔基对新作家的耐心是不言而喻的,且往往称赞多于贬低,甚至很少贬低。他也坦承许多作家写得很差,话还说不明白,刚开始写作的作家需要成长空间。对高尔基而言,新文学是伟大新时代的见证,作家所著书籍是时代的独特的文献,都是对这个时代人们苦乐悲欢的记录:生于普通家庭,遭遇战争与革命,负有苦难的童年,如此种种,都是有价值的经历。

　　1918年下半年,高尔基开始不再积极撰写政论文章、评论时局,而是将精力放在了文学出版和教育事业。高尔基很快成为苏维埃俄罗斯最重要的文化活动的组织者之一,他的兴趣主要集中在科学、教育、文化和文学领域。高尔基在革命胜利的背景下重建文化机构,举办各类文化活动,希望利用精英知识分子来教育工人、农民、无产阶级。许多艺术家、文学家、知识分子对高尔基的做法表示欢迎,勃洛克在1919年称高尔基为"知识分子与民众的中间人"②。为响应中央执行委员会鼓励国家出版活动的法令,1918年10月高尔基作为《世界文学》(Всемирная литература)出版社的筹备者与教育文学出版人民委员会签订了关于组建世界文学出版社的合同。随后还签订了系列补充文件,这是高尔基在革命后出版活动中最重要的一项。1919年世界文学出版社开始运作,旨在收集和翻译18—20世纪最优秀的世界文学名著,邀请了彼得格勒最知名的文学名流参与工作,比如勃洛克与洛津斯基负责翻译编辑事务;汉学名家阿列克谢耶夫

---

① Горький, М., *Литературное наследие*, Т. 70, М.: Изд-во АН СССР, 1963, С. 152.

② Зайдман, А. Д., *М. Горький и молодые прозаики содружества «Серапионовы братья»*. Нижний Новгород: [б. и.], 2003, С. 18. Блок А. *Собрание сочинения*. Т. 8, Л.: 1936, С. 261.

院士负责中国分部；东方学大家奥利登堡院士负责波斯分部；卡拉奇可夫斯基负责阿拉伯分部，一时间出版社众星云集，楚科夫斯基、扎米亚京、沃伦斯基、格尔热宾等人也积极参与其中。世界文学出版社从成立到1924年更名前，共出版世界文学名著120卷，这在革命后文学文化和出版史上占有重要地位。

  作者目的并不在于研究高尔基革命后的出版活动，而在于研究世界文学出版社大项目下一个无心插柳的小工作室：翻译家培训班（Студия переводчиков），他的直接结果就是产生了一个文学小团体。1919年在出版社合力之下出版了一系列翻译研究作品，比如《艺术翻译原则》、楚科夫斯基的《叙事作品翻译》、古米廖夫的《抒情诗翻译》等，这些研究作品对于大规模的文学翻译来说无异于饮鸩止渴。当时，文学翻译在俄罗斯尚是一片荒原，是一个尚未被认识到的学科。完成大规模文学翻译的基础，就是掌握必要的翻译技巧和文学知识。为此，出版社的领导意识到需要对译者进行面对面的翻译技术培训，教授一些文学创作、诗歌、小说、文学史、修辞、韵律和语言学的相关知识。1919年2月，世界文学出版社下设的小培训班开始运作，开门欢迎那些有志于提高文学艺术翻译技巧的人前来学习。一开始培训班旨在针对出版社翻译学员，后来开始欢迎志在研究和创作文学的人。这个培训班本不在高尔基工作的核心规划中，主要具体工作由翻译家楚科夫斯基、诗人古米廖夫和作家扎米亚京负责并授课。高尔基很快便注意到了这群活力四射的年轻人，并经常参加一些培训班活动，还为学员发表一些演讲。

  在翻译培训班转向文学创作研讨之后，更是吸引了大批有志者前来听课，根据斯洛尼姆斯基的回忆，培训班人数超过了200人，他们都怀抱着创作的梦想，多数人都自己创作诗歌和小说。大多数人对扎米亚京、什克洛夫斯基和楚科夫斯基的创作研讨班更感兴趣。不过1919年秋，因与尤登尼奇白军战斗的关系，许多人上了前线，还有不少因战争和饥饿离开了彼得格勒，培训班最后只剩下了大概四十几名学员，其中比较活跃的十几名学员形成了文学团体"谢拉皮翁兄弟"的雏形。1919年12月,在高尔基的努力下,彼得格勒"艺术之家"在莫伊卡河59号原俄国富商叶列谢耶夫的大房子中成立,翻译培训班的年轻人们开始有了独立的活动空间。搬迁至新地点之后,学员人数暴增到350人,这其中有抱着对文学热爱而来的,也有不少是为在彼得格勒的寒冷冬天找一间有暖气房子来避寒的可怜人。"艺术之家"成为1920年代初彼得格勒最活跃的文化中心之一,特尼扬诺夫、高尔基、楚科夫斯基、日尔蒙斯基等人都在此处做过演讲,1920年末马雅可夫斯基在此读过他的长诗《一亿五千万》,在这栋房子里还住过俄国形式主义领袖什克洛夫斯基,此外,亚历山大·格林在此写下了脍炙人口的《红帆》。未来的"谢拉皮翁兄弟"成员们最初的作品都在"艺术之家"、斯洛尼姆斯基房间的晚会上朗读过。

1921年2月1日,由文学培训班变成的"谢拉皮翁兄弟"团队在叶列谢耶夫这栋后来被载入文化史史册的房间中诞生了。这个团体的成立与高尔基有着莫大关系,除了提供了这所至关重要的活动场地之外,高尔基还充当了"谢拉皮翁兄弟"之间的媒人。"谢拉皮翁兄弟"最初成立之时,有格鲁兹杰夫、左琴科、隆茨、尼基京、费定、卡维林、斯洛尼姆斯基、波隆斯卡娅、什克洛夫斯基与波兹涅尔几人定期参加活动,后来渐渐成为一种惯例。高尔基还将诗人吉洪诺夫和西伯利亚作家弗谢·伊万诺夫介绍进了"谢拉皮翁兄弟",他们成为"谢拉皮翁兄弟"成立之后少数被允许进入团体的成员,这与高尔基的引荐不无关系。

高尔基始终期盼有着不同的阅历、不同的世界观、引领新时代的作家出现。"谢拉皮翁兄弟"的创作让他看到了新文学正在萌芽,他尽己之力为他们提供帮助和支持。"谢拉皮翁兄弟"成立后每逢周六定期聚会,高尔基虽从未参加过,但他非常关注这群年轻作家的活动。在高尔基出国之前,他经常与"谢拉皮翁兄弟"或部分成员会面,同他们谈论创作问题。在1920年代,他不仅关心青年作家们的创作和出版问题,还要为他们艰苦的物质生活而劳神费心。

弗谢·伊万诺夫与高尔基的相识就是始于通信。国内战争期间，高尔基始终惦念着这位来自西伯利亚的作家，后来还邀请他从鄂木斯克到彼得格勒来。他为弗谢·伊万诺夫提供寓所，并将他安顿在"学者之家"工作。年轻作家因此免于冻馁之患，其间不负期望地创作了多部优秀作品，其中就包括令其名满苏联文坛的小说《游击队员》（1921）。此外，高尔基也为"谢拉皮翁兄弟"其他成员提供了大量的物质上的支持。比如，他为费定安排了一份外贸部出口委员会的工作，保障了他的基本生活；为左琴科恳切地向住宅租赁合作社求情，以使后者能租用一套房间，在不免清苦的环境下仍能安心从事语言艺术工作；在隆茨身体每况愈下时，高尔基邀请他到意大利疗养院休养，并且与之频繁通信、关心他的治疗情况。高尔基对年轻的"谢拉皮翁兄弟"来说，就像是巨大而可靠的羽翼，在那个动乱不安的年代里给予他们庇护和支撑，带领他们走出困境和泥潭。

"谢拉皮翁兄弟"的成员们珍视文学如生命。高尔基多次表示，青年作家们坚固的友谊和对创作的热情使其为之神往，他不断鼓励他们将这种优秀的传统延续下去。正是这份对文学共同的热爱，使文学大师与羽翼未丰的作家们紧密地联系在一起。从1919年起直至高尔基逝世前，他与"谢拉皮翁兄弟"成员们始终保持着通信，从未因团体的解散而中断过。

二 高尔基与"谢拉皮翁兄弟"的交集

十月革命后，经历了数次战火洗礼的青年作家们，不止一次怀着感激的心情谈到高尔基对他们的栽培以及对他们创作的重大影响。费定曾在回忆录中描写了他与高尔基的第一次会面，此前他将自己的两篇短篇小说连同信件寄给高尔基，请求他批评斧正。尽管年轻作家的作品还不十分成熟，高尔基仍友好热情地鼓励他继续创作。这也带给费定巨大的信心，他回忆道："自从认识了高尔基，我简直无法说明我的种种感受。我在心里常常不断地自言自语。这是一种被解放的感觉。我觉得，我已从狭窄的、简直无法通行的隘陆中跑出来,到达了空旷宽阔的天地里了。我觉得,现在正是从我身上刮去旧时的疮疖,要洁身自新的时候了。我觉得,我所争取到的是一种特别的权力——创作的权力,这种创作当然是纯粹的,当然是真正的创作。我觉得,我非要捍卫这权利不可。我一定要捍卫住它,因为我的援助者是高尔基,是的,我心里常这样想到他而且管他叫:援助者和解放者。"① "谢拉皮翁兄弟"的另一位成员隆茨曾因自己犹太裔的身份而饱受质疑,这位青年作家甚至还产生过放弃写作的念头。他曾在致信高尔基时提到此事,并请求文学大师给予可行的建议。虽然高尔基是如何回应的我们不得而知,但在后来的一封通信中却可知,隆茨表示自己已然一扫阴霾,重拾了写作的自信。在俄罗斯文学中,犹太主题的创作始终是尖锐的话题。隆茨得以坚持下去且在短暂的创作生涯中留下了众多光辉的作品,离不开高尔基的鼓励和支持。在隆茨逝世后,高尔基还为其作品全集的出版而奔走,他在致信卡维林时说道:"隆茨的确令人万分遗憾……一定要收集出版他的所有作品。"② 由此可见,高尔基为后辈倾注了大量的心血,他对"谢拉皮翁兄弟"的提携的确是不遗余力的。

高尔基十分欢迎以"谢拉皮翁兄弟"为代表的年轻且有才华的作家。他悉心指导他们尚未成熟的试作,发掘其可能会迸发的创作才能,并且从不吝惜赞美之词,但"兄弟们"始终清醒地明白,不该因此产生骄傲自大或是自满自足的想法。弗谢·伊万诺夫证实说:"在他给我的,以及给许多我的同时代作家的一些信中都充满着夸张的称赞。假使我容许自己把这些称赞写出来,那只因为他的称赞总是带有教育的性质,而且也不可能被看成我们某种不可动摇的准绳。"③ 同时,高尔基不断地在传递给青年作家们这样的想法:自己只是关注着文学幼苗成长的一个普通读者,而非

---

① [俄] 法捷耶夫等:《回忆高尔基》,伊信等译,人民文学出版社 1958 年版,第 181 页。

② М. Горький и советские писатели, "Неизданная переписка", в кн.: И. И. Анисимова, *Литературное наследство*, Т. 70, М.: Изд-во АН СССР, 1963, С. 184.

③ [俄] 伊凡诺夫:《会见高尔基》,孟虞人译,新文艺出版社 1956 年版,第 37 页。

导师。二者之间的交流不是教导和批评，而是互相学习。

"谢拉皮翁兄弟"这一团体的出现使高尔基喜出望外。高尔基在出国侨居之前一直与"谢拉皮翁兄弟"成员们保持了较好的私人关系。对于他们的才华，高尔基从不吝啬赞誉之词，他看着这群年轻人在创作上的成长，侨居意大利之前还在为"谢拉皮翁兄弟"出版第一卷文集而奔忙。然而，1922年隆茨的文章《为什么我们是谢拉皮翁兄弟？》将这个文学团体推向了风口浪尖。有人攻击他们不接受革命，是墙头草。托洛茨基则将"谢拉皮翁兄弟"划分为"同路人"作家，断定"他们的文学创作是一种新的苏维埃民粹主义"[1]。但高尔基对"谢拉皮翁兄弟"的态度却不尽相同。高尔基在与年轻作家通信中往往鼓励多于批评，他虽然也指出作家们构思、思想、语言等问题，但始终对团队的成员们寄予厚望。

"谢拉皮翁兄弟"富有文学天赋，这是高尔基极力支持他们的原因之一。在与兄弟们的通信和会面中，高尔基不止一次对他们的创作大加褒奖。他称赞左琴科开创了自己的风格，已是一位比较成熟的作家；卡维林的小说也不是效仿，而是已经超越了果戈理、霍夫曼等人的同类题材小说；在《"谢拉皮翁兄弟"小组》一文中，高尔基还满怀希望地关注着"谢拉皮翁兄弟"的成长，并且坚信这些青年作家将开创俄罗斯文学的新时代。尽管这些赞美如上文所说的"言过其实"，但充分体现了高尔基对"谢拉皮翁兄弟"的欣赏。高尔基不过问作家的流派和思想倾向，拒绝将自己的世界观强加于他人。创作个性是高尔基最为看重的品质，而这正是"谢拉皮翁兄弟"这个团体的闪光点。

革命之后，在高尔基与布尔什维克之间出现了关于革命暴力的分歧，苏联政府建议他出国接受治疗，高尔基便于1921年10月16日出国。他先抵达了芬兰赫尔辛基，然后取道柏林，最后在意大利定居下来。在这期间他还在为"谢拉皮翁兄弟"文集的出版问题操心。高尔基很长一段时

---

[1] ［俄］托洛茨基：《文学与革命》，刘文飞译，外国文学出版社1992年版，第42页。

间都对革命问题表示疑虑。他认为，革命使俄罗斯成了试验的牺牲品。侨居国外之后，高尔基虽然也始终保持着与苏联国内的联系，但已无法切身体会到国内知识分子与民众的生活。高尔基的世界观开始转向理想主义，企图美化、修饰苏维埃政权，向斯大林集体主义政权靠拢。这种转变不会抵消他在俄国民主革命传统中所接受的根深蒂固的民主启蒙精神，但却不能不改变他的文艺观念。他开始宣传一种革命乐观主义精神，一种乌托邦式的浪漫主义观念，并以此作为衡量艺术作品价值的标准。1920 年代，在苏维埃官方的感召下，"社会订货"成为一些作家作品的创作动力，"拉普"等左派团体撰写了大量将革命现实纳入既定公式中的作品，成为意识形态的工具，而艺术价值却大打折扣。高尔基批评了这种粗暴对待艺术的流行现象，他认为，作家的任务在于创造真实的、有血有肉的正、反两方面的主人公形象；简单化地描写和解释人物的行动，或作者强加给他们的结论，都不能改变主人公性格发展的艺术逻辑。

三 高尔基对"谢拉皮翁兄弟"创作的影响

十月革命后一段时期，一些极左的观点干预了文学发展的进程。无产阶级文化派思潮盛极一时，他们主张将俄国古典文学传统全盘抛弃，把新文化建立在被推翻的废墟之上。高尔基对这种观点持鲜明的否定态度，他强调应在继承和独创中去建设苏联的新文学，这一观点与"谢拉皮翁兄弟"的文学理念不谋而合。在二者看来，文化的精髓应是对过去伟大传统的继承，经典文学作品为未来打下了牢固的根基。如果不能深刻理解经典文学的本质，那就丧失了创作的真正意义。新文学是在继承旧文学辉煌的艺术成就，摆脱其糟粕的过程中前进的。

高尔基对俄国经典作家的技巧评价极高，并号召苏联作家向他们学习。在谈到经典作家时他这样说道："他们的文字就像是塑泥一样，他们用这些塑泥神话地雕塑了那样逼真的人物和形象，以至于在你读他们的作品时觉得所有的被文字力量神妙地鼓舞着的主人公把你包围了，和你在肉体上相接触了，你非常强烈地感觉到他们的痛苦，和他们在一起哭，笑，恨他们，爱他们，你听见他们的声音，看见眼睛里的愉快的光芒和悲哀的迷惘，你和他们生活在一起，或者友谊地同情他们，或者仇恨地将他们推开，这一切像真正的生活那样特别美妙，只是比它还要容易理解，还要美"。① 保护经典文学的遗产也是高尔基为了俄国文学的现实主义命运所做的斗争。

年轻的"谢拉皮翁兄弟"在创作实践中领会了相似的理念，即继承文学传统是实现创作自由的方式。众所周知，"谢拉皮翁兄弟"的成员在创作探索中是不完全一致的，团队内部分化为以隆茨为首的快乐的"左派"和以弗谢·伊万诺夫为首的严肃的"右派"。但无论是"左派"还是"右派"，对俄国古典文学优秀传统的继承都是毋庸置疑的。正如莎吉娘所说："'谢拉皮翁兄弟'复兴了固有的俄罗斯经典小说。"② 从整个团体的共性上来看，"谢拉皮翁兄弟"继承了高尔基的"人学"传统，对人的个性的描写细致深刻、洞隐烛微，这也引起高尔基本人的兴趣，他赞扬道："多年来青年们是带着成熟的性格、对人的深知和对人的个性的生动趣味进入文学界的。"③ 从个别作家的创作上来看，费定继承了布宁自然淳朴、简练生动的写作风格；左琴科幽默讽刺的叙事艺术受到了果戈理、契诃夫的影响；弗谢·伊万诺夫则承继了俄罗斯描写日常的小说传统，参照真实的历史去客观地刻画革命和战争。他的作品充满了严峻和残酷的气息，也是俄罗斯文学内战主题发展中的关键一环。

高尔基对俄罗斯文学的评论并不仅以阐述思想内容为限，他在艺术技法的问题上，如文艺作品的语言、结构、内容与形式相互关系等，都发表

---

① ［俄］叶果林等：《高尔基与俄罗斯文学》，赵侃等译，新文艺出版社 1957 年版，第 102 页。

② Шагинян, М. С., "Серапионовы братья", в кн.: Фрезинский В. Я. *Судьбы Серапионов: портреты и сюжеты*, СПб.: Академический проект, 2003, С. 528.

③ Горький, М., Группа "Серапионовы братья", *Жизнь искусства*, No. 22, 1923, С. 19.

了自己独到的见解。当时一些作家盲目地抵触文学技巧和形式的做法遭到高尔基的反对。在他看来，有一些作家天真地以为苏维埃的现实已经足够生动，写作主题足够崇高，因此只要选取一个有趣的情况加以描写，无需使用任何艺术技巧就可以完成一部优秀的作品，这种想法无疑是错误的。高尔基认为艺术形式具有重大意义。内容和形式是辩证统一的。假若没有艺术形式，即使最深刻的内容也不会为读者所接受，不会使他激动。艺术形式问题，正如高度思想性问题，是艺术对社会生活的意义问题，艺术的人民性问题。[①] 可见，高尔基的艺术视野是十分开阔的，他大胆吸纳先锋派原则和手法，更富艺术创新性和活力，具有鲜明的时代色彩。

如前所述，"谢拉皮翁兄弟"在"艺术之家"学习时师承了扎米亚京、什克洛夫斯基等人，后者是俄国形式主义的代表人物。因此"谢拉皮翁兄弟"的创作和理论均受到了形式主义不同程度的影响。但从另一方面看，从团队的文艺批评家、"精神领袖"格鲁兹杰夫的理论中我们也可以得知，兄弟们与俄国形式主义的思想还是存在分歧的。对于形式主义者所认为的"形式是文学作品中'唯一的主角'，无需考虑内容"这一说法，格鲁兹杰夫认为，应将形式与内容置于互为关联当中，避免否定二者之中的任意一个。既要克服传统文学批评偏重于内容而忽视对形式的关注，又要避免过于迷恋形式而极端化。应该说，以上观点代表了绝大部分"谢拉皮翁兄弟"成员的想法，也再次证明了兄弟们与高尔基站在了同一面。

高尔基于1918年提出了"文化和自由"的口号，强调了文化的重要性，呼吁文化回归本真。这与"谢拉皮翁兄弟"呼吁的"文化自由""创作自由"具有明显的内在联系。此外，二者都应召时代的要求，主动担当文学革新者的角色，不断地开拓与探索。综上可见，初学者作家与文

[①] [俄] 叶果林等：《高尔基与俄罗斯文学》，赵侃等译，新文艺出版社1957年版，第103页。

学大师在批评理念和创作探索的路上迈着一致的步伐,甚至在团队解散后,"谢拉皮翁兄弟"最终选择沿着高尔基指引的文学方向前进是不无原因的。

"谢拉皮翁兄弟"仰慕扎米亚京的才华,醉心于俄国形式主义的文字游戏,但是,如果说到青年作家们文学乃至人生道路上的指路人,那毫无疑问是高尔基。费定曾这样形容:"他不仅把自己的、活跃的作家的智慧,以及斗争的劳动的经验作为青年们的财富,同时也把他本人——比谁都善于揭露艺术秘密的大师——交给青年们。这种情况在其他人身上是不可能想象的。他的艺术是某种史传的一部分,他个人也就是这样一种史传,而他个人所提供的例子,在我们看来,已成为现代生活中强有力的形象,每一位新作家都注视着高尔基,瞻仰他,学习他。"①

尽管由于生活环境、人生阅历的差异而存在若干理念上的分歧,"谢拉皮翁兄弟"与高尔基在创作实践上仍有很多交集和对话。

费定的第一部小说集《荒地》中许多篇章描绘的都是革命前的事件,不少人物形象与高尔基塑造的人物形象都有共通之处。比如费定《一个早晨的故事》中的刽子手沙威尔·谢苗诺维奇就提到过高尔基小说《日记摘要·回忆录》中的刽子手格里沙·梅尔古洛夫,虽说费定创作中的人物形象更有尖锐讽刺意味,但是两个作家都关注了这一社会道德谴责的人物形象。另一篇小说《世界的尽头》讲述了一个小市民变成叛徒的过程。这一社会现象在高尔基颇为出名的小说集《1922—1924 年短篇小说集》中的短篇《卡拉海》中也有过描写,应该说,费定对此也有过较为深刻的研究,并借鉴了高尔基塑造人物的某些手法。

弗谢·伊万诺夫创作《密中之密》期间,正值高尔基旅居国外,师徒二人通信来往密切,这些信中多次谈及关于乡村主题的创作。在 1925 年 10 月 20 日的信件中,弗谢·伊万诺夫同高尔基分享了长篇小说《哥萨

---

① [俄]法捷耶夫等:《回忆高尔基》,伊信等译,人民文学出版社 1958 年版,第 209 页。

克》中的主题思想：男人对亲人和家庭，以及对安宁的乡村生活的怀念。随信件一同寄出的还有弗谢·伊万诺夫描写阿尔泰地区一个分裂派教徒村的小说《肥沃》。在二者的通信中，高尔基总是十分耐心详细地解答弗谢·伊万诺夫提出的问题和思想上的疑惑，但对于弗谢·伊万诺夫描写农民的小说和他对农村的看法却不予置评。仅从1927年11月8日二人通信中就可发现高尔基所给出的回应："针对您的观点，我表示十分震惊和疑惑。在您的笔下，俄罗斯农民不是上帝虔诚的信徒，而是不现实、好幻想的匪徒。我想不到您是这样认为的，您将民粹派农民艺术地理想化了。"[①]尽管二者的通信带有强烈的论战色彩，时常发生观念上的碰撞，但在实际的文学创作中，仍屡见人物形象塑造及主题上的相似之处。《逸隐》（1926）在情节上的戏剧冲突就与高尔基《罗斯游记》中的《鸟罪》（1915）十分相似，《快乐的阿纳尼》（1927）则与《隐士》（1922）有着异曲同工之妙。此外，《密中之密》和高尔基的《1922—1924年短篇小说集》《日记片断·回忆录》（1924）等语言风格也颇有相通之处。

在《密中之密》中，弗谢·伊万诺夫着重描写人最深处的内心世界。高尔基则一直认为，作家应清楚地了解，人总是各种矛盾性格的混合体。要注重心理描写从而展现人的内心世界。《密中之密》突出描绘的是革命和战争时期俄罗斯人民民族意识的悲剧性转折，高尔基在创作中同样触及了民族性格的主题。1923年8月，他写给罗曼·罗兰的信中谈到《长腿蚊》的构思时说道："有一个问题始终困扰着我——俄罗斯人的内心。四年革命期间它热烈地燃烧，发光发热。而一切过后却只余下灰烬。"[②]

此外，在高尔基和弗谢·伊万诺夫小说中都有提及不受上帝眷顾的人这一主题，这也是20世纪俄罗斯文学备受关注的主题之一。

[①] Архив, А. М., Горького. Т. X., *А. М. Горький и советская печать*, Кн. 2, М.：Наука, 1965, С. 59–60.

[②] Горький, М., *Собр. соч. в 30-ти т.*, Т. 29, М.：Гослитиздат, 1955, С. 421.

高尔基曾这样写道：

> 晚上我坐在床上。手搭在膝盖上想："怎么样，上帝先生？您似乎也不在乎我怎么生活。所以我现在准备去杀一个像我这样的人，并且很容易杀死。怎么样？"——《日记片断·回忆录》

> 人们说，在人的眼中有一种叫晶状体的东西，这样人们才能看得清。在人的心中也应该有这样一个东西。而他却没有。这到底是因为什么？——《长腿蚊》

弗谢·伊万诺夫也这样描写道：

> 上帝啊！或许你的眼睛已经坏掉了，看不见了！你睁开眼睛看一看啊上帝！——《峡谷》

> 马丁不相信上帝，在他看来，所有的信徒都在装模作样。他抱怨着说："看来你们的上帝也睡着了。"——《肥沃》

可见，伊万诺夫和高尔基对于心理细致的描写也具有相仿的特点。

20年代的批评家们也捕捉到了弗谢·伊万诺夫与高尔基写作心理的相近之处，他们尖锐地指出：高尔基几乎是失心疯一样病态地、不正常地过分强调一个正常人的古怪行为。而关于弗谢·伊万诺夫则认为：作家深陷描写无意识的、血腥事件的泥潭，似狂躁症般的胡言乱语完全没有必要。对此，我们不能就此认为伊万诺夫与高尔基创作的本质特点是相同的，但可以确定的是，在写作语言、主题思想、创作诗学等方面，弗谢·伊万诺夫与高尔基是一脉相承的。

"谢拉皮翁兄弟"其他成员也在文学创作上与高尔基有着千丝万缕的联系。如，左琴科早期小说《红军与白军》曾遭到高尔基的批评，也正因此决定了他后来写作风格的转变，另辟一条适合自己的道路。在左琴科后来的多部作品中，如《一本浅蓝色的书》《医生》等作品中的主人公，都与高尔基的原型相关。此外，另一位兄弟成员格鲁兹杰夫是公认的最具权威的高尔基研究者，他撰写的有关高尔基的传记闻名于外。在高尔基在世的时候，他就为积累其传记资料多次与后者互通书信。国内外学界研究高尔基生平及创作的专著和文章可谓汗牛充栋，但对于伟大作家创作生涯的精辟分析来说，格鲁兹杰夫的著述不可多得。他将文化历史因素引入文学研究，将作家个人的、社会的经历与作家创作相结合，谱写了作家不凡的一生。作为"谢拉皮翁兄弟"的文学主宰人，高尔基以各种方式参与到青年作家们的创作实践中。

总之，从"谢拉皮翁兄弟"初入文坛直至声名远扬，高尔基对他们的帮助以及文学上的影响非常之大。他关怀备至地培养青年作家，不仅关心他们的文学工作，而且给予他们生活上的帮助，使得青年作家们很快走向成熟。可以说，"谢拉皮翁兄弟"正是在高尔基的帮助下开辟了苏俄新文学的道路。

中 编

"谢拉皮翁兄弟"文学创作研究

第一章 卡维林"谢拉皮翁兄弟"时期小说创作

韦尼阿明·亚历山德罗维奇·卡维林（1902—1989），出生于俄罗斯一个音乐之家。卡维林是家中最小的孩子。1912年卡维林考入普斯科夫中学，毕业之后进入莫斯科大学，1920年从莫斯科大学转入彼得格勒大学学习。当时的彼得格勒大学历史语文系大师云集，是语文系的黄金时代，系里既有诸如库尔德内这样德高望重的老辈学者，也有日尔蒙斯基这样才华横溢的青年学者。卡维林在历史语文系学习阿拉伯语，并参与了世界文学出版社下设的翻译培训班。1920年代彼得格勒文学之家举办文学比赛，卡维林凭借风格奇特的《第十一条公理》获得三等奖，从此进入文坛。次年，起源于艺术之家翻译培训班的青年文学小组"谢拉皮翁兄弟"成立，卡维林在团体中年龄不大，但比较活跃。随着筹划的"谢拉皮翁兄弟"文集的出版，他的创作才华也得到了高尔基和什克洛夫斯基等人的肯定。卡维林在团体中的绰号是"炼金术士"，这是一个颇具中世纪风格的绰号，很像霍夫曼笔下描绘的人物形象。

随着《18××年莱比锡城纪事》（Хроника города Лейпцига за 18...год）、《第五个漫游者》（Пятый странник）、《人生游戏》（Большая игра）这些小说的面世，卡维林逐渐探索出一种独特的艺术风格。卡维林的早期创作有别于1930—1940年代的创作，这一点并不难解释。他所面临的是整个苏联文艺大转向的时代。1920 年代，苏俄文坛还具有较大限度的创作自由，卡维林的创作保持着相对强烈的个人风格，但到了 1930 年代之后，他所有的小说创作则无不带有"社会订货"的特色，转向了社会主义现实主义创作轨迹。美国斯拉夫学者卡特琳娜·克拉克在自己的书中写道："卡维林写于 1930—1940 年代的社会主义现实主义小说《船长与大尉》《一本打开的书》在许多关键性的方面与格拉特科夫 1925 年的小说《水泥》更相似，而不是其写于 1920 年代的反无产阶级文学《爱吵架的人》和《无名艺术家》。"① 卡维林是"谢拉皮翁兄弟"团体中寿命最长的一位，且非常喜欢撰写回忆录，比较出名的有《你好，兄弟！写作是很困难的！》《尾声》等，这些回忆录几乎构建了彼得格勒文学圈的逸事。本书主要研究的便是卡维林"谢拉皮翁兄弟"时期，即从《第十一条公理》（1920）到《无名艺术家》（1931）之间的创作。

第一节　卡维林与霍夫曼传统

卡维林在"谢拉皮翁兄弟"中年龄较小，在创作上颇有天赋。扎米亚京称他的作品具有霍夫曼式讽刺、怪诞、情节复杂化等特点。卡维林的早期作品《18××年莱比锡城纪事》《第五个漫游者》《紫红羊皮卷》都带有霍夫曼式讽刺幻想色彩 ②。当时的卡维林沉迷于霍夫曼小说。

E. T. A. 霍夫曼（Ernst Theodor Wilhelm Hoffmann，1776—1822），是德国晚期浪漫主义文学大师，他的作品很早就传入了俄罗斯，对俄罗斯文学圈来说，霍夫曼是最著名的外国作家之一。俄罗斯经典文学作家茹科夫

---

① Katerina Clark, *The Soviet Novel: History as Ritual*, Chicago and London: The University of Chicago Press, 1981, C. 29.

② Скандура, К. Л., *Гоголь и Каверин*（Рим: 2006），http://www.domgogolya.ru/science/researches/1522/.

斯基、普希金、果戈理和托尔斯泰无不崇拜霍夫曼，果戈理甚至可以说是霍夫曼小说在俄国的继承者，其小说《鼻子》《肖像》都是非常霍夫曼式的作品。俄国诗人韦涅维季诺夫（Д. В. Веневитинов）和涅韦罗夫（Я. М. Неверов）翻译了霍夫曼的作品。他的创作主题和母题也出现在作家波戈列利洛夫（А. Погорельский）、奥多耶夫斯基（В. Ф. Одоевский）、莱蒙托夫（М. Лермонтов）、阿克萨科夫（К. Аксаков）、阿·托尔斯泰（А. Толстой）等人的作品中。① 别林斯基称之为"奇特的伟大天才"。1836 年出现了别兹索梅金（И. Безсомыкин）翻译的《谢拉皮翁兄弟》（Серапионовы братья）全集，但翻译质量不高。稍后，该文集于 1873—1874 年由索科洛夫斯基（А. Л. Соколовский）重译并出版，得到一致公认。陀思妥耶夫斯基在阅读霍夫曼的文集《谢拉皮翁兄弟》之后，称赞霍夫曼的理念中存在人所有的纯洁和真正的美感。1922 年为霍夫曼逝世一百周年。巧合的是，正是在刊发"谢拉皮翁兄弟"自传的《文学纪事》杂志同一期刊发了霍夫曼逝世一百周年的纪念性文章。

应该说，彼得格勒"谢拉皮翁兄弟"文学团体的文学集会很大程度上受到了霍夫曼笔下"谢拉皮翁隐士"的影响。卡维林尤其是这种形式的推崇者和积极参与者。当时还是彼得格勒大学学生的卡维林，对霍夫曼的一切创作手法及令人惊异的想象与怪诞的创作风格都推崇备至，其早期发表的作品被视为霍夫曼主题的变形。事实上，"谢拉皮翁兄弟"团体这一名称也是由卡维林提议的。1921 年那次关键性聚会时，卡维林提议团体名字叫"谢拉皮翁兄弟"，得到了隆茨与格鲁兹杰夫的支持。卡维林作为一个阿拉伯语专业的大学生，沉迷于霍夫曼的小说并不是没有原因的。卡维林对霍夫曼的兴趣有两个主要的来源：第一，1920 年卡维林从莫斯科大学转入彼得格勒大学攻读阿拉伯语，研究 19 世纪作家、东方学家先科夫斯基，即布拉姆别乌斯男爵，其创作的小说带有霍夫曼式特征及相似

---

① Ботникова, А. Б., *Э. Т. А. Гофман и русская литература*, Воронеж: ВГУ, 1977, С. 13.

主题；第二，"谢拉皮翁兄弟"另一位成员隆茨当时在彼得格勒大学师从日尔蒙斯基攻读德国浪漫主义文学，两人相交甚笃，这两个因素都影响了卡维林。当然，最重要的是霍夫曼小说自身的魅力吸引了年轻的作家卡维林。

卡维林在刊发于《文学纪事》（1922年第3期）的自传中这样写道："俄罗斯作家中我最喜欢史蒂文森和霍夫曼。"[①] 众所周知，史蒂文森是英国19世纪著名作家，《金银岛》的作者；霍夫曼是德国后期浪漫主义最主要的代表作家，两者自然都是西欧作家。卡维林此处是带着戏谑式的口吻，也颇有深意。卡维林之所以将其说成俄国作家并不是文学常识缺失，它表明史蒂文森与霍夫曼对于俄国人来说是非常熟悉的西方作家（特别是霍夫曼），他们在俄罗斯文学发展中扮演了重要角色，19世纪是如此，20世纪亦是这样。可以说，伟大的俄罗斯文学中有着霍夫曼的基因。对于许多受过古典教育的年轻作家来说，霍夫曼与俄罗斯伟大的作家无异，都是他们精神的寄托者，是他们写作手法的模仿对象，创作的领路人。事实上，在俄国早就形成了霍夫曼小说流派。

俄罗斯的霍夫曼派，最早可以追溯到果戈理。德国学者凯泽尔认为，果戈理的小说乃是典型的霍夫曼式怪诞风格的作品。19世纪许多作家，如果戈理、先科夫斯基、奥陀耶夫斯基、维列特曼等，都在报纸杂志上刊登过类似的怪诞幻想小说。20世纪初列宁格勒有一批作家也属于霍夫曼流派，比如卡泽列夫（М. Козырев）、卡扎科夫（М. Козаков）、鲍里索夫（Л. Борисов）、瓦尔什夫（П. Варшев）等，而20世纪俄罗斯最著名的霍夫曼派作家当属布尔加科夫，布尔加科夫本人甚至还创造了一个词"Гофманиада"并在作家圈子中流行。卡维林于1920—1930年代的创作与同时代列宁格勒作家具有某些共性，也是霍夫曼式的，从某种程度上

[①] Каверин, В. А., "Серапионовы братья о себе", *Литературные записи*, No. 3, 1922, С. 29.

说，卡维林早期小说诗学中的霍夫曼元素几乎是不可避免的。

1920年代，卡维林创作的短篇小说故事大多发生在德国，如《第五个漫游者》、《18××年莱比锡城纪事》、《紫红羊皮卷》与《钦差大臣》。高尔基在读完《第五个漫游者》后指出："对于我这样的老读者而言，你的故事已经十分接近果戈理了，我并不是喜欢比较的人，但一想到您，我总是不由自主地想起霍夫曼，并且我真希望您能超越他！"[1] 而在《紫红羊皮卷》这一短篇小说中，出现了身体与灵魂互换的情节：两位主角因为坐错了车，就离奇地交换了身份：学者武尔斯特成为装订工，而装订工克兰策尔则成为学者。除此之外，卡维林还直接在小说中写道："而这个影子和镜子里倒影，合法地缔结了姻缘，为纪念阿玛迪斯·霍夫曼跳起了美妙的舞蹈。"[2] 卡维林在此戏仿的是霍夫曼小说中的魔法情节，他是在用笔墨"为他跳起美妙的舞蹈"。而卡维林的短篇小说《钦差大臣》，则直接使用了果戈理名剧的名字。小说主人公丘丘金，这个被现实世界压迫而陷入谵妄的可怜人，与霍夫曼《金罐》中的癫狂的大学生十分接近。创作于1921年的《18××年莱比锡城纪事》讲述的是，莱比锡大学的学生亨利希·波尔果利姆错失所爱，为了夺回爱情他与神秘人做了一笔交易，交易物丢失后他绝望地委托雕塑家将自己变成雕像，雕塑家则在贫困交加之际将亨利希抵押给古董店的老板娘，而亨利希的同学比尔一直不断地寻找失踪的亨利希。卡维林早期的这种幻想小说带有强烈的浪漫主义风格。他在作品中将身体、身体部位（比如心脏）、灵魂用以换取爱情的情节是典型的霍夫曼小说情节。或者，还可以追溯到西欧中世纪传说"浮士德博士"的故事。这个时期的卡维林创作，响应了隆茨著名的"向西看！"的口号，作品中充满欧洲中古世纪冒险小说及怪诞文学特性。

---

[1] Горький, М., *М. орький и советские писатели: Неизданная переписка*, М.: Издательство АН СССР, 1963, С. 172.

[2] Каверин, В. А., *Собрание сочинений в 8 томах*, Том 1, М.: Художественная литература, 1980, С. 108.

自《18××年莱比锡城纪事》起,卡维林小说的霍夫曼风格便显露无遗。卡维林将自己小说故事发生地点位移到了德国城市莱比锡。亨利希爱慕教授的女儿格雷琴,格雷琴却和钢琴家订了婚,因此亨利希与神秘人做了交易,作家却对交易物——蓝色信封的内容并未进行交代。亨利希弄丢了信封后被教授捡到,教授被作者操纵并当着亨利希的面拆开了信封,因此亨利希的交易失败,崩溃地逃走了,而教授则被作者"我"变成了"失语的人";在第六章中,教授因"失语"被作者和比尔送回家,在这一章叙述者——作者"我"意图扭曲时间,将时间调整回三天前,把教授交给他女儿后,我拿出表,想看看从我调完表过了多长时间,但是一不小心表从我手里摔到了地上,摔坏了。小说的叙事时间并不按照传统式故事情节的发展而发展,而是被打散后重新组合,这种叙事也受到现代主义小说叙事的影响,可以说卡维林早期小说的特征正是传统与现代的某种奇怪组合,是一种实验性很强的小说形式。

《第五个漫游者》的小说结构也是仿照《谢拉皮翁兄弟》,而且在序言中作者掺带了私货,他写道:"我想讲述的是,在俄罗斯帝国最美的城市之一,居住者十个人常常见面,他们甚至毫不怀疑自己是最好的黏土制成的。但我不会说此事,因为我是个天性谦逊且沉默之人。"[①] 这很明显是在讲彼得格勒"谢拉皮翁兄弟"聚会之事。如此笔锋一转,跳到小说的故事里来。所以,就结构而言,这就是一部"小说中的小说",这是一个典型的套娃结构。小说的叙述者将自己也放入了小说中五个大胆的探索者之间:第一个是为了寻找、复活生长于烧瓶里的雏人;第二个是倒霉的玻璃匠的儿子希望自己摆脱透明状,恢复体重和大小;第三个是寻找像驴一样的金色标志;第四个人寻找哲学石,而作家自己正是第五个探险者,他在探寻自己的风格、主题和情节。故事主体同样不是第五个漫游者,而

---

① Каверин, В. А., "Пятый странник", в кн.: В. Андреев и др, *Рассказы 20 - х годов разных авторов*, С. 753.

是第五个漫游者手中的木偶戏。小说中并未直接描写第五个漫游者的旅途，而是让他在另外四个漫游者（木偶）的故事中不断现身，通过一直重复关上与打开盒盖的动作强调第五个漫游者对木偶戏的控制权。在小说中，卡维林构建了魔法与科学并存的世界，而这个世界的本貌又不过是一个泥人导演的木偶戏。在这场木偶戏中有读者们耳熟能详的人物与情节乃至叙事风格——他们早就在过去几个世纪出现过。在《第五个漫游者》中，出现了能让人马上联想到霍夫曼的叙事主题：带着瓶中小人的经院哲学家，寻找贤者之石的浮士德，透明的玻璃人，被偷走的心脏，会拉金子的驴等等。显然，作家对中世纪浮士德传奇、霍夫曼故事、欧洲童话等进行了重构，并赋予其新的意义，这就极大地反映出作者早年霍夫曼小说的诗学特征。《第五个漫游者》是献给"谢拉皮翁兄弟"的创作，它有着自己的象征意义，这篇小说的情节象征着理想中的文学创作团体，就像卡维林本人所看到的那样。

《紫红羊皮卷》是在西方中世纪文化基调上展开的，其中"德国材料"是将情节转变成一种永恒、象征性意味的手段。古文字学家武尔斯特（Вурст）和命中注定不凡的装订工克兰策尔（Кранцер）交换了职业，命运的嘲弄在于克兰策尔早就梦想从事科学工作，而武尔斯特也想尝试装订活。如果不是在小说中出现另一条情节线的话，很难想象这样的矛盾该如何解决。这条线索在于解开教授武尔斯特的古代手稿，手稿在这里相当于小说中的小说，分上、下两部：第一部是一位犹太文书厌倦自己的崇高使命，但是却暗地里对烧瓷有狂热兴趣；第二部讲述的是生活在最底层的陶瓷工人内心深处热爱研究神圣的手稿。小说中所阐述的现象正是1920年代人们最亟须解决的，即该如何正确认识自己，从而选取适合自己的职业的问题。

"双重肖像"也是卡维林小说霍夫曼基因的一大标志。卡维林小说中的人物形象有一大特点是鲜明强烈的对立。其笔下的人物总是以对立的方式出现：如，涅克雷诺夫和洛什金（Некрылов—Ложкин）、阿基米德夫和施佩克多（Архимедов—Шпекторов）、特罗巴切夫斯基和涅瓦罗仁（Трубачевский—Неворожин）、格利高里耶夫和罗马绍夫（Григорьев—Ромашов）等。上面这些对立形象无须仔细地研究，他们都是赤裸裸地呈现在读者面前的。对于卡维林而言，"双重肖像"像是一个两极世界，这个"双重肖像"画廊的思想感情范围相当广阔：从童话《维尔利奥卡》（Верлиока）中正邪魔法师的对立到小说《名的艺术家》中两种创作个性的对比，《解冻科学》（Наука раставания）中两种不同的高尚道德的区别，他们中的每一个人都距离作者很近，都得到了作者的珍视。

"双重肖像"原则并非一蹴而就，作家早期许多中短篇小说中已汇聚着形形色色的人物，这些人物的存在总是遭到嘲讽和质疑。人物——傀儡的艺术游戏是卡维林创作生涯中有限又必经的阶段，这种游戏帮助他在之后的写作中感受作者对角色的控制力，而不受制于日常的生活琐碎。作家在小说《匪巢末日》（Конец Хазы）中塑造了第一个有记载的心理型人物谢尔盖·维谢拉戈（Сергей Веселаго），这个人物需要某种结构上的平衡，他的浪漫主义激情可以和《爱吵架的人》中的涅克雷洛夫相提并论。正是在这两部小说之后，"双重肖像"原则牢牢地扎根于卡维林的小说基石上。卡维林创造了各种各样的碰撞：在一些场景下创造者和破坏者处于鲜明的对立之中，而在另一些场合下矛盾互相重合。这一点在童话中更为明显：善良的魔术师瓦夏（Вася）的勇敢快乐的创造行为与反面人物的无聊官僚主义破坏行为没有一点相似之处。在小说《船长与大尉》中，真理的价值和爱情的可贵交织在一起：格利高里耶夫和尼古拉·安东内奇、罗马绍夫的斗争十分复杂，虽然正义在格利高里耶夫这边，但是真理的力量容易误伤他人，例如小说中船长妻子玛利亚·瓦西里耶夫娜因接受不了真相而最终自杀身亡。

在这里，并不总是严格地区别黑与白、好与坏，它只是帮助显现出形成真善美不同价值观色彩之间的区别。与此同时，将两个正面人物加以对立描写是极其困难的，卡维林从一开始就尝试两条相似的平行情节和性格线的不同方面，例如《第五个漫游者》中作者大胆地建构五条不同的情节比较结构，类似于这样的问题不是一下子就解决的，从刚开始积累对立的力量，直到运用于出人意料的上下文中。在《告别科学》中呈现了两个同等勇敢、强大和积极的主人公——梅谢尔斯基（Мещерский）和涅兹洛宾（Незлобин），然而最终只有涅兹洛宾获得了爱情。需要指出的是，作者并没有偏向谁，此时命运的支配占了上风，简而言之，摆在我们面前的是幸福的人和不幸的人之对比。这也正是卡维林"双重肖像"原则所展现的一部分。

意外重合、出其不意的相遇、夸张怪诞都是卡维林早期小说的特征。从1920年代的《18××年莱比锡城纪事》《第五个漫游者》《紫红羊皮卷》中的讽刺游戏到中后期的"双重肖像"创作，都受到了霍夫曼风格的影响。卡维林继承并发扬了霍夫曼的创作传统。幻想与现实这两条线索在其作品中交相辉映，嘲讽与自嘲渗透字里行间，分析与综合协调并进，最终在文本内相交，这些五光十色的艺术色彩共同画就一幅色彩斑斓的卡维林式浪漫主义风景画。

毋庸置疑，青年卡维林是一个霍夫曼迷，他在模仿中开始了自己的创作生涯。对卡维林来说，霍夫曼意义重大，他是卡维林创作路上的第一个导师，或许我们还可以从另一条路径简洁明了地探知卡维林迷恋霍夫曼的原因。大学期间，卡维林的专业是阿拉伯语。他大学时代的研究对象是19世纪著名的出版家、作家、东方学者、阿拉伯语专家先科夫斯基（Сенковский），先科夫斯基出版了许多以布拉姆别乌斯伯爵（Барон Браубеус）为主人公的小说，在果戈理时代颇为出名，此人也是霍夫曼小说的俄国拥趸及模仿者之一。卡维林研究其创作，并出版了一部名为《布拉姆别乌斯伯爵》的书。可以说布拉姆别乌斯伯爵或者说先科夫斯基教授是卡维林探索喜欢上霍夫曼小说的另一扇窗及动力。对卡维林来说，霍夫曼的语言技巧、小说主题、母题及结构的构建方式是再熟悉不过的东西，这些创作技巧成了早期卡维林小说的一大重要标志。

第二节 《第十一条公理》:几何式结构

卡维林的创作并不是一成不变的,而是渐变的。在以上这些小说出现之前,卡维林的处女作《第十一条公理》是一篇实验性很强的短篇小说。这种实验性主要体现在这篇小说的艺术形式,当时怪诞、幻想元素并未占据主流。值得注意的是,作者在这篇小说中使用几何学原理用以建构其艺术结构。探讨这种小说构思之前,必须提到1920年代风靡俄罗斯并引领欧洲艺术潮流的俄国先锋派艺术。1917年十月革命前后,俄罗斯先锋艺术相当活跃,战乱中的普通民众与知识分子都被卷入时局,革命冲击着每个阶层,而此时的俄国艺术也迎来了一次爆发性的革命。新的思潮冲击着旧的艺术,特别是从欧洲带来的新潮艺术观念促使先锋派艺术繁荣起来。艺术团体众生,"驴尾巴"(Ослиный хвост)、"红方块王子"(Бубновый валет)等争放异彩;康定斯基、马列维奇、娜塔莉亚·罗扎诺娃等人提出了"至上主义"、"抽象主义"、"构成主义"等令人眼花缭乱的系列概念。先锋派艺术的创作与概念同时也对文学产生了影响,图形构图与文本结构之间碰撞出火花并在1920年代作家创作中得到了充分体现。卡维林的小说《第十一条公理》《爱吵架的人》《无名艺术家》等都受到先锋艺术思想的影响,不仅仅在小说结构层面,甚至在小说语言及修辞层面也有鲜明的体现。

《第十一条公理》在小说艺术构思上受到了罗巴切夫斯基几何学理论的影响。罗巴切夫斯基是俄罗斯知名几何学家、喀山大学原校长,他所提出的几何学理论一直不受学界重视,直到其逝世12年之后其理论才为学界所理解,被认为是非欧几里得几何学的创始人。罗巴切夫斯基的平行相交理论是基于对欧几里得第五公理[①]怀疑之上的。罗巴切夫斯基的理论认

---

① 欧几里得第五公理指的是,在同一平面内,过直线外一点,有且只有一条直线与之平行。

为，当两条平行直线无限延长时它们会在无穷远处相交。卡维林这篇短篇小说运用的就是罗巴切夫斯基的无限远处平行线相交的原理。他将一张白纸分为垂直的两栏，并在两栏下写下开始毫无关系却注定在结局相交的故事。很多读者不明白为何小说题目叫《第十一条公理》，这一公理在罗巴切夫斯基的著述中并不是第十一条公理。其实，不难发现，此处作者将其命名为"第十一"，是因为阿拉伯数字 11 是两条平行的竖线，这正符合了小说的主题与艺术结构，同时也与罗巴切夫斯基平行相交理论相契合。

值得一提的是，在卡维林早年的小说《爱吵架的人，或瓦西里耶夫岛之夜》中有一个叫诺京的人物，此人被认为是卡维林本人的自传原型。这个人物与卡维林一样也是一个年轻的大学生，在彼得格勒大学语文系读阿拉伯语专业，研究 19 世纪俄罗斯东方学大家、作家先科夫斯基（布拉姆别乌斯男爵），是一个年轻的诗人，后来写出了第一篇小说。而在卡维林的这部小说中，诺京所创作的小说正是这篇《第十一条公理》（这也佐证了《爱吵架的人》这部小说中诺京这个人物的自传性）。卡维林在小说中描述了诺京创作《第十一条公理》的构思过程："您只要看一下我做了什么。我写了一篇短篇小说……我把罗巴切夫斯基平行理论引入了文学，平行小说，我在一页纸上将两篇短篇小说合二为一。"①

卡维林在后来的自传体小说《灯火通明的窗户》（*Освещенные окна*）中更为具体地描述了他第一篇短篇小说的创作过程："既然罗巴切夫斯基在无限远处让两条直线相交，那么又有什么能阻止我让两条并不相悖的情节线在无限远处汇合呢？仅仅需要让他们摆脱时间和空间的限制，并最终相汇合……回到家中，我拿了一把直尺，将一张白纸分为垂直的两栏。左面，我以内心独白的方式写了一个修士的故事，在右面我则写了一个学生的故事。在第七页中，部分割线消失了：平行线逐步交汇，即学生和修士

---

① Каверин, В. А., *Собрание сочинений в 8 томах*, Т. 1, М: Художественная литература, 1980, С. 575.

在涅瓦河边相遇了。与此相对应存在的是两种破产：身体的破产和灵魂的破产。"① 这是卡维林对罗巴切夫斯基几何学理论的第一次小规模的运用，但远不是最后一次。小说中两位主人公在同一时空唯一一次交汇这一手法也被运用到了《爱吵架的人》中。主人公涅克雷洛夫与洛什金教授是小说中两条各自独立发展的叙事线，在小说中几乎没有任何交集，可以将其理解为两条平行线。但小说中，这两位主人公却以陌生人的方式发生了一次会面，年轻的涅克雷洛夫在果戈理大街上发现了一位老人站在布满冰面的大街上，犹豫不决，他搀扶着老人穿过这条叫作果戈理的大街。涅克雷洛夫回想起来这位老教授在1914年彼得堡捷尼舍夫中学做过攻击形式主义理论的报告。这个回想也再次点明了涅克雷洛夫是什克洛夫斯基的原型。而本身形式主义搀扶学院派老教授走过布满冰面的果戈理大街这一行为带有强烈的隐喻意味：在文艺学历史上形式主义是否也搀着学院派走过了一段路程呢？这是小说中最明显的一出平行叙事线交叉点，其实《爱吵架的人，或瓦西里耶夫岛之夜》这本书是有三条平行叙事线索的，它们分别为：（1）涅克雷洛夫叙事线；（2）洛什金教授叙事线；（3）大学生诺京叙事线。读者不难发现，这三条叙事线在小说中均有且仅有一次相交。除了上述的涅克雷洛夫与洛什金教授在果戈理大街上相遇之外，涅克雷洛夫与大学生诺京仅有的一次相见发生在德拉格马诺夫的房间里，涅克雷洛夫问了诺京关于研究对象的问题，而洛什金教授与诺京的见面是在自己的病床上，诺京与其兄弟哈杰尔·哈杰尔耶维奇交好，无意中相遇。但这次理论的运用与上次不同之处在于他们不在小说的结尾相遇，所有三次相遇都发生在小说中间部分，严格意义上应该说是卡维林对罗巴切夫斯基理论逻辑的运用较之《第十一条公理》更加复杂，也体现了卡维林小说技艺的提升以及对小说结构的把控能力。卡维林这种将两条不相关情节线

---

① Каверин, В. А., *Собрание сочинений в 8 томах*, Т. 7, М: Художественная литература, 1983, С. 437.

以时空相勾连的叙事技巧在现代电影艺术中被广泛运用，比如贾樟柯的电影《天注定》中四个单独的故事就是用这一技巧连接起来的。

将几何学原理运用到小说中，这就使得该作品在内容与形式上获得了某种对称性结构。对称性结构是对传统小说文本的一种颠覆。不过，这种文本视觉图形实验并非卡维林所首创，在古今中外文学中早已有之。在中国汉朝人苏伯玉赴蜀久而不归，其妻居长安，巧思制为盘中诗以寄相思之情。全诗凡一百六十八字，四十九句，二十七韵，篇中多伤离怨别之辞。读时从盘中央以至周四角，宛转回环，哀婉忧思之情与诗之形相互交融。回文诗是中国古代视觉图形诗歌的一大代表，大家名人争相创作，佳作频出。而西方视觉图形诗歌传统大致可追溯到但丁的《神曲》。卡维林这篇小说的创新之处就在于：他是较早在叙事文本中使用几何学理论来构建文本结构的作家之一。国内学者张煦认为，《第十一条公理》中卡维林将精确科学运用于艺术文本结构的构建反映了作者在艺术探索中试图重建形式与内容和谐关系的愿望，并在小说体裁上引进了视觉诗歌形式，使得文本形成了一种棋局式的游戏性质。[①] 这的确是卡维林1920年代小说创作上的一种革新。显然，《第十一条公理》是作家在小说艺术形式上的一种创新，而这一创新也在之后的《爱吵架的人》中得到了更宏大的实验。

总而言之，卡维林的小说创作是一种庞杂的艺术体系，其中融合了诸多创造性元素。就体裁而言，卡维林1920年代的小说可分为三类：（1）幻想心理动机短篇小说；（2）幻想冒险中篇小说；（3）怪诞式长篇小说。有学者认为："德国表现主义与卡维林作品之间的互文不仅体现在叙事策略、叙事风格等层面上，而且也体现在情节层面上。"[②] 笔者认为，卡维林的小说只是与表现主义风格相近，表现主义并非卡维林的创作手法。实

[①] 张煦：《第十一条公理的几何学原理》，载《俄罗斯文学多元视角：俄罗斯文学与艺术的跨学科研究国际学术研讨会议论文集》，浙江大学出版社2017年版，第382—383页。

[②] Неклюдова, О., *К вопросу о влиянии немецкого экспрессионизма на прозу В. Каверина 1920-Х гг.*, Ⅷ Майминские чтения, 2015, С. 281.

际上,卡维林的早期小说带有传统小说元素(浪漫主义、幻想、霍夫曼情节、冒险小说),更带有形式主义戏仿色彩;互文性则赋予了卡维林小说强烈的自嘲与自我批评特征。俄罗斯学界对卡维林1920年代小说风格尚存争论,但笔者赞同莫斯科大学教授斯卡罗斯别洛娃的观点,其小说基本属于现代主义文学范畴。我们知道,戏仿是俄国形式主义的重要手法,它是破坏文学自动化接受,是一种与文学机械停滞作斗争的重要手段。卡维林通过对已有浪漫主义、现实主义的情节、手法、体裁的戏仿,组织材料并构建文本,是1920年代俄罗斯小说文坛进行创新实验的重要作家。此外,戏仿、讽刺、游戏在卡维林早期小说中形成了一个特定的狂欢的情境,也是躲避书刊审查的有效手段之一。

第三节 《爱吵架的人》:一部"带钥匙的小说"[①]

卡维林的第一部长篇小说《爱吵架的人,或瓦西里耶夫岛之夜》(Скандалист, или Вечера на Васильевском острове,以下简称《爱吵架的人》)是其早年小说艺术的集大成者。小说以莫斯科形式主义学者涅克雷洛夫回列宁格勒为主线,描绘了1920年代俄罗斯作家学者们的众生相。这是一篇典型的带钥匙的小说,小说中的人物以卡维林周围的现实人物什克洛夫斯基、波利瓦诺夫、费定、作者自己等人为原型,构建了一个艺术世界。《爱吵架的人》也因其独特的构思、原型人物设置、语文学思想争论而成为独具一格的新小说。

众所周知,传统的文学、绘画、雕塑等艺术领域几乎都以真实再现社会历史面貌为己任,其核心原则在于最大限度地了解"社会人"身上存在的现实性。但到了19世纪末20世纪初,整个艺术领域经历了一场泛革

[①] 该小节中的部分内容发表在《上海交通大学学报》(哲学社会科学版)2021年第3期。

命，传统的文艺原则让位于对个性之人的理解，人不再是社会现象，而是作为面对永恒时间和无尽宇宙的心灵载体。在传统世界倾塌、新世界充满未知的条件下，人们开始对新现实及其艺术认知产生浓厚的兴趣，加之叔本华、尼采、柏格森、弗洛伊德等非理性哲学、心理学对文学产生的影响，20世纪上半叶俄罗斯出现了一大批"非传统小说"。[①]

"非传统小说"（Неклассическая проза），是在现实条件下借助于装饰主义、新神话主义、幻想风格，以及各种变形手法完成艺术世界构建的；在新的小说叙事中，作者与读者、作者与人物等主客关系随即发生了变化：在传统小说里，读者几乎不扮演任何角色，仅仅是消极接受，而非传统小说需要读者参与创作，共同完成小说艺术世界的构建；小说中新的主客关系催生了新的文学性，获得了新的体裁意识。如，在别雷的《彼得堡》中，人的个性精神世界第一次获得了与社会现实存在同等重要的价值地位。[②] 这种个性精神世界，即艺术的"第二空间"为20世纪俄罗斯小说开辟了新大陆，后来的许多知名小说家诸如扎米亚京、皮利尼亚克、加兹达诺夫、纳博科夫、巴别尔、奥列什、瓦金诺夫都走上了这条道路。"非传统小说"可分为：第一，意识形态小说，即反映时代思想导向，社会思想有其特定的艺术背景；第二，主观史诗，即将个人生活环境视为历史加以掌握。这种小说选择精神生活占绝对地位，并确保个性独立、强调个性作用，极力避免大众起义的危险或集权主义国家的压力，最典型的代表就是关于艺术家的小说、部分回忆录小说。关于艺术家的小说，俄国学者斯卡罗斯别洛娃又将其分为三种：罗马式传记小说，描写创作行为选择的小说，以及元小说。[③]

[①] Скороспелова, Е. Б., *Русская проза XX века: от А. Белого («Петербург») до Б. Пастернака («Доктор Живаго»)*, М.: ТЕИС, 2003, С. 51.

[②] Лейдерман, Н., Липовецкий, М., *Современная русская литература*, Книга 1, М.: УРСС, 2001, С. 10.

[③] Скороспелова, Е. Б., *Русская проза XX века: от А. Белого («Петербург») до Б. Пастернака («Доктор Живаго»)*, М.: ТЕИС, 2003, С. 200–201.

在关于艺术家的小说中,借助原型构建第二空间的手法尤为明显。在这类作品中,作者巧妙地将小说人物与现实人物联系起来,开辟了一个隐性的艺术空间,这种小说又被称为"带钥匙的小说"(Проза с ключом),其中,人物原型就是用于打开这类隐性空间的钥匙。"带钥匙的小说"是一个比较泛化的概念,最早出现在 16 世纪的西班牙,17 世纪之后在法国文学中流行,在中国这种小说则被称为影射小说,① 因为其原型往往是有某种缺陷、个性较为鲜明的人物,具有影射现实的功能。这种小说在 1920 年代俄罗斯文学中为数不少,卡维林的《爱吵架的人》就是其中最典型的一部小说。而这部小说的有趣之处就在于:其中塑造了一系列原型人物,如什克洛夫斯基、波利瓦诺夫、费定、卡维林等著名作家和学者。

一 语文学镜像叙事

《爱吵架的人》是一部描写文学家们命运的长篇小说,具有别具一格的特点。小说故事情节并不复杂,是围绕当时新老两派语文学科的对立,即以列宁格勒老一代学院派教授洛什金(Ложкин)和莫斯科年青一代形式主义者涅克雷洛夫(Некрылов)之间展开的。虽然这二者在小说中只有一次偶然相遇,但这次偶遇却意味深长:由于地面有薄冰,正当穿着高腰套靴的教授洛什金苦恼着如何穿过街道时,涅克雷洛夫帮助了他。他虽然不记得教授的名字,但他记得这个人,因为教授曾经公开演讲反对未来主义。这是一次奇特的相遇,也是作者在叙事上的刻意安排。

以洛什金为代表的老派学者,表面上受人尊重、风光无限,而其内心却羡慕甚至嫉妒涅克雷洛夫的潇洒和自由。小说中,老派学者用一些可笑的理由指责年轻的形式主义学派,因为他们试图改变文学的常规观念:"研究生考试还没通过,他们就想把文学史变成电影,真是可笑,从本质上说他们就是堕落的,抛弃对于流浪者、道德败坏和不安定的人的习惯而

---

① [美]福斯特:《如何阅读一本小说》,梁笑译,南海出版公司 2015 年版,第 202 页。

又可靠的学院生活的人们。"① 老学究们不希望破坏现有的科学轨道,不容许这种肆无忌惮的自由力量破坏他们平稳安定的生活。"这就是一种体系,威胁着他们办公室的生活存在方式,某些方面就像革命本身,对他们而言是陌生而无益的。"② 然而,故步自封的老派们却并非像表面上那样的幸福。小说中洛什金不仅厌倦自己庄重、一本正经的公式化生活,甚至对家庭生活也颇为绝望。"有家眷的人活着像狗一样累,但是死时可以像人一样有尊严;单身汉活得很自在,但是死时却很凄惨。"③ 于是他躲避了所有人,甚至瞒着自己的妻子一个人逃离了列宁格勒。但是逃避现实并不能解决问题,最终他还是回到了原来的生活轨迹。对自由空间的恐惧,对人生道路的迷茫等迫使他不得不屈服于自己貌似尊严其实卑微的命运。显然,老派与新派的对立代表着两种文学风格的对抗:"洛什金代表上个世纪描写平静的日常生活的诗学;涅克雷洛夫则是一种用富有表现力的片段激起读者对整体兴趣的诗学。"④ 他们年轻且有活力,对文学有着非同一般的理解,与学院派学者安于现状不同的是,他们渴望一场革命,或者说,他们自己本身就在领导一场语文学的革命,他们渴望那种深刻变革所带来的结果。

弄清艺术人物与现实原型的关系,是阐释小说思想的一把钥匙。卡维林在小说中有意把现实人物埋入线索,将原型导向小说事件、人物个性中。作者运用了读者群体信息不对等的特点,从而产生两个不一样的形象轮廓:大轮廓是对普通读者而言的,它是一个模糊的形象,描写具有多义

---

① Каверин, В. А., *Скандалист, или вечера на Васильевском острове*, *Собрание сочинений в 8 томах*, Т. 1, М.: Художественная литература, 1980, С. 416.

② Каверин, В. А., *Скандалист, или вечера на Васильевском острове*, *Собрание сочинений в 8 томах*, Т. 1, М.: Художественная литература, 1980, С. 416.

③ Каверин, В. А., *Скандалист, или вечера на Васильевском острове*, *Собрание сочинений в 8 томах*, Т. 1, М.: Художественная литература, 1980, С. 403.

④ Новикова, О. А., Новиков, В. И., *Каверин: критический очерк*. М.: Советский писатель, 1986, С. 83.

性，对其阐释也是公开的，而第二种形象则是针对特定群体的内部形象，对他们来说描写是清晰明了，充满对文本外信息的引用，提示也更为确定。利用读者信息的不均衡性，借助原型根据其特点一层一层揭开小说特征与意图。对于这个原型我们可以通过主人公的名字、性格、外貌特征、事件，围绕小说的通信、文本内部的暗示以及互文等条件猜出其现实原型。当然，对于这类小说来讲，现实原型作为一种讽拟，或许并不是小说的全部思想所在。《爱吵架的人》的思想价值或许也并不全在作者描绘了文学圈内的几个现实人物原型，更重要的是，作者借人物原型表达了个人的文学观念。20世纪许多小说都具有这种类似于"带钥匙的"体裁，这种体裁又被俄国学界称为"语文体"或"元"小说。

众所周知，从19世纪开始，语文学作为一门独立学科已逐渐开始摆脱文学的控制，主要研究人类话语及其精神体现——文本。在俄语中，针对"филология"一词，现代俄语详解词典释义为"以语言、内容、修辞分析的角度研究当今社会历史和精神本质的综合性人文学科"。[①] 也就是说，俄国的语文学所包含的范围更加广泛，除了语言和文字，它还涉及历史、文化、社会、文学批评等诸多领域，是一个宏观的、综合性的概念，而"филолог"则是指专门从事语文学研究的学者，语文学家即是指代那些从事语言研究、文艺学研究文学批评的专业人员。语文学作为一门包罗万象的学科，对文学研究是大有裨益的。

然而，在19世纪末20世纪初，学院派一度把注意力投射于文本的蛛丝马迹而忽视了作品思想奥秘。这种重形式轻内容的现象也为契诃夫所觉察："教授们的观点是：莎士比亚并不重要，重要的是对之注释。"[②] 白银

---

① Кузнецов, С. А., *Современный толковый словарь русского языка: более 90000 слов и фразеологических выражений*, Российская акад. наук, Ин-т лингвистических исслед, СПб.: Норинт, 2007, С. 892.

② Новикова О. А., Новиков В. И., *Каверин: критический очерк*, М.: Советский писатель, 1986, С. 59.

时代作家们对诗歌和小说的语文学研究再度活跃起来。许多诗人诸如勃洛克、别雷、马雅可夫斯基都参与到诗歌的语文学研究中，撰写文学评论，品评经典或当代作家的作品，象征主义者们将普希金和果戈理奉为文化神话符号。如此一来，文学创作者亦成为文学研究者，作家变成了语文学家。

20世纪初的文坛习惯于把"语文学家"和"爱吵架的人"相提并论。严肃的"语文学家"和令人害怕的"爱吵架的人"这一组合潜藏了作家的独具匠心。"爱吵架的人"在这里并非日常生活中的理解，而是具有一定的文化历史背景的。"吵架"在陀思妥耶夫斯基作品中也有出现，对于陀氏而言，"吵架"是一种打破虚伪礼节、激化重大矛盾的手法。正是在吵架声中孕育着新生，在痛苦中创造新时代。也就是说，"爱吵架的人"身上似乎并行交织着两种气质："恶魔"和"圣徒"。恶魔气质主要表现在：只要有他出现的地方，他总是挑起各种事端，以吃力不讨好的方式"吵闹"，让周围的人不得安宁，但同时他又是人类最高理想追求者——他善于自我完善，对未来充满希望。他竭尽自己所能帮助周围的人，以自己的言行举止影响着周围的人，成为一种精神层面上的"圣徒"式人物。

我们知道，彼得堡（列宁格勒）一直与俄罗斯作家有着不解之缘，它是19世纪俄国作家笔下最钟爱的故事发生地，这里汇聚了一批俄罗斯文学瑰宝，例如普希金的《青铜骑士》、果戈理的《彼得堡故事集》等。彼得堡的文人墨客们经常聚集在一起探讨各种文学问题，由意见相左而引发的文斗和武斗早已司空见惯。有学者指出，"彼得堡在俄罗斯曾经是'斗殴'的产生地。当彼得堡出现'斗殴'这个词并且用它指代新的社会类型那新奇而又十分有趣的特征的时候，莫斯科还不知晓这个词"。卡维林将小说《爱吵架的人》的故事发生地设置在此的良苦用心不言而喻。初入列宁格勒后，小说中的主人公们也不知不觉地沾染上这种习气，变成了"爱吵架的人"。

维克多·涅克雷洛夫（Виктор Некрылов）在小说中匆匆出场，给人一种看不清、摸不透的感觉。"睡在莫斯科快车上的涅克雷洛夫"，是一个作家，也是"语文学家"，还是"爱吵架的人"。对文学家而言，生活的意义与创作是紧密相关的，他们夹杂在20年代彼得堡（列宁格勒）艺术创作的蓬勃生机和革命后生存危机的斗争之中。涅克雷洛夫是一个才华横溢的作家、形式主义语文学探索者，他对各种艺术都有自己独到的见解，而以洛什金教授为代表的老派语文学者则正走向死胡同，但他们既不愿退出历史舞台，又不愿意承认新一代语文学家的创新工作。小说情节正是围绕这种新旧文学之争而展开的。旧文学不可能轻易让位于新文学，新旧文学势力的搏斗必然要从争辩、反抗、吵闹开始，在很多情况下"吵架"并不仅仅是进攻，而是防守和自卫。新事物的诞生都会得到大众的否定，甚至是耻笑。涅克雷洛夫保护的不是自身的安全，而是为了捍卫自己的创作尊严和文学理想。他执着地坚持艺术和生活相结合的原则，毫不避讳和读者分享自己的生活经历。然而，艺术永远是艺术，生活却无法像艺术一样永恒不变。"他写过关于自己和自己朋友的书，但他早就背弃了这些朋友，严格来说，留给朋友的只是他的随和与年轻。"[①] "他本来可以活得更轻松，如果他没有如此多地思考自己的历史角色的话……尽管如此，他总是准备参与到历史中，不管别人有没有请求他。"[②]

值得注意的是，涅克雷洛夫和洛什金都来自现实生活，正是这些生活原型激发着一代代读者的无限想象力。小说中新旧语文学者之间的"争吵"乃至涅克雷洛夫对自己书中"朋友们"的"背弃"，都是对现实人物的影射。小说中有意地将现实人物埋入情节线索，将原型导向小说事件和人物个性的描写中。同时，小说中还运用了读者群信息不对等的原则营造

---

① Новикова, О. А., Новиков, В. И., *Каверин: критический очерк*, М.: Советский писатель, 1986, С. 449.

② Новикова, О. А., Новиков, В. И., *Каверин: критический очерк*, М.: Советский писатель, 1986, С. 449.

两个不一样的形象轮廓：一是对普通读者而言的大轮廓，这是一种模糊形象，人物描写具有多义性，对其阐释也是公开的；另一个是针对专业读者而言的内在形象，这种人物描写清晰明了，充满对文本外信息的引用抑或对信息导向的确定。后一类形象显然是借助生活原型，根据其特点逐层地揭开文本特征与作者意图。有背景知识的专业读者可以通过主人公的名字、性格、外貌特征、事件，围绕小说的通信、文本内部暗示、互文等一系列已知条件猜出小说中的生活原型，并厘清小说人物与现实原型的渊源。这就意味着，卡维林有意借助生活原型构建小说隐性空间，而原型则成为其阐释小说思想的一把"钥匙"。所以该小说的艺术价值，绝不在于表面上描写文学圈内几个现实人物的命运，而在于借助这些原型即"钥匙"揶揄地表达出作者关于当时语文学思想之争的看法，影射更潜在的内涵。

二 什克洛夫斯基：涅克雷洛夫的原型

如上所述，《爱吵架的人》中，涅克雷洛夫的现实原型是当时著名的形式主义学者兼作家什克洛夫斯基。什克洛夫斯基是一位充满传奇的人物，正如弗拉基米尔·别列金在《什克洛夫斯基传》开篇所写道："他的生平——就是一部冒险小说。"[①] 有鉴于此，同时代不少作家都有过用创作来评价什克洛夫斯基的做法，如艾亨鲍姆、特尼扬诺夫，甚至于远离这个形式主义圈子的别雷。[②] 什克洛夫斯基常常被人写入小说，如布尔加科夫小说《白卫军》（*Белая гвардия*），奥尔加·福尔什的《疯狂的轮船》（*Сумасшедший корабль*），纳博科夫的《天赋》（*Дар*），尤里·安年科夫的《关于无关紧要的故事》（*Повесть о пустяках*）以及卡维林的《爱吵架的人》等都有他的影子。艾亨鲍姆在回忆什克洛夫斯基时指出，"他不

[①] Березин, В. С., *Виктор Шкловский*, М.: Молодая гвардия, 2014, С. 5.

[②] Белый, А., *Ветер с Кавказа*, М.: Круг, 1928, С. 180–182.

仅是一位作家，更是一个文学人物，是某个未完成小说和问题小说的主人公"①。作家们有意无意地将什克洛夫斯基写进小说似乎有据可循：首先，他拥有丰富的人生阅历，本身就是很好的创作素材，能满足读者的猎奇心理；其次，他爱吵架的声誉，自带话题热点，但最主要的原因还在于他的言语行为方式。作为形式主义文艺流派领袖，什克洛夫斯基才思敏捷、口才极好，善于使用各种笑话故事揶揄调侃别人。

小说《爱吵架的人》的创作就缘起于什克洛夫斯基对卡维林的揶揄。据卡维林回忆："1928年冬我在特尼扬诺夫处与一位文学家（即什克洛夫斯基——我们注）会面，他活跃，机敏，才华横溢，让我们深信他知晓文学的一切秘密。说到长篇小说这一体裁，这位文学家强调，这种体裁即便是契诃夫也很难掌控，所以它在现代文学上不怎么成功并没什么令人吃惊。我提出反对，他带着那总是有着非凡力量的讽刺，怀疑我写长篇小说的能力。我大怒说，明天我就开始写长篇小说，且这本小说一定是关于你的。他讥笑了我，但无济于事。第二天我就开始创作小说《爱吵架的人，或瓦西里耶夫岛之夜》。"②

在这场争吵之前，卡维林一直在构思一篇关于一个大学生的长篇小说，但是小说不够丰富。与什克洛夫斯基争论之后，卡维林将什克洛夫斯基以涅克雷洛夫的名字代入情节中，使人物一下子就鲜活了起来。涅克雷洛夫这一形象在小说中的重要地位可见一斑。但是小说问世之后，所有人都开始在小说之中寻找什克洛夫斯基的影子，什克洛夫斯基很受委屈。应该说什克洛夫斯基与卡维林相识大半生，关系微妙，正是什克洛夫斯基将卡维林领入彼得格勒文学圈，介绍进"谢拉皮翁兄弟"团体中，也是在他的刺激下，卡维林写出了他的第一部长篇小说，但是在小说出版后的半

---

① Эйхенбаум, Б. М., *Мой временник, Художественная проза и избранные статьи*, СПб. : ИНАПРЕСС, 2001, С. 135.

② Каверин, В. А., "Очерк работы", в кн.: В. А. Каверин, *Собрание сочинений в 6 томах*, Т. 1, М. : Художественная литература, 1963, С. 10.

个世纪里,尽管两人都常住在莫斯科,但不曾说话。①

形式主义学派在30年代以后受到打压而式微,什克洛夫斯基本人也遭到当局的盘查与追捕。《爱吵架的人》中的涅克雷洛夫与什克洛夫斯基一样,都追求文学革新、崇尚新的创作、研究文学的新方法。他们都在文学创新之路上饱受质疑和歧视。卡维林在文集《我们如何写作》(Как мы пишем,1961)中甚至认为这部小说如果没有涅克雷洛夫就不会成功。俄国学者拉祖莫夫指出,"这个主人公身上的'什克洛夫斯基'的身影显而易见。涅克雷洛夫是通往文学斗争之路,是语文学争论的理由;为了赶超'什克洛夫斯基',卡维林将他变成了主人公"。② 毫无疑问,什克洛夫斯基就是涅克雷洛夫的原型,其证据主要有两点:其一,小说保留了什克洛夫斯基的名字"维克多"(Виктор),涅克雷洛夫的全名就是维克多·涅克雷洛夫(Виктор Некрылов);其二,小说题目及故事中"爱吵架的人"(Скандалист)这个绰号即指代什克洛夫斯基。在"谢拉皮翁兄弟"团体中,每个人都有自己的绰号,什克洛夫斯基的绰号就是"爱吵架的人"。小说中,作者介绍涅克雷洛夫时就写道:"作家,爱吵架的人,语文学家涅克雷洛夫睡在莫斯科快速火车上。"③ 不过,这些都是表层信息、普通读者的形象轮廓,而作为专业读者,我们还需要了解原型人物在这部小说中的内在形象,要弄明白这一点我们需要将《爱吵架的人》与什克洛夫斯基20年代的自传小说进行类比,特别是写于1926年的《第三工厂》(Третья фабрика)。

卡维林对什克洛夫斯基的创作非常熟悉,为了塑造涅克雷洛夫这一形象,小说中大量引用了什克洛夫斯基作品的语言、对话、掌故,使得涅克

---

① Старосельская, Н., *Каверин*, М.: Молодая гвардия, 2017, С. 106.
② Разумов, А. О., Свердлов, М. И., "Шкловский - персонаж в прозе В. Каверина и Л. Гинзбург", *Вопросы литературы*, No. 5, 2004, С. 39.
③ Каверин, В. А., "Скандалист, или вечера на Васильевском острове", в кн.: В. А. Каверин, *собрание сочинений в 8 томах*, Т. 1, М.: Художественная литература, 1980, С. 404.

雷洛夫由内而外都像一个活生生的什克洛夫斯基。如，什克洛夫斯基在回忆录《第三工厂》中用大量隐晦而破碎的语言描写了"作者与时代"之间联系的主题，我们将这些零碎的信息拼接起来，就会看到整个时代体系，以及作者的态度。如："时间是不会出错的，她在我们面前不会出错。"① 暗喻"我们是亚麻场上的亚麻"② 贯穿全文，奠定了小说在时间态度上的基调；再如，把知识分子，如布里克，喻指为亚麻："如果布里克的脚被切断，那么他会去论证，这样更方便。"③ "没有力量去抵抗时间，可能也不需要，可能时间是对的，它按自己的方式塑造了我。"④ 在两页纸之后说道："害怕落后于自己的时代。所有人都很成功，突然觉得，你同意了'没有腿更好'。"⑤《第三工厂》的"我"与时代关系摇摆不定是现实的反映，如何与时代相处，被它改造抑或保持个性独立是一个大的选择。

而《爱吵架的人》中的涅克雷洛夫也有着类似的问题："坐在凳子上，我不知道怎样写，写什么，除了我的记忆，以及作家的躯壳，我一无所有。但我与我的时代和谐相处，我知道怎么做成（как это сделается）……"⑥ 这句话除了体现如何与时代相处，它还凸显了形式主义奥波亚兹的普遍公式：《堂吉诃德》是怎么写成的（Как сделан Дон-Кихот）、果戈理的《外

---

① ［俄］什克洛夫斯基：《动物园·第三工厂》，赵晓彬、郑艳红译，四川文艺出版社2016年版，第143页。

② ［俄］什克洛夫斯基：《动物园·第三工厂》，赵晓彬、郑艳红译，四川文艺出版社2016年版，第167页。

③ ［俄］什克洛夫斯基：《动物园·第三工厂》，赵晓彬、郑艳红译，四川文艺出版社2016年版，第189页。

④ ［俄］什克洛夫斯基：《动物园·第三工厂》，赵晓彬、郑艳红译，四川文艺出版社2016年版，第218页。

⑤ ［俄］什克洛夫斯基：《动物园·第三工厂》，赵晓彬、郑艳红译，四川文艺出版社2016年版，第220页。

⑥ Каверин, В. А., "Скандалист, или вечера на Васильевском острове", в кн.: В. А. Каверин, *собрание сочинений в 8 томах*, Т. 1, М.: Художественная литература, 1980, С. 486.

套》是怎么写成的（Как сделана Шинель Гоголя.），这种公式在《第三工厂》里也有：如果我能够弄清《一千零一夜》是如何写成的……①熟悉这个公式的读者，一眼就能看到藏在这语言背后的人物原型。

  1920年代，在当代人看来只是一个短短的时期，但是对亲历者来说是分为好几个历史时期的。所以卡维林在小说一开始就描写了那些"生于一个时代，养于另一个时代，试图在第三个时代生活"②的人们。这一相对的时间观念也是取自《第三工厂》，什克洛夫斯基在小说中讲了一个关于波利尼西亚人的故事，波利尼西亚人用燃烧腐烂的树木来判断时间："据说他们会烧林中腐朽的树木，树木烧得慢，以至于可以抽着烟，数着时间。据说树木选的不对，就会烧得很快，那样的话，整个部落就会死于未老先衰。"③这个故事在卡维林的《爱吵架的人》的文学晚会时被重提："同志们，霍屯督人有这样的部落，那儿人们用火苗来衡量时间。他们燃烧树木，树木烧得很慢。我在那儿写过这个。他们数时间很慢，然后他们迁徙到了别的地方，那儿的树木烧得快好几倍。然后他们死了。在三年之内。同志们，我们还能说什么呢！别用不同的方法来计算时间。而是应该利用时间的压力。"④

  毫无疑问，这正是卡维林从什克洛夫斯基作品中迁移出来的一条重大的线索，埋入自己的小说之中。"应该使用时代的压力"这句话非常之重要，它反映的是一种主旋律的变化，是做出社会选择的征兆。这一个暗喻在《第三工厂》里也多处被提到，"我们奥波亚兹不是懦夫，不会向风暴

---

① ［俄］什克洛夫斯基：《动物园·第三工厂》，赵晓彬、郑艳红译，四川文艺出版社2016年版，第161页。

② Каверин, В. А., "Скандалист, или вечера на Васильевском острове", в кн.: В. А. Каверин, *собрание сочинений в 8 томах*, Т. 1, М.: Художественная литература, 1980, С. 405.

③ ［俄］什克洛夫斯基：《动物园·第三工厂》，赵晓彬、郑艳红译，四川文艺出版社2016年版，第240页。

④ Каверин, В. А., "Скандалист, или вечера на Васильевском острове", в кн.: В. А. Каверин, *собрание сочинений в 8 томах*, Т. 1, М.: Художественная литература, 1980, С. 487.

的压力让步。我们热爱革命的风，在每小时100俄里的空气中存活，被挤压。当汽车放慢到76迈时，气压会减小。这让人无法忍受。"① 这种引用非常巧妙，将主题直接迁移到自己小说之中，塑造出自己小说人物形象。两者可以说是互文的关系。小说《爱吵架的人》中还有不少细节也可以看到什克洛夫斯基的影子。再比如德拉戈马诺夫的话："他们将骑着自行车经过你曾敲着鼓经过的地方"②，在《第三工厂》也有类似的表达，"朋友们，把我的肖像也挂在走廊吧……骑着自行车经过我身旁吧"③。德拉戈马诺夫的话："不需要因为妻子，朋友，中国人和时间的原因溜到波斯去。也不需要用科学来交易。"④ 而《第三工厂》中在"我"给罗曼·雅可布逊的信中写道："你不想用科学来交易，你是在保护它……我不是在交易，我是在用科学跳舞。"⑤

  卡维林在小说创作过程中还参考了什克洛夫斯基的其他作品，并且可以随时化用。《爱吵架的人》中多处化用了《动物园，或不谈爱情的信札，或第三个爱洛依丝》以及《感伤的旅行》中的语言，如德拉戈马诺夫关于涅克雷洛夫的俏皮话："如果我是鲁滨逊，那么你就是荒岛上猴子们的代表。"⑥ 在《感伤的旅行》中也有类似的话："如果我沦落到无人的荒岛上，成不了鲁滨逊，而是一只猴子，我的妻子会这样说我；我再没

---

① [俄]什克洛夫斯基：《动物园·第三工厂》，赵晓彬、郑艳红译，四川文艺出版社2016年版，第144页。
② Каверин, В. А., "Скандалист, или вечера на Васильевском острове", в кн.: В. А. Каверин, *собрание сочинений в 8 томах*, Т. 1, М.: Художественная литература, 1980, С. 583.
③ [俄]什克洛夫斯基：《动物园·第三工厂》，赵晓彬、郑艳红译，四川文艺出版社2016年版，第161页。
④ Каверин, В. А., "Скандалист, или вечера на Васильевском острове", в кн.: В. А. Каверин, *собрание сочинений в 8 томах*, Т. 1, М.: Художественная литература, 1980, С. 584.
⑤ [俄]什克洛夫斯基：《动物园·第三工厂》，赵晓彬、郑艳红译，四川文艺出版社2016年版，第195页。
⑥ Каверин, В. А., "Скандалист, или вечера на Васильевском острове", в кн.: В. А. Каверин, *собрание сочинений в 8 томах*, Т. 1, М.: Художественная литература, 1980, С. 452.

听过比这更可信的定义了。"① 毋庸置疑，卡维林巧妙地运用了这个俏皮话，让熟悉什克洛夫斯基其人及其作品的人立刻就联想到他。

不过，但凡作家着笔，必有虚构。卡维林笔下什克洛夫斯基这一原型人物，实际上更多的是强调其审美意义或文学性。卡维林自己就谈论过这一原型的文学性。1926—1927 年卡维林作为列宁格勒艺术史学院老师在讲授过当代小说课程的笔记手稿上，谈及什克洛夫斯基小说叙事主人公时说道："他书中的性格如此鲜明，可以像他的文学作品主人公一样写他，他自己就会爬进了小说。"② 所以，作为涅克雷洛夫的原型——什克洛夫斯基的文学意义不容小觑。什克洛夫斯基自己在《汉堡计分法》（Гамбургский счет）一书中写道："我所写的那个什克洛夫斯基，很明显，不完全是我，如果我们遇见并开始谈论，我们之间还可能会产生误会。"③ 什克洛夫斯基创作中掺入了许多与朋友之间的通信、自身的经历以及周围朋友们的事件，但叙述者仍然不完全是他自己。卡维林明显也借用了这一手法，以什克洛夫斯基文学生涯为基础，截取了列宁格勒这个小片段来构建长篇小说《爱吵架的人》。1927 年什克洛夫斯基出版的《五个熟悉的人》（Пять человек знакомых）这本小书之中有这么一句话："我说的比写的多。我所说的也帮助了写作，但是却没写下来。"④ 而楚达科娃等认为这些"没写下来的"就被卡维林记下并用以创作小说《爱吵架的人》。⑤

以上这些证据都足以证明这篇小说是建立在原型基础之上的。卡维林

---

① ［俄］什克洛夫斯基：《感伤的旅行》，杨玉波译，敦煌文艺出版社 2014 年版，第 98 页。
② Архив, В. А., "Каверина", в кн.: М. Чудакова, Е. Тоддес, Прототипы одного романа. Альманах библиофила, Вып. X. М.: Книга, 1982, С. 177.
③ Шкловский, В. Б., Гамбургский счет, Л., 1928, С. 106. См.: Чудакова М., Тоддес Е. Прототипы одного романа. Альманах библиофила. Вып. X. М.: Книга, 1982, С. 177.
④ Шкловский, В. Б., Пять человек знакомых, М.: Аки О-во Заккнига, 1927, С. 95.
⑤ Чудакова, М., Тоддес, Е., Прототипы одного романа, Альманах библиофила, Вып. X, М.: Книга, 1982, С. 177.

在这一基础之上搭建了涅克雷洛夫——什克洛夫斯基的文学观，但是在卡维林看来，涅克雷洛夫的文学观点是一条把小说带向非虚构的路，是通往文学事实的道路，那是个死胡同。这样做无异于将文学与科学混淆。所以卡维林的创作并没有跟随什克洛夫斯基走向文学日常，走向他认为始于罗赞诺夫的新道路，只是倾向于寻找新的叙述模式而已。所以，我们也许可以说，《爱吵架的人》是卡维林作为反驳什克洛夫斯基文学观念为出发点而创作的，是卡维林为解决自己与什克洛夫斯基之间关于现代小说发展路径争论所提供的一种可能性。在小说结尾处，德拉戈马诺夫与涅克雷洛夫进行了一次谈话，作家借德拉戈马诺夫的口说出了自己关于这一争论的意见："他们不会写长篇小说，但是为了将你描写出来，他们将学会这件事。他们将骑着自行车经过你曾敲着鼓的地方。"① 这或许是卡维林对于什克洛夫斯基嘲讽他不会写长篇小说及其长篇小说危机之论调的一种回应。

除了文学观念争论，小说《爱吵架的人》还反映了当时文艺学及文学创作实践的风向，其中莫斯科形式主义学者涅克雷洛夫前往列宁格勒参加文学晚会受到冷遇这一情节就是最好的佐证。卡维林半个世纪之后回忆道："《爱吵架的人》里有一章准确地传达了事实情况。为欢迎涅克雷洛夫光临，他的以前信徒们组织了晚会。看起来似乎一切照旧，他们唱起了年轻形式主义者们的赞歌。我们依旧是形式主义者，但是维克多已不再是值得为他去死的凯撒了。这整个舞台不是虚构的，而是按照鲜活的足迹来写的。"②

三 《爱吵架的人》中的其他原型

除了涅克雷洛夫之外，小说《爱吵架的人》中许多其他人物也有现

---

① Каверин, В. А., "Скандалист, или вечера на Васильевском острове", в кн.: В. А. Каверин, *собрание сочинений в 8 томах*, Т. 1, М.: Художественная литература, 1980, С. 583.

② Каверин, В. А., *Эпилог*, М.: Московский рабочий, 1989, С. 37.

实原型。小说中与涅克雷洛夫联系最多的是三十岁出头的年轻学者德拉戈马诺夫，这个人物的塑造被认为是借用了俄罗斯著名形式主义语言学家波利瓦诺夫的个人经历与学术观点。因为许多对塑造德拉戈马诺夫的重要情节和细节都指向波利瓦诺夫，特别是维亚兹洛夫谈及德拉戈马诺夫时说的："第三天他出现在课堂上，穿着棉衬裤，请求大家原谅"①，这个经典细节为同时代人所熟知。不过，小说虚构成分也很明显，有诸多细节与波利瓦诺夫并不吻合，比如，波利瓦诺夫自1921年始就不住在彼得格勒了。此外，小说里德拉戈马诺夫在课上阐述的语言学观点也不完全来自波利瓦诺夫，而是与波利瓦诺夫所反对的语言学家马拉（Н. Я. Mappa）的语言学观更为接近，其核心是原始语音系统和语言发展三阶段说。德拉戈马诺夫的关于"言语生成原则"，则是对僵死的科学院语言的讽刺或抨击，而后来由大学生列曼宣读出来的论文实际上是波利瓦诺夫与语言学家雅库宾斯基（Л. П. Якупинский）共同创作的。而大学生列曼的现实原型应该指的是文艺学家克列曼（М. К. Клеман）。小说中，列曼替德拉戈马诺夫在东方语言学院课上宣读论文这一情节来自卡维林的一本书中。在彼得格勒上学时卡维林研究过先科夫斯基（О. И. Сенковский）教授，还写过关于他的书，在这本书中记录了一件类似的事情："1850年的某个学年放假前隆重的闭幕活动，人民教育部长和许多大人物都出席了先科夫斯基教授要做《俄罗斯名义的古代》的演讲。活动在学校大礼堂举办，人满为患。在演讲要开始的时候，一个坐在前排的德国人说他是教授的律师，宣称论文由他代为宣读。一开始的时候很正常，随后突然强调以俄罗斯族为首的斯拉夫民族像古时候一样拥有优先权……整个古老的历史没有别的，只是斯拉夫民族的编年史。"观众很快明白这是一种讽刺，哈哈大笑，教育部长愤然离席，随后大人物们跟着离席，这个德国人宣读完了论文，

---

① Чудакова, М., Тоддес, Е., "Прототипы одного роман", в кн.: *Альманах библиофила*, *Вып. X*, М.: Книга, 1982, С. 182.

尽管当时已经没任何一个人能听进去一个词语了……①

特尼扬诺夫作为这篇小说创作的见证者,与作者探讨过创作,特尼扬诺夫认为这个演讲对德拉戈马诺夫来说是个绝妙的结尾,他与卡维林一起创作了德拉戈马诺夫这些搞笑的词组,但是小说里论文和打印机阿特列尔(Адлер)遗失则是卡维林自己想出来的。②

在小说中占据很大篇幅的洛什金教授的原型,则是苏联著名语文学家、科学院院士拉夫罗夫(Лавров П. А.),但据作者所言,这个形象的创作使用了对艾亨鲍姆的印象与生平经历。③ 然而艾亨鲍姆是形式主义流派学者,小说中古板的洛什金与之并不可同日而语。洛什金三十年如一日耕耘在自己的学科里,却未能精通自己所从事的学科,用小说中的话说:"他看守着它,就像按保罗皇帝命令守候在路旁三十年的士兵一样……不,比这个还惨,他守候着它,就像守在甘草垛旁的狗一样。"④ 这话形象地表现了老学究们墨守成规,伺机打压形式主义新一代学者们的心理。

小说中大学生诺京的原型正是卡维林自己。熟悉卡维林的读者很快就可以在小说中找到作者的自传痕迹。诺京是东方语言学院的大学生,当年卡维林在彼得格勒大学学习阿拉伯语。卡维林研究过阿拉伯语专家、作家先科夫斯基,在小说中这也是诺京的研究课题。此外,小说中诺京的朋友回忆起诺京喜欢德国浪漫主义作家霍夫曼。卡维林在传记中回忆大学时代也说过类似的话语:"在课上,对德国浪漫主义作家们着迷,我穿着巨大

---

① Каверин, В. А., "Барон Брамбеус", *Собрание сочинений в 6 томах*, Т. 6, М.: Художественная литература, 1963, С. 459 – 460.

② Чудакова, М., Тоддес Е., "Прототипы одного роман", в кн.: *Альманах библиофила*, Вып. X, М.: Книга, 1982, С. 182.

③ Чудакова, М., Тоддес Е., "Прототипы одного роман", в кн.: *Альманах библиофила*, Вып. X, М.: Книга, 1982, С. 182.

④ Каверин, В. А., "Скандалист, или вечера на Васильевском острове", в кн.: В. А. Каверин, *собрание сочинений в 8 томах*, Т. 1, М.: Художественная литература, 1980, С. 402.

的外套……"① 卡维林学生时代对德国浪漫主义作家霍夫曼非常入迷，其参加的文学团体"谢拉皮翁兄弟"这一名字来源于霍夫曼的中篇小说，而这名字正是由卡维林提议、隆茨解释、众人最后同意的。再一点，小说里诺京是涅克雷洛夫的忠实拥趸，到后来渐渐找到自己的路径，决意当一个作家。现实中卡维林也是什克洛夫斯基形式主义学派的拥护者，很长一段时间是"谢拉皮翁兄弟"中最偏向形式主义的作家。还有一个最重要的证据就是，小说中有大量卡维林早期未刊发作品的影子。卡维林的第一篇文章刊发于1926年，是关于先科夫斯基的。如《斯瓦默丹》《第十一条公理》，还有早期的诗歌创作一直未刊发，却被作为事实材料用于塑造诺京，这些作品虽未出版，但在"谢拉皮翁兄弟"与彼得格勒文艺圈子里小有名气。高尔基因此从诺京的诗歌中看到了原型卡维林。诺京在小说中还承载了卡维林对文学特别是长篇小说的看法，他认为小说革新就在于寻找新的叙述模式，并将其付诸创作实践。这一理论核心实际上来自俄罗斯数学家、几何学家拉巴切夫斯基（Лобачевский）的理论。"我将拉巴切夫斯基的理论引入文学。平行短篇小说。我在一页纸上将两篇小说合二为一。"② 卡维林的第一篇短篇小说《第十一条公理》就是以这种形式创作的。

小说中另一个人物——罗伯特·丘费（Реберт Тюфин）的原型稍微复杂一些。根据楚达科娃与托捷斯的研究，这个人的原型也是复合的，综合了费定与阿·托尔斯泰两个人的影子。③ 丘费的话语及其在小说中的书信与费定关系密切，而其个性与行为方式则参考了阿·托尔斯泰。这一人物形象的设计，根据卡维林的回忆，也是在特尼扬诺夫的帮助下完成的。

---

① Каверин, В. А., "Как мы пишем", в кн.: М. Чудакова, Е. Тоддес, *Прототипы одного романа*, *Альманах библиофила*, Вып. X, М.: Книга, 1982, С. 183.

② Свердлов, М., Разумова, А., "Шкловский-персонаж в прозе В. Каверина и Л. Гинзбург", *Вопросы литературы*, No. 5, 2005, С. 44.

③ Чудакова, М., Тоддес, Е., *Прототипы одного романа*, *Альманах библиофила*, Вып. X, М.: Книга, 1982, С. 186.

这个人物在初版时叫罗伯特·丘费，1930年再版时改为沙霍夫斯基（Шаховский），肖像描写也发生了变化，而1935年版和1963年版的名字改成了布加金（Путятин），1980年代的版本则沿用第一版名字——罗伯特·丘费。小说中有一段写到涅克雷洛夫与丘费在出版社门口的对话，涅克雷洛夫如此评价丘费："你和爱伦堡总是写得一样。你别生气，爱伦堡是个不错的作家。甚至连主题都一样。"① 丘费是个完全不懂笑话的人，这一点与不苟言笑的费定很相似。越说到后面，涅克雷洛夫就越来越没耐心："你是斯塔纽科维奇，他不仅写海上短篇小说……他还写长篇，三卷，四卷，五卷那么写，这些小说你也会写，你可以去读一下，非常像，在文学理论上这叫做趋同化。"②

"趋同化"——这是一个很严肃的批评，直接否定了作家的创新能力，将文学作品当成工业产品来写，复制出一卷又一卷毫无新意，一个模子刻出来的东西。这段谈话很明显参考了什克洛夫斯基出版于1927年的《五个熟悉的人》里对费定的创作评价："康斯坦丁·费定生我气，说我没有读完他的小说……并非如此，我在课上分享过他的小说，并且读完了。他把小说分成了几部分，由此组成新的，在司各特、狄更斯和爱伦堡影响下的小说。抛下陌生化和斯特恩的游戏，我可以去拜访屠格涅夫笔下抒情的地方。但是，费定对于本土长篇小说写得并不太成功，这就是我不喜欢他的原因。"③ 在什克洛夫斯基看来，费定最大的问题就是无法将创作本土化，《城与年》即是如此。

小说里还有几个人物也是有现实原型的。比如，维拉奇卡·巴拉巴诺娃的原型被认为是叶莉扎维塔·多鲁哈诺娃（Елизавета Долуханова），

---

① Каверин, В. А.,"Скандалист, или вечера на Васильевском острове", в кн.: В. А. Каверин, *собрание сочинений в 8 томах*, Т. 1, М.: Художественная литература, 1980, С. 451.

② Каверин, В. А.,"Скандалист, или вечера на Васильевском острове", в кн.: В. А. Каверин, *собрание сочинений в 8 томах*, Т. 1, М.: Художественная литература, 1980, С. 451.

③ Шкловский, В. Б., *Пять человек знакомых*, М.: Аки О-во Заккнига, 1927, С. 97.

画家德米特里耶夫（Дмитриев В. В.）的妻子。格克切耶夫父子的原型被认为是历史学家谢加廖夫父子。①

《爱吵架的人》是卡维林第一部长篇小说，小说一开始构思的是一篇关于大学生的故事，但受什克洛夫斯基的嘲讽，卡维林赌气将什克洛夫斯基作为小说原型以涅克雷洛夫的形象展现出来。卡维林在自己的回忆录中写道："只有青年时代才会做这样的决定，也只有青年时代可以如此坦诚地带着笔记本跟着自己未来的人物形象走……很明显，他完全相信长篇小说没有前途，或者希望在这非比寻常的决斗里更小心一些。"② 卡维林年轻时曾是什克洛夫斯基的追随者，形式主义流派的拥趸，但是小说《爱吵架的人》一出版，评论界惊呼"卡维林被除名了"。③ 事实并非完全如此，卡维林只是在某些具体文学问题上与什克洛夫斯基产生分歧，卡维林更倾向于温和的特尼扬诺夫的道路，毫无疑问，特尼扬诺夫是形式主义流派的另外一极。他甚至还帮助卡维林进行小说中德拉戈马诺夫与丘费形象的设计。卡维林借助一系列现实原型，给自己小说注入新鲜事物，使小说人物活灵活现，更好地反映当时的文学现状。

需要指出的是，所有的原型人物都不可与现实人物一一对等，小说人物是有虚构性的，应该看到人物的文学性。卡维林影射现实人物，描绘文学形势的变化、形式主义批评的核心思想，但更为重要的是卡维林以长篇小说形式回应什氏关于长篇小说危机的论调，论证了这一体裁的合理性。

以上我们分析了卡维林 1920 年代的部分中篇小说及第一部长篇小说《爱吵架的人》，不难发现，1920 年代可以称之为卡维林小说创作的霍夫

---

① Чудакова, М., Тоддес, Е., *Прототипы одного романа*, *Альманах библиофила*, Вып. X, М.：Книга, 1982, С. 183.

② Каверин, В. А., "Очерк работы", в кн.：В. А. Каверин, *Собрание сочинений в 6 томах*, Т. 1, М.：Художественная литература, 1963, С. 10.

③ Свердлов, М., Разумова, А., "Шкловский-персонаж в прозе В. Каверина и Л. Гинзбург", *Вопросы литературы*, No. 5, 2005, С. 37.

曼时期，其诗学上的主要特征：第一，带有强烈的德国浪漫主义奇诡幻想，霍夫曼的原型、人物及情节也在早期创作中表现得非常明显；第二，受到1920年代先锋派艺术思潮的影响，这一时期卡维林的小说带有强烈的实验性，比如罗巴切夫斯基几何学在文本情节构建中的运用；第三，长篇小说《爱吵架的人》除了受到1920年代艺术思潮影响之外，还受到俄国形式主义理论的影响，特别是小说基本致力于描绘1920年代彼得格勒文学圈子（用形式主义的理论来说是"文学日常"或"文学事实"），其笔下的人物多有现实原型可以追溯，这部小说打破了文学与文艺学的界限，是一部典型的语文体小说。总体来说，卡维林1920年代的小说一直处在探索猎奇与艺术技巧开拓上，但在小说总体叙事上并没有那么完美。比如从《爱吵架的人》这部小说整体上可以看出，作家在叙述把控上尚缺火候，技巧上一味求新反而加重了自身的叙述负担，导致这部小说与同时代布尔加科夫、扎米亚京等作家的小说在情节建构与叙事策略上存在一些差距。但卡维林1920年代在小说创作上的探索无疑是非常有益的，他可以被认为是1920年代俄罗斯文学自我意识小说的主要代表人物之一。

第二章　隆茨的戏剧创作

列夫·纳塔纳耶维奇·隆茨（Лев Натанович Лунц，1901—1924），是俄罗斯知名剧作家、小说家、戏剧批评家。他是"谢拉皮翁兄弟"团体中最有趣、最有才华的一位，在团体中有"流浪江湖的百戏艺人"之称。隆茨出生于犹太家庭，父亲是一位药剂师、商人，母亲则是一位钢琴家。1918年隆茨获得金质奖章，以优异成绩毕业于彼得格勒第一中学，随后进入彼得格勒大学历史语文系学习。隆茨在语言上天赋异禀，通晓西班牙语、意大利语、法语、普罗旺斯语及希伯来语，毕业之后留任西欧文学教研室，并跟随日尔蒙斯基研究德国浪漫主义文学。1923年隆茨出现重病征兆，此时他的父母已迁居德国（隆茨以俄国作家必须住在俄国为由拒绝同行）。楚科夫斯基将隆茨接到家中照料，隆茨在他家休养半年，随后乘船前往德国汉堡就医。1924年5月，隆茨病逝于德国汉堡。文化圈众多知识分子（包括侨民知识分子）尼娜·别尔别洛娃、马克西姆·高尔基、米哈伊尔·斯洛尼姆斯基、康斯坦丁·费定、尤里·特尼扬诺夫等人均撰写文章悼念这位天才戏剧家的陨落。

隆茨对文学孜孜不倦，满怀激情且精力充沛。他的所有作品均完成于1919—1924年间，在这短短五年中他写了十篇小说，四部话剧，还有诸多电影剧本、戏剧评论、散文、书信等。高尔基对隆茨颇为看重，他在与卡维林的通信中称隆茨为"严肃的大作家"①。隆茨可谓慧极必伤，英年早逝，但他短暂的一生都在为成为一位伟大的作家而努力。

隆茨的文学生涯一直与文学团体"谢拉皮翁兄弟"捆绑在一起。隆茨在该团体中年纪稍小，但只要提及"谢拉皮翁兄弟"，隆茨就是无法绕开的话题。有学者认为"隆茨是'谢拉皮翁兄弟'最主要的批评家与理论家"②。高尔基在追忆隆茨的悼文中也表达了对他的赞赏，并认为隆茨是一个伟大且独特的艺术家，"俄罗斯舞台被那些从未有过的戏剧所丰富。他去世的时候很年轻，很有天赋——他是如此才华横溢，对于他这个年纪的人来说，隆茨算是很有学识的了"。③ 然而，在整个苏联时期，"谢拉皮翁兄弟"的作品很难得到出版，隆茨是其中最典型的代表。资料显示：直到1946年，隆茨还在官方出版的黑名单上。1981年，《隆茨作品选集》在以色列出版。在俄罗斯，隆茨第一部作品集出版于1994年。2003年，以隆茨戏剧《猿猴来了！》命名的戏剧小说作品集出版。俄罗斯科学出版社于2007年出版《隆茨·文学遗产》，将其所有的文学作品、书信收录于其中。

第一节 《超越法律》与西班牙黄金时代戏剧

隆茨的文学兴趣主要集中在戏剧上，他将大部分精力放在剧本创作和戏剧评论上。他推崇西方富有张力的情节戏剧，对俄国戏剧沉溺于现实日常很是不满。他在《向西去！》这篇文章中呼吁作家们向西欧学习戏剧技巧，其中戏剧情节是学习的重中之重，并认为这是俄罗斯戏剧所缺失的。

---

① Горький, М., "Литературное наследство", в кн.: И. С. Зильберштейн, Е. Б. Тагер, *Горький и советские писатели*, *Неизданная переписка* Т. 70. М.: Изд-во АН СССР, 1963, С. 177.

② Лунц, Л. Н., *Обезьяны идут!*, СПб.: Инапресс, 2003, С. 733.

③ Вахтангов, Е., *Записки. Письма. Статьи*, Ленинград: Искусство, 1939, С. 127.

隆茨总体上对俄国的现有戏剧持悲观态度，认为俄国基本上没有上等戏剧，因为没有悲剧，只有几部尚好的轻喜剧。其判断标准是这样的：他认为拥有伟大戏剧的国度总会出现一些伟大的剧作家以及一整个流派的模仿者，从而形成群星璀璨的局面，创作出伟大的戏剧作品，比如16—17世纪的西班牙和莎士比亚时代的英国。西班牙黄金时代戏剧正是世俗剧与宗教圣礼剧相抗衡的时代，而莎士比亚时代的英国戏剧则从贵族私宅走到了大众面前，这是戏剧史上的两座高峰，也成就了那个时代的群星璀璨。但俄罗斯戏剧并没有那么幸运，模仿西欧戏剧依旧是其主要的创作方式。隆茨对模仿西欧戏剧创作是持肯定态度的，为此他喊出了"向西看"的口号。隆茨喊口号的同时也身体力行，在创作中模仿西欧戏剧，其第一部戏剧《超越法律》就是对西班牙黄金时代戏剧的模仿。

西班牙黄金时代是在新旧戏剧斗争之中拉开序幕的。世俗剧偏重喜剧情境与喜剧人物的塑造，而宗教圣礼剧或传统悲剧依旧尊崇亚里士多德戏剧传统，有严格死板的三一律。黄金时代的剧作家们在创作中不断打破两者之间的界限，使得一种新的戏剧形式"悲喜剧"出现了。洛佩·德·维加是西班牙黄金时代最著名的戏剧家和诗人，他是西班牙民族戏剧与现代诗歌的奠基人，剧作等身。在戏剧创作的同时，他还写过一篇重要的戏剧评论《这个时代的戏剧写作新艺术》（"The New Art of Writing Plays in this Age"，1609）。在这篇诗体论文中，作者提出了自己的"新艺术论"，他强调戏剧艺术应该破除古典戏剧的三一律，把喜剧因素和悲剧因素结合在一起，安排好戏剧情节，因为情节是戏剧最重要的组成部分，是推动戏剧冲突发展的动力，要让情节紧紧地扣住观众的心弦，直到剧终，不能放松。[①] 隆茨的《向西去！》这篇文章毫无疑问受到了洛佩·德·维加"新

[①] ［西］洛佩·德·维加：《洛佩·德·维加精选集》，朱景冬译，北京燕山出版社2006年版，第9页。

艺术论"的影响。

　　《超越法律》(*Вне закона*)是具有一种浓郁的西班牙风格的戏剧，这种风格不仅体现在其情节上，甚至故事发生地就是西班牙城市。该戏剧发生地点是一个叫修达德（Сьюдад）的地方，所谓修达德，即西班牙语中的"城市"（Ciudad）之意。这表明作者有意虚化空间本身，让戏剧发生地变成一个普通意义上的西班牙城市。隆茨这部戏剧使用了西班牙黄金时代戏剧的旧时喜剧和幕间剧的结构形式。《超越法律》这部戏剧，根据作者的预想是要创造一部悲剧，一部带有强烈舞台效果的戏剧。在这部戏剧中，作者把舞台一分为三，呈左、右及中间三个部分。观众或读者将每个部分都当成独立空间，舞台左场是专注轻松喜剧效果的，而整体风格又是悲剧的，所以这部剧最后呈现出来的是一部悲喜剧。这正是西班牙戏剧幕间剧的传统。

　　除戏剧的体裁形式之外，隆茨在创作主题上也受到了西班牙戏剧大师洛佩·德·维加的影响。洛佩·德·维加认为，戏剧创作最重要的两个主题是荣誉与美德。在他看来，"没有比荣誉更高超的题材，他感动一切人，无一例外，除了荣誉就是美德，因为美德到处受人赞扬"。[①] 隆茨毫无疑问发现了洛佩·德·维加这一创作特征。《超越法律》中的一大主题便是荣誉，阿隆索起义的口号是："超越法律，除了荣誉的法则之外。"[②]

　　除了荣誉主题之外，洛佩的名剧《羊泉村》是隆茨《超越法律》的灵感来源之一。《羊泉村》这部脍炙人口的名剧讲述的是民众反抗暴政的故事：羊泉村村民淳朴、善良，过着和谐的田园生活。但驻扎在村上的队长费尔南一伙滥用职权、奸淫妇女、无恶不作。村长之女劳伦西亚长相甜

――――――――――――
[①] ［西］洛佩·德·维加：《洛佩·德·维加精选集》，朱景冬译，北京燕山出版社2006年版，第9—10页。

[②] Лунц, Л. Н., *Обезьяны идут!*, СПб.：Инапресс, 2003, С. 128.

美，费尔南想要占有她，最后在劳伦西亚婚礼上将其掳走，囚在家中。劳伦西亚衣衫褴褛逃回村里，发表一通慷慨激昂的演讲，羊泉村村民奋起反抗，村民最终战胜暴徒，将为非作歹的费尔南正法。国王派人来查事故起因及惩办凶手，但所有人均称凶手是羊泉村。国王最后宽恕了羊泉村。《羊泉村》的核心情节是反抗队长费尔南的暴政，劳伦西亚在婚礼上被费尔南劫走引发戏剧小高潮，劳伦西亚从费尔南处逃回，在羊泉村村民大会控诉："你让暴徒把我抢走，不为我报仇，我落入奸徒之手不能自救……逼迫我舍弃贞洁，屈服于他们邪恶的欲望。"① 隆茨在《超越法律》中为渲染首相罗德里戈暴政也使用了同样的手法，戏剧中这样控诉首相罗德里戈的暴政："他横征暴敛，剥削压榨我们，玷污我们的妻女，让我们的儿子去当兵，鞭笞惩罚我们的父亲。"② 阿隆索一开始扮演的角色正是荣誉的守护者，他鞭打了罗德里戈首相的儿子费尔南多，刻画了一个不畏强暴的侠盗反抗者角色。罗德里戈宣布阿隆索不受法律保护，并且"每个公民均有权跟踪他、杀掉他、并没收他的财产"。③

从情节上看，洛佩·德·维加的《羊泉村》与隆茨的《超越法律》均是一场大众起义，《羊泉村》中的起义是由劳伦西亚的遭遇和演讲唤起村民觉醒，从而自发反抗暴政，而隆茨戏剧中的起义是阿隆索谋划而发动的。两者具有本质上的区别，一个是民众自发，另一个是有组织并有精密的谋划，但反抗者劳伦西亚与反抗者阿隆索两者的命运截然相反，劳伦西亚与羊泉村最后得到了国王的赦免，但阿隆索却走上了一条自我毁灭之路。

西班牙黄金时代的戏剧人物形象是简单的。无论是不畏强权、勇敢的劳伦西亚，还是无恶不作的费尔南，人物性格是固定不变的，是一种静态

---

① ［西］洛佩·德·维加：《洛佩·德·维加精选集》，朱景冬译，北京燕山出版社2006年版，第10页。
② Лунц, Л. Н., *Обезьяны идут!*, СПб.: Инапресс, 2003, C. 94.
③ Лунц, Л. Н., *Обезьяны идут!*, СПб.: Инапресс, 2003, C. 95.

的人物形象，但隆茨戏剧中的人物性格是变化的：一方面，主人公阿隆索是一个充满正义感的强盗，是以推翻暴政、实现人民自治为人生目标的英雄；另一方面，他又以自己超越法律为由来摆脱与未婚妻伊莎贝拉的婚约："堂·罗德里戈宣布我不受法律保护。所有与我相关的合约作废。而且，我的伊莎贝拉，我们的婚约也被废除了。"① 在隆茨的笔下，没有绝对的正邪、善恶之分，人物是动态的，复杂多样的，所以阿隆索又是隆茨笔下的一个反英雄形象。

"反英雄"作为一类文学现象，并非"英雄"的反面形象，其内涵源自古希腊对"英雄"的定义。英美学者概括了古希腊戏剧英雄的特质，他们认为传统的英雄往往"克服了障碍，在种种不利因素下完成预期的愿望"②。西方文化传统认为，英雄品格源于神授，也就是来自奥林匹斯山的众神。因此，这类"半神式"英雄心怀美德、悲悯苍生，往往为救世而献身。文艺作品中的英雄形象必须具备伟大心灵，要勇气超常，志向远大，在肉体与精神两个层面的强大远超于常人。但英雄人物的性格也难免有缺陷：《荷马史诗》中阿喀琉斯勇武无双，但性格暴戾。这种性格缺陷不仅是对自身高贵品格的消解，也是在不理想的状态中尽可能表现理想的方式。对此，可理解为"半人半神式"英雄，在拥有万众敬仰救世的神性，同时难以回避人类本性中的劣根。③ 这种人性使得英雄走下神坛，却也展现出文学作品"人文中心主义"的转向。现当代文学摆脱英雄神话崇拜，关注生活，关注理想，关注人类自身。在俄罗斯，由于时代对人性的挤压，更多的悲剧式英雄以"反英雄"的形象出现。他们藐视正统、不妥协于现实的精神，同样体现了人类的尊严，可视为现代悲剧中的"英雄主义"。总之，"反英雄"的概念脱胎于人们对"英雄"的理解，是

---

① Лунц, Л. Н., *Обезьяны идут!*, СПб.: Инапресс, 2003, С. 107.

② Gibbon, Peter H., *A Call to Heroism: Renewing America's Vision of Greatness*, New York: Atlantic Monthly Press, 2003, p. 20.

③ 黄肖嘉：《反英雄》，高等教育出版社2016年版，第3页。

对英雄的"降格"。①

在《超越法律》中，一是，阿隆索行侠仗义、勇武非凡，崇尚荣誉法则。阿隆索视荣誉为第一法则，同时也是唯一法则。其他世俗的法则对他没有约束力，他甚至在首相罗德里戈宣布他不受法律保护时，以此来逃避世俗条款的约束。阿隆索行事乖张、不拘一格且机敏聪慧，首相的情妇伯爵夫人克拉拉面对破窗而入的陌生人没选择立即召唤侍卫，暗自决定要看看这个"大胆之徒"有何企图。阿隆索发现室内有人，但依然镇静自若地和公爵夫人展开周旋，他通过桌上的信件猜测这位贵妇的身份，假装热络寒暄。恰是这份镇静和勇敢机智使他赢得公爵夫人的欣赏，紧急情况下为自己夺得生机。

二是，阿隆索对自由的勇敢追求。阿隆索与罗德里戈交谈之后，发现统治阶级并非爱民如子，而是视人民为可以剥削的"羊群"。他愤然决意打破规则，建立"荣誉国度"时，就是在不断追求自由。

三是，阿隆索知恩图报、重情重义。古今中外，重情重义都是衡量"英雄"不可或缺的标准之一。阿隆索感念帕布罗和伊奈莎没有向警察暴露自己行踪的恩情，承诺帮助这对苦命鸳鸯摆脱公爵的纠缠，并为他们举办婚礼。由此可见，阿隆索最初身上这些英勇非凡、古道热肠、重情重义的品格，俨然一个"异域王子"。

阿隆索是统治阶层控制力的边缘人群，游走在社会底层，不受世间任何法则约束，只需遵守"荣誉法则"。他鞭打首相之子费尔南多之后便宣告："我发誓，自今日起，我不像常人那样从门出入、睡在床上、在餐桌上吃饭，我也不向朋友问好，而是问候陌生人。晚上不睡觉，白天睡觉。夜行昼伏。骑猪，吃马。在葬礼上唱歌跳舞，在婚礼上致悼词。大街上睡觉，房间里游荡。站着睡觉，靠手走路。服从农民的命令，殴打公爵。亲

---

① ［英］托马斯·卡莱尔：《论英雄、英雄崇拜和历史上的英雄业绩》，周祖达译，商务印书馆2005年版，第10页。

吻男人，同女人玩骰子。尊敬婴孩，教育长辈。水上行走，陆地游泳……我——不受法律约束了。"① 从阿隆索的宣言透出的是，他认为自己已经超越一切法律法规、习惯习俗甚至自然规律，他完全可以独立地按照自己的意愿行事。

阿隆索骗取首相情妇克拉拉的信任，同其合谋挑动侯爵罗德里戈的谋反野心。他率领众强盗伙伴共二十人，伪装逼宫造反，发动政变。二十个强盗从谋划到变革成功用一昼夜时间颠覆了整个王国。阿隆索是革命者中的理想主义者，幻想发动无暴力、不流血的革命，但他追求的没有谋杀、没有血腥的革命很快像脱缰的野马般失去了控制。他幻想的本质上不是革命，是一种颇为人道主义的变革，但结果却导向了暴力杀戮。当他杀了罗德里戈那刻起，革命就已经超出了阿隆索的预想。他所幻想的那个不流血、没有谋杀、没有法律、只有荣誉规则的王国便不存在了。阿隆索的起义属于普通的农民起义，试图建立一种崇尚荣誉、无压迫的乌托邦理想国。这种理想是出于劳动人民对未来的原始幻想，最终结出一个畸形之果。暴力的潘多拉魔盒一旦开启，便再也无法收回，即便是阿隆索本人也无力回天。

阿隆索在革命一开始还有过难得的同情心，看见欺男霸女打抱不平，得知奶兄帕布罗因为侯爵的阻挠无法和爱人长相厮守就果断提出帮助。但他在民众的欢呼声中逐渐迷失，最终陷入权力的沼泽，丢失了初心与信仰，成了自己曾经讨伐、憎恶的那种人。他轻浮地与酒馆女郎调情，杀死碍事的妻子和朋友，为实现理想毫无愧疚地欺骗利用为他着迷的克拉拉。剧终，背叛自己理想、背叛英雄美德的阿隆索死于克拉拉之手。

隆茨这部戏剧在情节结构上使用了可辨识的神话结构。1940年代俄罗斯戏剧作家施瓦尔茨在民间童话的基础上创作了脍炙人口的戏剧《龙》（*Дракон*）。这部戏剧的主要情节即为英雄杀死了恶龙，但最后他自己也

---

① Лунц, Л. Н., *Обезьяны идут!*, СПб. : Инапресс, 2003, С. 100.

变成了恶龙。隆茨这部写于1920年代的戏剧很明显也具有骑士屠龙最后成为恶龙的情节结构。阿隆索便是这个骑士：他作为修达德的侠盗，不受法律保护，但是为了正义与荣誉，设计推翻了罗德里戈的统治；他一开始还保留着理智，救助自己的朋友，但一旦站在了权力面前，在权力的不断诱惑下，他则变成了自己曾经讨厌的样子。他杀了朋友和妻子，强占了他人未婚妻，成了这座城的执政官。"恶龙"生生世世无穷尽矣，这之所以不是一场真正意义上的革命也正在于此：政权形式不变，它与众多中国古代农民起义是一样的，只是一场暴动。

总之，从本质上看，这一情节结构带有强烈的"反英雄"特质：正义的骑士总是毫不畏惧地冲向恶龙，但恶龙却永远都会存在，永不死亡，因为骑士最后转化成了恶龙。

第二节 《伯特兰·德·伯恩》与《神曲》

隆茨的另一部戏剧《伯特兰·德·伯恩》于1922年8月完成，这是一部诗剧，但隆茨并未将其发表。1922年9月前后，费定、卡维林与高尔基的通信中都提到了隆茨的这部新剧。1922年8月28日，费定致高尔基的信中说道：隆茨完成了一部新剧，但他将其保存在桌子上，并未给兄弟们朗诵。隆茨于当年9月在兄弟们的晚会上朗读了这部新剧，为"谢拉皮翁兄弟"成员们所赞赏。这部戏剧在1920年代有两次机会在大戏剧剧院（位于圣彼得堡）上演。在当时作家的通信及后来的回忆录中均有相关消息，但后来都不了了之。这部戏剧以及之前之后隆茨的戏剧在苏联时期一次未能上映，当时的书刊审查是不允许这类戏剧构思出现在舞台上的。

此剧在当时的文学圈中也广为流传，霍达谢维奇之妻别尔别洛娃曾认为这部戏剧非常出色，足以证明他是一位出色的戏剧家。当然并不是所有的人都喜欢隆茨这部诗剧,诗人霍达谢维奇就认为这部剧是用很差的诗歌写就的。隆茨随后反驳霍达谢维奇评论有失公允。在隆茨看来,舞台语言与诗歌是有差别的,不可以诗歌标准来衡量戏剧作品:"如果霍达谢维奇,如您所写、所说,戏剧本身是好的,但是用很差的诗歌写就的话,这对我来说是最大的夸奖。"① 很明显,隆茨只是剧作家、作家,在诗歌上的造诣自然不如成熟时期的霍达谢维奇精纯,但正如隆茨所言,舞台语言与诗歌语言终究是存在较大差别的。诗歌语言多隐喻、多义,但舞台语言倾向于直白表达,即便诗剧语言也是如此。所以霍达谢维奇的观点仅能是一家之言。

隆茨的戏剧创作如第一节所说,始终与西欧文学传统联系在一起,《超越法律》如此,《伯特兰·德·伯恩》亦是如此,隆茨言行合一,既呼吁也真心实意在创作中向西方学习。当时的许多作家包括卡维林、莎吉娘等人都指出了隆茨戏剧与西欧文学传统的关系,少数人有提到席勒、雨果的名字,但都没有细致地对其进行研究。此外研究者并没有注意到隆茨戏剧与其他系列欧洲经典名著的亲缘关系,这其中就包括但丁的《神曲》。

与《超越法律》一样,《伯特兰·德·伯恩》故事发生在欧洲,只是作家此时描绘的是 12 世纪的欧洲。吟游诗人、男爵伯特兰·德·伯恩的领土遭到"狮心王"理查德侵犯,大王子亨利作为诗人的朋友醉心于游戏打猎,袖手旁观。诗人孤立无援之下,领土沦陷,家园支离破碎。为报仇雪恨、收复城堡,诗人来到亨利身边再次寻求帮助。但由于亨利的善良和软弱,伯特兰决意通过离间亨利与理查德的兄弟之情,迫使亨利看清弟弟的狼子野心,为自己发兵夺回家园、恢复荣誉。诗人步步为营,迫切的复仇心理致使诗人丧失人性,最终反而再一次丢失自由和荣誉。剧终,理

---

① 转引自 Корнелия, И., *Лев Лунц, Брат-скоморох*, Белград: Белградский университет, 2011, С. 186。

查德兄弟反目、亨利惨死,玛蒂尔达从对爱情有所期许转变为追求权欲的复仇女王,全剧所有人物俱走向毁灭,无一幸免,这是一出不折不扣的悲剧。

伯特兰是英国国王亨利二世的陪臣,传说伯特兰曾煽动亨利亲王背叛他父亲,所以但丁把他放在地狱里;英国国王痛恨伯特兰,认为伯特兰是他儿子的邪恶的谋士,是引起他们父子之间冲突的祸首。离间者伯特兰·德·伯恩,在但丁的《神曲》中被安置在第八圈地狱第九沟:"我真的看见,现在似乎还看见,一个没头的身躯向前走着,和其余苦恼的灵魂一样地走着。他一手提着他的头,那个断头摆动得像个灯笼;……请看我残酷的刑罚。你是活着的,来参观已死的,你是否看见过别人的刑罚大于我呢?因为你可以把我的消息带出去,我告诉你:我是伯恩,我曾经在小王面前说了坏话。我使那父子二人互相争斗;……因为我把有血缘关系的人类分散了,所以我提着我的头,使他和他的基本躯干离开。所谓的报复刑就体现在我身上。"① 伯特兰·德·伯恩与但丁《神曲》中的挑拨离间者伯特兰,即第八圈地狱的第九沟离间者形成文本外互文。隆茨在塑造主人公形象时借用了但丁作品中伯特兰的形象特征——挑拨离间者。剧中伯特兰是彻头彻尾的伪君子,诡计多端,为达到自己的目的不择手段。他知道亨利真心爱着皇后玛蒂尔达,假若玛蒂尔达与理查德存在奸情,亨利一定会起兵讨伐理查德。于是他利用玛蒂尔达对他的爱恋(两人年轻时有过一段暧昧),勾引玛蒂尔达,与其幽会。另一面却向亨利透露理查德与玛蒂尔达的奸情,催促亨利亲自赶往求证。伯特兰与玛蒂尔达度过甜蜜的一夜后,黎明时分,他故意在国王到来之际营造出理查德偷情心虚逃走的假象,栽赃理查德。信任朋友的亨利被激怒,冲动之下答应了出兵讨伐理查德的请求。隆茨按照人物性格发展的逻辑,将伯特兰塑造为冷漠无情、善于玩弄人心,将朋友、爱人都视为自己复仇的"棋子"的卑鄙

---

① [意]但丁:《神曲》,王克维译,人民文学出版社 1997 年版,第 123 页。

小人。

在《神曲》开篇出现了三野兽：豹子、狮子和母狼。这三兽的象征意义源自《圣经旧约·耶利米书》第五章，在隆茨戏剧中则对应了三个主要人物形象。国王亨利的人物形象与《神曲》中贪图享乐的豹子一样，象征的是肉感上的逸乐[①]，它性格懦弱，追求享乐、渴望所谓的"幸福"。剧中亨利的一生充满了悲剧色彩。作为儿子的亨利，内心渴望父亲的关注，却总是不如弟弟理查德受宠，一直被弟弟的阴影笼罩，极度自卑；作为丈夫的亨利，虽然得偿所愿娶了心爱的女人，但妻子与他同床异梦，他知道妻子的内心对他并无爱情；作为朋友的亨利，对伯特兰付出了十足的信任，却一直被伯特兰欺骗利用，甚至勾引他的妻子，最终也是死于伯特兰之手。亨利多次与伯特兰谈及自己的心愿，他希望自己可以获得幸福。伯特兰却直接敲碎他的美梦——"国王是不可能幸福的，幸福的人可做不了国王"[②]。

理查德之性格则对应《神曲》中饥饿的狮子，"但是，一波未平，一波又起，一只狮子又出现了，他似乎向着我冲过来，他的肚子饿极了，高抬他的头，呼呼的口气吓煞人"[③]。狮子象征着残暴与野心，理查德有"狮心王"之称，英勇善战，对兄长的王位虎视眈眈。渴望权力、野心勃勃，垂涎自己的嫂子玛蒂尔达，纠缠不休。剧中伯特兰复仇事件的直接原因就是理查德率兵入侵占领了伯特兰的领地，劫掠庄园、焚毁村庄和森林。

剧中的玛蒂尔达则是一个贪婪的女人形象，玛蒂尔达选择嫁给亨利的根本原因是亨利向其承诺了皇后宝座。剧中出现的母狼具有鲜明的象征意义：贪婪。"还有一只瘦瘦的母狼，它似乎是饥不择食的，而且已经有许

---

① ［意］但丁：《神曲》，王克维译，人民文学出版社1997年版，第5页。
② ［意］但丁：《神曲》，王克维译，人民文学出版社1997年版，第123页。
③ ［意］但丁：《神曲》，王克维译，人民文学出版社1997年版，第123页。

多人受了它的灾害。它的一双眼睛盯着我,吓得我全身发抖,于是我只好放弃爬到山顶的企图。"① 母狼"肚子从来没有饱足的时候"②,"和它勾结的野兽还多着呢"③。玛蒂尔达对王后宝座的渴望,促使她背弃人伦道德勾引自己丈夫的兄弟理查德,给了伯特兰可乘之机。伯特兰最后沦为王室的弄臣实则是玛蒂尔达的报复,她让伯特兰活着体会被从前蔑视的人羞辱的感觉。可见,这个女人如同母狼一样的报复心理使伯特兰深受其害。

　　在传统的悲剧中,主人公多是正面英雄人物,遭受挫折,受尽磨难甚至为理想献身,使人心灵得到震撼,净化心灵,从而获得崇高之感。隆茨凭借对《神曲》形象的借用,塑造了一系列个性鲜明、极具代表意义的人物形象,从而打破了传统悲剧与喜剧、悲喜剧之间的壁垒。卑劣的小人、伪君子不再是喜剧的专属,悲剧人物不再是古希腊式的"英雄",也不是俄罗斯戏剧或者说契诃夫戏剧中的小人物,抑或平凡的人。隆茨剧中的主人公都是敢于追求自己理想的人,虽行事不择手段但目的明确,阿隆索如此,伯特兰亦是如此。应该特别强调的是,隆茨笔下的人物形象都不是静态的,也不是简单的黑白善恶可以评判的,他们是复杂的,多是在人性边缘挣扎之人。

　　20世纪初二三十年间,戏剧领域的改革创新百花齐放,百家争鸣。年轻的剧作家隆茨一直积极参与改革俄罗斯当代戏剧艺术。隆茨响应勃洛克的号召,"创造完全不同于旧世界那样的戏剧艺术"④。不过在隆茨看来,许多大胆创新的改革非但没有创造出新的戏剧形式,反而把俄罗斯戏剧推向了死胡同。隆茨在《伯特兰·德·伯恩》的后记中这样评论同时代作家对戏剧的改革现状:"每个人都呐喊着戏剧危机——每个人都在没有采取任何行动的情况下制作聪明的戏剧,并伴随着生活和情绪的阻碍。

---

① [意] 但丁:《神曲》,王克维译,人民文学出版社1997年版,第123页。
② [意] 但丁:《神曲》,王克维译,人民文学出版社1997年版,第123页。
③ [意] 但丁:《神曲》,王克维译,人民文学出版社1997年版,第123—124页。
④ Блок, А. А., *Собрание сочинений*, Т. 12, Л.: Издательство писателей, 1936, С. 181.

或者——现代派，未来派，印象派——巧妙地运用前所未有的技巧创作戏剧。然而这些技巧虽有利于创作，但与戏剧本身并不相宜。小说、故事，勉强可以摆脱悲剧情节的规则，但戏剧绝对不行！生活、心理学、人物形象、口头和舞台技巧——一切都必须从属于错综复杂的戏剧情节。因为你可以进行各种各样的创新，但是有一些戏剧情节的规则不容违反。悲剧就是悲剧！"①

隆茨认为，这场对以往所有文学传统发起挑战的轰轰烈烈的革命，显然其本身也是一场危机。创新是摆脱文学危机的必然手段，但文学自有其传统，戏剧创新也不是完全另立门户。隆茨认为，俄罗斯戏剧最大的问题和危机在于作家的主观能动性过高、失去了规则的约束，"只要作家谈及感情，讲述为理想而哭泣——他就是浪漫主义作家。或者，恰恰相反：倘若作家描写的是流氓无赖、强盗、杀人犯——他就是浪漫主义作家"②。剧作家在创作的时候追求形式上的突破，甚至抛弃戏剧的基本要素，直接向观众展示日常生活。因此戏剧丧失其动态的特征，走向"小说化""文本化"。由于情节的缺失，俄罗斯舞台充满了契诃夫式细微的、令人讨厌的心理独白，满足于表现现实人物的日常感受。

因此，隆茨在《伯特兰·德·伯恩》的后记中指出，俄罗斯没有真正的戏剧，"心理主义和现实主义在舞台上产生了无与伦比的破坏性影响"③。从本质上讲，戏剧与无关紧要的生活琐事和细腻的心理是不相关的。戏剧是一种独特的舞台艺术，但在俄罗斯，观众却被教导必须追求忠于现实，描绘真实的日常情感，描写"真正的"人。隆茨认为，正是这些在危害着当代戏剧，也是这些充斥在舞台上的戏剧让俄罗斯戏剧裹足不前。

---

① Лунц, Л. Н., *Обезьяны Идут!*, СПб.：Инапресс, 2003, С. 491.
② Лунц, Л. Н., *Обезьяны Идут!*, СПб.：Инапресс, 2003, С. 492.
③ Лунц, Л. Н., *Обезьяны Идут!*, СПб.：Инапресс, 2003, С. 491.

由此，隆茨提出，拯救情节就是拯救俄罗斯戏剧。隆茨把目光转向了西欧文学，因为在他看来西欧文学有着很强的情节传统。隆茨特别关注西班牙黄金时代戏剧、法国浪漫主义时代戏剧以及英国莎士比亚戏剧。他对维加、莎士比亚、席勒和雨果等西方戏剧大师颇有研究，并认为这是让俄罗斯戏剧走出现实主义泥潭的不二法门。正如隆茨在《向西去！》中所说："我们俄罗斯人不知道如何处理情节，我们也不知道情节，因此我们鄙视情节。并为此感到骄傲。没有什么值得骄傲的。"[1] 俄罗斯当然存在着优秀的经典戏剧，但是这些作品长久以来却没有形成系统，没有出现过戏剧群星璀璨的时代。因此要想创作出真正的属于俄罗斯的戏剧，应该如同俄罗斯小说的发展一样，首先从向西方模仿开始。《超越法律》和《伯特兰·德·伯恩》便是在这一情况下诞生的。

　　隆茨1923—1924年的两部戏剧《猿猴来了！》及《真理之城》则是带有更强烈实验性的戏剧作品。

第三节　《真理之城》：反乌托邦文学先驱之作

　　谈到反乌托邦文学，人们大都会提到20世纪著名的反乌托邦三部曲《我们》、《美丽新世界》和《1984》。人类天性向往未来，轴心时代东、西方哲学家们的著述中就开始了对未来世界的畅想。无论是西方的理想国，还是东方的大同世界或者鸡犬相闻老死不相往来之地，都体现了人类对未来的向往以及对理想世界的构建的期待。16世纪英国思想家托马斯·莫尔让这一整个思想体系有了一个共同的名字——"乌托邦"。乌托邦，即乌有之乡，在现实中并不存在的平等、自由与没有压迫的世界。随着科技革命的发展，欧洲空想社会主义者欧文、圣西门、傅立叶对理想世

---

[1] Лунц, Л. Н., *Обезьяны Идут！*, СПб.：Инапресс, 2003, С. 491.

界进行了初步实验，但都以失败告终。理想家们带着一腔热血想要建立天堂，却差点变成地狱。但应当强调，此时的乌托邦思想都是知识分子独立思想个性的体现，具有浓厚的人道主义和理想主义光辉，无论其试验结果如何，都不应该否定其积极性。

乌托邦是艺术最常见的主题。如果从更广的范畴来看这一概念的话，将主人公悬置孤岛，在一种非文明状态下重置秩序，进行一种小规模的人类文明演化也是一种另类的乌托邦。比如笛福的《鲁滨孙漂流记》，威廉·戈尔丁的《蝇王》，金基德的电影《人间，空间，时间和人》(2018)，黄渤的电影《一出好戏》(2018)，等等。

20世纪以降，随着社会进一步发展，哲学家们突然意识到，乌托邦似乎并不只停留于想象，它甚至并没有想象的那么遥不可及。在这种恐惧下，思想家们开始担忧乌托邦思想被实现的后果，开始考虑如何避免某种不成熟或成熟的乌托邦思想成为现实，反乌托邦思想应运而生。

在俄国，十月革命乃是这一思想的催化器。俄国知识分子亲眼见证着社会主义乌托邦构想被第一次以实体形式建立起来。新政权面临的是如何持续发展与存在的问题，与此同时，知识分子专享的乌托邦思想被"收归国有"，苏联政府开始以长短期的计划向着终极乌托邦目标奔进。俄国思想家和知识分子们对乌托邦实现的担忧变成了一个选择问题：投靠官方乌托邦还是选择继续自己的道路。事实上，更多的人选择是逃离乌托邦，回归以往那个不完美的世界，离开乌托邦社会主义俄国。震惊世界的"哲学船事件"便发生在这一背景之下。当然，哲学船上的学者教授们大部分是被迫离开的。

代表知识分子独立与理想的乌托邦思想为政权所推崇，当以政策实施时，国内知识分子面临了不自觉的站队问题。马雅可夫斯基并没有刻意向官方靠拢，他是俄国最早的革命知识分子，他的《宗教滑稽剧》，长诗《好！》和《列宁》闪耀着独立知识分子的乌托邦思想光辉。但即便如此，马雅可夫斯基依然避免不了成为官方话语的代言人。而第一个站出来刺破官方乌托邦构想的就是高尔基。1917—1918年高尔基是《新生活报》的编辑，他与新生政权在各方面展开激烈的辩论，这些文章后来收录到《不合时宜的思想：关于革命与文化的思考》一书中。高尔基支持十月革命，但并不赞同新政权的暴力问题，认为革命是危险的实验，俄罗斯就是被用来做实验的。高尔基此时的思想充满了人道主义关怀与反乌托邦理念。这种思想自高尔基出国，离开苏维埃俄罗斯之后便发生了转变，逐渐向新生政权靠拢。但留在俄罗斯的扎米亚京却创作了最早的反乌托邦经典之一——《我们》。

从乌托邦到反乌托邦，实质上反映的是人们对美好未来的期待到对未来的担忧的心理转变。发生这种心理转变的原因就在于：随着科技的进步与社会形势的发展，乌托邦理想变得可能实现，但是乌托邦具体的实现却伴随着某些必要的牺牲。首先，乌托邦可能需要构建在流血暴力的基础之上；其次，在乌托邦建立初期需要集体主义力量，必然会造成对个体的情感、需求的忽视，自由和平等观念被主流需求掩盖，从而滋生极权主义政权。这引起了人们对乌托邦的恐惧。

反乌托邦文学反映的正是这种对未来世界可能性的某种担忧，这种文学一般会有以下几大特点：第一，反乌托邦文学具有一个超现实或未来世界的时空；第二，具有某种特定的宏大世界观构架与设定，即乌托邦；第三，必定有两个世界的矛盾冲突，即服从乌托邦设定与反对乌托邦设定两者之间的矛盾；第四，凸显反暴力、反奴役等自由平等思想。关于乌托邦的设定，又会影响文学文本的风格，技术乌托邦设定在反乌托邦体裁里较为流行，比如扎米亚京的《我们》便是其中杰出的代表（这与作者工程师出身有关），于是文本世界便充满了数理公式与图形。宗教乌托邦也是作家们比较喜欢的设定，加拿大作家阿特伍德的《使女的故事》描写的基列国便是一个政教合一的宗教乌托邦，文本中充满了宗教神秘气息。

反乌托邦文学除了反映对现实革命的恐惧之外，还有其自身深厚的人道主义传统。这种传统可以往前追溯到赫列斯科夫的《加特姆与和谐》

("Кадм и гармония", 1787)、别尔嘉耶夫的思想以及索洛古勃的《南十字星共和国》。扎米亚京的反乌托邦杰作并非文学孤岛，而是建立在现实基础与前人影响之下。同样，他的思想也得到了完美的继承。值得注意的是，隆茨几乎同时创造了反乌托邦戏剧《真理之城》（1923—1924），普拉东诺夫也开始写作《切文古尔镇》（1926）和《基坑》（1930）。

扎米亚京小说《我们》最早在国外出版，但有证据表明1921年扎米亚京创作完小说《我们》之后，在彼得格勒小文学圈中介绍并朗诵过，"谢拉皮翁兄弟"等作家们对小说情节相当熟悉。作为扎米亚京的学生，隆茨明显受到这一思想的影响，以自己独特的文学天赋，创作出了反乌托邦戏剧《真理之城》。

《真理之城》是隆茨的最后一部戏剧，也是苏联文学中的第一部反乌托邦戏剧，甚至是欧洲文学中最早的反乌托邦文学之一。其实在《真理之城》以前，隆茨还创作了一篇小说《在荒野上》（1921）。这部短篇小说的主要情节与《真理之城》相差无几，隆茨对其进行了加工，附以简单的二元对立结构，加上其原有的《圣经》宗教内核，便成了《真理之城》这部戏剧。

该戏剧是隆茨截取《圣经·出埃及记》和《圣经·申命记》的部分情节并加以改写的结果。《圣经·出埃及记》讲述了神是如何带领以色列人民从埃及到应许之地的；《圣经·申命记》中，以色列人在旷野漂泊了三十八年后，上帝交代他们与亚摩人争战，以获得其土地为业。以色列人最终战胜亚摩人，夺城掠物。戏剧《真理之城》分为三个部分："序幕"、"悲剧"和"结局"。剧中，政委带领士兵们踏上从中国前往俄罗斯（自东向西）的路径，他们穿越沙漠，渴望找到一个理想之地。随后这群人在沙漠中发现一座城市——"平等之城"，城里的居民都依照相同的模式生活。两类完全不同的人相遇后冲突不断，随着矛盾的加深，最终双方兵戎相见，而剩下的少量士兵将继续寻找理想中的俄罗斯。1924年，隆茨写给楚科夫斯基的信中谈到这部作品，他说："我完成了一部新戏剧，既深奥又粗俗。"① 而这部颇为有趣的新戏剧就是《真理之城》。

戏剧中隆茨构建了一个简单的族长制共和国——平等之城。作者在序幕中对人物作了交代："按照作者的构思，这部戏剧的主人公不是单独的个体，而是两个民族，两类群众，即士兵们与平等之城的居民。"② 隆茨对居民们作了如此描述："所有市民都是一样的，他们穿戴一样，迈着同样的步伐，声音低沉、生硬，且单调。"③ 在这样一个世界里，所有人都没有欲望、没有思想、没有感情，除了有序的工作外，剩余的只有沉默。剧中存在着一个平等王国：所有人分管一切，法律面前人人平等。居民们"在一起说话，在一起思考，在一起工作"。④ 隆茨在戏剧中很少对人物进行命名，而是在创作中加入了意大利假面喜剧的手法，即表演中有些角色戴特定的面具，特点鲜明。在《真理之城》中，人物形象均戴有社会的假面具，剧中士兵的命名本身就是"忧郁的"与"快乐的"，"年老的"与"年轻的"等，这些名字有的是指剧中人的性格，有的则是依据年龄进行命名，其意义相互对立，由此推动着故事情节的发展。

有趣的是，平等之城的乌托邦构建借鉴了柏拉图《理想国》中的思想，柏拉图的理想国建立在公正之上⑤，这一思想直接反映在了戏剧的名称《真理之城》上。在柏拉图的理想国之中将人按不同职业分成三等：（1）哲学王；（2）士兵；（3）农民和手工艺者。理想国由受过严格哲学教育的哲人掌控，隆茨的平等之城里也几乎遵从了这一设定，掌控这个城市的是三位长老。正是他们向沙漠中行走的人们发出了邀请："我们的城市是真理之城，是平等之城。我们孤零零的，在沙漠中。你们是第一个来到这里的，世界是你们的。我们所有人都是平等的。我们平等地工作，平

---

① Лунц, Л. Н., *Обезьяны Идут!*, СПб. : Инапресс, 2003, С. 677.
② Лунц, Л. Н., *Обезьяны Идут!*, СПб. : Инапресс, 2003, С. 214.
③ Лунц, Л. Н., *Обезьяны Идут!*, СПб. : Инапресс, 2003, С. 214.
④ Лунц, Л. Н., *Обезьяны Идут!*, СПб. : Инапресс, 2003, С. 231.
⑤ Платон, *Собрание сочинений в 4 томах*, Т. 3, М. : Мысль, 1994, С. 204.

等地生活。你们寻找真理，寻找幸福，寻找工作。来吧，一起工作，和我们生活在一起。"① 剧中的少女和少男则扮演着第三等人：工人或劳动者的角色，他们在讨论工作的事情。在理想国中一切需遵从指定的法典与规则。在平等之城中亦是如此，以至于当士兵们进入城市，破坏法规之后，长老给这些士兵定性："毫无秩序与规律。这不是人。"② 除此之外，在柏拉图的《理想国》中，每个人都没有私产，一切全是共有的。这种观念在隆茨的戏剧中体现在胖士兵和小孩的对话上，胖士兵问："这是谁的腰带？我的还是你的？"小孩反问道："什么是我的？"③ 因为在真理之城中，私人财产是不存在的，除了自己的身体之外一切公有，他们不知道何为"我的"，在他的观念中，一切都是"我们的"。他们是这样一群人，自出生在这个城市以来就"在一起说话，在一起思考，所有人像一个人"。④

这种公有制思想也体现在平等城的爱情与婚姻观之上。在柏拉图的构想中："所有的妻子都应该是公有的……让她们不与任何人同居"，"孩子也应该是公有的，让父母不知道自己的孩子，而孩子也不知道自己的父母"。⑤ 平等城构建在人人友爱的基础之上，因此所有人都是平等的，没有任何私产，包括妻子和孩子。在这个城市里："所有人爱一切人，人人平等，没有别的选择……出生的孩子给他哺乳，把他放到草地上和别的孩子在一起。然后孩子就不记得自己的母亲了。女人不应该只爱一个孩子。法律面前人人平等。"⑥ 隆茨借柏拉图理想国中的基本道德婚姻与家庭模式创建平等之城具有特殊意义，因为只有父母孩子互不相识，妻子情人皆为过客，才能真正克服社会中的人情关系，使得社会达到绝对的公平。

---

① Лунц, Л. Н., *Обезьяны идут!*, СПб.: Инапресс, 2003, С. 224.
② Лунц, Л. Н., *Обезьяны идут!*, СПб.: Инапресс, 2003, С. 225.
③ Лунц, Л. Н., *Обезьяны идут!*, СПб.: Инапресс, 2003, С. 229.
④ Лунц, Л. Н., *Обезьяны идут!*, СПб.: Инапресс, 2003, С. 231.
⑤ Платон, *Собрание сочинений в 4 томах*, Т. 3, М.: Мысль, 1994, С. 232.
⑥ Лунц, Л. Н., *Обезьяны идут!*, СПб.: Инапресс, 2003, С. 231.

柏拉图的理想国还有一个清晰的敌我观念，要求"对自己人温和，对敌人严厉"，因此要让孩子们像野兽一样尝一尝血。① 这种说法也被隆茨运用到戏剧之中，隆茨借医生之口说出了柏拉图的思想："教他们。你知道的，可以把小老虎看作小狗来喂养。但是当它看到流血的时候——一切都白费了：猛兽被唤醒了。这就是他们，（像）天空的羔羊，但他们会闻到血——他们将成为我们这样的劫匪。"②

隆茨不仅使用了柏拉图的思想，还引用了马克思与恩格斯理论来构建乌托邦平等之城。十月革命的成功，让俄国知识分子不得不对马克思主义理论进行审读。隆茨的平等之城，实际上是一个完全均等的共产主义社会。全体居民以劳动为生，以劳动为荣，劳动完全靠高度的自觉。政委在戏剧开篇的演讲畅想的便是平等城的最初景象："家是真理，人们遵循真理生活。所有人都是平等的。除了劳动，听到没，劳动吧，没有谁会比你优秀。没有人会说：'我比你富有。'不需要太多的金钱，不需要太多的财富。也没有人会说：'我比你尊贵。'所有人的血液都是一样的，所有人都是红色的血液。你想在土地上劳作，那就有你的土地！你想成为工长，那就有你的机床！没有谁会拒绝你：劳动和吃饭——我不想！不会再有抢劫和偷窃，没有法庭和监狱，也没有赋税和士兵。再不会有流血——只有和平！和平在木屋里，和平在家里，在田野上，在整个国家。因为所有人都是平等的。"③ 这个社会绝对平等，劳动者是社会的主要阶级。这完全符合《共产党宣言》中想要构建的国家。戏剧中政委也是无产者、革命家，这一呼吁与《共产党宣言》中"在这革命中无产者失去的唯有锁链，他们将获得的是整个世界"④ 有异曲同工之妙。

---

① Платон, *Собрание сочинений в 4 томах*, Т. 3, М.：Мысль, 1994, С. 232.
② Лунц, Л. Н., *Обезьяны идут!*, СПб.：Инапресс, 2003, С. 228.
③ Лунц, Л. Н., *Обезьяны идут!*, СПб.：Инапресс, 2003, С. 216.
④ ［德］马克思、恩格斯：《共产党宣言》，中共中央马克思恩格斯列宁斯大林著作编译局编译，人民出版社 1997 年版，第 62—63 页。

《共产党宣言》中倡导实行普遍义务劳动制，成立产业军[①]，利用政治统治，夺取资产阶级的全部资本，把一切生产工具集中在统治阶级——无产阶级手中，尽可能增加生产力总量。[②] 虽然戏剧中并没有体现平等城建立的过程，但毫无疑问，劳动是平等城的唯一主题，这个城市已经建立起高度自觉的普遍义务劳动制。平等城中的"所有人生来为了劳动"（231），"没有工作靠什么活呢？"（226），"我们劳动是因为生命中除了劳动别无其他"。这个城市中劳动是生活本身，劳动也是义务和责任。所有人对于劳动无不有高度自觉。

　　《共产党宣言》中，将共产党人的理论宣言概括为一句话："消灭私有制。"[③] 隆茨笔下的平等城便是一个没有私有制的共产社会，但这个社会只出现在沙漠之中，并不像是马克思、恩格斯所预想的经历过激烈的阶级斗争的社会成果，而像是原始部族酋长制下虚弱的平均主义城市。这个城市的一切都是公有的，不仅仅是财产、生产资料，还包括女人和孩子（这与柏拉图的理念相似，其实马克思、恩格斯主义在社会理想模式上也是继承了柏拉图的理想乌托邦模式的）。

　　恩格斯在《家庭、私有制和国家的起源》一书中对未来消除资本主义两性关系之后爱情、婚姻的设想是："这一代男子一生中将永远不会用金钱或其他社会权力手段去买得妇女的献身；而这一代妇女除了真正的爱情以外，也永远不会再出于其他某种考虑而委身于男子，或者由于担心经济后果而拒绝委身于她所爱的男子。"[④]《共产党宣言》中关于家庭婚姻关

---

① [德] 马克思、恩格斯：《共产党宣言》，中共中央马克思恩格斯列宁斯大林著作编译局编译，人民出版社1997年版，第49页。

② [德] 马克思、恩格斯：《共产党宣言》，中共中央马克思恩格斯列宁斯大林著作编译局编译，人民出版社1997年版，第48页。

③ [德] 马克思、恩格斯：《共产党宣言》，中共中央马克思恩格斯列宁斯大林著作编译局编译，人民出版社1997年版，第41页。

④ [德] 恩格斯：《家庭、私有制和国家的起源》，载《马克思恩格斯选集》（第四卷），中共中央马克思恩格斯列宁斯大林著作编译局编译，人民出版社1995年版，第96页。

系被以一种驳斥资产阶级观念的形式表现出来，共产主义要"消灭家庭"，"消灭父母对子女的剥削"，实行"共妻制度"。① 十月革命之后，苏俄革命不仅在社会体制上，而且在社会观念上进行了一系列的实验。俄罗斯社会上关于爱情、婚姻和性爱的传统观念发生了巨大转变。在革命的发源地彼得格勒，年轻人中当时流行一种"杯水理论"（Теория стакана воды），首倡者据说是苏俄第一位女权主义者亚历山大·米哈伊洛夫娜·科泰伦（Александра Михайловна Коллонтай）。所谓的杯水理论，即是新社会的革命者没有所谓的爱情，爱情是资产阶级的东西，只有自然的需求，性爱就像渴了喝一杯水那么简单。这种理论在苏维埃社会主义建立初期在年轻人中间一度非常流行，对传统社会婚姻家庭造成极大的冲击。加之当时并无有效避孕措施，造成了不少社会悲剧。但这种理论很快引起列宁及高层警觉，认为杯水理论不是马克思主义的理论，而是对马克思主义理论的曲解，并对其进行了批判。卢那察尔斯基在《年轻人与杯水理论》一文中将其称之为"臭名昭著的杯水理论"②。卢那察尔斯基反对所谓的"杯水理论"，并且认为社会主义制度下爱情会以区别于资产阶级腐朽的爱而继续存在："严肃、深沉、克制、体贴、美妙的爱情将取代资产阶级放荡且虚无主义赤裸裸的性需求。"③

"杯水理论"正是出现在1920年代初隆茨创作这部戏剧之时的彼得格勒。在隆茨的平等之城里，女性是公有的，第一个士兵对此颇为不屑："呸！根本就不是女人，好像什么事都没有，找谁都行……"，"所有人都同意，按照法律来相爱是没有意思的"，④ 其他士兵均附和，认为这是一

---

① ［德］马克思、恩格斯：《共产党宣言》，中共中央马克思恩格斯列宁斯大林著作编译局编译，人民出版社1997年版，第45页。

② Луначарский, А., "Молодёжь и теория «стакана воды»", в кн.: А. Луначарский., О быте, Л.: Государственное издательство, 1927, С. 73.

③ Луначарский, А., "Молодёжь и теория «стакана воды»", в кн.: А. Луначарский., О быте, Л.: Государственное издательство, 1927, С. 83.

④ Лунц, Л. Н., *Обезьяны идут!*, СПб.: Инапресс, 2003, С. 228.

群放荡的人。但很明显，士兵们是在以传统伦理观念来理解平等之城的女人，女人被理解成了类似"杯水理论"影响下的女人，被认为是那种淫荡不知羞耻之人。但实际上平等之城中的妇女只是没有私有意识。她们脑海中所有东西均是共有的，包括身体。从伦理学来看，平等城里的所谓"淫荡""人尽可夫"是再正常不过的事情。但如果换个角度，即从女性视角来看，隆茨笔下的平等之城、真理之城的真理与平等便坍塌了，因为这个平等只是虚假的平等，他们刻意强调女性共有，但对男性却只字未提。可见这个平等之城将女性视为资源，物化女性，而男性则独立于体系之外，平等之城虚有其表，内核却是一个原始酋长制的男权社会，只是多了些奇怪的规则。

　　隆茨就是如此在柏拉图与马克思主义理论之上构建了一个理想的社会乌托邦。这个乌托邦之中实行了普遍劳动制，人人平等，没有压迫与战争，劳动获得生活资料，私有财产被取消，没有家庭，没有爱情，性爱取决于自然需求（这与扎米亚京小说《我们》具有相似之处）。当然，隆茨设定的独特之处还在于他对乌托邦中人的天性的描写。整个平等之城的人天真、自然、和谐，处在一个原始淳朴的状态，这也是这部戏剧塑造的乌托邦看起来像一个酋长制原始部落的原因之一。

　　在戏剧中，与平等城居民相对的是一群类似于"出埃及"的、由政委带着向俄罗斯进发的士兵。平等城的居民们如同一个人一样，而士兵们则每一个都有独立的意识。隆茨在序幕中作了交代："士兵——每个人都是独特的。衣服、嗓音、走路——他们每个人都有自己的方式，各不相同。"[①] 显然，这里每个人身上都有一个独特的"我"，它是"我们"的对立面。这种自我意识一方面表现在政委身上，他在序幕中表达了自己的社会理想，即渴望一个没有战争和流血的世界，一个公平的世界："没有人会说'我比你富有'……也没有人说'我比你尊贵'。所有

[①] Лунц, Л. Н., *Обезьяны идут!*, СПб.: Инапресс, 2003, С. 214.

人流淌的血都是一样的。"① 士兵们每个人都有独立意识，他们有需求，有意见，在吵闹中向前寻找理想之地"俄罗斯"。政委带领下的士兵们受邀进入平等城之中，按照柏拉图的预想，理想国的第二阶层为士兵。只有士兵入城，乌托邦"平等之城"才算构建完成。但士兵是有独立意识的个体，进入平等之城这个"我们"大家庭，并未按照酋长们预想的一样和谐相处下去，他们就像蹿进交响乐中的杂音，最终毁掉了这个交响乐。

进入平等之城以后，士兵们发现这座乌托邦之城毫无生机。于是个体意识与集体居民不断产生冲突，最后导致平等之城的毁灭。两个世界的冲突最先表现为个体意识与群体意识的消极反抗，"我"与"我们"发生了对立。政委是无产阶级的代表，他的理想就是"工作"，他认为只要工作，"不会有人比你优秀"②。但在平等之城生活了一段时间之后，政委不得不说道："不能……这样工作我做不到。就像被制定好的，像个木头人一样——我做不到！"③ 他号召士兵们回到俄罗斯："回到一个平等的国家，一个有法律，有生命的国家去！"④ 拥有这种意识的人还有万尼亚，随着戏剧情节的发展，万尼亚为捍卫自己的爱情，不禁发出"我是人"⑤的怒吼；当政委下令处死万尼亚，士兵们为其求情时也出现了大写的"我"⑥；戏剧中还出现了"我"的个体意识对"我们"这集体意识的入侵。在戏剧第二幕第三场中，"年轻的士兵"爱上了城里的姑娘，然而姑娘并不懂什么是爱，两人看似围绕工作和爱情展开讨论，而实则却是有关个体与集体的争辩。当"快乐的士兵"要亲吻少女时，少女躲开了，并

---

① Лунц, Л. Н., *Обезьяны идут!*, СПб.: Инапресс, 2003, С. 216.
② Лунц, Л. Н., *Обезьяны идут!*, СПб.: Инапресс, 2003, С. 216.
③ Лунц, Л. Н., *Обезьяны идут!*, СПб.: Инапресс, 2003, С. 218.
④ Лунц, Л. Н., *Обезьяны идут!*, СПб.: Инапресс, 2003, С. 234.
⑤ Лунц, Л. Н., *Обезьяны идут!*, СПб.: Инапресс, 2003, С. 233.
⑥ Лунц, Л. Н., *Обезьяны идут!*, СПб.: Инапресс, 2003, С. 234.

向"年轻的士兵"寻求保护:"亲吻你,你更好一些。"① 事实上,这是少女个人意识的苏醒,她第一次为自己的爱作出选择,也是第一次没有去工作,"我"的意识慢慢出现。虽然《真理之城》中的居民们亦没有"我"的概念,正如他们自己所说:"我们所有人就像一个人。"② 但是,"我"在剧中确实出现了。"我"和"我们"在戏剧一开始就对立起来,二者的矛盾也随着情节的发展愈演愈烈。真理之城中,所有的居民是一个整体,他们没有自我意识,在没有外部因素之时一切都极其合理。居民所有的生活目标和意义只有劳动。当发现这些"异端者"开始入侵集体意识之后,他们认为士兵破坏了城中的公平。"我"这种个体意识的出现使真理之城中的元老们感到不安,第二个元老说道:"他们工作不规律。有时候一天做完所有的活儿,有时候什么都不做。他们逃避工作,不按时睡觉,连吃饭都不按时。"③ "我"与"我们"的矛盾被凸显出来,推动了高潮的到来。

士兵们被邀请进城,两股潮流、两种力量、两种意识思想的对立便开始了。士兵们称真理之城居民为"挂衣架儿",他们认为衣服就"挂"在居民们身上,一个"挂"字实则表现出士兵们对城中居民的不屑,同时也表现出居民的"空虚",他们像行走在世间的空壳,没有血肉,没有思想。第二幕第四场是整部戏剧的高潮,也是两种不同世界观激烈碰撞的时刻。舞台建立在左(居民)、右(士兵)两方互不理解的对话上,对话中左、右两种声音交织在一起,通过他们之间的一系列对话,探讨了生活、劳动、剥削、斗争、法律以及亲情等问题。实际上,隆茨这样安排居民与士兵的座位也别有一番用意,士兵所在一方为右(правый),意思正是公正的(справедливый)、真理(правда),象征着自由主义。而居民一方

---

① Лунц, Л. Н., *Обезьяны идут!*, СПб.: Инапресс, 2003, С. 227.
② Лунц, Л. Н., *Обезьяны идут!*, СПб.: Инапресс, 2003, С. 227.
③ Лунц, Л. Н., *Обезьяны идут!*, СПб.: Инапресс, 2003, С. 225.

为左（левый），代表左翼的、集体主义、共产主义。士兵们对生活有着自己的理解："我们生活是为了经历一切，尝尽一切，享受生命直至最后一刻"①，"生活中充满斗争"②，"生活中充满杀戮"③，"生活中充满爱"④。但居民却只将生活的意义看作劳动，他们没有爱，父母不识子女，追求绝对公平，劳动就是为了生活。隆茨采用了戏剧的"合唱"原则，通过两个民族、两种人思想的不断碰撞，试图找到最正确的真理，试图说服对方。但双方的矛盾却不断加深，戏剧结尾，士兵们与居民相互厮杀，城市被血吞没。

戏剧结尾，士兵们虽遗弃了这座城，抛下了这座坟，但他们的话语中却流露出后悔的意味："要知道他们的孩子也挺可怜的。这难道不像在开玩笑么，整个城市的人一夜之间都死了"，"他们也是人啊"。⑤

在这部戏中，医生的角色不容忽视，他是队伍中的"异端者"，永远的持不同政见者。他是人道主义者，他为寻找俄罗斯变革的方法而来，追随着年轻知识分子的脚步，奔赴理想。但医生代表的知识分子也是最容易动摇的，当他们在沙漠中走出第六天时，医生便开始鼓动士兵们返回出发地："往回走，为时不晚，往回走！你以为我信任你吗？你个扯谎的人。天堂在这大地上，所有的人都一个样？真理，公平，幸福？……即便是这样，即便是真的，我也不想要你的天堂！……我不希望你们到达。你们去死吧，我和你们一起，但我不会被允许去那儿。不，不！我恨你的天堂！往回走吧！现在往回走还不晚！"⑥ 他鼓动士兵们起来反抗政委的统治，医生指责政委道："你过去要找真理，诺，你找到了。但你对它做了什么

---

① Лунц, Л. Н., *Обезьяны идут!*, СПб.: Инапресс, 2003, С. 230.
② Лунц, Л. Н., *Обезьяны идут!*, СПб.: Инапресс, 2003, С. 231.
③ Лунц, Л. Н., *Обезьяны идут!*, СПб.: Инапресс, 2003, С. 231.
④ Лунц, Л. Н., *Обезьяны идут!*, СПб.: Инапресс, 2003, С. 231.
⑤ Лунц, Л. Н., *Обезьяны идут!*, СПб.: Инапресс, 2003, С. 235.
⑥ Лунц, Л. Н., *Обезьяны идут!*, СПб.: Инапресс, 2003, С. 220.

呢？你侮辱它，撕碎它，抛弃它……你还要接着走下去，继续欺骗他们、欺骗你自己，然后再次找寻你已经发现并抛弃的东西吗？"① 戏剧结尾处，医生被政委下令杀死，他喊着："你们继续走也找不到！没有出路的！"②

虽然士兵与居民之间有着不可避免的冲突，但士兵从心底里为自己所做的事情感到懊悔和惋惜；医生在整部剧中处于弱势，但其话语值得深思。在隆茨看来，人类的天性是无法改变的，绝对的理想化是不可能实现的。尽管城里一切按部就班，公平公正，但这个"真理之城"并不是真正的理想之地，这里并非真正自由、平等的王国。

《真理之城》中除士兵雅沙外，唯一有名字的角色就是万尼亚。剧中除了政委关照他之外，士兵们都不喜欢这个孩子，他们嘲笑他，甚至觉得他有些神经质。万尼亚也是一个失去记忆的人，他总是做些奇怪的梦，关于家乡俄罗斯，他只在梦中见过，到底是真实的还是梦中的，他自己也无法辨知。万尼亚是这样说的："俄罗斯都是蓝色的。我记得是这样的。天很蓝，森林也是，人也是。"③ 士兵们对此不屑一顾，无人同情他。所有人都嘲笑这个没有记忆、没有父母和名字的万尼亚，尤其是万尼亚口中那位他不记得容貌、被留在俄罗斯的未婚妻。朴实的万尼亚说道："我真的不记得了。她的脸很饱满也很白皙……她在我的梦里光彩夺目，就像春天一样……"④ 万尼亚心中的未婚妻像一棵白桦树，像在诗中翩翩起舞的姑娘。万尼亚找寻记忆，就是找寻自己的根。在这里，隆茨设置了"未婚妻"形象，而勃洛克在诗中将"妻子"视为"永恒的温柔"，"未婚妻"（невеста）在诗人笔下正是"俄罗斯"（Россия）的象征，笔者认为隆茨在戏剧里如此设定也有此韵味。而后万尼亚杀死少女——一个他所认为的"未婚妻"，实际上也意味着士兵们心目中所要寻求的俄罗斯离他们越来越远。

---

① Лунц, Л. Н., *Обезьяны идут!*, СПб.: Инапресс, 2003, С. 237.
② Лунц, Л. Н., *Обезьяны идут!*, СПб.: Инапресс, 2003, С. 240.
③ Лунц, Л. Н., *Обезьяны идут!*, СПб.: Инапресс, 2003, С. 218.
④ Лунц, Л. Н., *Обезьяны идут!*, СПб.: Инапресс, 2003, С. 219.

记忆是判断一个人能否独立思考，能否独立进行判断的必不可少的条件，没有记忆支撑的人是走不进未来的，然而任何个体的人都没有稳固不变的记忆，记忆是有生命力的，会不断地调整、修改和生长的。感情是人的天性，他们同时又是被爱情唤醒"记忆"的人。

在反乌托邦世界里，引发人内心自我意识觉醒的向来都是爱情，就像扎米亚京小说《我们》中 Д-503 遇见乖张另类的 I-330，唤起了他称之为"病"的自我意识。《真理之城》中，当士兵们挑逗万尼亚，说如果他的未婚妻嫁给别人，那他会如何做时，万尼亚突然冒起火来："那我就把他们杀掉！"① 所以，当万尼亚看到在山丘顶端亲吻的少男少女时，嫉妒使他丧失理智，这种爱慕变成了悲剧：灌木丛被拨开，万尼亚杀了这对男女。爱情使万尼亚疯狂，它摧毁了万尼亚。但同时，爱情也唤醒了万尼亚内心深处的记忆，正是由于爱情，他才回想起了过去的一切，他记起自己叫尤什科夫，他有母亲，有兄弟，对自己所做的一切他都不后悔。政委要处死万尼亚，士兵们为其求情，万尼亚临死前说道："政委！我想见见我的妈妈。要知道她在等我，妈妈！"②

剧中万尼亚想起自己的母亲，对万尼亚来说，自己是有父母的，他深知母亲在俄罗斯等着自己，尽管他临死都未能见到母亲，但"母亲"这个形象的存在是不可否认的。另外，士兵们对于居民将母亲与孩子分开的做法愤怒不已，他们斥责道："你们太恶毒了！"隆茨将"爱"的话题放置于士兵与居民谈话的最后，可见其重要性。城里居民认为所有人都是平等的，而士兵们则反驳道："因为再没有比母亲的爱更伟大的了。"③ 从这一点可以看出，士兵们对亲情的渴望恰是他们本性中最真挚的情感，而这种情感超越平等之城的最高原则。但在隆茨看来，爱与情感才是人性最重

---

① Лунц, Л. Н., *Обезьяны идут!*, СПб.: Инапресс, 2003, С. 219.
② Лунц, Л. Н., *Обезьяны идут!*, СПб.: Инапресс, 2003, С. 223.
③ Лунц, Л. Н., *Обезьяны идут!*, СПб.: Инапресс, 2003, С. 231.

要的东西。隆茨所追求的就是释放人的天性，比如人类对自由、爱情和亲情的渴望。

反乌托邦小说通常会拥有一个未来的或非现实的时空。隆茨这座位于沙漠之中的平等之城是一个非现实的场域，更像是中国古代的桃花源，民众"不知有汉，无论魏晋"。跟桃花源一样，它的被发现也是出于偶然：士兵们在沙漠之中寻找俄罗斯，但平等之城却出现在他们的视线中，"天破晓了……城市的轮廓显现出来：低矮的房屋、棕榈、塔楼……谁都没有注意到城市……"[1]，一直到万尼亚狂呼"城市！"的时候，所有人都转过身，他们在这样一副美好的画面前停滞了。这座城市如同沙漠中的海市蜃楼，如同完美理想的化身，所有人都不说话，一片沉寂。

这座城市简单、朴素。实际上，隆茨的这座城市只是一个抽象模型，它远没有桃花源具象。桃花源中还有"阡陌交通，鸡犬相闻"的场面，但真理之城没有生活的丝毫气息。真理之城中的所谓劳动与工作只是抽象的劳动，到底是耕种还是买卖抑或是其他行业，戏剧中均未曾描绘。隆茨只来得及搭建了这座城市的骨架，却没有赋予它血与肉的生活。所以，真理之城只是一个幻想理念之城，基于柏拉图与无产阶级哲学之上的空中阁楼。它更像是一个概念，位于这样一个虚幻的空间里，沙漠像是环绕这座城池的虚幻残骸，而它就是这沙漠中的海市蜃楼。

真理之城是一座凭空出现的城市，这座城市没有历史，没有过去，它只有现在的时间。这座城市的时间就是从它被发现的那一天开始计时的。它只存在了二十天："他们来这儿二十天了。"所以，这座城市也必然消失在茫茫沙漠之中。在第二幕第八场中，"左边传来叫声和手枪射击的声音"[2]，这座沙漠中的"绿洲"一夜之间被毁灭，整个城市只剩下一个小男孩。这种朴素弱小的乌托邦被毁于反乌托邦小说中是必然的。真理之城

---

[1] Лунц, Л. Н., *Обезьяны идут!*, СПб.：Инапресс, 2003, С. 223.

[2] Лунц, Л. Н., *Обезьяны идут!*, СПб.：Инапресс, 2003, С. 235.

没有扎米亚京笔下大一统王国强大的国家机器,它没有严格的思想控制,没有强有力的执行军队,也没有先进的技术,它只是一个作者脑海中的孤岛实验,一个虚幻的酋长制国家的雏形,简单、空泛,和它的名字一般,平等之城,生而平等,却又无处不在枷锁之中。隆茨创造了这个虚幻之城,又将其毁灭。由此不难联想到,普拉东诺夫也毁灭了自己亲自构建的乌托邦宇宙,毁灭乌托邦的外部力量在普拉东诺夫的《切文古尔镇》中表现为一队哥萨克人的入侵。但隆茨的平等之城则让自己构建的二元矛盾互相火并而毁灭。

戏剧的结尾尤为值得深思:真理之城仅存活的男孩听从政委的教唆杀死了医生。医生临死与政委的对话体现了探索者与知识分子之间的矛盾:

> 政委:为什么,因为你不相信我。这样的人我们不需要,我要杀了你。我们这些有信仰的人会继续走下去,不需要你。
>
> 医生(嘶哑声):你们会找到一个死亡之城,就像这个一样,像现在这个一样!全是机器的国家。
>
> 政委:我们会回到一个有公平和流血的国家,一个有秩序和嘲笑的国家,一个有法律和斗争的国家。
>
> 医生:这样的国家是没有的!
>
> 政委:俄罗斯……
>
> 医生:如果那里也像这里一样呢?
>
> 政委:我们会继续向前走的。
>
> 医生:这条路是没有尽头的!
>
> 政委:会有出路的!
>
> 医生(带着绝望的嘶哑声调):你们继续走也找不到!没有出路的!

如果真理的探寻是一条漫漫长路,那么真理之城就是探索真理路上的一个据点和点缀。戏剧结尾的这一对话反映出一种独特的世界观。政委坚信他们会抵达终点，但医生代表的知识分子认为路无尽头。真理之城在此拥有着奇特的时空，这是路上小说故事的一个切片，这个时空体如果延续将会拥有一样的模式：路上—进城—毁灭—重新出发。政委带领的士兵们是真理的探索者、城市的征服者，同时他们也会是外来者、入侵者和带来灾难的恶魔。医生所代表的知识分子世界观则来自扎米亚京的《我们》。小说《我们》中有一个关于永恒革命的对话，他认为革命是没有尽头的，只要人类存在，世界运转革命就存在，且会不断进行下去。就像扎米亚京在文章《论文学、革命、熵与其他话题》一文所说："革命无处不有，无处不在，最后的革命是没有的，最后的数字是没有的。社会革命只不过是无穷尽数之一：革命规律不是一种社会规律，它如此之多，恰如宇宙包罗万象之规律，如同能量守恒定律，能量分裂定律（熵）。"① 扎米亚京用数学思维和眼光看待世界之发展，革命于他而言就像无尽之熵。毫无疑问，隆茨在塑造医生这一角色的时候借用了扎米亚京的无限革命理论。

  隆茨的这部戏剧无疑能体现其惊人的天赋和想象力，但遗憾的是，这部乌托邦戏剧呈现在读者面前的只是一个没有生活气息的原始部落乌托邦，它缺乏反乌托邦体裁的宏大世界观设定，以及细致入微的乌托邦世界细节的描绘，设定简陋且结尾仓促，有力不从心之感。《真理之城》是隆茨的绝笔之剧，这部剧写于1923—1924年，隆茨此时已卧榻一年，被疾病折磨得油尽灯枯，无力再构建一个繁复完整的乌托邦世界。隆茨最终呕心沥血完成了创作，虽有遗憾，但仍不失为一部好戏剧。

第四节 《猿猴来了！》：元戏剧先驱之作[②]

  《猿猴来了！》这部剧创作于1920—1921年之间，1923年在莫斯科出

---

① ［俄］扎米亚京：《明天》，闫洪波译，东方出版社2001年版，第120页。
② 该小节中的部分内容曾发表在《外国文学研究》2020年第6期，在此有所删减。

版。① 同时代批评家对此剧褒贬不一，什克洛夫斯基1922年便表示不喜欢这出戏剧，② 但未详述原因。"诗人行会"的成员涅里季亨（С. Е. Нельдихен）则称之为"有趣的"戏剧。隆茨的戏剧在苏联时期被禁，但其戏剧作品在20世纪中后期被翻译成了意大利语与法语，1980年代学者们开始注意到隆茨小说的实验特性。1980年塞尔维亚文学批评家马里沃耶·伊万诺维奇（Миливоје Јовановић，1930—2007）在其著作《俄苏文学一瞥》中将《猿猴来了！》看作对当时戏剧宣传的戏仿及"戏中戏"③。意大利著名小说家、戏剧家路伊吉·皮兰德娄也曾给予高度评价。④

《猿猴来了！》是一部独幕轻喜剧，全剧只有一场，剧情大致为：一个风雪交加的夜晚，城里进行着红白两军的交战，不同阶层的人们聚集在一座大房子里，房子里一个"丑角"正在指导诸角色排演一部革命题材的戏剧——《密集的队列》，并在排演过程中与诸角色、群众乃至观众冲突不断。舞台上，除了"丑角"外，所有人包括舞台下的观众，都被舞台背后不时传来的"猿猴来了！"声音吓得不知所措，但最终在"一个人""舞台背后的声音""穿着红色衣服的人"的激发下建立防御栅栏，加入抵御猿猴军队的行动中。

《猿猴来了！》篇幅不长，戏剧中明显呈现出两条情节线索：一条是主剧，一条是辅剧。正在排演的辅剧交织在主剧之中，是一个套娃结构（структура матрешка），是"戏中戏"，正是这一特征使得这部剧被学界视为俄罗斯最早的"元戏剧"⑤。

---

① Лунц, Л. Н., *Обезьяны идут!* в кн.: Л. Н. Лунц, *Веселый альманах*, М.: 1923, С. 115 – 149.

② Шкловский, В. Б., "Письмо о России и в Россию", в кн.: *Гамбургский счет*, 1928, С. 149.

③ 转引自 Корнелия И., *Лев Лунц, Брат-скоморох*, Белград: Белградский университет, 2011, С. 236.

④ Вольская, А. Б., *Поэтика драматургии Льва Лунца*, Диссертация РГПУ им. А. И. Герцена, 2014, С. 62.

⑤ Купченко, Т. А., *Условная драма 1920—1950-х годов*, (Л. Лунц, В. Маяковский, Е. Шварц), Диссертация МГУ им. М. В. Ломоносова, 2005, С. 9.

"戏中戏"（Пьеса в пьесе）是指"剧作之中又套演该戏剧本事之外的其他戏剧故事、情节。"① 这一类型戏剧兴盛于元理论蓬勃发展的20世纪60年代。1963年阿贝尔首次提出了元戏剧理论②，但与元小说一样，元戏剧或"戏中戏"现象的出现要远比术语本身历史悠久。最早可追溯到亨利·麦德瓦尔的戏剧《福尔根斯和鲁克丽斯》（*Fulgens and Lucres*，1497）；到了文艺复兴时期，"戏中戏"成为普遍手法；18世纪起，随着古典主义兴起和舞台真实性的约束，创作者开始忽视这一传统；19世纪俄罗斯戏剧史上也有过类似的"戏中戏"，如：果戈理的《新喜剧上演后的戏剧散场》的剧情就是《钦差大臣》一些扮演者在谈论该喜剧散场之后的一些事情，体现了观众对《钦差大臣》的各种各样的反应及作者自己对于喜剧创作的认识和思考，即在戏剧中讨论戏剧创作；得益于契诃夫的《天鹅之歌》（1887），俄罗斯"戏中戏"传统于19世纪末再次勃兴。从形式上看，现代西方戏剧史上的"戏中戏"，以意大利剧作家皮兰德娄的作品为代表，主要表现在打破现实主义舞台的虚幻性，使内外戏界限不再明显或处于模糊甚至消解状态。隆茨的剧作《猿猴来了!》就使用了这一手法试图打破舞台幻觉，使戏中有戏，以突出戏剧与生活的戏仿关系，即戏剧的生活化和生活的戏剧化。

《猿猴来了!》全剧都发生在一个富有生活意境的舞台布景——一个大农舍里，而剧本带有动态感和可怖感的标题又明显暗示这里即将发生戏剧性冲突。农舍的内景描写是这样的：一个大房间，左侧是一面石头墙，高大宏伟，上面嵌有圆柱、壁炉和金黄色的壁灯……右侧是圣彼得堡式小型墙壁。每面墙边都摆放着舒适的家具，右边有一个小矮门。唯一的窗户在前厅墙上。这些构造使人觉得笨拙、有失恒常，甚至显得古怪而令人费

---

① 胡健生、陈晓红：《"戏中戏"艺术的登峰造极之作——试论皮兰德娄的怪诞剧〈六个寻找作者的剧中人〉；兼与莎士比亚之〈哈姆莱特〉比较》，《焦作大学学报》2004年第3期。

② Abel, Lionel, *Metatheatre: A New View of Dramatic Form*, New York: Hill and Wang, 1963.

解。墙上漆黑一片。① 这种舞台布景，有利于建立生活真实感、打破舞台幻觉。舞台上可以听到墙外暴风雪的呼啸声，看到房间左侧圈椅上打盹的"丑角"，还有一个"戴帽子的年轻人"，以及因暴风雪而闯入的两个农民。陆续进入的人们讨论着恶劣的天气，"戴帽子的年轻人"摸着墙去开房灯，不小心撞到"丑角"，便不由得大叫："哎呦，什么东西？是人吗？""丑角"醒来，狠狠地回道："真见鬼！"② 值得注意的是，正当读者或观众期待接下来发生的情节时，"丑角"却突然说道："……戏剧已经开始了？可为什么舞台仍是一片漆黑？听着，你，怎么称呼啊，戴帽子的年轻人，戏剧开始了吗？"③ 此时观众才发现：刚才一幕原来只是"戏中戏"的前奏，戏剧一开始产生的舞台幻觉在此刻已被打破。

接下来，当"戴帽子的年轻人"在舞台上不知所措的时候，"丑角"竟对他说出一连串诸如"乐队""脚灯"等舞台术语。"戴帽子的年轻人"对"丑角"的身份迷惑不解："您是——小丑？"，"您在马戏团上班吗？""丑角"自我介绍道："我不是小丑，我是丑角，这部戏剧的丑角。""戴帽子的年轻人"追问道："哪部戏剧？"丑角回答道："就是我们和您正在表演的这个戏剧，《密集的队列》，只有一幕，是革命内容。"④ 由此出现了"戏中戏"的剧名。所谓《密集的队列》即是该戏剧的"内戏"；而"丑角"作为"戏中戏"角色之一，此刻又跑到了原戏中，与原戏融为一体，内外戏界限变得模糊，舞台下观众难以分清演员到底是谁。

理查德·霍恩比认为："'戏中戏'在演出中包含两个鲜明区分的表演层，从而使观众看到双重性。"⑤ 他指出："很明显，戏中戏是一种幻觉

---

① Лунц, Л. Н., *Обезьяны идут!*, СПб.: Инапресс, 2003, С. 148.
② Лунц, Л. Н., *Обезьяны идут!*, СПб.: Инапресс, 2003, С. 149.
③ Лунц, Л. Н., *Обезьяны идут!*, СПб.: Инапресс, 2003, С. 149.
④ Лунц, Л. Н., *Обезьяны идут!*, СПб.: Инапресс, 2003, С. 150.
⑤ Hornby, Richard, *Drama: Methdrama and Perception*, London: Associate University Press, 1986, C. 35.

(因为我们看见舞台上其他人物也在看戏),因此让我们感觉自己正在观看的表演虽然生动却不真实。"[1] 当然,并非所有的"戏中戏"都属于元戏剧。但作为元戏剧的"戏中戏"一定要有内戏和外戏两个既鲜明区分,又相互交融的表演层。也就是说,"戏中戏"不是由形式上的幕起幕落形成的。

  隆茨的戏剧《猿猴来了!》虽然只设一场,没有幕起幕落,但明显运用了"戏中戏"手法。《猿猴来了!》中,整个舞台被设置成一间"大房子":右侧门是演员们依次进入舞台的入口。舞台最初只有"丑角"一人,随后"戴帽子的年轻人"、两个农民闯进屋子;随着剧情的发展,演员们从右侧鱼贯而入:先是一群男孩和警察,接着是两个妇女;接下来,形形色色的人挤满舞台:大学生、中学生、肥胖的资产阶级分子、工人、士兵、船长、农民、女厨师、职员小姐们、女列车员、妇人们,还有普通人;"穿黑衣服的年轻人"和两个带着棺材的妇女;最后是政委带着几个红军战士来到舞台。可见,隆茨戏剧中的参幕者代表着不同的社会阶层:农民与资产阶级;居民与士兵;政权阶级。他们年龄不同:既有孩子、中学生,又有大娘。他们身份、性别、穿着不同:有妇人,也有资本家;有男孩,也有女孩;有穿黑色衣服的,也有穿红色衣服的。此外,还有民间演出者——丑角和小丑,以及观众席上的人,所有这些人构成了一个简单的社会,与《真理之城》一样,隆茨喜欢抽象化社会模型,马雅可夫斯基的《宗教滑稽剧》也是如此。舞台上,所有剧中人都在表演,戏剧结构框架一目了然:一个在舞台上;一个在大厅里。也就是说,独幕剧《猿猴来了!》中的"戏中戏"是借助情节发展和舞台空间不断变化来完成的:不同角色随着戏剧情节推进而不断填补舞台空间,反过来也推动着情节发展。正如"丑角"所交代的那样:

---

[1] Hornby, Richard, *Drama: Methdrama and Perception*, London: Associate University Press, 1986, C. 45.

接下来的情节是，夜晚在被反革命军队围攻的城里，在这个房间里，聚集着某种程度上象征着各个社会阶层的人。你们看，多么古怪的舞台布景——一面是木制式的，一面是城墙式的，都是旧的制式。……今天街上满是暴风雪，我们的城市，像故意作对似的，被军队包围着，大家说是猿猴干的。但街上暴风雪肆虐，伸手不见五指，这些人闯进我们的舞台……嗯……嗯……一切都乱了……嗯，一切都被扰乱了。①

就这样，"戏中戏"被"丑角"有机地编织在原戏中，舞台上即将上演的宣传剧《密集的队列》（内戏）与舞台上正在发生的事件（外戏）形成统一的情节，达成潜在的共鸣。此刻，观众作为戏剧中第三种存在已区分不清内外两戏。舞台下观众席中甚至传出赶走"丑角"的声音："哎，你……穿条纹裤的，上一边去，不要挡着我们看表演。"② 随着角色不断加入、情节不断推进，最终内外戏发生混乱，舞台界限变得模糊。直至戏剧结尾，"提台词者和台上人群站到一起"，"观众从观众席上爬上舞台加入到人群里"③，内外戏此刻达到共融，其界限最终处于消融状态。

值得注意的是，舞台上内外戏不仅构成统一，还彼此间离。在"丑角"与观众争吵之际，右侧舞台传来急促的敲门声，房间里涌进以政委为首的红军巡逻队员。政委厉声喝问道："为什么聚会？城市处于封闭状态，所有聚会都被禁止。你们得到允许了吗？"④ 如此一来，戏剧情节再次被打断，内、外戏的一致性被打破。

这样一来，《猿猴来了！》中就构造了两个世界：第一个世界是这座"发疯的房子"；第二个世界是正在进行戏剧演出的剧院。这两个世界彼

---

① Лунц, Л. Н., *Обезьяны идут!*, СПб.: Инапресс, 2003, С. 164.
② Лунц, Л. Н., *Обезьяны идут!*, СПб.: Инапресс, 2003, С. 164.
③ Лунц, Л. Н., *Обезьяны идут!*, СПб.: Инапресс, 2003, С. 167.
④ Лунц, Л. Н., *Обезьяны идут!*, СПб.: Инапресс, 2003, С. 165.

此交融，使内外戏在剧中相互交织，共同推进戏剧情节的发展。应该说，"戏中戏"对 20 年代的俄罗斯戏剧艺术来说完全是一种全新的陌生化诗学结构。

《猿猴来了!》是一部具有明显的"自我指涉"倾向的戏剧。所谓"自我指涉"（саморефлексия），又称"自我意识"（самосознание）。自我指涉是文学一大传统，源远流长，其本质便是对创作本身的关注，即作者有意识地、系统地在文本中暴露叙述与虚构的痕迹，在文本中讨论叙述技巧。戏剧中，自我指涉通过台词直接表现戏剧自身的虚构性，提醒观众他们正在观看一场戏剧。在通常的戏剧表演中，导演和演员都竭力维持戏剧幻觉，希望观众能够看到真实可信的表演，而"元戏剧"却相反，演员时常流露出明显的自我意识，并且暗示观众这段表演不是真实的。

"自我指涉"分为两种类型：一种是演员觉察或暗示自己正在表演；二是演员直接指认观众的存在。

《猿猴来了!》中的自我指涉性角色主要由"丑角"来扮演。在戏剧整场演出过程中，丑角始终在告诉读者和观众：这是一场戏剧，这是演出。剧中有这样一个对白：

戴帽子的年轻人：就是这样。他——是什么东西（谨慎的）。听着，请您告诉我，您究竟是谁呢？

丑角：我用俄语告诉你们，我是像你们一样的演员。我扮演丑角，我的职责就是逗观众们高兴。①

另外，当第一个农民询问"丑角"的身份时，"丑角"对自己也有清醒的认知："我是丑角。你恐怕不知道什么是丑角吧？不！我呀，真是个

---

① Лунц, Л. Н., *Обезьяны идут!*, СПб. : Инапресс, 2003, С. 150.

蠢货。我都忘了，我应该在最开始的时候宣读一下戏剧的开场白。"①

此外，"丑角"还在戏剧中扮演着导演的角色，不断指导其他人的表演。他不断提醒"戴帽子的年轻人"的演员身份。

  戴帽子的年轻人：岂敢岂敢，我从来没有做过演员。
  丑角：不要开玩笑，您是演员。您的名字是济里维恩。
  戴帽子的年轻人（惊讶）：完全正确。您是打哪儿知道的？但是，我，说实话，我从来没有做过演员。
  丑角：您就扮演戴皮帽子的年轻知识分子——傻瓜。您就是傻瓜。②

接下来，当两个妇女在暴风雪中走进此房后，舞台后传出"敌人靠近了！敌人靠近了！"的喊声，她俩于是惊慌失措起来。而"丑角"却彬彬有礼地说道："我来解释一下，夫人，您这是在戏剧舞台上。您听到的墙外暴风雪怒吼声，别担心，这是汽车中队的同志们在工作呢。这个是红军战士萨哈罗夫的声音，他曾经是弗拉基米尔教堂的执事。也许你们什么时候也去过这个教堂呢？他曾是个优秀的辅祭，不一般的辅祭。"③ 在这里，由于"丑角"对观众的指认更直截了当，所以导致内戏与外戏相融合，暴露出戏剧本身的创作过程及其虚构本质。"丑角"在两个戏剧之中来回穿梭，还执行着给台下观众讲解的功能，扮演着内外戏的中介角色，维系着两个戏剧空间：舞台与观众席。剧中角色亦真亦假，亦虚亦实，营造着陌生化审美感受，舞台幻觉被打破。

《猿猴来了！》中有这样一个片段：戏剧开场后不久，当"戴帽子的年轻人"因为房间黑暗、小心翼翼地开灯之际，观众席中有人立刻发出

---

① Лунц, Л. Н., *Обезьяны идут!*, СПб.: Инапресс, 2003, С. 150.
② Лунц, Л. Н., *Обезьяны идут!*, СПб.: Инапресс, 2003, С. 150.
③ Лунц, Л. Н., *Обезьяны идут!*, СПб.: Инапресс, 2003, С. 154.

声音:"你想干什么?"① 随后当观众席上发出"无聊啊……"的唏嘘时,丑角安慰观众道:"没事儿。一会儿就会开心的。等一会儿,戏剧结束了还有宴席。非常重要的宴席。"接下来,丑角直接招呼观众:"同志们和居民们,请允许我做一下自我介绍:我是丑角。你们来观看的剧名为《密集的队列》,这是一部优秀的、完美的戏剧,戏剧内容是有关革命的。"② 而当警察在舞台上扶着墙站立时,"丑角"同样直接说道:"……你把墙都压出窟窿了,这可是舞台布景啊。"③

戏剧中还有这样一幕:门外涌进一群孩子,丑角在妇女中间翻起跟头,孩子们为了让丑角继续翻跟头纷纷以馅饼做交换。此刻,"丑角"与观众再次互动起来。"丑角"嚷道:"谁还想要更多?"④舞台下面传来声音,"丑角"就将馅饼抛向观众,观众席中一阵喧哗。可谁也想不到,馅饼竟然是纸做的,所以都碎了,"丑角"大笑道:"你以为,馅饼是用上等面粉、配上猪肉做成油油的吗?在舞台上所有的馅饼都是纸质的……"⑤,随即将更多的馅饼、烟卷和糖撒向观众。

从以上几个片段可以见出,"丑角"在舞台上的台词,诸如戏剧表演如何使用道具等讲解,很大程度上起到了中介、解释和说明的作用。而在戏剧结尾,当观众们从观众席爬上舞台加入表演之际,"丑角"与观众对话打破了舞台幻觉,而观众回应演员的表演又形成了舞台上下互动,使得台上台下整个剧场融为一体。观众与演员的互动、表演夸张卖力和重视剧场狂欢使得戏剧表演打破了第四道墙,处处充满"元"的因素。

可以说,"丑角"在整个事件发展结构中起着重要的作用:既是"戏中戏"的导演、演员,亦是评论者;此外,他还是现实生活中的人物:"……

---

① Лунц, Л. Н., *Обезьяны идут!*, СПб.: Инапресс, 2003, С. 149.
② Лунц, Л. Н., *Обезьяны идут!*, СПб.: Инапресс, 2003, С. 151.
③ Лунц, Л. Н., *Обезьяны идут!*, СПб.: Инапресс, 2003, С. 152.
④ Лунц, Л. Н., *Обезьяны идут!*, СПб.: Инапресс, 2003, С. 154.
⑤ Лунц, Л. Н., *Обезьяны идут!*, СПб.: Инапресс, 2003, С. 155.

今天早上三点我就排队弄木柴，一整天把它们放在雪橇上运到很远的地方……"①"丑角"作为剧中演员，一方面对整部剧的发展进行解释，另一方面又如同普通人，当观众席中出现一个熟悉的身影时，他在舞台上摇晃着手打招呼："亚历山大·伊万诺维奇，我敬爱的，您星期天为什么没来找我？"② 就这样，尽管剧情本身是单线发展的，但由于"丑角"的积极参与，剧情具有了多重性质。"要是我睡过头了——那导演会责骂我的。"③ 剧中正在进行的情节被一再破坏，被"丑角"解释为正在排练的戏剧。"丑角"的解释声与舞台上正在排演的戏剧构成了剧作者本身对创作过程的反馈。整部戏剧演出更接近于即兴表演，演员根据观众的反应调整演出节奏；同时舞台上的其他剧中人，包括观众在内都对"丑角"的表演作出反应。这就突出了隆茨戏剧的宣传效果，《猿猴来了!》是对20年代苏俄盛行一时的宣传剧的一种戏仿。在这里，传统戏剧追求的舞台逼真效果在一定程度上被打破，观众在剧场看戏的意识及自觉独立思考的意识都被加强。

　　高尔基在《不合时宜的思想》中在记录1917年至1919年发生事件时这样写道："我们生活在政治激情的风暴中，在争夺政权的混乱中，这种斗争在唤起美好的情感的同时，也引发了人们阴暗的本能。"④ 布宁在自己的日记《被诅咒的日子》（Окаянные дни）中也写过"全城所有的房间都在被测量，可恶的猴子……"⑤ 这样的话语。不言而喻，作家们都想以此来隐喻新时期到来之际人类的道德异化。而隆茨则运用"戏中戏"结构、借助"元戏剧"方式，揶揄式地启发读者或观众对这一几乎同样

---

① Лунц, Л. Н., *Обезьяны идут!*, СПб. : Инапресс, 2003, С. 152.
② Лунц, Л. Н., *Обезьяны идут!*, СПб. : Инапресс, 2003, С. 152.
③ Лунц, Л. Н., *Обезьяны идут!*, СПб. : Инапресс, 2003, С. 149.
④ ［俄］高尔基：《高尔基散文》，巴金、孟昌等译，浙江文艺出版社2003年版，第147页。
⑤ Бунин, И. А., "Окаянные дни", в кн. : И. А. Бунин, *Полное собрание сочинений в 13 томах*, Т. 6, М. : Воскресенье, 2006, С. 331.

的社会政治问题乃至哲学问题进行深思。隆茨在拓展戏剧形式、丰富戏剧意蕴等方面做出了大胆的尝试。其戏剧创作的突出特点就在于极力消除舞台幻觉，促使观众主动参与戏剧建构，试图达到宣扬艺术至上的戏剧观。

  以上我们分析了隆茨的四部戏剧《超越法律》《伯特兰·德·伯恩》《真理之城》《猿猴来了！》，前两部戏剧的创作主题和创作手法都带有浓厚的欧洲戏剧的色彩。无论是《超越法律》中的西班牙暴动还是《伯特兰·德·伯恩》中的法兰西政权倾轧都是在实践自己提出的"向西看！"的口号。《真理之城》和《猿猴来了！》则是两部实验性很强的戏剧，《真理之城》的实验性主要体现在其思想内涵上，它是世界上最早的乌托邦戏剧。作家借用柏拉图及马克思主义思想构建了一个简陋的酋长制共产主义社会（这个平等之称，如上文分析所言，并非完全平等），并在士兵入侵之后毁灭，暗喻革命后苏联社会的未来走向；《猿猴来了！》则是一部元戏剧，这部戏剧以独幕剧的形式向观众演绎了一场革命的爆发及社会各阶层的反应及选择，带有强烈的隐喻性质。隆茨的戏剧从文本上来看都有一些不足之处，比如《伯特兰·德·伯恩》的诗歌语言问题，《真理之城》的气力不及、世界观构建问题。但毫无疑问，这些戏剧都展示了其强大的知识储备和无与伦比的创作天赋。假如隆茨没有英年早逝，其在文学史上留下的经典之作必不止于此，其在文学上的影响也必不可估量。可惜，虽然文学可以假如，但历史不可，生死有命，隆茨的早逝是俄罗斯文学的一大损失。

第三章　弗谢·伊万诺夫"谢拉皮翁兄弟"时期小说创作

弗谢·伊万诺夫（Всеволод Иванов，1895—1963），生于塞米巴拉金斯克州（今东哈萨克斯坦草原中部），额尔齐斯河附近的一个哈萨克人聚居的小村庄，父亲是土耳其斯坦总督与女管家的私生子，母亲来自一个被流放到西伯利亚，后来与吉尔吉斯人混血的波兰家族。正因如此，伊万诺夫在自传中写道，"这说明了我的东方血统，因为在全西伯利亚的哥萨克人里面都可以发现蒙古种的血液"[1]。由于家境贫困，伊万诺夫接受的教育有限。他14岁开始在西伯利亚和外乌拉尔地区流浪，1912—1918年间他在印刷所当排字工，在这期间，每年夏天伊万诺夫都会跟马戏班去巡游，流浪于西伯利亚乡间。他在戏团里扮演小丑，同时也表演魔术、吞剑、跳火圈、用针穿透手臂等节目，自称是"游方僧本·阿里·贝"（дервиш Бен-Али-Бей）。1917年革命刚开始的时候，伊万诺夫不清楚社会立宪党与社会民主党之间的区别，甚至同时加入了这两个党派。后来他加入赤卫军防守在鄂木斯克抵御捷克人入侵。在高尔察克统治西伯利亚期间，他一直在乌拉尔和赤塔之间用假身份活动，甚至有两次差点被逮捕

---

[1] ［俄］伊万诺夫：《铁甲列车14—69》，罗稷南译，生活·读书·新知三联书店1950年版，第3页。

枪决。作家在自传中写道："我曾走在死亡的路上，唯一值得庆幸的是我仍然活着。"① 西伯利亚流浪生活成为他 1920—1930 年代创作游击队小说的宝贵素材。

在鄂木斯克，伊万诺夫接触到了以安东·索罗金为代表的一批文学家和艺术家，形成了他人生中的第一个文学交流圈。过去的流浪和冒险生活促使作家写成了他的第一批短篇小说。他于 1919 年在鄂木斯克出版了第一部短篇小说集《钩子》（*Рогульки*，1919），这本小说集只印了 30 册，由伊万诺夫亲自排版印刷。其中包括 8 个短篇小说，作家用淳朴的民间方言进行写作，既生动又贴近生活。

伊万诺夫创作命运的改变得益于与高尔基的结识。1916 年伊万诺夫将自己的短篇小说《在额尔齐斯河上》寄到彼得格勒《年鉴》杂志，高尔基将其汇编入《无产阶级作品集》中并给伊万诺夫回信鼓励。1921 年伊万诺夫在高尔基帮助下来到彼得格勒，作家先加入了"无产阶级文化协会"，随后又被高尔基介绍给了"艺术之家"的"谢拉皮翁兄弟"，并在团体中起了个绰号"阿留申兄弟"（Брат Алеут）。这两派虽然不相同，但他们都迷醉于新文学，并热衷于创作实验。无产阶级文化派多为诗人，而"谢拉皮翁兄弟"多为小说家。伊万诺夫在小说和诗歌两方面都得到了学习和锻炼。这一经历对作家日后的创作影响颇深。正如他在《小说〈铁甲列车〉是怎样写成的》一文中写道："无产阶级文化派朋友的影响，使我把小说写成了在政治上很有现实意义。热爱文学的幻想和突出形式的'谢拉皮翁兄弟'的影响，使我把书中的军事行动移到远东，并且用了大笔触，把它写得神速、壮烈。"②

什克洛夫斯基这样回忆起第一次见到伊万诺夫的场景："他穿着破旧

---

① ［美］马克·斯洛宁：《苏维埃俄罗斯文学》，浦立民、刘峰译，上海译文出版社 1983 年版，第 74 页。

② ［俄］伊万诺夫：《铁甲列车 14—69》，戴望舒译，人民文学出版社 1958 年版，第 133 页。

的短皮袄独来独往,个子不高,下巴和颧骨上留着胡子,戴着夹鼻眼镜,像一个吉尔吉斯人",①"艺术之家"的女仆甚至把他当成了西伯利亚来的土匪。与伊万诺夫平凡外表形成鲜明对比的是他出众的文学才华,当他朗读起自己的作品《在西伯利亚不长棕榈树……》(B. Сибири пальмы не растут…, 1921)时,所有人都为之震惊。斯洛尼姆斯基回忆道:"那些从生活最深处被挖掘出来的尖锐情节、鲜明个性、鲜活语言深深地刺伤了我们。我们十分欣赏他富有表现力和杀伤力的词汇。"② 什克洛夫斯基曾对伊万诺夫作品这样评价道:"好像士兵在河里扔了一枚手榴弹,鱼儿浮到水面上,闪闪发光的鱼肚白使人惊讶,这种场面虽然不是震耳欲聋,但也足以让人由于震惊而剧烈颤抖。"③

伊万诺夫很快成为"谢拉皮翁兄弟"中引人注目的小说家,他每个月都前往"艺术之家"参与"谢拉皮翁兄弟"聚会一次,在那里,作家们朗读自己的新作品,讨论文学主张。伊万诺夫很少加入热火朝天的讨论,多数时间他都默默倾听,卡维林甚至证实:"伊万诺夫有时区别于我们的正是他那睿智的安静,我们甚至把他和佛陀相比。"④ 伊万诺夫的沉默与其人生经历、年龄和性格相关。

如前所说,"谢拉皮翁兄弟"团体内部还分为"西方派"和"东方派"。西方派以隆茨和卡维林为代表,他们喜欢霍夫曼、库柏、狄更斯,主张向西方文学学习,认为新文学应该是西方的艺术情节与新的俄罗斯素材相结合。东方派则以伊万诺夫、费定为代表,他们在一定程度上继承了俄罗斯传统文学,在作品中并不倾向于表达某种理论或作家的立场,喜欢方言和民间故事。伊万诺夫最鲜明的特点就是使用口语和方言式的

---

① Фрезинский, Б. Я., *Судьбы Серапионов: портреты и сюжеты*, СПб: Академический проект, 2003, С. 82.

② Полонская, Е. А., *Как и тридцать лет назад…*, М.: Писатель и человек, 1975, С. 90.

③ Шкловский, В. Б., *Жили-были*, М.: Советский писатель, 1966, С. 421.

④ Каверин, В. А., *Вечерний день*, М.: Советский писатель, 1980, С. 368.

语言，"这种地区性的趋势时常同'装饰主义'结合在一起，产生奇妙的效果"。①

加入"谢拉皮翁兄弟"之后，伊万诺夫的作品开始得以出版。沃伦斯基在担任《红色处女地》（Красная новь）杂志主编期间，刊登了一大批年轻作家的作品，其中就包括伊万诺夫著名的中篇小说《铁甲列车14—69》和长篇小说《浅蓝色的沙》（Голубые пески，1923）。沃伦斯基在回复列宁的报告中写道："我已经取得了一些成果，伊万诺夫的作品是一项文学事件，他具有超强的天赋。我们已经有了尼基京、费定这样一批年轻人，伊万诺夫显然是在扎米亚京和扎依采夫之间爆炸的第一颗炸弹。"②

1920年代是伊万诺夫创作的黄金时期，是其作家生涯真正的开端。1921年伊万诺夫创作了风格独特的反映国内战争题材的系列小说《游击队员》（Партизаны，1921），《铁甲列车14—69》（Бронепоезд 14—69，1922），《彩色的风》（Цветные ветра，1922），1923年这三部曲被收入同一个合集之中出版，命名为《游击队故事集》。游击队题材小说让伊万诺夫迅速成长为年青一代作家中的佼佼者。此后，伊万诺夫与什克洛夫斯基合作写了长篇科幻小说《芥子气》（Иприт，1925），该小说是关于第三次世界大战即化学毒气、化学战争的故事，涉及了中国和印度两个东方大国。这部小说是对伊万诺夫中篇小说《裁缝福金漫游记》（Чудесные похождения портного Фокина，1924）写作风格的进一步发展。什克洛夫斯基之所以选择与伊万诺夫合作，原因在于伊万诺夫来自西伯利亚，了解国内战争，他是《铁甲列车14—69》的作者，他是个懂生活的作家。③

---

① ［美］马克·斯洛宁：《苏维埃俄罗斯文学》，浦立民、刘峰译，上海译文出版社1983年版，第54页。

② Фрезинский，Б. Я.，*Судьбы Серапионов: портреты и сюжеты*，СПб：Академический проект，2003，С. 83.

③ Летвитин，М.，*Отрицание книги о Викторе Шкловским*，М.：Искусство-XXI век，2019，С. 226.

1939年作家创作了长篇小说《帕尔霍缅科》（Пархоменко，1939），小说塑造了内战时期的人民英雄帕尔霍缅科。后来这部作品被改编成舞台剧和电影剧本，获得巨大成功。伊万诺夫不仅是卓越的小说家，而且也是成功的剧作家。在40年代以后，他的剧本《总工程师》(1946)、《罗蒙诺索夫》(1953)等同样受到好评。由于伊万诺夫在文学上的巨大贡献，苏联政府授予他多项奖章和荣誉。在第二次世界大战期间，作家作为战地记者，参加过柏林战役和德军受降仪式以及出席审讯战犯的纽伦堡国际法庭，成为一系列重大历史时刻的见证者。在第二次世界大战后的反动年代里，忠于自己青年时代自由理想的伊万诺夫，一直保持沉默，并以退出积极的文学生活为代价来保持他的独立性。

伊万诺夫经历了十月革命、国内战争、新经济政策和苏联社会主义建设。作家将自己的传奇经历或写进小说中，或记入日记里，抑或是写进与友人的通信中，它们不仅是伊万诺夫创作的事实，也是苏联历史的缩影。对于那一代读者来说，弗谢·伊万诺夫的创作就是南西伯利亚国内战争的编年史片段，是史诗的章节。伊万诺夫从西伯利亚来到彼得格勒，进入文化中心成为"谢拉皮翁兄弟"一员，并在团体中有"阿留申兄弟"（Брат Алеут）的绰号。

阿留申人（алеуты）是阿留申群岛及科曼多尔群岛上的土著居民，是苏联最小的民族之一，他们属蒙古人种，有着亚洲人特有的面部特征。这个绰号正是反映了弗谢·伊万诺夫的东方特性，这不仅体现在其民族上，更体现在其创作上。伊万诺夫"谢拉皮翁兄弟"时期的小说散发出浓郁的东方色彩和异域风情。他的小说故事通常都发生在西伯利亚、哈萨克斯坦、蒙古、中国和印度的边境以及太平洋沿岸这些亚洲地区；他的主人公常是吉尔吉斯人、中国人、朝鲜人、阿穆尔河沿岸的居民和土耳其——鞑靼游牧民族的牧民以及贝加尔湖畔大草原的农民。与其他"谢拉皮翁兄弟"相比，与生俱来的东方血统及西伯利亚土地的滋养，使伊万诺夫对西伯利亚的农民、哥萨克、吉尔吉斯人有着敏锐的洞察力。他的名字总是与"西伯利亚""农民"这两个词汇紧紧联系在一起。马克·斯洛宁称其为一位"精力旺盛的西伯利亚人";托洛茨基更是称他为"农民化作家",认为他是"'谢拉皮翁兄弟'中最突出的一位,也是最重要、最可靠的一位"。① 在伊万诺夫的小说中,蒙古的大草原、中亚的沙漠、古老的印度传说、中国的商贩随处可见,这些东方元素构成伊万诺夫小说的一大特点。作家福尔什在长篇小说《疯狂的轮船》(*Сумасшедший Корабль*,1930)里谈到这位"谢拉皮翁兄弟"时认为,这位"阿留申兄弟"惊人的才华和辛辣的风格就如波斯甜瓜的清香一样,它不是用来吃的,而是使人陶醉,直击心灵。

第一节 弗谢·伊万诺夫创作主题

一 西伯利亚主题

弗谢·伊万诺夫早年小说中有一个不容忽视的主题:西伯利亚。或者说弗谢·伊万诺夫在俄苏文学史上就是以描写西伯利亚而知名的。与文学史上其他作家相比,伊万诺夫作品中的西伯利亚更具野性与生命力,正是伊万诺夫让西伯利亚第一次鲜活地出现在读者面前。作为西伯利亚土生土长的作家,伊万诺夫创作中最好的作品都是在描写这一主题。在1920年代,伊万诺夫创作了中篇小说《游击队员》(1921)、《铁甲列车14—69》(1921)、《彩色的风》(1922)、《佛陀回归》(1922);短篇小说集《第七岸》(1922)、《密中之密》(1926)、《图布克伊沙漠》(1926);长篇小说《浅蓝色的沙》(1923)刻画了整个国内战争时期西伯利亚南部的风貌。甚至在1930年代伊万诺夫创作的长篇小说《苦行僧游记》(1935),以及这部小说的改写版《我们去印度》(1955),毫无例外,描写的都是自己

---

① [俄]托洛茨基:《文学与革命》,刘文飞译,外国文学出版社1992年版,第57页。

的家乡。西伯利亚南部草原之于伊万诺夫的意义是双重的,一个是他生于斯长于斯的故乡,另一个是他笔下所描绘的文学故乡。伊万诺夫 14 岁起便在西伯利亚跟随马戏团到处流浪,这个故乡带着野蛮、苦涩、战乱、饥饿的回忆,但正是这种回忆在他进入彼得格勒文学圈子之后给了他无穷的创作灵感,他据此创作出了一个更为生动、更具张力的文学世界。这种以作家生平来溯源并研究作家创作的研究方法被认为是文学研究中最为简单且不具备挑战性的。但事实上,正是因为这种简单直接的方式让我们有了进一步探索作家创作过程的可能性。研究者首先面临的问题就是这些西伯利亚元素的源头问题。

苏联时期的学者们早就对伊万诺夫的西伯利亚主题进行了相关探索。伊万诺夫的西伯利亚描写被认为是异域风情的浪漫主义创作,同时也被认为是 1920 年代装饰体小说的代表。随后米诺京(М. В. Минокин)和别列尼基(Е. И. Беленький)等学者提出了伊万诺夫创作中的西伯利亚问题,但他们的提法似乎并未得到伊万诺夫家人的认可。作家的妻子塔·弗·伊万诺娃对各类关于作家的研究书籍、论著都慷慨相助,并将其展示到鄂木斯克等地的博物馆。但关于伊万诺夫创作中的西伯利亚问题的研究并未得到她的支持。伊万诺娃有自己的考量:她在作家生前及去世之后都不支持西伯利亚相关研究,在苏联时期如果说研究最后归结于伊万诺夫描绘并记录了西伯利亚白军的过往,那么轻则失去出版发表机会,重则有性命之忧,这是个很现实的问题。

但是苏联解体之后,这个问题立刻引起了研究者们的兴趣。我们会发现弗谢·伊万诺夫的创作并不是单一源自作家本人青少年时期的个人经历,这些创作中的西伯利亚元素源头是多样化的。首先,19 世纪至 20 世纪西伯利亚地区各民族杂居形成的独特文化影响了其创作美学,这其中大民族有俄罗斯族、哈萨克族以及哥萨克族,小民族还包括阿尔泰族与布里亚特族,这些民族的民俗及文化元素被纳入伊万诺夫的创作中,形成了其创作中最为独特的风格;其次,1918—1919 年出版的各类与西伯利亚诗人、作家、记者相关的作品以及民俗学、人种学专著，有证据证明，伊万诺夫进行创作之时查阅过相关的资料；最后，1916—1920年间社会政治事件，即革命至国内战争期间西伯利亚复杂的社会政治形势，特别是西伯利亚地方势力倾轧。作为俄罗斯帝国的一部分，西伯利亚在革命与内战期间扮演了重要角色，各方势力你方唱罢我登场。而伊万诺夫并不是书斋作家，他积极参与了这一过程，甚至同时加入了社会立宪党与社会民主党，这种实践经验也成为作家之后创作的一大源头。在作家1916—1920年间的作品（主要是小说）中，多是以白军前线人物视角来描绘整个时代的风云变幻。

西伯利亚在地缘上是东、西世界的边界，也是两种文明的冲突与交互之地。这种文化冲突范式也进入了伊万诺夫的创作之中，这种独特的文化特质使得其作品即便是在整个20世纪文学史中都占有独特的一席。西伯利亚苏维埃文学的民族性并不仅仅是对俄罗斯民族的思考，还有多民族的矛盾与共生特性，伊万诺夫西伯利亚小说中的一个重要母题便是各文化之间的冲突。这也是作家自身的一个疑问：一个来自东方的人，熟悉另一种文化，特别是西方文化，对他来说意味着什么？《浅蓝色的沙》的主人公巴里汉诺夫（Балиханов）与作家一样，出生于哈萨克草原，后前往首都：有着"通往欧洲的窗口"称号的彼得堡，他在小说中有这样一句话："那边不相信羊肩胛骨，也不相信你……"① 主人公对草原的文化，草原上盛行的风俗信条以及智者语言都产生了怀疑。一个人接触到另一种文化时，自小接受的文化便有了一个参照物。当评判标准是其他文明所设定时，他的以往所有观念将被彻底质疑。在1922年的中篇小说《佛陀回归》中，伊万诺夫也塑造了一个类似的东方人形象：蒙古人达瓦·多尔吉，他试图加入欧洲文明，却未能获得更高一级的精神发展层次，散失灵性而回归原始。在伊万诺夫不同年代所创作的人物中可以看到他试图弥合

---

① Иванов Вс., *Голубые пески*, М.: Круг, 1925, С. 251.

或解决东、西方文化冲突，试图让俄罗斯欧洲部分与西伯利亚区域文化在其创作中变得和谐。但遗憾的是，他所塑造的形象在考虑到现实境况之后却走向了完全相反的道路。达瓦·多尔吉的梦想是将西方启蒙思想与自身民族性结合起来，但最后却只能回到自己的蒙古包中去。所以这种文化的冲突与矛盾在当时的境况下是不可调解的。

伊万诺夫创作中的东、西方文明矛盾的特殊性在于，这是在思想、哲学、政治与文化各方积极讨论背景之下表现出来的。1922 年，作者创作西伯利亚系列中短篇小说的时候，苏维埃俄罗斯与东欧、中亚各国讨论组建苏维埃社会主义共和国联盟，这是一个将会跨越亚欧，占地球陆地六分之一的巨大帝国。西伯利亚就在这帝国的地理中心，也是内部东、西方文化交会之地。当时的主要思想领袖列宁与托洛茨基等人都参与了讨论。与伊万诺夫创作几乎同时期的西欧侨民文学圈出现了欧亚主义思潮，欧亚主义者认为俄罗斯既非欧洲国家，也非亚洲国家，而是介于两者之间，是东、西方文化交流之桥梁。他们主张文明的多样化，倡导俄罗斯利用广袤的地理空间，吸收各民族优秀文化传统，构建出一个别样的欧亚文明。伊万诺夫的思想当然不是对当时思想大讨论的简单复刻，而是基于其自身欧亚空间交会的文化根源和现实思索的结果。当然，伊万诺夫也不是哲学家，但他是属于有人生哲学感悟的艺术家。[①]

伊万诺夫的所有作品中最具知名度的当属《铁甲列车 14—69》以及改编的同名剧作。这是苏联文学的经典之作，也是苏联文学中最早的游击战争主题小说之一。伊万诺夫创作的《游击队员》与《彩色的风》也属于西伯利亚主题的游击队小说。关于伊万诺夫小说中的民族性与世界性的问题，我国学者徐乐在其文章《西伯利亚苏维埃文学中的民族性与世界性》中认为："弗谢·伊凡诺夫反映内战题材的中篇小说《铁甲列车 14—

[①] Папкова, Е. А., *Книга Всеволода Иванова «Тайное тайных»: на перекрестке советской идеологии и национальной традиции*, М.：ИМЛИ РАН, 2012, С. 393.

69》代表了西伯利亚苏维埃新文学的探索倾向,一方面继承俄罗斯文学的民族传统,论证民族革命的正义性质,另一方面以广阔的史诗画面展现西伯利亚地区苏维埃革命的世界意义,为二十世纪世界范围内的社会主义运动提供鲜活的艺术证明。"①作者认为,"伊万诺夫冷静客观的态度营造出了作品史诗性和民族革命的正义……西伯利亚发生的民族革命是为了全世界的和平,西伯利亚苏维埃文学的民族性也具有了世界性的意义,这种世界性的意义首先表现在其他国家普通民众对社会主义思想的实践、认可和接受"。②作者还认为,西伯利亚文学意识的觉醒开始于十月革命前后,苏维埃社会主义革命改变了整个俄罗斯文学的进程,这部作品的世界性体现在其对沈彬吾这一世界革命者形象的描绘。但1920年代伊万诺夫的创作并不是社会主义现实主义作品,他笔下的民族性如上文所提到的,是多民族性。不仅有俄罗斯族,还有哈萨克族、布里亚特族、蒙古族和汉族人。其作品中的民族性是指多民族性,而这种多民族地域空间才是伊万诺夫文本世界性的真正体现,世界革命只是这种多民族地域空间表现出来的文本的特性之一。笔者认为,伊万诺夫构建的多民族地域空间文本的矛盾性主要表现为东、西方文明的矛盾,资产阶级与无产阶级的矛盾,世界革命的特征是次要的。世界革命只是整个文本中一小部分人物(有革命意识的游击队员)的意愿,而实际上大部分游击队员并无世界革命概念,他们甚至并无革命的概念。伊万诺夫笔下描绘的革命、游击、战争只是一种朴素的压迫与反抗的故事。比如,沈彬吾此人参加游击队只是因为他的故乡被占领,亲人遭残杀。"沈彬吾是怎样会恨起日本人来的,说起来真是话长了。他有一个姓叶的妻子,一所坚固的小茅屋,屋里有一个修饰得挺好的暖炕,屋后还有黄色的高粱田和玉米田。北雁南迁的时候,一天之

---

① 徐乐:《西伯利亚苏维埃文学中的民族性与世界性》,《外国文学动态》2019年第2期。
② 徐乐:《西伯利亚苏维埃文学中的民族性与世界性》,《外国文学动态》2019年第2期。

内这一切都消失了,脸上只剩了两个刺刀洞。"① 他的终极目标只是赶走侵略者,回到原有安定的生活状态中去。他的自杀式献身,因为其汉民族身份或许在行为上已经属于世界革命范畴,但从原始动机来看,世界革命与他无关,他的理想和思想觉悟都是朴素的,他并没有那么多革命理论素养。世界革命的崇高意义是苏联学者和中国学者在特定时代赋予他的,世界革命之于沈彬吾好比石碑之于赑屃,石碑与碑文纯粹为歌功颂德与意识形态而已,与驮碑的赑屃无关。笔者认为,是时候给他解绑了。需要强调的一点是,小说中的革命与游击队伍大都是和沈彬吾一般自发集聚的,而非因革命宣传与伟大革命理想聚在一起。1958 年版戴望舒译本前言中还指出了这部小说所谓的"缺陷",说的正是这一问题:"作者还不能了解群众革命精神的社会根源,而过多地强调游击队的自发性,低估了党和无产阶级在游击斗争中的领导作用,把大部分游击队员写成是不定性的、缺乏个性的群众。小说在结构和语言方面也显示出了某些形式主义的痕迹。"② 应该说,译者对小说游击战争自发性和小说形式主义特征的评论相当准确,译者站在社会主义现实主义的角度来批判小说,不过所谓"缺点"二字,还可斟酌。换言之,译者前言指出了这部小说另外两个特点:第一,西伯利亚游击队革命的自发性特点;第二,小说受到形式主义影响。关于这部小说中的语言和结构问题,我们会在之后探讨。

总而言之,1920 年代伊万诺夫的创作大都以西伯利亚作为描绘的对象,在主题处理上突出了西伯利亚文化与西方文化的冲突,体现了作者对欧亚主义的某些思考。作者创作中虽然存在三种西伯利亚的来源,却塑造了一个多民族地域空间:西伯利亚,这使得其文本既获得了民族性又具有世界性。

二 革命与国内战争主题

弗谢·伊万诺夫 1920—1930 年代的作品都在描绘西伯利亚地区十月

---

① [俄] 伊万诺夫:《铁甲列车 14—69》,戴望舒译,人民文学出版社 1958 年版,第 45 页。
② [俄] 伊万诺夫:《铁甲列车 14—69》,戴望舒译,人民文学出版社 1958 年版,第 4 页。

革命、国内战争、外国武装干涉这三大事件。这也是那个时代作家、诗人们共同的创作主题。革命风暴、惊心动魄的战争激起了作家们的创作欲望，作家们迫切希望用文艺的彩笔来描绘这波澜壮阔的时代。这是 20 世纪苏联战争小说的源头，也是 20 世纪苏联战争小说井喷的先决条件之一。最早一批进入战争、革命题材创作的作家们将注意力集中在革命的自发性上，突出革命英雄人物，这一时期的主要创作体裁以中短篇形式为主，称之为"革命英雄中篇小说"。这其中最主要的代表性作品就是伊万诺夫的游击队小说，富尔曼诺夫的《夏伯阳》，马雷什金的《攻占达依尔城》，拉夫列尼约夫的《第四十一个》等等。

弗谢·伊万诺夫是苏联作家中最先尝试书写这一题材的，可谓苏联国内战争小说的开拓者。在 1921—1922 年期间，伊万诺夫发表了三部中篇小说，分别是《游击队员》（Партизаны，1921）、《铁甲列车 14—69》（Бронепоезд 14—69，1922）、《彩色的风》（Цветные ветра，1922），它们构成了著名的游击队中篇三部曲。游击队三部曲也因此使伊万诺夫跻身于 20 年代最具才华的青年作家之列，享誉国内外。继伊万诺夫之后，这一题材的创作者开始从不同角度来描写苏俄国内战争。"描写人民群众的革命功勋以及党在组织与教育群众方面的伟大作用的，如富尔曼诺夫的《夏伯阳》，绥拉菲莫维奇的《铁流》，法捷耶夫的《毁灭》；表现国内战争时期斗争的残酷紊乱和红军战士的复杂性格的，如巴别尔的《骑兵军》，拉夫列尼约夫的《第四十一个》；反映知识分子走向人民、走向革命的复杂里程的，如费定的《城与年》，阿·托尔斯泰的三部曲《苦难的历程》第二部等。"[①]

在弗谢·伊万诺夫的创作中，时间、地域、因果关系等都存在着密切联系。在俄国的西伯利亚远东地区，十月革命只是一场手术，而国内战争和外国武装干涉则是一场长达数年的术后阵痛。相对于短暂的革命而言，

---

① 曹靖华主编：《俄苏文学史》（第二卷），河南教育出版社 1992 年版，第 20 页。

漫长的国内战争及饥饿更加可怕。在一定程度上来说，该地区的民众对国内战争的记忆比十月革命还要深刻。作为一名来自西伯利亚的作家，伊万诺夫亲身经历对其创作主题的选择无疑具有重要的导向作用。只是伊万诺夫并未想到他所涉及的主题当时几乎是块处女地，在经历数代创作者的耕耘下会成为一望无际的良田。可以说，正是弗谢·伊万诺夫及其同时代作家将这一段记忆带进文学，使得1920年代的文学版图更加色彩斑斓，亦充满人道主义气息。可以说，1920年代的国内战争题材小说是二战之后的规模宏大的苏联战争小说的预演，也为其提供了深厚的创作技巧及叙述基础。

伊万诺夫的游击队系列小说都是围绕国内战争时期在西伯利亚反对高尔察克和外国武装干涉人民游击运动展开的，反映了早期游击战争农民的自发性。伊万诺夫展现了游击战争从发生到壮大，直至达到高潮的动态进程。在横跨欧亚大陆的广阔空间里，俄罗斯、汉、朝鲜、吉尔吉斯等几十个民族、数百万人参与到这场革命斗争中。在革命战争各方势力的角逐争斗下，他们的生活与周围的自然环境一样显得原始和残酷。

革命是残酷而血腥的，所有人都陶醉在鲜血之中，充满了疯狂的杀人欲望。"象被风吹落的成熟的果子一样，人们倒下来，向土地亲着临死的，最后的吻。……起先是一五一十地倒下去。妇女们在树林边缘和林间小道上低声哭着。后来便成百成百地倒下来，哭声也越来越高了。搬运尸体的人也没有了，这些尸体阻碍了树干的推进。"[①] 在伊万诺夫的小说中，白军在占领的城镇和村庄里设置了不计其数的绞刑架，而红军也屠杀俘虏或将他们活埋。这种杀戮不仅在红军与白军之间上演，在不同种族之间也常常如此。在小说《相遇》（Встреча，1925）中，主人公没有名字，作家只用吉尔吉斯人（Киргиз）来称呼他，他是草原上万千牧民中的一个，有着漂亮的妻子，数量庞大的牲畜群，过着富足安宁的生活。可是哥萨克

---

① ［俄］伊万诺夫：《铁甲列车14—69》，戴望舒译，人民文学出版社1958年版，第102页。

的到来毁掉了他的幸福。他痛苦地回忆着:"他们宰光了我的牲畜,……也许对他们来说,流的血还不够多。他们在光秃秃的地上糟蹋了我的妻子,还切下了她的胸脯。但是他们却没有找到她的心脏,因为这颗为我和我们的畜群而感到痛苦的心,已经枯萎在风中,甚至比一粒尘埃还小。"①这个吉尔吉斯人的遭遇,就是生活在这片土地上饱受战火焚蚀的苦难人们的一个缩影。而作家不含情感的冷静描述则让这个事件的真实性刺痛着每一位读者的内心。

主人公们在对待杀人的态度上也时常是麻木的。在小说《游击队员》中,游击队长谢列兹尼约夫在解释为何如此肆意杀人时宣称:人如同草芥,有无都不足为惜。政委瓦斯卡·扎普斯鞭打自己的妻子,他不接受关于尊重个人的一派胡言,他更是认为人如同草木,何必要怜悯他呢? 伊万诺夫小说中对于死亡的描写冷峻无情,反抗者和侵略者,革命者与被革命者都是刽子手,屠杀别人也被他人屠杀,他们毫不留情地把钉子钉进敌人的脑袋,杀人如吃饭喝水。他们之所以如此残忍,是因为敌人在虐待他们的时候也同样残酷无情。在战争机器下,人性的扭曲,恐惧的日常,都被伊万诺夫用自然主义的笔法描写下来。国内战争时期,但凡战争机器碾过的土地,死亡的日常,人性的麻木不仁充斥着大地。什梅廖夫笔下的克里米亚如此,伊万诺夫笔下的西伯利亚亦是如此,甚至弗谢·伊万诺夫冷峻笔下的死亡更令人毛骨悚然。

伊万诺夫与之后的其他苏俄战争文学作家不一样,他把革命看作一种自然力量,即革命是源于人的本能而非思想的胜利,他颂扬自然欲望而非理智,作家大量运用自然主义手法对色情、饥饿、狂欢与暴力的场景进行细致入微的描写,这与当时官方革命文学已然背道而驰。对于这一点,马克·斯洛宁认为,"正是由于他把人民的革命激情看做是自然力量,才使

---

① Иванов Вс., *Собрание сочинений в 8 томах*, Т. 3, М.: Государственное издательство художественной литературы, 1959, С. 242.

他对暴行的描写并不具有暴虐狂般恐怖感。此外,他对主人公纯粹以杀人和破坏为快的冲动情感不加限制。他钦佩他们的力量和彻底性,钦佩他们和大自然的密切关系"。① 伊万诺夫小说中的游击队员出身千奇百怪,有庄稼汉、猎人、农夫、渔夫、木匠,他们大多因不可抗力被卷入这场革命,投入这场残杀之中。因为信仰自然力量,作家笔下的男人都高大强壮,女人都丰乳肥臀,他们在战斗中勇敢坚强,藐视身体上和情感上的羸弱。在他们身上同样充满了自发性和原始性,这种原始的野蛮也正是自然力量的体现。托洛茨基在伊万诺夫笔下的农民身上看到了俄罗斯革命的希望,因为正是这些俄国大地偏僻角落里的革命画面,使我们看到"俄国人民的民族性格正在旺火上的一口坩埚中重新熔炼"。②

这种自然力量也不完全体现为残酷杀戮和野蛮,同时也带着人道主义之光。也正是在残酷自然面前,那些人道主义之光才显得难能可贵。刘文飞在谈及俄国革命和文学之关系时就说道:"俄国革命给俄国文学出了难题。俄国文学的现实主义传统要求作家不去回避革命的严酷,俄国文学的人道主义传统又要求作家在残酷的现实中寻觅人性的光华。十月革命之后出现的反映革命战争的作品,凡是能赢得世界性的广泛认同的,都是能把现实主义、人道主义和谐地结合起来的。"③ 伊万诺夫笔下的革命虽然充满流血、杀戮和原始的自发性,同时还交织着种族与阶级矛盾,但毫无疑问他继承了19世纪俄国文学的人道主义传统。

国内学者刘文飞认为,伊万诺夫早期小说中就已带有人道主义与现实主义传统:"描写革命而又不忘人性的表达,不忘人道主义,这在1917年10月之后的俄国文学,应视为19世纪俄国文学传统的继承。最早鲜明地体现了这种传统精神的苏联小说,是符谢沃洛德·伊凡诺夫写于1921年

---

① [美]马克·斯洛宁:《苏维埃俄罗斯文学》,浦立民、刘峰,上海译文出版社1983年版,第76页。
② [俄]托洛茨基:《文学与革命》,刘文飞译,外国文学出版社1992年版,第58页。
③ 刘文飞:《苏联文学反思》,中国社会科学出版社2005年版,第293页。

的短篇小说《孩子》。"① 在小说的开篇，革命斗争的残酷现实环境已经被烘托出来："蒙古是一头野兽，没有欢乐。石头是野兽，河水是野兽，就连蝴蝶也想咬人。"② 在荒凉的蒙古草原上活跃着一支赤卫军，他们本是俄国乡下的农民，因为遭受白军的迫害而失去家园逃到了蒙古。但在经历了一番波折之后，这些红军游击队员抚养了白军的孩子。小说的结尾这样写道："过了两天，大家都站在帐篷门口向前望着，吉尔吉斯女人在毛毯上喂孩子。……大家看着，都哈哈大笑起来……帐篷那边的山谷和旷野，不知向何处蜿蜒，异乡的蒙古啊！不知向何处蜿蜒的蒙古啊！野兽似的满目荒凉的蒙古！"③ 严酷的革命斗争仍在继续，但游击队员身上某些人道主义精神能体现出片刻的温情，当然这种片刻的温情很快又被残酷撕碎，游击队员怀疑女人只顾喂养自己孩子，亏待了白军军官的遗孤，把吉尔吉斯女人的孩子摔死了。这篇小说被译成多国文字发表，革命与人道相交织的主题十分引人注目，高尔基甚至在去世前不久，还在重温它。

伊万诺夫的另一部小说《铁甲列车14—69》也体现了人道主义精神。在小说中，俄国游击队员抓到一个美国俘虏，由于语言不通无法沟通。但他们并没有将俘虏枪毙，反而是找到一个双方都知道的词"列宁"，从而在思想上达成了共鸣，于是游击队员将这个俘虏放掉了。这在整篇小说中被认为是一个鲜明的人道主义亮点。《夏伯阳》的作者富尔曼诺夫读了《铁甲列车14—69》这一情节后认为："小说的场景无与伦比，特别是其中的一个——当游击队俘虏的美国人出现的场景。原本以为那个美国人肯定要完蛋，你等着游击队员会愤怒地把他撕成碎片……但突然间，像一道光亮穿透黑暗，一个思想活跃了起来：应当把他放走，只要告诉他我们为什么而战斗。但美国人不懂俄语，游击队员也不懂英语。但问题不在语言

---

① 刘文飞：《苏联文学反思》，中国社会科学出版社2005年版，第294页。
② 曹靖华：《曹靖华译著文集》（第五卷），北京大学出版社1992年版，第199页。
③ 曹靖华：《曹靖华译著文集》（第五卷），北京大学出版社1992年版，第212页。

上：美国人能够理解游击队员要想说的一切。"① 富尔曼诺夫这一解读颇为玄妙，或许美国人之所以能理解游击队员所想要说的一切，正是因为他们有一种没有文字的语言：人道主义。可以说，小说《铁甲列车14—69》是把革命斗争和人道主义融为一体的典范，苏联文学对19世纪俄国文学的人道主义传统的继承在这部作品中被展现出来。

弗谢·伊万诺夫对待革命与战争的观念是非常复杂的。一方面革命带来了流血、战乱、抢劫与贫困，生活赖以生存的一切根基被摧毁，伊万诺夫笔下走上山当游击队员的每个人背后都有一个被战火毁灭的幸福家庭，但另一方面，战火与混乱又被认为是换取新秩序、新生活的必要代价，这种牺牲精神又体现在诸如沈彬吾这类人物身上。但对于西伯利亚的各族人民来说，革命的对与错是不需要考虑的问题，因为它已然发生，承受革命战争所带来的厄运才是他们生活的主题。伊万诺夫冷峻自然的笔触是对革命暴力的控诉，同时也刻画出了西伯利亚革命战争时期的严酷生存环境，充满人性之光辉。

三 土地主题

国内战争各方势力争夺的核心其实是土地。土地矛盾也成为伊万诺夫小说中最主要的主题之一。这些作品中主人公基本上是社会最底层的农民、木匠、渔民，偶尔还有知识分子，比如《游击队员》中的教书匠，他们都对生养自己的土地保持着深深的眷恋之情。西伯利亚农牧民与顿河畔的哥萨克一样，以"鲜血、头颅"来耕种土地，野蛮、勇敢亦不乏温情。伊万诺夫游击队系列中篇小说的创新之处正在于他所描绘的游击队员们，既不同于那些贵族知识分子（比如屠格涅夫）塑造的温良恭俭让的"理想化农民"，又区别于那种愚昧无知、麻木落后的农民。伊万诺夫塑造的农民是鲜活的人、热情的革命者以及脚下这片土地的主人，虽然他们盲目、无知、野蛮、粗俗，但他们遇到压迫会反抗，他们没有很高的政治

---

① 转引自刘文飞《苏联文学反思》，中国社会科学出版社2005年版，第295页。

觉悟，但有天生的勇武与直觉。这种直觉便来自守护赖以生存的土地的责任。然而，高尔察克伙同外国军队夺走了他们的土地，并在这片土地上奸淫掳掠，所以反抗便成为他们唯一的出路。只有与反动势力斗争才能保护自己的土地，这种自觉源于农民与土地的血肉联系。可以说，游击队小说中革命战争主题的矛盾中心就是土地问题。

在《铁甲列车 14—69》中，伊万诺夫借游击队队长维尔希宁之口发出了争夺土地的口号："不要把土地放弃给日本人，……我们要全部夺回来！不能放弃！""不要放……弃！……"① 维尔希宁出身底层，他深知土地对农民的重要性。他在书中反复重复这一口号："不要放弃土地"，因为这句话能直击农民内心。在伊万诺夫的小说中，土地被描绘成神圣的，农民生长于此，也将长眠于此，这是他们的大地母亲也是灵魂归所，因此，人们与土地紧紧联系在一起。在《铁甲列车 14—69》中，当 200 名游击队员及其家属被迫离开家园时，故土难离之情涌现出来："道路崎岖难走，好像这故土在挽留自己的孩子；在车队里，马频频回头望，细声的悲嘶着。狗忘了吠叫，默默地跑着。故乡最后的尘土和轴上的油渍，同时从车轮上落下来。"② 故土在人心中总是魂牵梦绕、难以割舍，土地赋予了他们全部的生命活力与生存智慧。这种生命力与智慧即便是在他们离开故土之后依然深深嵌在他们的思维方式里。在小说《游击队员》里，谢列兹尼约夫舍弃故土进入森林成为游击队。一日与众人围在火炉旁，外边下起雨来，他懒洋洋地说："夏天费道儿节下大雨，庄稼没有好收成。"③ 谢列兹尼约夫脑海中的节令观念始终与耕作有关，索罗明内赫亦是如此。但是年轻的库勃佳不理解老农民的心绪，谢列兹尼约夫便以奉劝口吻说道："小伙子，土地可不能无缘无故地丢下……是上帝叫人们热爱土地

---

① ［俄］伊万诺夫：《铁甲列车 14—69》，戴望舒译，人民文学出版社 1958 年版，第 46 页。
② ［俄］伊万诺夫：《铁甲列车 14—69》，戴望舒译，人民文学出版社 1958 年版，第 18 页。
③ ［俄］伊万诺夫：《铁甲列车 14—69》，戴望舒译，人民文学出版社 1958 年版，第 103 页。

的。"① 土地在这些人心中就是神圣的，是上帝赋予的，在他们心目中，热爱土地要像热爱上帝一样。

土地在伊万诺夫的短篇小说《田野》中亦是扮演着神圣的角色。红军士兵米列辛（Милехин）在军营中烦闷异常，为此他跟连长请假四小时。他走到火车站，看见地上的雪已经消融了，米列辛想到雪不是因为阳光而融化的，而是因为土地温暖而融化的。"要有好收成了"②，米列辛大叫道。他与谢列兹尼约夫一样，时刻关注着时令变化与庄稼收成。他看着地上的雪，想着家中院子里的各色牲口和耕种设备，期盼着好的收成。而现在，在这个该劳作的关键时刻，他"不是洗步枪，就是在不知道哪个库房前站岗"③。米列辛厌倦战争，关心土地、收成和农事劳作，最终跳上火车回故乡耕种去了。米列辛对土地的向往，是出于农民对土地热爱的天然本能。他毫无意识地走到了火车站，坐上了火车，回到家，继续耕种劳作，他甚至都没察觉到，出于农民的本能他已经让自己成了一名逃兵。在这里，土地被解读为农民的一种自然本能，这是千万年沉淀在农民群体中的集体潜意识。

在小说《游击队员》中，土地与人还有一层更深的联系：土地改变人。小说中讲到维斯涅夫斯基准尉带领的波兰枪骑兵下乡去镇压农民起义，这支军队原来驻扎在巴尔瑙尔，"他们对这儿的土地、高山和他们要去镇压的农民都很熟悉"④。因为他们中的大部分人在沙皇时期给当地农民帮过工，队伍从城里开出来，还跟当地的农民旧识打招呼寒暄。但是"当他们离城市越远，越往田野和森林中去，他们的心态便发生了显著的

---

① [俄] 伊万诺夫：《游击队员》，非琴译，河北教育出版社2018年版，第103—104页。
② Иванов Вс., *Собрание сочинений в 8 томах*, Т. 3, М.：Государственное издательство художественной литературы, 1959, C. 381.
③ Иванов Вс., *Собрание сочинений в 8 томах*, Т. 3, М.：Государственное издательство художественной литературы, 1959, C. 383.
④ [俄] 伊万诺夫：《游击队员》，非琴译，河北教育出版社2018年版，第84页。

变化"①，他们远离了熟悉的地方，到另一片陌生的土地，兽性、野蛮便显露出来。礼节、慎重还有许许多多迫使他们警惕的东西，全被抛诸脑后。② 一望无际的田野、山村让他们有了随意支配生活的可能性，而以往的一切束缚都将在这未开蒙的苍茫大地磨成细粉，随风飘散。他们开始在乡村里搜捕布尔什维克并强奸姑娘。伊万诺夫在《铁甲列车中14—69》描述的是农民游击队员们在自己的大地上故土难离、保家卫国的心绪。但《游击队员》这段描写的是外来的军队，那些来自另一片土地的农民、工人、木匠们是怎样在别人的土地上迷失自我的。伊万诺夫将这群士兵的迷失归咎于一望无际的田野和山川，归咎于这片土地上神秘的野性力量，正是这种力量让同样淳朴的农民发生了质变。远离熟悉的环境，让这些士兵从文明与道德的束缚中逃离出来，感觉自己是这个世界的局外人，他们进入陌生土地，放纵、破坏，然后离开。

总之，阶级的斗争、各方势力的斗争归根结底是土地的斗争。对于游击队员来说，他们是背井离乡之人，他们抛弃耕种之地来到森林，为重回故土斗争，他们闲暇之余坐在一起讨论天时、讨论收成、思念故土，甚至在不知不觉中逃回故土。而入侵者则被这荒莽的深山土地改变，失去了道德的约束，做出禽兽之举。不难发现，伊万诺夫并未将土地置于阶级斗争的中心，而是处在小说的边缘，在游击队员的口中。但它又是如此之重要，它始终带有一种神秘感，让属于这片土地的孩子怀念、记挂。它改变着远离故土的人，也改变着入侵它的敌人。

第二节　中短篇小说人物形象

弗谢·伊万诺夫的中短篇小说之所以能在1920年代大放异彩，原因

---

① ［俄］伊万诺夫：《游击队员》，非琴译，河北教育出版社2018年版，第84页。
② ［俄］伊万诺夫：《游击队员》，非琴译，河北教育出版社2018年版，第85页。

很多，但其中重要的一点便是人物形象的出彩。在伊万诺夫早期小说中的所有形象中，游击队员、游方僧及外族人形象最具代表性。

从伊万诺夫小说所描绘的形象来看，"游方僧本·阿里·贝"（дервиш Бен-Али-Бей）这一绰号更符合"факир"一词在现代俄语中的含义，指的是走江湖、变戏法的杂耍演员。伊万诺夫的短篇小说《我曾是一个游方僧》（Когда я был факиром, 1925）、《游方僧的最后一次演出》（Последнее выступление факира, 1926）都是以这一形象为描写对象。

短篇小说《我曾是一个游方僧》讲述了"游方僧本·阿里·贝"初次登台演出的经历。小说塑造了一个为了生存在马戏团卖艺，通过自残表演来吸引观众眼球的杂技演员。他为了生活把自己假扮成来自印度的游方僧，并打出了广告：

> 我们城市首次！
> 盛大演出
> 世界著名游方僧
> 本·阿里·贝
> 将进行表演[①]

为了引起观众的好奇心，同时让他们相信"我"的举世知名的游方僧身份，无论在衣着打扮上，还是在开场白的设计上，"我"都尽量使自己看起来像一个来自神秘印度的杂耍艺人。"我"根本就不是什么魔术师，但"我"却将钢针直接刺进身体，通过自残来获得观众的喝彩："巨大的痛苦向我袭来……我的胸膛被撕裂，鲜血迅速涌出来，甚至完全感觉不到那刺入胸膛的钢针上的砝码的重量，对我来说，它们就像钉入我肋骨

[①] Иванов Вс., *Собрание сочинений в 8 томах*, Т. 3, М.：Государственное издательство художественной литературы, 1959, С. 329.

的一根钉子。"① 小说开头"我"找医生开可卡因的谜底，正是由于需要扮成游方僧在舞台上进行表演，"我"的身体要承受巨大的痛苦，而可卡因是用来止疼的。

伊万诺夫通过对"游方僧本·阿里·贝"这一人物的塑造，让我们看到了一个生活在社会底层的带有自传性质的主人公。贫穷和饥饿让他不得不以损害自己的身体为代价来供人消遣，但即便如此，他依然能感知善的美好，看到人性的光辉。《我曾是一个游方僧》发表于1925年，而另一部小说《游方僧的最后一次演出》发表于1926年，两篇小说的主人公都是自传性主人公"游方僧本·阿里·贝"。从某种程度上来说，《游方僧的最后一次演出》可以视作《我曾是一个游方僧》的续篇。小说《游方僧的最后一次演出》讲述了自传性主人公在中亚地区漂泊过程中的所见、所思、所闻、所感，他在开阔眼界的同时，也逐渐形成了善于思考的个性，主人公从一个少不更事的少年，成长为一名能够独立思考的人，从此结束了自己的游方僧生涯。

在小说中，"游方僧本·阿里·贝"跋山涉水，他从吉尔吉斯斯坦的伊塞克湖步行前往乌兹别克斯坦的州首府费尔干纳城。游方僧在路上遇到了一个贩卖丝绸和毛皮的商队，他与商队的首领梅尔古丽·阿列克谢耶维奇·扎谢金有了一面之缘，从而衍生出一连串的故事。在与梅尔古丽·扎谢金交谈的过程中，游方僧说话不多，不是因为他性格腼腆，而是出于自尊心。游方僧对于与人交流有着自己的理论：说话应该说得漂亮、睿智而又有些模糊才行。他也有着自己的处世哲学：如果你不能对别人友善些，至少你应该健谈些。所以当他与梅尔古丽·扎谢金谈论起生活的艰难时，更多是出于习惯性发问，而非真正想从对方那里获得答案。由此可以看出，"游方僧本·阿里·贝"不再是一个不谙世事的少年，常年的漂泊生

---

① Иванов Вс., *Собрание сочинений в 8 томах*, Т. 3, М.: Государственное издательство художественной литературы, 1959, С. 337.

活使他变得世故老道，对于生活也有了自己的看法。当谈到爱情时，他发表了这样的见解："爱情就像土地，没有比它更肥沃的了，但这土地时而是山岗，时而是沙漠，时而又是硕果累累的平原，爱情是人类的痛苦。"①

商人梅尔古丽·扎谢金托游方僧捎一封信给自己的兄弟并去他的家里跟踪自己的妻子，看她对自己是否忠诚。游方僧想过撕掉这封信，但考虑到带着这封信去一个陌生的城市总归要容易一些，他又留下了这封信。在中亚细亚的小城里，主人公接触到了唯利是图的剧院老板乞帕科夫、商人梅尔古丽·扎谢金的妻子、来自中国西藏的摔跤手杜海，在与这些人的交往中，主人公不断地思索着关于人性、爱情和生活的问题。在完成最后一次演出后，伊万诺夫在文中写道："我就这样结束了自己作为游方僧和著名魔法师'本·阿里·贝'的日子，与此同时，在这个世界上又多了一个记述这段日子的人，这个人并不理解游方僧，甚至还会对游方僧加以取笑，但他还没有能力用自己现在的名字闯荡世界，因此就暂且保留他那个以前为人所知的游方僧的名号吧。"②

在《我曾是一个游方僧》《游方僧的最后一次演出》这两篇小说中，作家向读者阐释了游方僧"本·阿里·贝"这一名字的由来。伊万诺夫笔下的游方僧虽然饱尝艰辛却仍保有人性的尊严和对善的感知，可以说在伊万诺夫的"游方僧"系列作品中的主人公身上都有着这些相似的个性。伊万诺夫的人生经历和创作风格，都具有游方僧似的浪漫主义色彩。

此外，伊万诺夫还创作了中篇小说《游方僧历程》（*Похождения факира*，1935），而作家晚年完成的长篇小说《我们去印度》（*Мы идём в индию*，1960）是对1935年这部小说的改写，小说描绘的仍是革命前的

---

① Иванов Вс., *Собрание сочинений в 8 томах*, Т. 3, М.：Государственное издательство художественной литературы，1959，С. 342.

② Иванов Вс., *Собрание сочинений в 8 томах*, Т. 3, М.：Государственное издательство художественной литературы，1959，С. 362.

俄罗斯。小说讲述了三个年轻人想要步行前往神话中的国家印度，去看看那里的风土人情。他们沿着今天的突厥斯坦——西伯利亚铁路线走了很久，最后虽然没有到达印度，但沿途的异域风光和亚洲地区的风土人情却让这趟探险之旅充满奇妙。小说主人公身上的漫游精神恰好也与"游方僧"游历的特质不谋而合，仍然能从他们身上看到某些"游方僧"的影子。

伊万诺夫笔下最深入人心的形象当属游击队员形象。在他们中间，有俄罗斯人也有外国人；有来自城市的也有来自乡村的；有年轻的也有年老的；有目不识丁的也有善于思考的。这些富有个性的游击队员共同构成了作家的游击队系列小说。如果按主人公类型来划分，1920年代伊万诺夫创作的《游击队故事》大致属于革命英雄中篇小说，与绥拉菲莫维奇的《铁流》、马雷什金的《攻克达依尔城》、拉夫列尼约夫的《第四十一个》等属于一类。只是伊万诺夫是这一类型小说的开拓者，他开始得比所有人都早。革命英雄主义小说在革命之后迅速占领文坛有其特定的历史因素：人改变现实的激情与特定历史时期的结束是革命英雄小说复兴的原因。这类小说大都以中短篇小说形式出现，力图刻画宏大的社会历史背景下革命人物的生活及历史人物的群像。革命英雄主义小说进入历史空间，改变传统的宏大叙事模式，采用短小的体裁展示某一时空背景下的局部战斗场景，凸显人物命运的抉择，具有强烈的人道主义关怀，也突破了传统经典中篇小说叙事体裁框架。

伊万诺夫早年的短篇小说《幼儿》讲述了红军游击队员在打死一对白军夫妇之后，发现了他们襁褓之中的婴儿，为了让婴儿存活，游击队员抢来一个吉尔吉斯女人，让她来哺育两个孩子。但游击队员们又发现，这个女人在喂奶时总偏向自己的孩子，于是他们便残忍地杀害了女人的孩子。小说在种族和阶级两个层面上给予了极大讽刺。

小说中，游击队员特鲁巴切夫本是一个胆小爱哭的人，作家多次写到他哭的画面："赤卫军的会计特鲁巴切夫很好哭，像个孩子，他那又红又小，没有胡子的脸，也跟孩子的一样。"① 谢利瓦诺夫想叫他不害怕，就叫特鲁巴切夫躺到他身边来。他哭得像个孩子。当游击队偶遇白军夫妇乘坐的马车，准备射杀他们时，特鲁巴切夫带着哭腔说："兄弟们，别干掉他……我们不如把他抓来当俘虏……"② 而当他发现白军夫妇留下的婴儿时，说话的语气却变得温和起来。他抱着婴儿，低声唱起了歌谣，他回忆起自己的故乡、牧场、家人、婴儿，再一次低声哭起来。他在游击队里肩负着喂养婴儿的责任，将嚼好的面包喂到孩子的嘴里。孩子不吃他喂的食物，特鲁巴切夫心急如焚，决定亲自到吉尔吉斯人的村子去找奶牛，用牛奶喂养孩子。

可是在小说的后半部分，特鲁巴切夫却变成了一个民族主义者，面对吉尔吉斯人时，他的温顺和善良就全然不见了。他在吉尔吉斯人的村庄里烧杀抢掠，为了找一个奶妈，就把吉尔吉斯女人拉上马背带走了。过了一个星期，他又在大会上对其他游击队员说："同志们，有件秘密我要揭穿：吉尔吉斯女人喂孩子是骗人的——她把全部奶水喂他自己的孩子，我们的呢，拿吃剩的一点去喂他。兄弟们，我看见了。"③ 当他把吉尔吉斯人的孩子和俄国人的孩子称重比较，发现俄国的孩子体重偏轻，他顿着脚喊道："难道俄国孩子就该饿死吗？"于是他把吉尔吉斯女人的孩子装到一只破口袋里，扔到旷野里去了。孩子的母亲号啕大哭，特鲁巴切夫轻轻地打了她两耳光。小说的结尾，吉尔吉斯女人开始给白军的孩子喂奶，特鲁巴切夫才又温和起来。

小说中，种族和阶级矛盾在特鲁巴切夫这个人物身上展现得淋漓尽

---

① ［俄］弗谢·伊万诺夫：《幼儿》，曹靖华译，载《曹靖华译著文集》（第5卷），北京大学出版社1992年版，第200页。

② ［俄］弗谢·伊万诺夫：《幼儿》，曹靖华译，载《曹靖华译著文集》（第5卷），北京大学出版社1992年版，第202页。

③ ［俄］弗谢·伊万诺夫：《幼儿》，曹靖华译，载《曹靖华译著文集》（第5卷），北京大学出版社1992年版，第206页。

致。身为红军游击队员，特鲁巴切夫是白军的敌人，是被资产阶级剥削的农民，可是他却能放下仇恨，对白军留下的婴儿百般怜爱，这是作家赋予这个人物的人道主义精神。但是面对温顺的吉尔吉斯人时，他却变得冷酷无情。特鲁巴切夫能够跨越阶级矛盾，却不能克服种族偏见。两个婴儿，只因一个是俄罗斯人，他就有生的权利；另一个只因是吉尔吉斯人，他就被处死了。对于以特鲁巴切夫为代表的成千上万的游击队员，什克洛夫斯基评价道，"他们能够正确地明确阶级情感，但却不能克服'我的'和'你的'这种情感"。[①]

　　红、白两军对峙，红军打死白军夫妇，却出于怜悯决意收养这个白军孩子，说明游击队员并未杀红眼且人性未泯。他们又抢来一个本地妇女喂养孩子。但随后游击队员发现女人偏爱自家孩子（人之常情），把白军军官的孩子养得面黄肌瘦，竟将吉尔吉斯女人的孩子摔死了。也就是说，在这片土地上虽然红白两军对峙，白军与红军乃是阶级矛盾，但出于人道主义可不祸及孩子，孩子也是人，但吉尔吉斯人在此却并不算人，其地位远比不上阶级敌人之孩子，假如未能履行职责，会将其孩子扔到旷野以示惩罚。事实上，吉尔吉斯女人的孩子也是一条生命，人命贵贱有别何至于此？伊万诺夫描写此景冷峻凝练，好似一切都理所当然，故能给读者巨大的冲击。这篇小说在当时受到了什克洛夫斯基、沃伦斯基等评论家的关注，斯大林也很喜欢这篇作品，还由此开始了他与伊万诺夫的一段友谊。

　　伊万诺夫对于特鲁巴切夫这一人物形象的塑造颇下了一番功夫，人物形象得以凸显取决于作者所塑造的对照情景。在故事刚开始，作者将特鲁巴切夫塑造成一个爱哭的，富有爱心的形象，与之后他粗暴对待吉尔吉斯女人及将她的孩子扔到旷野之中的行为形成了鲜明的对比。可以说，正是这一前后的对照凸显了在整个广袤的西伯利亚中的一个严峻的问题，即俄

---

　　① Шкловский, В. Б., *Жили-были*, М.：Советский писатель, 1966, С. 423.

罗斯人与其他各民族之间的矛盾与地位的问题。这篇小说虽然篇幅不长，但不可谓不深刻，一针见血。

《游击队员》这部小说的游击队长谢列兹尼约夫参加的革命与《铁甲列车14—69》中一样也是自发的。他们组成了像合作社一样的组织，给别人打零工，却意外杀死了警察，为逃避高尔察克警察的追捕，不得已一行五人踏进了森林。在白军围剿的过程中，前来投奔的人越来越多，众人一致决定选一个队长，因为"就是绵羊，也需要一个羊来领路"。①谢列兹尼约夫便是在这个过程中当选为队长，而在这之前他们并没有上级党组织，没有革命委员会，一切全凭自发自觉。谢列兹尼约夫甚至对土地还怀着深厚的情感："小伙子，土地可不能无缘无故丢下。"他关心土地、天气和收成，凭借农民的自觉领导整个游击队。但在一次与白军的战斗中却遭遇了哥萨克军队，最后谢列兹尼约夫等四人均被击毙，仅剩叶莫林一人还活着。红军收复尼洛夫斯克之后将他们四人遗体从雪山运下来安葬。在整个游击队活动期间均没有上级领导的角色出现。

《铁甲列车14—69》这部中篇小说塑造了一群生动的游击队员形象。当时的批评家对伊万诺夫描写的西伯利亚以及游击队生活是赞许的。《红色处女地》的编辑沃隆斯基就评论过："伊万诺夫的游击队小说中的人物是优秀的，艺术是真实的。"②有人甚至认为作家描绘的西伯利亚游击生活是作者亲历。事实上，作家本人并未亲历过真正的西伯利亚游击队生活，其创作更多是在二手材料（他人的讲述以及翻阅民俗书籍、当地报纸杂志）的基础上想象加工而成的。作家在《小说〈铁甲列车〉是怎样写成的》中写道："我想起了西伯利亚红军师团的那份报纸，用棕黄色包装纸印刷的两页小报。我在上边读到了关于《铁甲列车14—69》的消息。"③

---

① [俄] 伊万诺夫：《游击队员》，非琴译，河北教育出版社2018年版，第110页。

② Воронский, А. К., Искусство видеть мир: Портреты. Статьи, М.: Сов. писатель, 1987, С. 210.

③ [俄] 伊万诺夫：《铁甲列车14—69》，戴望舒译，人民文学出版社1958年版，第132页。

很明显，这部小说是根据小报上的报道进行加工与再创作，所有将其创作归结于作者对国内战争与游击战争的亲历的说法并无依据。作家本人在1925年的一篇自传中说道："我很少见到游击队员，更多的是在农民中听关于他们的故事。"① 但有一点可以强调的是，在细节的处理上，伊万诺夫的确融合了自身的见闻，比如《铁甲列车14—69》中有一个麻脸婆子，带着一桶圣水，在路角撒给过路的人。② 这种战争年代的细节是需要实际的见闻作支撑。

小说中的游击队长维尔希宁（Вершинин）是渔民出身，并且世代都是渔民。日本人把他的房子烧了，孩子们幸免于难。整个地方都相信"维尔希宁式"的幸运。等到村子里的人决定与日本人和哥萨克人开战时，大家都推举他当革命司令部主席。维尔希宁的外貌并不高大强壮，甚至有些瘦弱无力。"维尔西宁站在被践踏过的萎黄的野草间，显得黝黑。他有一张疲倦的脸，被长途跋涉所磨练的眼光，和一双瘦弱无力的手。"③ 维尔希宁勒紧了腰带，肋骨像掩盖在干泥下面的柳条。但就是这样一个弱小的身躯上，作家却赋予他强大的精神力量。面对着成百上千的游击队员，他动员大家不要把土地放弃给日本人。维尔希宁是人民起义自然力量的代表者。他紧紧地和农民团结在一起，在人民群众中间有着绝对的威信和影响力。"维尔希宁，他是云，风吹他到哪，他就把雨带到哪。农民走到哪里，维尔希宁也就在哪里。"④ 面对革命的流血牺牲，他说道："混乱得很。葬送了许多人，全部死得莫名其妙……我的心像抛在冰雪地上的小猫似地啼哭着……"⑤ 游击队决定去夺取铁甲车，维尔希宁已经预料到这场战斗还将有更多人牺牲，他望着铁轨陷入了沉思：在我们之后，人们一定

---

① Папкова, Е. А., "Сибирская биография Всеволода Иванова", *Москва*, No. 12, 2013, С. 144.
② ［俄］伊万诺夫：《铁甲列车14—69》，戴望舒译，人民文学出版社1958年版，第97页。
③ ［俄］伊万诺夫：《铁甲列车14—69》，戴望舒译，人民文学出版社1958年版，第72页。
④ ［俄］伊万诺夫：《铁甲列车14—69》，戴望舒译，人民文学出版社1958年版，第38页。
⑤ ［俄］伊万诺夫：《铁甲列车14—69》，戴望舒译，人民文学出版社1958年版，第48页。

可以过上幸福的生活了吧？与小说中其他的农民游击队员相比，维尔希宁对于革命的认知已经不仅仅局限于反抗压迫、争夺土地这么简单的目标，他已经升华到更高的层次，即革命是为了谋求幸福。尽管主人公对这一目标还不是十分的确信，但我们已经在他身上看到了农民对于革命认知的升华。

　　需要指出的是，在根据小说改编的同名剧本里，维尔希宁这一人物形象被赋予了新的性格特征。如果说在小说中维尔希宁领导的农民革命运动还充满自发的原始性，维尔希宁是被强大的革命浪潮推动前进的，那么在《铁甲列车14—69》中，他则被塑造成一位目标明确、威严的游击队指挥官，并且具有了理性思考的能力。总之，相比伊万诺夫小说里那些群众性的游击队员，维尔希宁是一个虽然知识水平不高，但具有很强的领导能力和凝聚力的人物。他能够对不了解的事物进行长久的思考。维尔希宁这一人物形象是苏联文学中最早用现实主义手法表现出来的农民起义者、布尔什维克领导者之一。

　　小说中另一个闪光形象就是游击队员沈彬吾这个人物。《铁甲列车14—69》取材于西伯利亚的游击战争，这支游击队虽然装备简陋，只有独弹步枪和普通步枪，但游击队员们却机智、勇敢地"活捉"了一列白军的铁甲车。在夺取铁甲车的战斗中，游击队员中国人沈彬吾为了让铁甲车停下来，主动卧倒在铁轨上，让铁甲车从自己的身体上轧过去并献出了宝贵的生命，游击队因此夺取了铁甲车，并使它调转枪口，及时地配合了城里的工人起义。

　　小说中有一节是关于沈彬吾身世的插笔，在这里作者非常详细地说明了沈彬吾如此痛恨日本人的理由。沈彬吾本来有一个幸福的家庭，过着平静的生活。"他有一个姓叶的妻子，一所坚固的小茅屋，屋里有一个修饰得挺好的暖炕，屋后还有黄色的高粱田和玉米田。当北雁南飞的时候，在一天之内这一切都消失了，脸上只剩了两个刺刀洞。"[①] 日本人杀害了他

[①] ［俄］伊万诺夫：《铁甲列车14—69》，戴望舒译，人民文学出版社1958年版，第45页。

的妻子，烧毁了他的房屋，害得沈彬吾家破人亡。沈彬吾读过《诗经》，还在城里编过席子，但是他把《诗经》抛到井里，把席子忘到脑后。从此，追随着俄罗斯人走上了革命的道路。

沈彬吾对于俄罗斯的革命有自己的见解，造出了自己的传说。沈彬吾歌唱了天上的赤龙怎样欺压少女陈华的歌曲。陈华非常美丽，"那少女脸色像人参一样，她吃的是五味子（雄鸡冠），蘑菇（眼珠般大的菌）和金针叶。这一类东西最多，味道也最鲜美。但是赤龙霸占了陈华生活的门路，从此便产生了叛逆的俄罗斯人"。① 从这首歌曲可以看出，在沈彬吾看来，"革命"和"反抗"是俄罗斯人与生俱来的天性。值得注意的是，1920年代苏俄文学在描写革命时往往强调革命的必然性、人民的能动性、意志力和献身精神，而伊万诺夫则把革命看作一种自然力量，即革命是源于人的本能而非思想的胜利。在这篇小说中，沈彬吾对于俄罗斯人革命的理解，实际上与作家对于革命自发性的观点不谋而合。

沈彬吾是一个外国人，他的俄语并不流利。他的话语经常是一个词，或者是不连贯、有语法错误的句子。但这并不妨碍作者塑造这一个性鲜明、爱憎分明、机智果敢的中国人游击队员形象。相反，更能让读者钦佩这个来自异国他乡的中国农民。沈彬吾对日本人恨之入骨，"中国人沈彬吾靠着一块岩石，让队伍在他身边走过，他咬牙切齿地对每一个农民说'应该打日本人……吓，应该这样来打他们！'于是他挥动手臂，做出该怎样打日本人的样子"。② 从他说话的神态和身体动作中可以看出，这种仇恨已经深入骨髓，无须更多的言语表达。

在游击队护送农民离开家园、转移到山林里的路上，沈彬吾不去听那些游击队员的笑声，而是开始思念起自己的家乡。沈彬吾对俄国的无产阶

---

① ［俄］伊万诺夫：《铁甲列车14—69》，戴望舒译，人民文学出版社1958年版，第13页。
② ［俄］伊万诺夫：《铁甲列车14—69》，戴望舒译，人民文学出版社1958年版，第16页。

级革命是拥护的，对他身边的游击队员是喜爱的，尽管他在参与游击队反抗侵略者的斗争中获得了快乐，然而这并不能消减他对故乡的思念。沈彬吾作为侦察兵出色地完成了在白军占领区执行侦察的任务，他不仅机智勇敢，而且具有丰富的战斗经验。

当白军的铁甲车即将驶来，沈彬吾义无反顾地躺在铁轨上，游击队长维尔希宁劝阻他："不，你等一等，中国人，有伐斯佳躺着，他有责任躺。他是为了自己的土地躺的。为了自己的！"沈彬吾对维尔希宁恳切、急躁、热情地说："啊，你……你是一个真正的人，我要让你的民族看看！……看看我的民族的心！……"① 沈彬吾卧轨"捉"铁甲车的这段情节，描写生动感人，紧紧抓住了读者的心。可以说，沈彬吾这一中国人形象在苏联早期文学中是具有正面意义或正面价值的，同时作家通过对这一形象的成功塑造反映出了中苏两国人民在抗击外国侵略者和民族解放斗争中的友谊与情谊，从某种程度上来说，沈彬吾已经不仅仅是小说《铁甲列车14—69》中塑造的一个人物形象，他更是中苏两国人民用鲜血凝结成的友谊的证明，虽然这友谊是虚构的，但在整个20世纪的战争史上，我们相信这个故事一定发生过，不是在国内战争时期，也会是在二战时期。

伊万诺夫在《彩色的风》中还塑造了一个探求信仰的老农卡利斯特拉特（Калистрат）这一人物形象。在小说中，不仅主人公一个人在苦苦寻找新的信仰，他周围的所有人：地方教派的教父、俄罗斯的农民、吉尔吉斯人、萨满教的僧侣等都在寻求新的信仰。他们这样做是因为"这是一个苦痛的时代，所以非将一切神们聚集拢来不可"。② 卡利斯特拉特的孩子们利用人们这种求神心理，到处散布传言，说他们的父亲是先知。于是人们从四面八方汇集到卡利斯特拉特的家里，并由此而引发了一系列事

---

① ［俄］伊万诺夫：《铁甲列车14—69》，戴望舒译，人民文学出版社1958年版，第90页。
② ［俄］柯根：《伟大的十年间文学》，沈端先译，南强书局1930年版，第374页。

件。最终老农卡利斯特拉特参加了游击队,因为"此外已经没有路可以走"。① 参加游击队的意义对于主人公卡利斯特拉特来说,和他从前为了寻求信仰参加教会是一样的。革命已经打破了古老的俄罗斯乡村的永久性秩序,如何在混乱的时代活下去,除去吃饱穿暖外,还应该找到精神上的支撑。

在游击队里卡利斯特拉特结识了布尔什维克的长官尼基京,一开始卡利斯特拉特并不赞成尼基京的杀人政策,他认为革命不应该以流血为代价。后来,卡利斯特拉特还是接受了尼基京的信仰。他下令枪杀整个村子的人,因为这个村庄不服从"已经受了苏维埃势力之洗礼"的十六个人的命令。至此,卡利斯特拉特把自己信仰的真理完全转化成了激烈的革命斗争的真理。在老农卡利斯特拉特看来,此时的信仰等同于革命,而革命又意味着杀人,可他连杀人的动机都根本无法解释,显然这种信仰是盲从的,也不具有坚定性。

卡利斯特拉特来自古老的俄罗斯乡村,身为一个农民,他始终还是脱离不了土地,这是他与生俱来的天性。当他想起森林和田野的时候,当积雪融化、蔷薇色的大地重新苏醒而觉得疼痛的时候,他提出了退伍的要求。可在很长一段时间内都没有得到准许,因为"世界还在需要人间"②。此时,卡利斯特拉特对其视为信仰的革命又产生了怀疑,他与尼基京之间也产生了分歧。"当我驱逐吉尔吉斯人的时候,我以为是抓住信仰了。……心脏好像在血里燃烧——打吧……想起了田里的事,心脏痛得厉害。我的心好像成熟的果酱一般在风中飘荡,那是一定会跌下来的,这样,……那么我可以和尼基京一样的和平了!什么和平,那是不会有的!"③

在卡利斯特拉特身上,既呈现出农民对于土地的眷恋又反映出俄罗斯

---

① [俄] 柯根:《伟大的十年间文学》,沈端先译,南强书局1930年版,第374页。
② [俄] 柯根:《伟大的十年间文学》,沈端先译,南强书局1930年版,第376页。
③ [俄] 柯根:《伟大的十年间文学》,沈端先译,南强书局1930年版,第369页。

乡村古老原始的生活里，农民所具有的多神教心理状态。面对革命，除了流血和杀人外，农民的精神和思想同样也在经历着一场巨大转变，他们也在寻找自己的信仰和真理。这实际上是处于如火如荼的革命风暴里千百万农民游击队员的精神危机。

第三节　中短篇小说装饰体风格

1920年代伊万诺夫最具代表性的创作就是中短篇小说，也是最能体现其装饰体风格的创作。

所谓"装饰体风格"（Орнаментализм），是指文本的形式以诗性原则来组织的小说：情节退居第二位，隐喻、联想、想象、韵律、形象性、叙事富有主旋律等居于艺术创作首位，词语本身变得具有自我价值且具有多义性。装饰体，看起来是对叙事语言的修饰，但这仅仅是其表面意思，其深层含义是以诗性语言来打破体裁之界限，将诗歌的修辞系统引入非韵文行文中。象征主义以来的诗歌语言技巧被运用到小说等叙事体裁上，使得小说叙事模式发生了革命性的变化。"装饰体风格"不是单纯的语言游戏，它要比语言游戏复杂得多，其理论基础来自俄国象征主义与先锋主义创作实验。这首先与象征主义历史观相关联，象征主义者内部虽差异颇大，但在历史观上有一个共性：他们相信历史是轮回的，且在这轮回中我们可以得到启示。他们探索人类文化的奥秘，并发现在历史长河中常有重合部分出现，而凡是重合、重复的部分便是人类命运共同之母题，是永恒母题，这个母题便无限接近真理。于是他们开始在古希腊罗马和东方神话中寻找真理。后象征主义者们——阿克梅派在这一点上是相通的，他们也探寻人类共有母题，只是从更广泛的文化层面来进行，古米廖夫的原始主义探寻、曼德尔施塔姆"对世界文化的怀乡病"（Тоска по мировой культуре）之特性都在于此。众所周知，神话是指在人类生活中不断出现的母题，其核心特征便是重复性。从这一点上来看，这一特点颇像荣格的集体无意识与原型理论。而神话思维，即将共性母题不断重复，以达到凸显主题的作用，形成富有主旋律的叙事模式。装饰体风格，则是将这种思维模式运用到文本组织与语言革新上，在装饰体文本中出现一些可辨识的重复语句、形象、母题或细节，这点便是神话思维与装饰体风格之间的联系。在现代主义装饰体小说中，无论是小说的叙述文本，还是其描绘的世界，甚至细节都会暴露出诗歌结构的影响，反映出神话性思维模式系统。装饰体与诗歌、神话之间的内在联系符合现代主义时代文化模式，且表现在各个文化领域之中。

  在具有装饰体风格的小说中，作者将读者的注意力从故事性吸引到了语言上，从而延长对词汇语义层面的感知时间与力度，这便是装饰体风格的陌生化效果。现实主义小说及其现实的经验模型特点在于其叙事的重点是事件，模仿现实世界的可能性，以及内外心理动机的合理性，而现代主义小说则倾向于对诗歌构成规律进行概括，并将其运用到文本构建中来，形成一整套新的审美系统。在现实主义时代，叙事是一切艺术的通用法则，但现代主义时代，诗歌成为一切艺术的通用法则，包括在小说中的运用。现实主义小说是以虚构及逻辑推动的，而现代主义小说则是以联想、隐喻勾连的，并不遵循逻辑。装饰体风格便是联系语言、神话思维、构建文本结构的一种有效手段。

  进一步而言，装饰体风格就是诗歌规律对叙事规律入侵的产物。原则上来说，诗歌文本与叙事文本相互影响在任何时代的文学史上都可以找到证据，其历史是久远的。但是只有到现代诗性原则盛行及其背后的神话性思维的融入才造就了经典的装饰体风格。俄罗斯装饰体风格的奠基人是列米佐夫和安德烈·别雷，别雷晦涩难读的《银鸽》就是装饰体风格最典型的代表。1920年代的苏联装饰体小说明显受到了象征主义的影响，其最大特征便是以诗性原则来组织小说的文本结构。

  装饰体小说的具体特点可以概括如下：（1）弱情节化；（2）文本韵律化；（3）具有较多的语音重复；（4）隐喻性；（5）大量的修饰语；（6）大体裁经

典叙事结构原则被不断重复的主旋律取代。装饰体风格就语言而言，与汉语中的"诗化小说"或"诗化散文"较为接近。我们可以从安德烈·别雷的三部曲之一《银鸽》开篇一段话来感受一下这种诗化文体的语言特性：

> **Еще**, и еще в **синюю** бездну дня, **полную жарких**, жестоких блесков, кинула зычные клики **целебеевская** колокольня. Туда и сюда заерзали в воздухе над нею стрижи. А **душный** от благовония Троицын день обсыпал кусты **легкими**, **розовыми** шиповниками. И жар душил грудь; в жаре **стеклянели стрекозиные** крылья над прудом, взлетали в жар в **синюю** бездну дня, —туда, в **голубой** покой пустынь. **Потным** рукавом усердно размазывал на лице пыль **распаренный** сельчанин, тащась на колокольню раскачать **медный** язык колокола, пропотеть и поусердствовать во славу Божью. И **еще**, и **еще** клинькала в **синюю** бездну дня целебеевская колокольня; и юлили над ней, и писали, повизгивая, восьмерки стрижи.①

（一次，又一次，在这白昼天蓝色深渊中，充满了炙热的、残酷的光辉，采列别耶沃钟楼将刺耳的呼喊抛出。钟楼上空，雨燕不安地来回翻飞。圣三一节因香气而闷热，将轻盈的粉色蔷薇撒在灌木丛。在酷热下，池塘上方蜻蜓的翅膀呆滞无神，飞向酷热白昼天蓝色的深渊，飞向那旷野天蓝色的安宁里。大汗淋漓的村民，努力地用汗透的衣袖涂抹脸上的灰尘。他爬上钟楼，摇晃着大钟铜舌，为上帝的荣光努力挥洒汗水。一次，又一次，采列别耶沃钟楼向着白昼天蓝色深渊呼喊；八字形的雨燕，在钟楼上盘旋，尖叫着书写着。）（笔者译）

这段话是风景描写，全文思维跳跃，以短句为核心，有大量的修饰

---

① Белый А., *Серебряный голубь*, М.：Скорпион, 1910, С. 5.

语，不断有语句重复，其中 в синюю бездну дня 重复三次，И еще, и еще клинькала в синюю бездну дня 在句子首尾回环，音节重复。短句是多音部扬抑格变体，整段读起来节奏明快，富有诗意，故也称之为"节奏散文"。别雷的作品不少都是以这种繁复的语言写就的，诗歌的节奏韵律感贯穿整部小说。应该说，每一次尝试对《银鸽》的翻译，或者对这类小说的翻译，都注定要徘徊在失败的危险边缘，因为翻译所能传达的只是字面的意义，而意义一旦被另一种语言以唯一性确定下来，原作中的节奏韵律、隐喻、多义性等审美设置便失去了效果，而要在中文里寻找如此大规模同等的韵律与节奏的文本叙事几乎是不可能的。写这类作品的作家便不可避免地在另一个语言世界里沦为二流书写者。这或许是别雷及其作品在中文世界中得不到其应有名声的原因之一。

弗谢·伊万诺夫早年创作的中短篇小说也是典型的装饰体小说，以《游击队故事》为代表。尽管我们可以从其作品中找到主线情节，归纳出主要人物形象，推导出作者的哲思与立场，但弗谢·伊万诺夫能在1920年代文坛迅速获得认可的一个重要的缘由正是其装饰体风格。

在短篇小说《石头锁形面包》中，伊万诺夫的开篇采用了典型的童话叙述模式：

> Жил**а**, ск**а**зыв**а**ют, в Подолии бедн**а**я вдов**а**. Хатенк**а** у ней хуже **гнилого гриба**, питались – миром. Весн**а** в тот год удалась нищ**а**я, а **побируха побируху** не любит. Вот и споткнулась вдов**а**. Идучи с сумой, на гололедице. Охнула вдов**а**, свет **аж** пожелтел, деревшк**а аж** в глаз**а** брызнул**а** кровью. И определились дальше вся жизнь – сломана у вдовы ног**а**. ①

---

① Иванов В. В., *Собрание сочинений в 8 томах*, Т. 3, М.: Государственное издательство художественной литературы, 1959, С. 303.

（传说，在巴多里住着一位可怜的寡妇。她的破屋比腐烂的蘑菇还差，靠吃百家饭为生。那年春天她已是乞丐模样，但乞丐是不喜欢乞丐的。这不寡妇又栽跟头了。在结冰天气里她出门要饭。寡妇哎呦一声，甚至光也呈现出黄色，甚至眼里的小树也溅满了血。这决定了她接下来的整个人生——寡妇折了腿。）（笔者译）

从这篇小说开头不难发现，伊万诺夫早期小说中诗歌韵律及规律被大量运用到小说之中。这段文字中语音重复非常明显，元音a在每个句子中回环押韵，节奏明快。语气词 аж 的重复，加重了意外遭难情感升腾。гнилого гриба 这一词组的选择明显有意为之，这是诗歌语言中才会出现的语音重复，下文的 побируха побируху 与此有异曲同工之妙。

弗谢·伊万诺夫这种装饰风格在《游击队故事》三部中篇小说中表现得更为明显。首先，在人物肖像描写上，伊万诺夫早期小说中具有特殊的审美内涵，正是这些使得他的小说超出了现实主义体裁叙事结构。他的人物形象描绘常常带有强烈的民间故事与神话色彩。比如上文中提及的《石头锁形面包》中关于寡妇的叙事就是民间故事传统。伊万诺夫早年创作中运用了大量的西伯利亚英雄史诗以及俄罗斯壮士歌的形象。在中篇小说《彩色的风》中，主人公卡里斯特拉特·斯莫林已经年过花甲，但比儿子们都要活力十足，本质上他就是国内战争期间的壮士英雄形象。关于这一点，普达洛娃在其专著《弗谢·伊万诺夫小说与民间口头文学》[①]中已经谈及，在此不赘述。需要强调的是，这也是伊万诺夫小说中装饰体风格的体现，以民间口头文学为底本塑造英雄形象的变体，形成诗意化叙事结构。此外，伊万诺夫小说中人物形象描写还大量借助比喻、隐喻等手法，将人比作动物或植物，这也是其最常见的

---

① Пудалова, Л. А., *Проза Всеволода Иванова и фольклор*, Томск: Изд-во Том. ун-та, 1984, С. 135.

手法。伊万诺夫擅长给人带上动物的面具，并且借助神话原型，赋予他们动物或者植物的特性。在小说《彩色的风》中，主人公卡里斯特拉特·斯莫林"皮包骨头、凹陷的额头，但身体宽厚，块头很大……有可伸到地面的大手……"①这一手长可探到地面的形象让读者想起一个特殊的兽形人物：古希腊神话中的半人半马，这种半人半兽的结合体，其个性也是半人性半兽性。可以说类似的手法在伊万诺夫小说中得到了广泛的运用。比如《游击队员》中，叶莫林被描绘成"瘦的皮包骨头，活像一条干鱼"。②小说《铁甲列车14—69》中维尔希宁的妻子也像鱼："他的妻子胖胖的，像一条鲟鱼。她生了五个孩子，一年一个，都在鲫鱼上市的时候。不知道是不是因为这个缘故，这些孩子都长着一头淡黄色的头发，像银色的鱼鳞。"③"伐斯加·奥考洛克的脸红得像个向日葵"④，"像一匹站起来的马那样高大肥壮的维尔希宁站在一根木桩上喊着"。⑤伊万诺夫早期小说中肖像描写的动植物化是一种常见的标识，而这便是其装饰体一大特征之一。

伊万诺夫小说装饰体风格另一个明显的特征便是彩色写生。伊万诺夫对颜色的运用可谓出神入化，这让他的文学作品具有了视觉艺术一般的观赏性。《彩色的风》中相关颜色的词汇在小说中高频出现引起了学者的关注。别拉亚（Г. А. Белая）称伊万诺夫为"彩色写生画家"，"偏好隐喻，艳丽的风景描写和装饰性形象"。⑥伊万诺夫小说描绘出了远东和阿尔泰地区异国风情所特有的鲜明的色彩对照。颜色描写在小说中除了直接的表

---

① Иванов, В. В., *Собрание сочинений в 8 томах*, Т. 3, М.：Государственное издательство художественной литературы, 1959, С. 195.
② ［俄］伊万诺夫：《游击队员》，非琴译，河北教育出版社2018年版，第1页。
③ ［俄］伊万诺夫：《铁甲列车14—69》，戴望舒译，人民文学出版社1958年版，第19页。
④ ［俄］伊万诺夫：《铁甲列车14—69》，戴望舒译，人民文学出版社1958年版，第47页。
⑤ ［俄］伊万诺夫：《铁甲列车14—69》，戴望舒译，人民文学出版社1958年版，第47页。
⑥ Белая, Г. А., *Дон Кихоты 20-х годов*: «*Перевал*» *и судьба его идей*, М.：Советский писатель, 1989, С. 7.

现功能外，还具有隐喻功能和象征意义。实际上，关于1920年代的俄罗斯小说，有一个特别重要的特征便是来自先锋派绘画艺术的影响，这种影响大量体现在扎米亚京、卡维林、特尼扬诺夫、奥列什等小说家笔下，如借助几何思维来构建文本的这一装饰特征，此外小说的叙事视角、修辞、色彩的运用也屡见不鲜。卡维林在《无名艺术家》中多次描写的"蓝色的雪"便是对色彩的陌生化使用。

伊万诺夫作为"谢拉皮翁兄弟"成员在色彩使用上颇具特色。《彩色的风》中出现最多的黄色、金黄色色调，据统计达91[1]次之多。在俄罗斯传统文化之中，黄色被赋予了多重含义。首先在民间口头创作中，它常与太阳联系在一起，具有正面意义。但黄色在基督教中往往是负面意义居多，常与通奸、愁苦、背叛联系在一起，例如出卖基督的犹大就穿着**黄色**的衣服。而在俄罗斯经典文学作品中，黄色作为一种腐朽和死亡的颜色也多次出现在陀思妥耶夫斯基的小说和勃洛克的诗歌当中。例如在陀思妥耶夫斯基的小说《罪与罚》中，索尼娅的父亲酒鬼马尔梅拉多夫就有一张蜡黄的脸。马尔梅拉多夫是一个失业的小官员，他贫困潦倒，终日借酒消愁，他对自己的女儿成为妓女既感到心疼，又无能为力。在这里作家用黄色来表现马尔梅拉多夫的痛苦与无奈。索尼娅成为妓女后，她的妓女执照也是**黄色**的，他的女儿凭黄色执照谋生。在拉斯科尔尼科夫的梦里，他梦到了童年时代与父亲一同走路，在路上看到一匹又瘦又小的**黄褐色**驽马拉着一辆四轮大马车，这匹马最终被赶车人抽打致死。

与传统不一样的是，黄色在《彩色的风》这部小说中首先与自然风光联系在一起，小说中太阳、火焰、秋叶、花、麦秆、树木、树脂都是黄色的，"黄色的绣线菊沿着道路长着，强壮粗硬的根长到路上，像山羊的角一样"[2]。

---

[1] Громова, А. В., "Мир цвета в повести Вс. Иванова «Цветные ветра»", *Вестник МГПУ*, No. 3, 2016, С. 27–34.

[2] Иванов, В. В., *Собрание сочинений в 8 томах*, Т. 1, М.: Государственное издательство художественной литературы, 1959, С. 250.

"陌生的浅黄色屋顶绽放着黄色的斑点"①"烧秸秆的浓密黄色的烟,像松脂一般。黄烟在淡金色的天空中流散,太阳稠密的黄色斑点也被它融化了"②。除了对自然风物的描写之外,黄色也有一种区分人物民族的作用,主要体现在人物的肖像描写中。黄色代表着亚洲,因为亚洲人种的特点之一就是**黄**皮肤。如尼基京**黄色**的身体,**青黄色**的脸。吉尔吉斯战士有一张毫无血色的**黄色**的脸。

此外,伊万诺夫在《彩色的风》中还借助绿色确立了俄罗斯农民生活的自然属性。作家将人与动物、植物和风景元素作对比的写法极具特点。在小说中常把人和魔鬼比较,伊西多尔神父的脸长着**绿色**的毛,他的声音断断续续,吹来沼泽地**绿草**的气味,他迈的步子很大,穿着暗绿色的教袍。他的肖像中结合了俄罗斯民间传说中林妖和水怪的特点。民间的林妖长着**绿色**的头发,水怪、美人鱼长着**绿色**的眼睛,在圣象画中魔鬼也是**灰绿色**的。在小说中很多人物都有**绿色**的眼睛,不仅主人公卡利斯特拉特、吉尔吉斯人有,甚至连兔子、母牛、马这些动物也有。

与此同时,绿色在小说中代表着人类对自然界的亲近和归属,象征着生命、青春和生殖力。例如:**青绿色**和**黄绿色**的草,微微带**绿色**的热气,飞溅的**绿色**瀑布,甘草燃烧升起的亮**绿色**的烟雾,**绿色**的大地和天空,还有绿色的风。"在蓝绿色的晚风中,小儿子德米特里从军队过来"③"绿色的湖风扑面而来"④。晚风、湖风本是无色的,但在大自然的衬托下,让人错以为风是绿色的,这是一种很高明的联觉手法,而这也正是小说名字

---

① Иванов, В. В., *Собрание сочинений в 8 томах*, Т. 1, М.:Государственное издательство художественной литературы, 1959, С. 256.

② Иванов, В. В., *Собрание сочинений в 8 томах*, Т. 1, М.:Государственное издательство художественной литературы, 1959, С. 252.

③ Иванов, В. В., *Собрание сочинений в 8 томах*, Т. 1, М.:Государственное издательство художественной литературы, 1959, С. 197.

④ Иванов, В. В., *Собрание сочинений в 8 томах*, Т. 1, М.:Государственное издательство художественной литературы, 1959, С. 248.

"彩色的风"所使用的艺术手法。

蓝色也常用于描写自然现象，如在《彩色的风》中，**蓝色**的巴尔干山、**蓝色**的天空、**蓝色**的云、**蓝色**的雪松、**蓝色**的石头、**蓝中带绿**的荨麻、暗**蓝色**的烂泥塘、**黑蓝色**的风等。"黑蓝色的风在天空中奔涌"①，通常蓝色是冷色调，用来表示昏暗或者寒冷之意，这多用于自然描写。

而在人物肖像描写中，蓝色则可以表达出不同的含义。首先，蓝色色调的皮肤传达出病态：隐藏在森林中的布尔什维克有着土**蓝色**的脸，生病的吉尔吉斯人是**黄蓝色**的，当萨满嘴角冒出神圣的"**蓝色**"唾沫，这是他能连接神灵世界的标志。在《彩色的风》中，布尔什维克人物的眼睛通常是**蓝色**基调的，游击队欢快的领导者，他有着快乐的、轻松的、**浅蓝色**的眼睛。此外，蓝色还是小说主人公肖像所特有的颜色。例如，真理的探寻者卡里斯特拉特，他的眼睛是**蓝色的**，手上长着又长又密的**蓝毛**，但他的头发却是**紫色的**。应该说，卡里斯特拉特·斯莫林是一个经历了宗教信仰探寻、革命风暴、自我迷失的复杂过程，最终在乡村劳动和家庭生活中获得了人生意义。总之，小说中的神话原型以及五颜六色的修饰语给人以深刻的印象。

需要强调的是，伊万诺夫在小说中对颜色的运用是整体性的，带有强烈的画面感、动态感和视觉冲击："绿色的湖风迎面扑来，奔向粉紫色的天空，马鬃，传到脊背上的浅色毛，卡里斯特拉特的蓝色头发也被吹乱了"②。伊万诺夫给小说中出现的每一个人物肖像、风景、每一棵花草树木都上了颜色，刻画出了西伯利亚远东令人难以忘怀的异国风情。当然，伊万诺夫式的东方风情是带强烈意识形态的东方还是原汁原味的东方，还值得进一步探索，但在文学世界里，伊万诺夫的西伯利亚书写无疑是

---

① Иванов, В. В., *Собрание сочинений в 8 томах*, Т. 1, М.: Государственное издательство художественной литературы, 1959, С. 252.

② Иванов, В. В., *Собрание сочинений в 8 томах*, Т. 1, М.: Государственное издательство художественной литературы, 1959, С. 248.

成功的。

在伊万诺夫 1920 年代的中短篇小说里，无论是早期的短篇小说《幼儿》，还是游击队中篇三部曲《铁甲列车 14—69》《彩色的风》《游击队员》，抑或是短篇小说集《密中之密》，都能看到装饰体风格的痕迹。他的这种创作风格受到白银时代作家的影响，同时也影响了后来的作家，特别是战争文学的作家。另一位谢拉皮翁兄弟费定写于 1922—1924 年的小说《城与年》也是典型的装饰体风格小说。他们在 1920 年代初交往密切，在创作上存在互相影响的现象。

弗谢·伊万诺夫逝世于 1963 年，但实际上他最主要的、最为读者熟知的作品正是写于 1920 年代的一系列西伯利亚游击队小说。作家在成名之后试图对其早期描写的粗暴、野蛮的作品进行大面积删改（暴力与情色部分），但读者并不买账。读者已经接受了伊万诺夫笔下描写的野蛮暴力的西伯利亚，删改之后的作品失去了那种生猛的活力，已经不像伊万诺夫的作品了。伊万诺夫是最早将西伯利亚这个多民族地域空间带进俄罗斯文学的，他试图将西伯利亚看作一个独特的文化地域空间，揭示西伯利亚人独特的文化信仰及价值准则，并使其具有了独特文本的魅力。可以说，弗谢·伊万诺夫是 20 世纪中后期崛起的西伯利亚文学（阿斯塔菲耶夫、拉斯普京、万比诺夫）的先驱。除此之外，弗谢·伊万诺夫的游击队战争小说在创作技巧、战斗描写等方面对二战后苏联战争小说也产生了不小的影响。伊万诺夫是苏联游击战争小说的奠基人与开创者，其文学史意义也不容忽视。而其装饰体风格小说技巧继承了列米佐夫及别雷等人的创作手法，吸收了 1920 年代先锋派艺术理论成果，并在其小说文本中得到了实践。总而言之，无论从创作技巧还是创作主题来看，弗谢·伊万诺夫都是 1920 年代俄罗斯文学进程中的重要参与者，影响甚广，其游击队小说至今还有不少读者。

第四章　费定"谢拉皮翁兄弟"时期小说创作

康斯坦丁·亚历山德罗维奇·费定（Константин Александрович Федин，1892—1977）是20世纪苏联经典作家之一，苏联作协第一书记（1959—1971）及苏联作协主席团主席（1971—1977），苏联科学院院士及德国艺术科学院院士。他是1920年代文学团体"谢拉皮翁兄弟"中最年长的一位，一生共创作了7部长篇小说，诸多中短篇小说，两部戏剧以及各种回忆录。费定的主要作品大都创作于1950年代以前，1950年之后罕有作品问世。

费定出生于萨拉托夫的一个普通家庭，其父亲是一名文具店商人，同时也是诗歌爱好者。1910年开始，费定尝试创作，1913年首次在杂志上公开发表讽刺小说《琐碎》（Мелочи，1913）。次年前往德国进修德语，期间爆发一战，费定以敌侨身份于德国生活至1918年。侨居德国期间，费定为谋生先后在格尔利茨城市剧院及齐陶城市剧院以演员、合唱团员等身份工作。德国的生活经历及所见所闻在其随后创作的长篇小说《城与年》（Города и годы，1924）、《兄弟们》[①]（Братья，1928）中都有所涉及。1919年，回到祖国的费定先后任职于人民教育委员会及塞兹兰市执

[①] 该小说已有译名为"弟兄们"，但笔者认为译为"兄弟们"更为贴切，因此此处及之后本文凡涉及，均译为"兄弟们"。

行委员会，此时为报刊《塞兹兰公社》及杂志《反响》撰稿，费定自称这是他文学创作道路的开端。

1920年代费定与高尔基结识，从此改变了其创作命运。在高尔基的引荐下费定加入文学团体"谢拉皮翁兄弟"，并担任该团体的执行书记。"谢拉皮翁兄弟"是一群年轻作家组成的特殊文学团体，是俄罗斯新文学的主要倡导者。1921年彼得格勒艺术之家举办文学比赛，费定以短篇小说《果园》（Сад, 1921）获得一等奖，这使得费定在文坛崭露头角，也正是这篇小说让鲁迅先生注意到费定，并将其介绍给中国读者，开始了费定小说在中国的译介和研究之路。随后，费定创作了《安娜·季莫菲耶芙娜》（Анна Тимофевна, 1922），《静谧》（Тишина, 1924），《脱兰士瓦》（Трансвааль, 1926），《城与年》（Города и годы, 1924）与《兄弟们》（Братья, 1928），这些作品给他带来了世界性声誉。与此同时，费定拒绝参与"谢拉皮翁兄弟"之间的活动晚会，并主动与该团体疏远。

1930年代费定频繁出游欧洲，并先后结识德国作家贝希尔、托勒尔、茨威格，法国作家罗曼·罗兰等。在此期间，费定创作了反映欧洲资本主义危机的长篇小说《盗窃欧洲》（Похищение Европы, 1935），开辟了苏俄文学史上政治题材小说的先河，以及最具诗意的小说《"阿尔克图尔"疗养院》（Санаторий "Арктур", 1940）。

1940年代因二战爆发，费定作为《消息报》的特别通讯员奔赴前线，以纽伦堡审判为基础撰写特写集《纽伦堡的审判》（Процесс военных преступников в Нюрнберге, 1946）。1941年开始创作长篇回忆录《高尔基在我们中间》（Горький среди нас, 1941—1968），该回忆录中详细记录了费定与高尔基二人长期亲密的友谊，并介绍了"谢拉皮翁兄弟"以及高尔基在该文学团体中的作用。1943年，费定开始创作使其再次声名鹊起的三部曲《早年的欢乐》（Первые радости, 1945）、《不平凡的夏天》（Необыкновенное лето, 1948）、《篝火》（Костер, 1949），三部曲体现了作家对于俄罗斯历史道路经久不息的思考。费定于1977年逝世于莫斯科，葬于新圣女公墓。

在出版小说《城与年》之后，费定便跻身苏联一流小说家行列。苏联解体后的文学史认为，这也是费定本人最好的一部长篇小说。苏联时期的文学史费定可占去一章，是不折不扣的经典作家。但苏联解体之后，费定及其创作已经开始淡出文学史教材，罕有再提及了。

当代文学史家对费定批评颇多，批评家多认为费定是位私德有亏的作家，他基本上已经被请出了俄苏文学史教材。原因在于费定在50年代末到70年代长期高居作家协会领导职位，其基本立场是维护苏联政府及党的利益，使得大部分作家的处境变得越发艰难。帕斯捷尔纳克事件是苏联作家道德水准的试金石。费定与帕斯捷尔纳克交好长达20年，但他并没有保护帕斯捷尔纳克，相反，他成了帕斯捷尔纳克事件最主要的推手之一。当帕斯捷尔纳克获得诺贝尔文学奖之后，费定最早前往帕斯捷尔纳克的别列捷尔金诺别墅与作家交谈（他们两家的别墅挨着）。费定责备他，并让其放弃领取诺贝尔文学奖，帕斯捷尔纳克不得已宣布放弃领奖，抑郁而终。帕斯捷尔纳克去世后，当送葬队伍经过别列捷尔金诺别墅门口时，他关上了窗户。他在苏联作协秘书处反对出版索尔仁尼琴的《癌症楼》(1970)，并于1973年签署了关于驱逐索尔仁尼琴和萨哈洛夫院士的公开信。这些都是真实发生过的事件，并没有什么值得辩护的。

但讨论费定生平、人品道德与后期创作并不是本书的任务，本章节主要讨论费定1920年代"谢拉皮翁兄弟"时期的创作。1920年代费定的作品尚有许多值得讨论之处，俄罗斯有学者认为，费定最好的文学作品均出自这一时期，即"谢拉皮翁兄弟"时期，尤其是其第一部长篇小说《城与年》。

第一节 《荒地》：旧文学遗风

费定最早的小说是短篇小说《果园》。这部短篇小说在1921年初于

"谢拉皮翁兄弟"周六晚会上朗诵过，年末彼得格勒举办了创作比赛，费定以《果园》这部短篇小说夺得比赛的第一名，得到彼得格勒许多作家的认可。1920 年代初，费定小说艺术探索的阶段性成果是一部小说集《荒地》，《果园》也被收录其中。这部小说集由中篇小说《安娜·季莫菲耶芙娜》、五个短篇小说以及两篇寓言童话组成，该书由《圆圈圈》① 出版社于 1923 年春出版。

费定早年的中短篇小说受 19 世纪俄罗斯经典文学影响很大，其小说多描写被囿于家庭小圈子里的小人物生活，往往充斥着善良与邪恶、人性与兽性、索取与自我牺牲等复杂情感纠葛。在创作主题上与契诃夫及安德烈耶夫的创作有着亲缘关系。

1921 年费定创作了一篇隐喻性小说《狗的灵魂》，小说中体现了代表爱与怜悯的人性与自然欲望的兽性之间的强烈对比。《狗的灵魂》的"主人公"是一条狗，作者借用狗的视角来观察这个世界。故事的情节是以一条公狗和一条母狗展开的，它们如同人一般从相识到相知，最后到相爱，形影不离。公狗有一双绿色眼睛，年轻而又充满活力，它是一只悠闲自在的自由狗。尽管每天都处在寻找食物的过程中，但日子过得美好而紧凑。② 这只狗每天最大的乐趣就在于陪伴母狗，体贴入微地照顾着自己的"女朋友"。作者前半部分描写的是家养动物世界简单的美好，随后笔锋一转："这样美好地生活在这里！但是没有一个人的命运改变！"③ 当人类折磨一匹马的时候，它们想拯救它，可是无能为力，只能选择陪伴，直到它死去。然而人类的暴行并未因此而停止，母狗受到来自人类同样的折磨，公狗束手无策，只能以嚎叫的方式来表达自己的不满。母狗是小说的另一角色，它的名字就是俄语中的 Сука④。这个词汇本身赋予了小说强烈

---

① 出版社 «Круг»。
② Федин К. А., *Песьи души*，М.：Правда，1981，С. 329.
③ Федин К. А., *Песьи души*，М.：Правда，1981，С. 329.
④ Сука 在俄语口语中是非常见的一句粗口，类似国骂。

的讽刺意味。母狗最终在人类的折磨下死了，折磨死它的是一群生活在战争革命时代的劳动者，他们在那样的时代下变得残暴不堪，道德沦丧。革命前平静的生活被革命、战争摧毁，人们流离失所，旧的秩序被打碎，即便是狗都难以存活了。"使公狗变异，母狗死亡的是革命，饥饿。"[①] 这也是作者借用这篇小说来表达在革命时代人性的丑恶。费定给小说安排了一个戏剧性的结尾：母狗死了，公狗因无法忍受饥饿的折磨，与其他同类一起啃食母狗的尸体。小说的主题很明显涉及革命环境对动物与人的异化，人性与兽性的对照。狗有怜悯与爱的一面，也有兽性的一面，人更是如此，人性与兽性将存在于每一具肉体里，直到永恒。《狗的灵魂》揭露和批判了社会变动对人的异化，美好的事物在恶劣的环境中也会被扭曲。

《荒地》这本书就是费定早年创作的集大成者，书中的大多数小说有一个共同的主题，即是逝去的岁月，所讲述的大都是外省县镇革命前小人物的生活日常。这一创作主题与作者早年的生活经历有着千丝万缕的联系。费定后来在一次采访中谈及《荒地》的主题选择时说："你们不应该吃惊。《荒地》的主人公——小人物，是我过去多年痴迷的对象。别忘了我是1910年代开始自己的创作探索的，但是直到1920年代才获得出版机会。我应该将这累及我整整十年的负担从身上卸下来。这是在旧文学里我生活的成果，我那封闭隐居流派的成果，我隐秘理想之成果……我应该看见所有过往时光的结果，无论是没有实现的、漫长的、沉重的，甚至是毫无结果的；但是应该在书中看见自己的过往。《荒地》这本书本应该在战争期间出版（也就是1914—1918年），但却以这样不幸的形式被耽搁了。"[②] 或许费定在创作这些小说的时候，描绘的是当时的沙俄社会缩影，

[①] Фрезинский, Б. Я., *Судьбы Серапионов: Портреты и сюжеты*, СП.: Академическиц проекд, 2003, С. 101.

[②] Оклянский, Ю. М., *Федин*, М.: Молодая гвардия, 1986, С. 99.

但是因为被耽搁出版的这十年，俄国社会发生了翻天覆地的变化，在1920年代初读者看到这部小说集的时候就像在看俄国百年以来一成不变的外省生活一样。所以小说意外地获得了往昔岁月的主题。费定这本书无论是文风还是创作主题都带有强烈的19世纪俄国经典文学的影子，比如被收录到《荒地》中的短篇小说《果园》。我们已经在前文中提到这篇小说与契诃夫小说的相似之处。《一个早晨的故事》也是俄国短篇小说经典的叙事模式：截取一个早晨来描绘外省人物的生活与思考。这与费定为报纸杂志撰写的文章颇不相同，1920年代初费定在报纸杂志上所发表的文章无不涉及革命与新俄国，与《荒地》一书所集文字差异颇大，这部小说集与1924年出版的《城与年》也不一样。《城与年》描绘的是革命与战争，其激烈与碰撞远甚于描写俄国革命前外省故事的《荒地》。

写作《荒地》的1919—1920年是费定的"回忆之年"，应该说，创作意愿找到费定时已然晚了，错过了这一题材面世的黄金期。以至于《荒地》一出，在革命战争小说洪流翻滚的1920年代苏俄文坛显得格格不入。他曾对创作这类小说抱有疑虑，但过往又时常侵扰着作家的思想。抱着这种疑虑，费定找到高尔基请求指点，高尔基建议费定将这一切都写下来，于是便有了《荒地》。

《荒地》这部小说集在艺术特色和人物形象上都有浓重的模仿痕迹。有时候这位年轻的作家矛盾的审美情趣也可在作品中被体现出来。一方面，在艺术创作手法上，费定接受了一定的形式主义审美情趣，强调艺术手法与情节结构；另一方面，费定被俄罗斯经典文学大师陀思妥耶夫斯基、果戈理与契诃夫的作品影响着，现实主义烙印在其作品中很难被忽略。总而言之，无论是形式主义还是俄罗斯经典文学的影响都显示着费定还是个初出茅庐的作家，在艺术上以模仿经典走上创作之路。这本书中较好的作品是中篇小说《安娜·季莫菲耶芙娜》，短篇小说《果园》《童话》《刺猬》。

1921年发表的小说《果园》收录于作家第一本小说集《荒地》。《果园》故事情节围绕着守园人西兰季展开，西兰季在果园日渐衰败的过程中，依然坚持守护果园，但最终因一己之力的薄弱无法灌溉果园而将其烧毁。小说反映的是革命战争期间人在新旧交替社会中如何自处与生存，引发读者的思考。小说也曾被鲁迅称赞为"脍炙人口"的优秀之作；① 帕乌斯托夫斯基称之为"苏维埃文学的开端"②；而扎米亚京则称该小说为"出乎意料的成熟之作"，③ 并建议将作者改为布宁。这篇短篇小说可以视为费定创作生涯的开端，可谓出手不凡。

小说中极为突出的艺术手法便是象征。费定在该小说中巧妙地将局部性镜像和整体性背景相结合，在读者面前展现出一幅新旧制度交替的社会现实图景。《果园》的开篇写道："融雪的涨水，总是和果树园的繁花一起的。"④ 作者开门见山地描绘出新旧交替的自然规律，同时也引出了小说新旧社会交替的时间节点。"融雪"象征旧社会的消逝，而果树园的"繁花"则象征未来新世界的发展。

与象征紧密相连的另一手法是对照。小说开篇第一句的新旧季节交替，明显描绘出新旧世界的对照，而且在接下来的描写中被全面展示出来。在革命来临之前，果园宛如世外桃源："杨柳艳艳地闪着膏油般的新绿，因为水分太多了，站着显出腴润的情形。篱上处处开着花；剥了树皮，精光的树墩子上，小枝条生得蓬蓬勃勃。黄色的水波，发着恰如猫打呼噜一般的声音，偎倚在土坡的斜面上。"⑤ 这时的果园一切都那样美好、和谐、宁静、生机蓬勃。果园象征着宁静、安详、美好的旧世界，果园是革命前旧俄罗斯社会的象征。也正是因为这点，费定《果园》所描绘的

---

① 鲁迅：《竖琴》，中国国际广播出版社2013年版，第190页。
② [俄] 康·帕乌斯托夫斯基：《作家肖像》，陈方译，人民文学出版社2002年版，第265页。
③ Замятин, Е. И., *Я боюсь*, *Новая русская проза*, М. : Книга, 1999, С. 86.
④ 鲁迅：《竖琴》，中国国际广播出版社2013年版，第32页。
⑤ 鲁迅：《竖琴》，中国国际广播出版社2013年版，第33页。

世界与布宁早年的《安东诺夫卡的苹果》《乡村》等作品相近,为扎米亚京所称赞。可是突然有一天,从市里来了一群人后,果园就完全变了个模样,变得萧条,似乎被人们遗忘了。作家通过对革命前后果园不同状态的鲜明对比,表现了革命给人类家园带来的破坏,也表现出作家本人对革命暴力的抵抗。果园是旧世界的象征,它是西兰季这种旧世界人的全部精神寄托,是他生活的全部,而西兰季在几番挣扎后放火烧了果园,象征着旧世界被滚滚向前的时代车轮所碾压:"简直像黑色的花纱一般,装饰的雕镂都飒飒颤动,从无数的空隙里,钻出淡红的火来。煤一样的浓烟,画着螺旋,仿佛要冲天直上了,但忽而好像聚集了所有的力量似的,通红的猛烈的大火,脱弃了烟的帽子。房屋像蜡烛一般烧起来了。"[1]

西兰季是旧世界的守护者,在主人没有留下任何口信就离开自己的果园后,西兰季仍然选择对果园进行守护。他固守着旧有的世界观,对世界翻天覆地的变化无动于衷,甚至感到诧异:他眼前的市镇"既不像工厂,也不是仓库的建筑物,见得黑黝黝。是同造砖厂一样,细长的讨厌的建筑"[2],一切都像从前一样,甚至比从前还要糟,于是他回到果园打算继续靠自己的力量灌溉果园,即守护旧世界。而象征着革命力量的孩子们从学校跑来果园后,对果园造成了一定程度上的破坏,"喧嚷的闯入者的一群,便在先曾闲静的露台上,作样样的游戏。撒豆似的散在岗坡上;在树上,暖床的窗后,别墅的地板下,屋顶房里,板房角里,干掉了的木莓的田地里,都隐现起来。无论从怎样的隐僻处,怎样的丛树的茂密里,都发出青春的叫喊"。[3] "每天一向晚,便从露台上发出粗鲁的断续的歌声,沿着树梢流去。"[4] 费定借用西兰季对于市镇的认识和对待孩子们的态度表达了对革命的矛盾态度,即对新事物的接受是有困难的,革命会带来必要

---

① 鲁迅:《竖琴》,中国国际广播出版社2013年版,第47页。
② 鲁迅:《竖琴》,中国国际广播出版社2013年版,第37页。
③ 鲁迅:《竖琴》,中国国际广播出版社2013年版,第42页。
④ 鲁迅:《竖琴》,中国国际广播出版社2013年版,第43页。

的破坏。费定一方面深知革命是必然的,另一方面对于革命所带来的后果,即暴力和流血又感到无力。费定对于革命的这种态度在小说中被很好地展现了出来。西兰季回到自己守护的果园,这正是对革命摇摆的表现。而在小说的结尾,西兰季一把火烧毁了主人留下来的果园后,对妻子说了一句:"你是蠢货呀!你!还以为老爷总要回来的么?"① 可见,他深知旧世界早已一去不复返。

  费定早年小说最典型的创作手法是日常心理对照,这在小说《一个早晨的故事》中体现得最为明显。小说的被行刑者是一位瘦高个的哥萨克士兵,罪行是涉嫌杀害两名妇女和一个孩子,在凶案现场附近树林被抓住。当辩护人前来见他的时候,他一言不发,盯着辩护人手中《圣经》封皮上肮脏的十字架。在辩护人即将离开的时候,他却追上去问:"会在我的坟墓上立个十字架么?"而辩护人则头也没回耸耸肩,摇了摇头。在这里,格列依涅作为杀人犯的兽性与其作为信徒的虔诚形成了鲜明的对比。

  小说的主人公萨维尔·谢苗纳奇本是一个十九年的苦役犯,因为他人执行死刑而获得自由身,后来他成了一名职业刽子手。也正是这么一个冷血异常的刽子手却爱买花纹背带裤,喜欢听鸟叫:"他通常不爱出门离家,但他有一个弱点,竟是如此之深,这就是买花纹背带裤","萨维尔·谢苗纳奇还有一个弱点:听鸟叫"②。背带裤是一种日常生活的象征,鸟叫则象征自然的生命与活力,这和萨维尔·谢苗纳奇的刽子手职业形成鲜明的对比。对于他来说,每年不买背带裤还可以忍受,若是不能捕鸟,就是剥夺他生命中最后一点乐趣,也就没有必要活着,更不用说去祷告了。此外,萨维尔·谢苗纳奇还从不缺席每个周末、节假日教堂里举行的祈祷仪式,并对祷告词非常熟悉。但所有的祷告词于他而言只有一个意思:"感谢上

---

① 鲁迅:《竖琴》,中国国际广播出版社 2013 年版,第 47 页。
② [俄] 费定:《一个早晨的故事》,靳戈译,《当代外国文学》1983 年第 1 期。

帝没有剥夺他对鸟的喜爱。如果没有这一点,所有的祷告词也就失去了任何意义。"① 但他在给士兵格列依涅执行死刑之时却冷酷异常:"这时候,萨维尔·谢苗纳奇把眉毛往上一扬,从上到下看了一遍自己的工具,接着,他的一只套在肥大裤脚管里的歪脚往后抬起来,紧接着向前朝凳子的主要处猛地一击。就在这时,他急忙着过去,抱住还在飞荡的格列依涅的双膝,将自己的脚部和头部贴在那两个膝盖上,并收缩起自己的双脚,使它们搭拉在一起,轻轻地摇摆着自己的身子。"② 这种温情与冷酷、善良与邪恶、人性与兽性的对照正是这部短篇小说最大的特色。

俄国学者塔玛尔钦科认为,费定早期作品,无论是《一个早晨的故事》还是《老炮兵》,它们区别于普遍的客观现实主义书写方式,这其中包含着两条修辞线:有节奏的抒情语调和平静准确的现实叙事语言。③ 在描绘萨维尔·谢苗纳奇天然对于鸟声的热爱时,作者使用的是一种优美带着韵律的抒情语调:"啊,秋天,当枫树从大地汲取黄橙橙的金色,并通过自己的管脉把它们输送到枝梢叶面上;秋天,当太阳照得那蜘蛛网闪闪地发出悲凉的光芒之时;秋天,当大地变得像是一个已经得到满足和疲惫的多情女子之时——在这样的秋天里,一定要去森林中。躺在低矮的野果树丛下,不时地抚摸那一串串可爱的、浆肉饱满的野果,挑选其中熟透的、芳香得令人垂涎的果子,随手揪摘下来。就这样地躺着,等待那活泼的山雀或威风凛凛的灰雀停歇到金黄色的枫树顶上,这些花枝招展的小来客终由于经不住饵物的诱惑,它们沿着树丛象下阶梯似地一步步跳了下来,投入地面上它们所看不到的又细又密的罗网之中……"④ 萨维尔·谢苗纳奇捕鸟之前的风景描写,是一种诗意欢快的抒情语调。但当他要去

---

① [俄]费定:《一个早晨的故事》,靳戈译,《当代外国文学》1983年第1期。
② [俄]费定:《一个早晨的故事》,靳戈译,《当代外国文学》1983年第1期。
③ Тамарченко, Д. Е., *Путь к реализму: о творчестве Константина Федина*, Л.: Изд-во писателей в Ленинграде, 1934, С. 12.
④ [俄]费定:《一个早晨的故事》,靳戈译,《当代外国文学》1983年第1期。

工作，临上场执行绞刑时，又是另一种风格："林中空地的中央竖立着绞刑架。它是用一棵枝杠很多并且不曾削光的白桦树做成的，象个竖脚很长的字母'Γ'。字母'Γ'的竖脚上，像旷野中的电线杆子那样装着一根撑柱。萨维尔·谢苗纳奇靠着撑柱站着。他早已经全部准备好了。而现在，他在那儿想：象那些庄稼人那样，太早空着肚子抽烟不大好。那些庄稼人挖好坑，现在正坐在林中空地一边的新挖上来的冻土堆上。"① 这是一种准确平静的叙事语言，与前面的抒情语调形成鲜明的对比，从而刻画出一个矛盾复杂的刽子手形象。

　　我国著名作家沈从文写过一篇奇特的短篇小说《新与旧》（1935）。这篇小说描写的对象是新旧时代刽子手。清光绪年间的刽子手杨金标，执行给囚犯行刑的任务。他每次用独传拐子刀法杀人之后，便不顾一切径直往城隍庙而去。到了庙中之后磕三个响头，躲到神案下静待下文。随后县太爷摆道进来，小厮报道小河边有人身首异处。杨金标从神案下爬出，磕头认错，县太爷下令打四十红棍（打八下即会示意结束），县太爷随后给杨金标赏一小包，三钱二分银子，打酒买肉回去与队中兄弟同喝。而大清亡后，处决变得简单粗暴，枪毙了事。沈从文这篇小说《新与旧》描述了中国刽子手的信仰与救赎。在中国古代从事刽子手职业的不多，古人敬鬼神而远之。这种职业杀人虽是获得官方许可，但毕竟是一条人命，杀人就得偿命。所以杀完人就必须在县太爷面前自首，由官老爷出面赦免，再领银钱。整个过程在城隍庙进行，且进去先磕三个响头，这过程中还有四十杀威棒（象征性的），整个过程充满仪式感，也是刽子手本人的一种内心救赎。沈从文这篇《新与旧》对旧时代刽子手行刑与忏悔的过程有非常细致的描绘，但新时代的行刑则只有一段话，简明带过，作者偏重简洁明了。这篇小说是与作者所在时代文学发展动向格格不入的。五四以来，中国文学主流意识形态是新比旧好，城比乡好，西方的比东方的好，鲁

---

① ［俄］费定：《一个早晨的故事》，靳戈译，《当代外国文学》1983 年第 1 期。

迅、巴金、曹禺皆是如此。但沈从文的审美趣味很明显是乡村比城市好（比如《边城》），旧比新好（旧时代的刽子手比新时代的刽子手讲道德，懂敬畏生命）。相对而言，费定笔下则完全没有新旧对比，只有生活场景和行刑场景的对照。如上所述，费定运用了两种不同的笔调来描绘这些场景。但与沈从文小说相似之处在于，费定也在描绘刽子手，描绘的也是逝去王朝背后的边缘人群。所以这篇《一个早晨的故事》与《荒地》小说集中的其他小说有着统一的创作主题：逝去的时光。

　　费定早期的短篇小说都在大量使用有节奏的抒情语调和平静准确的现实叙事语言，颇具表现力。俄罗斯文学中对边缘小人物描写传统也在"谢拉皮翁兄弟"的小说创作之中得到了继承。比如，隆茨笔下的机关小职员、卡维林笔下的出版社抄写员（哈杰尔·哈杰尔耶维奇），费定笔下的守园人、刽子手、乡村妇女等。他们关注社会现实中的非典型、局部现象，以此来反映革命前后社会转型大潮中人的变化。

　　这一传统在费定早期的中篇小说《安娜·季莫菲耶芙娜》中得到了最全面的反映。《安娜·季莫菲耶芙娜》是一部以装饰体写就的小说，描绘了革命前外省县城劳动妇女在家庭生活重压下的生存状态。费定倾向于赋予角色超越时空的永恒特性，于是便开始寻求经典文本的帮助。所以角色被赋予了陀思妥耶夫斯基笔下人物固有的牺牲或奉献哲学特性。这部小说的韵律、节奏修辞则学习的是装饰体小说奠基人列米佐夫的创作手法。当然，总体而言，在小说主人公的性格塑造上，费定使用了独特的多方位心理描写。

　　安娜·季莫菲耶芙娜的生活是与一种看不到尽头的苦难连在一起的，似乎命运从未眷顾过她。她先是嫁给了一位粗俗、酗酒的江湖艺人，后又与一位教堂诵经士罗曼·雅科夫列夫，生下一位智力有缺陷的女儿。她每天在家操持着家务，等待着丈夫归来。然而丈夫常常喝酒闹事，与修女行苟且之事，回到家对安娜·季莫菲耶芙娜拳打辱骂，这一切她都默默忍受着。随后丈夫酗酒而死，她在酒鬼聚集之处找到丈夫尸体。安娜·季莫菲耶芙娜拼命工作，试图养活这个破碎的家，以及让智障的女儿适应生活。但在年纪稍长时候，她又陷入另一个苦境之中：她与少女时代诱奸过她的安东·伊万诺维奇结婚。安东·伊万诺维奇如今是个秃顶失业的鳏夫，下面带着个成年的拖油瓶儿子，这是两只毫无廉耻的寄生虫。安娜·季莫菲耶芙娜最终发生意外，过早死亡。这就是她的一生，许多人难以忍受，却是革命前许多外省乡村妇女的真实写照。

《安娜·季莫菲耶芙娜》对革命前外省日常生活的描写有很明显的高尔基作品的影响，或者说是对高尔基《奥库罗夫镇》日常生活的模仿。安娜这一形象继承了19世纪俄罗斯文学中女性形象的描写传统，生于苦难，却活得伟大。以至于有批评家甚至称安娜·季莫菲耶芙娜才是"黑暗王国的一线光明"[1]。据作家奥克利扬斯基所说，安娜·季莫菲耶芙娜的原型乃是作家母亲青年时代的女友安娜·巴甫洛夫娜，两人有着相似的悲剧命运，甚至连相貌都颇为相似。奥克利扬斯基称费定这部小说为"母亲坟茔上的文学花圈"[2]。

这部中篇小说的革命前日常生活景象具有重大意义。可以说，作为一部作品集，中篇小说《安娜·季莫菲耶芙娜》所描绘的外省日常生活是小说中其他短篇小说作品的共同背景。这部中篇小说也运用了上文所说的日常心理对照等手法，但作为这本书中规模体量最大的一篇小说，《安娜·季莫菲耶芙娜》承担了更重大的任务：塑造一个外省小家庭中一个无私又能自洽的人物形象——安娜。她一生充满苦难，又不断劳作，最令人惊叹的是，安娜·季莫菲耶芙娜在这其中找到了生活的快乐，这是她的天赋之所在。这种形象使得小说有了较强的戏剧张力，对这种舍己为人精神的关注也是《安娜·季莫菲耶芙娜》艺术方法之一。

这部中篇小说在创作风格上与前期的短篇小说略有不同：小说中作

---

[1] 转引自 Оклянский Ю. М., *Федин*, М.：Молодая гвардия, 1986, С. 102。
[2] Оклянский Ю. М., *Федин*, М.：Молодая гвардия, 1986, С. 103。

家更偏向于现实主义风格，用自然主义手法描绘日常生活。如果说前期短篇小说更突出抒情语调与现实语言、非典型情境与日常的对照的话，这部中篇小说更强调典型的外省县城小市民的日常。但这种典型也是非历史性的、虚构抽象的。这也是费定早年创作转向的一大标志之一。

通过对费定早期小说简短的分析，我们可以总结出费定《荒地》中小说的主要诗学特征：其一，心理与日常描写对照；其二，装饰体小说语言，抒情性修饰和节奏性语调；其三，平静准确的现实性叙事语言。在每部具体的小说之中都有所侧重，但总体而言，无外乎以上三点。

第二节 《城与年》：一部形式主义风格小说

费定于 1924 年出版了第一部长篇小说《城与年》（Города и годы），在所有"谢拉皮翁兄弟"成员中，他是最早进行大体裁作品创作实验的作家，卡维林的长篇小说出版比他晚了四年，这也能反映出在这个团体中费定是一位比较成熟的作家。费定的创作生涯很长，苏联学者将主要注意力都放在了费定后期的小说研究上，塔玛拉钦科 1934 年认为费定最好的小说是《盗窃欧洲》，之后的批评家则认为《早年的欢乐》《不平凡的夏天》《篝火》三部曲更有价值。但苏联解体之后，整个苏联文学的原有文学评价体系被颠覆，费定成为这一改变受影响最大的作家之一。这位苏联经典作家被移出了文学史，从 20 世纪文学史中心被移到文学史边缘，他的作品除了专业研究者之外罕有读者。其作品的艺术价值也遭到了不同的对待，莫斯科大学教授斯科拉斯别洛娃认为费定最好的作品正是他的第一部长篇小说。[①] 当代研究者费利波娃也认为费定的《城与年》是其最好

[①] Скороспелова, Е. Б., *Русская проза XX века. От Белого «Петербурга» до Пастернака «Доктора Живаго»*. М.：ТЕНС, 2003, С. 30.

的作品。①

长篇小说是天然带有时代印记的,就像别林斯基所说,小说是我们这一时代的史诗。20世纪亦是如此,对俄罗斯文学而言更是如此。费定这部小说的名字"城与年"是一个模糊的时空体,没有点明具体的什么城与哪一年,而且是复数(很遗憾,这一点在汉语翻译中无法体现)。做个不成功的扩展,《城与年》其实就是"那些年那些城里的故事",可以说是个充满史诗感的名字(文学史上类似的名字一般是划时代名著,比如《战争与和平》《傲慢与偏见》《红与黑》《生活与命运》等)。小说创作的现实来源是作家本人在第一次世界大战爆发前到二战前后在德国和俄国的所见所闻。曾有评论家提到该篇小说具有自传性,对此费定本人在《城与年》的后记中回应说:"将自己的生活经历加上猜测分别安排给小说的人物,像作曲家把各声部安排给乐队的各种乐器。"② 这部小说包含作者早年的生活经历,但正如费定所说,也有"猜测"的成分,即虚构。塔玛拉钦科的《通往现实主义之路:关于费定的创作》(1934)是关于费定早年创作的第一部专著,这本120页的小书一定程度上得到了作者本人的认可。塔玛拉钦科称:"作为一部苏联小说,这部小说的基本特征在于小说尖锐的叙述中试图去揭露世界战争及无产阶级革命时代典型的社会历史矛盾,并确信革命胜利是历史进程的推动力。"③ 他认为,费定创作的真正创新之处正在于通过描绘小说明面上的矛盾(生与死、贫穷与富贵、战争与和平等)来反映社会历史深层矛盾。塔玛拉钦科颇具时代印记的论述至少说明了费定这部小说的史诗性特征以及苏联早期小说强调准确记叙与重构历史事实的特点。《城与年》在费定的创作史上有着非同寻常的

---

① Филиппова, Ю. Г., Петербург К., Федина, *Современные науки и образования*, No. 5, 2013, https://science-education.ru/ru/article/view?id=10311.

② [俄]费定:《城与年·后记》,曹苏玲译,莫斯科国家文学出版社1952年版,第378页。

③ Тамарченко, Д. Е., *Путь к реализму: о творчестве Константина Федина*, Л.: Изд-во писателей в Ленинграде, 1934, С. 26.

意义。这是一部勇敢的创新之作，它以其独特的叙事结构，富有表现力的叙事风格以及其敏锐的人道主义视角给读者留下了深刻的印象。小说描绘了战争前大众意识的矛盾心态，各阶层的思想斗争，以及极端民族主义意识形态与个人的碰撞，从而开辟和发展了苏联文学早期非常重要的小说类型：思想心理小说。

《城与年》是一部非常复杂的小说，其多重修辞花样和独特文本结构决定了小说自身的复杂性。《城与年》不是一册革命战争年代图集，而是一部创新度极高的形式主义风格小说。作者在结构上花费了大量的精力布局，放弃了按时间顺序来叙述故事的惯例：开篇是小说结束之年1922年，作者并没有直接开始讲述故事，而是对主人公安德烈·斯塔佐夫做了肖像描写，并留下了他死亡的悬念。随后小说跳转到故事开始的1914年，再往下叙述，在结尾处又回到安德烈的落魄与死亡之年，形成一个环形结构。作者有意违反了常规材料组织的时间顺序原则，采用跳跃式叙述方式，使得叙述以及读者将注意力更多集中在人物身上，显得别有新意。这种结构也被反映在母题的处理上，其中一个最具象征性的母题就是"俘虏"。在小说的具体情节中，俘虏指的就是小说中1914年战争开始后安德烈作为俄国人在德国被俘囚禁，而革命年代库尔特又在苏联被俘虏囚禁，两个主人公各为他国所俘虏。但从隐喻意义来看，这世界上所有人都是大国沙文主义桎梏的囚徒，是某种臆想可能性的俘虏，整个世界只是虚幻的自由世界，在强权集权政权下，没有谁不是带着无形枷锁的俘虏。

从小说的艺术风格来说，这是一部装饰体风格小说。作者将主人公置于小说中心，围绕其展开叙述，使用对照手法（这是早期费定小说最主要的一个艺术手法），关注叙述语言的韵律以及在韵律基础上不断重复的主旋律形象：荒地、鲜花、死刑犯卡尔·埃贝尔索克斯的头颅等。在此基础之上，小说的历史事实和日常生活细节之间形成了鲜明的对照，这种对小说形式结构与修辞的处理方式明显有受到当时盛行的俄国形式主义理论的影响。

在此可举一个简单的例子来阐释《城与年》的形式风格。小说的背景是在世界大战前的德国和俄国,在小说开篇明显可以感受到世界大战的不可避免性,不过这种不可避免性并不在于作者对社会历史背景的描绘(甚至几乎是没有相关背景描述),但这种战争的不可逃避性却被展示在读者眼前。正是费定使用的修辞手法在这其中扮演了重要的角色:其一,象征性手法。在小说中作者使用象征性手法来营造气氛,比如《1914》章节中库尔特与安德烈参观了一个博物馆,里边到处是断臂残肢,解剖室的尸体以及胎儿标本,还有刽子手卡尔·埃贝尔索克斯的首级,浓厚的死亡气息弥漫着小说,预示着这将是个战争之年。卡尔·埃贝尔索克斯的首级在小说全文中多次出现,其象征意蕴贯穿整篇小说。其二,小说中所有对战前俄国描绘的片段均是来自和平主义者安德烈·斯塔佐夫和反军国主义的俄罗斯大学生的视角,经过了一层过滤而显得平静,但又不难看出这平静后面的波澜。安德烈对战争与死亡感到厌恶,就像在博物馆中看到卡尔·埃贝尔索克斯的首级一样不适:"去他妈的博物馆,去他妈的埃贝尔索克斯。我要去呼吸新鲜的空气,要到阳光里去。"[①] 而另一位俄国大学生却说出了德国的异样,他发现了爱国主义教育下的德国,"在整个国土,在全体人民意识下边有一层厚厚的难耐的紧张……我觉得周围存在一种可怕的潜力"[②]。这位俄国旁观者说出了德国国民战前的心理与精神状态,不可谓不精准。这种"难耐的紧张"正是费定对德国战前日常的定位,属于他熟悉的日常生活描写层面。其三,对照手法。战前的埃朗根是个歌舞升平的旅游城市:"真是升平的气象呀,无限升平的气象呀。"[③] 但事实上,这个歌舞升平的美妙世界早已危机四伏,以至于俄国大学生都看

[①] [俄] 费定:《城与年》,曹靖华译,人民文学出版社 2007 年版,第 62 页。
[②] [俄] 费定:《城与年》,曹靖华译,人民文学出版社 2007 年版,第 70 页。
[③] [俄] 费定:《城与年》,曹靖华译,人民文学出版社 2007 年版,第 63 页。

出了端倪，其实在他们内心深处也有了危机感。库尔特在火车站大厅看着一棵塔式尖顶的小树说道："那个小伙子，就是那个今天缠着我们的那个小伙子，他有些话说得对呀。他妈的！"① 战争就是在这些人脑海中从模糊变得越来越清晰，直到降临在每一个人身上。

《城与年》是革命战争年代一部知识分子发展史。安德烈是那一代知识分子的典型代表。1914 年在德国的安德烈是个可爱、有个性的大学生。他年轻、善良、充满活力。战争开始之后，安德烈作为俄国的俘虏被囚禁在德国，在这特殊的环境之中，他作为一名囚犯依然表现出自己的处事原则、聪明才智。他是个和平主义者，反对帝国主义战争、反对大国沙文主义，并试图考虑如何改变这个世界。作者后来在自己的自传中谈道："安德烈实际上就是他在德国做俘虏期间对世界大战的感受，以及革命所厚赐予他的生活经验的形象理解；他在被俘期间收集的剪报，以及表面看来毫无价值的德国军队生活的文件，都起了自己的作用，帮助再现了德国市侩臭名昭著的爱国主义，狭隘的民族主义，嗜血成性的疯狂，以及末了再崩溃和威廉逃亡之后的极端绝望。"②

安德烈曾多次想方设法逃出德国，一直没有成功，最终在一位名叫冯·舍瑙的人帮助下逃回了俄国。在逃回的途中，他看到的是战争留下的残垣断壁，看到的是饥荒与破坏。他无力改变这已经发生的一切，一种可怕的绝望，死亡的恐怖让他想到自己活着已经是很幸福的一件事。他在回国的火车上碰到了自己的老乡，而后回到莫斯科，眼前是满目疮痍，哀鸿遍野，垃圾、野狗、死马、叹息，都是这时代、这战争加之在民众头上的苦痛，视觉上的冲击、心灵上的震撼让安德烈对战争与革命变得麻木。小说主人公安德烈被作者赋予了人道主义者和悲观主义世界观与心灵特性，他想在残酷的社会现实面前发挥自己的个人价值，但心

---

① ［俄］费定：《城与年》，曹靖华译，人民文学出版社 2007 年版，第 74 页。
② ［俄］费定：《城与年·后记》，曹苏玲译，莫斯科国家文学出版社 1952 年版，第 393 页。

有余而力不足，最终他选择忧愁地等待生活主动接受他，而不是自己主动融入生活之中。这是俄罗斯文学知识分子主人公形象的一大特性：他对时代与个人的苦痛更为敏感，但自身却无力改变现状，他是什克洛夫斯基所谓的"试情畜"（пробник）①，一群抓不住自己命运缰绳的人（经典文学有个区别于通俗文学的重要特点：通俗文学倾向于满足读者阅读预设，比如网络爽文。而经典文本一般是逆读者感受而为的。俄罗斯文学之所以出现女性美好，而男性都有严重缺陷，求爱而得不到爱这一模糊共性，可能是基于一种民族的集体潜意识，同时也体现出俄罗斯文学的严肃性）。但这种人物形象也是弥足珍贵的，安德烈是一个消极的人道主义知识分子，他反对一切针对个人的暴力，热爱自由，向往真善美，有着浪漫主义情怀。费定后来提及安德烈时写道："我赋予了安德烈我所知道的最好的东西。"② 为了让读者相信安德烈的独一无二性，费定还给安德烈安排了两段爱情和一位朋友的温情。但在革命战争年代这种性格的知识分子最终不可避免地走向死亡，他的死亡也预示着整个知识分子阶层的死亡。就像小说开篇中的那个比喻："现在的我们就像鬼肚子里的粥，胃液在消化我们，过后我们就顺着肠子蠕动，顺着十二指肠、大肠、小肠蠕动，我们就是这玩意儿呀。"③ 这是那个战争与革命年代里知识分子命运的真实写照。

作者采用内心独白、演讲、梦境、书信、日记、思想对话等手段剖析了安德烈的自我意识发展，描绘了安德烈的死亡：从精神上的死亡到肉体上的死亡。整部小说的人物体系、情节的发展、"城"与"年"都服从于两条主叙事线：安德烈与玛丽戏剧般的爱情，以及安德烈与德国布尔什维

---

① Шкловский, В. Б., *Собрание сочинений*, Т. 2. *Биография*, М.: Новое литературное обозрение, 2019, С. 925.

② Зильберштейн, И. С и др., *Творчество Константина Федина: Статьи. Сообщения. Докум. материалы. Встречи с Фединым*, М.: Наука, 1966, С. 399.

③ ［俄］费定：《城与年》，曹靖华译，人民文学出版社2007年版，第14页。

克艺术家库尔特的悲剧性友谊。男主人公的不幸命运是个巨大的旋涡,在这旋涡里他与库尔特的友谊、与玛丽的爱情、与冯·舍瑙的碰撞被搅和在一起,而他的爱情与友谊也在这革命战争背景下被吞噬了。所有一切的结局其实都来自这些"年"、这些"城"里不可思议的巧合,而这些巧合又决定了主人公的命运。

1924年创作《城与年》之后,费定从第一部小说所特有的形式风格及强烈的小说创作中走了出来,开始了另一种小说的写作。在《城与年》中,在自身经历背景下(在德国留学、被囚禁,与德国人的爱情),费定对社会政治背景下人的生存问题、政治运动中人的命运等主题的兴趣被确定下来。费定的这种兴趣依旧与俄罗斯经典文学传统息息相关,在俄罗斯作家远远超越其作家身份本身,负载着其沉重的社会历史责任。但在这些小说中最表面的矛盾依然被用爱情冲突表现出来。费定小说在爱情冲突上处理得较好,这是其中后期小说《早年的欢乐》《不平凡的夏天》以及《篝火》获得苏联大众认可的主要原因之一。

第三节 《兄弟们》:通往现实主义之路

1926年至1928年费定完成了他的第二部长篇小说《兄弟们》的写作。该小说一经发表即被译为德、法、西班牙、波兰、捷克等多种语言,使作家在世界范围内名声大噪。小说曾被帕斯捷尔纳克称作"对于我们当下文化来说的一次巨大的贡献"[①](在费定成为苏联主要文化官僚前,两者关系比较好,再者帕斯捷尔纳克本人有一段十几年的音乐教育训练,所以对相关题材比较有好感),奥地利著名作家茨威格在致费定的信中提到该小说,认为费定"拥有大部分俄罗斯作家所丢失的优秀能力,即

---

① Оклянский, Ю. М., *Константин Федин*, М.: Молодая гвардия, 1986, C. 60.

能够描绘出民族的、朴素的、人道的事件，同时又能塑造出精湛的人物形象"①，俄罗斯学者库兹涅佐夫也认为小说《兄弟们》"就其本质而言是一部意义深刻的俄罗斯小说"②，由此可见，这部长篇小说在费定个人的创作史上意义不容忽视。这部小说是费定创作转向的一大标志，他从崇拜形式主义转向了现实主义写作。

尽管《兄弟们》这部小说在主题上与《城与年》相近，都是写革命与战争年代，都描写了关于革命战争年代里知识分子的发展，但《城与年》中的艺术技巧并没有在这部小说中获得发展。塔玛拉钦科认为，《城与年》这部小说技巧之核心在于揭露那个时代的典型社会历史矛盾，但《兄弟们》的核心则在于更关注艺术家的命运悲剧性。③ 其实，《兄弟们》这部小说与费定第一部中篇小说《安娜·季莫菲耶芙娜》有更密切的联系，如果说《安娜·季莫菲耶芙娜》是一部关于家庭牺牲与日常苦修者的抒情诗，那么《兄弟们》则是一部关于艺术悲剧性与艺术苦修者的抒情诗。可见费定的现实主义之路是从《安娜·季莫菲耶芙娜》，甚至更早的《果园》便已经奠定了。塔玛拉钦科将《兄弟们》这部作品的风格称之为"抒情心理现实主义"④。费定的艺术观很明显从早期偏形式主义转向了他认为的具有更广阔创作空间的现实主义道路，这种转向与当时社会主流文艺观、马克思主义与形式主义的大辩论有着紧密的联系。

《兄弟们》整部小说的中心是音乐艺术家尼基塔·卡列夫的人生道路。尼基塔·卡列夫的人生从接触到小提琴开始便充满了悲剧性。在这个大家庭里小尼基塔只是想拥有一个在玩具店里看到的玩具小提琴，那是一

---

① Брайнина, Б. Я., *Федин и Запад*, М.：Советский писатель, 1980, С. 247.
② Федин, К. А., *Братья*, М.：Правда, 1981, С. 5.
③ Тамарченко, Д. Е., *Путь к реализму：о творчестве Константина Федина*, Л.：Изд-во писателей в Ленинграде, 1934, С. 67.
④ Тамарченко, Д. Е., *Путь к реализму：о творчестве Константина Федина*, Л.：Изд-во писателей в Ленинграде, 1934, С. 67.

把"浅黄的、金丝雀般颜色"的小提琴。父亲却自以为是地送给了他一把专业小提琴,而尼基塔只想要那把玩具小提琴,父亲认为他无理取闹将他斥责,并让他开始学习小提琴。于是尼基塔在十岁那年夏天开始了自己每天练习小提琴的日子。"他把自己的眼泪都在乡村里、在母亲的膝盖上流干了。而他的童年也随着眼泪而结束了。他的内心充满了绝望,这种绝望的心情是那样严重,甚至使他在这种绝望里面找到了某种类似安慰的东西。"①他甚至向母亲提出了这样令人绝望的疑问:"妈妈,您为什么要叫我受罪呢?"②尼基塔的悲剧的音乐生涯几乎就开始于这无助的绝望,他对音乐的爱是被强迫的:"尼基塔面前展开了一条小道,可他不愿意走。一种令人疲惫、不顺利的预感……因此他感到苦闷、不安、还有点恐惧。"③尼基塔在小提琴的练习上付出了巨大的努力,他几乎靠着惯性坚持了下来,直到第一次参加音乐会,他才从被动的苦闷中释放出来:"音乐会给尼基塔带来了令人激动、出乎意料的幸福。这是他这个音乐家全部痛苦生活中的第一次收获。"④ 收获的满足感让多年的痛苦一朝释然,他开始有了对真正音乐事业的向往与期盼。这次音乐会还让他认识到一个人生真谛:"活在这世上是值得的!"⑤ 经历了漫长的课业折磨、痛苦的练习和社会悲剧之后,尼基塔更加坚信活在这世上是值得的。尼基塔触碰到了音乐,感受到了艺术的真谛,促发了他对人生意义的思考。在接下来的人生中,他甚至以此来教导罗斯基斯拉夫·卡列夫。尼基塔口中的事业无疑就是他的音乐艺术,在他看来,音乐能解决时局困境,而罗斯基斯拉夫认为革命才是真正的解决之道。革命与战争时局加之音乐家尼基塔·卡列夫身上太多痛苦折磨与社会悲剧,但这些反而使得其艺术创作更进一步。本质上来说,艺术创

---

① [俄] 费定:《弟兄们》,沈立中、根香译,上海文艺出版社1961年版,第100页。
② [俄] 费定:《弟兄们》,沈立中、根香译,上海文艺出版社1961年版,第98页。
③ [俄] 费定:《弟兄们》,沈立中、根香译,上海文艺出版社1961年版,第84页。
④ [俄] 费定:《弟兄们》,沈立中、根香译,上海文艺出版社1961年版,第130页。
⑤ [俄] 费定:《弟兄们》,沈立中、根香译,上海文艺出版社1961年版,第134页。

作本身可能便是悲剧人生体验的结果。尼基塔对于艺术的理解是从无到有，从被迫痛苦接收到主动接纳领悟，触摸到艺术的真谛，终成大家。

第四节 《兄弟们》：音乐—文学互媒介性

长篇小说《兄弟们》讲述的是音乐家尼基塔的艺术创作生涯，因此该小说中大量的音乐元素被引入文本中。有鉴于此，我们将以音乐——文学互媒介性（интермедиальность）为切入点，从跨学科的角度将长篇小说《兄弟们》中的互媒介性分为显性主题化与隐性效仿，进而分析小说故事层面及话语层面的文本内主题化，以及使小说获得该种互媒介性的文学技术，即文字音乐、形式与结构类比、想象内容类比。

互媒介性一词作为术语最早是由德国著名斯拉夫学家，慕尼黑大学教授汉泽-廖维（Ore A. Ханзен-Леве）于1983年提出的。[1] 作者在其文章《语文与造型艺术相关性问题：以俄罗斯现代主义为例》中，从文化学的角度研究了文学与造型艺术的关系，并将互媒介性一词从文学"互文性"术语中剥离出来。但互媒介性作为系统文艺理论及分析方法最早出现于20世纪末，它指的是"一部艺术作品中包含另一种艺术信息的现象"[2]。换言之，同一作品中存在两种或两种以上的媒介，且不同媒介间相互影响即构成互媒介性。音乐与文学之间的互媒介性可分为两类：维尔纳·沃尔夫将之称为外显的媒介间性与隐避媒介间性，前者指在同一作品中音乐和文学两种媒介均展示各自的特征，且主导媒介存在与否均可，如歌剧、音乐剧等形式的作品；后者则指在主导媒介存在的情况下，另一媒介在主导

---

[1] Ханзен-Леве Оге, А., *Индермедиальность в русской культуре*, *От символизма к авангарду*, М.：РГГУ, 2016, С. 11.

[2] Петрицкая, И. С., *Интермедиальность в русской литературе*, СПб.：Государственное бюджетное общеобразовательное учреждение гимназия, 2013, С. 4.

媒介的隐蔽下出现，如音乐化小说。在这类小说中，文学作为主导媒介，而音乐在其中是隐性的。费定的长篇小说《兄弟们》中音乐与文学的关系主要是种隐蔽互媒介性，即在文学文本中音乐处于非主导媒介，但音乐本身作为主题被内化到文本之中，与革命战争时代及主人公尼基塔的命运休戚相关。

首先，音乐主题在故事层面被讨论、描述、聆听，甚至由小说人物或形象进行音乐艺术上的创作。在长篇小说《兄弟们》中共出现三次音乐会，且每一次的音乐会都对主人公尼基塔的创作道路起到一定的推动作用。尼基塔生命中的首场音乐会是尼基塔在经过一段时间的痛苦学习后，第一次以小提琴家的身份参与演奏的门德尔逊作品音乐会，这次音乐会把尼基塔从长久痛苦的训练之中解放出来："前面的门敞开了，门德尔逊－巴尔多里基本人走进了空空洞洞的大厅……'是这样，是这样，诸位，'门德尔逊用尖细的声音说，急急忙忙地从一排排的空椅子中间走过来，由于天冷他不住地搓着一双小巧的手，'这几乎是完全和我所想象的一样！'"[①]当四位独立的演奏者开始服从一个整体意志时，音乐会所呈现出的效果便仿佛得到了门德尔逊本人的首肯，因此由独立走向真正的整体后音乐会便是成功的。这场音乐会促进了情节发展。在音乐会的描述之前，费定用了大量篇幅展示童年的尼基塔对于小提琴的厌恶，而第一次音乐会让尼基塔第一次获得了真正艺术上的满足，让他接触到了艺术与生活的真谛。他第一次感受到小提琴给他带来的快感，从而全身心接受了小提琴，开始走上成为音乐家的道路，完成精神上的蜕变。另外，音乐会前后的反差，依然是费定小说早年最喜欢的对照手法使用的结果。

另一件与音乐相关且促进情节发展的故事是尼基塔同学维尔特的自杀事件。维尔特在被教授规劝放弃小提琴改拉中提琴后闷闷不乐而选择自杀，仅留下一张纸条，上面写着："别了，卡列夫。谢谢您的象棋。您明

---

① ［俄］费定：《弟兄们》，沈立中、根香译，上海文艺出版社1961年版，第131页。

白吗，问题不在于中提琴，而在于小提琴。"①《兄弟们》小说开篇引用了拜伦的诗句："别了，别了，如果——永远的话，那就永别了！"作为卷首语，而维尔特纸条上的"别了，卡列夫"正与卷首语形成呼应。维尔特是该小说的关键性人物，他的自杀促使尼基塔走上了艺术创作道路，让他认为"揭开别人的心灵是一种伟大的艺术"，因而"就想也去揭开自己的心灵"②。而揭开自己的心灵是人类永恒的哲思，这与刻在德尔斐神庙的箴言"认识你自己"有异曲同工之妙，也是艺术家创作的源泉。

音乐被主题化在小说中几乎随处可见，在话语层面尤甚。"从蒙着尘土的紫色的棕榈树顶上突然传下来乐队响亮的奏乐声，花园里顿时喧嚷起来，说话得放大声音才听得见。""他站起身来，苦闷地皱了一下眉头，向上看了一眼，从那里传来连珠炮似的击鼓声音。""她这句话还没说完的时候，乐队忽然间中断了激动人心的最强音……"③ 以上三句描写均出现在尼基塔与瓦尔瓦拉的谈话之间。

在这里音乐媒介成为文本主题，且此处的音乐媒介已不单单是一般的所指，而具有了通过其节奏变化间接地揭示主人公的情绪及内心世界的功能。

除直接主题化形式外，另一形式是在题目、副标题，抑或是作者在引言部分直接谈及其作品的音乐化，让音乐直接处于被谈论的境地，形成一种多媒介的文化元语言，从而创造出一种多媒介艺术文化空间。在小说的最后一部分，费定特邀请苏联著名作曲家尤·阿·沙波林（Юрий Александрович Шапорин）就小说主人公尼基塔的交响曲创作撰写一篇论文作为该部分的第三章。"从头几个小节起，就令人感到音乐与社会生活和私人生活那遭到破坏的悲惨年月有着密切的联系。悲剧的冲突，贯穿在

---

① ［俄］费定：《弟兄们》，沈立中、根香译，上海文艺出版社 1961 年版，第 194 页。
② ［俄］费定：《弟兄们》，沈立中、根香译，上海文艺出版社 1961 年版，第 198 页。
③ ［俄］费定：《弟兄们》，沈立中、根香译，上海文艺出版社 1961 年版，第 57—58 页。

交响乐的第一乐章里，在编写上达到真正悲调的高峰……没有任何地方色彩的卡列夫的旋律学，基本上是富有民族风格的。欧洲的学派只是促进了发扬作曲家天生的斯拉夫民族的歌曲天才。""交响乐的第二乐章……在长笛那田园诗一般的图画的背景上响起了大提琴嘹亮的主题……在一个不大的插曲以后（第一乐章的主题重现），才开始急转直下的所谓 scherzo（第三乐章）。""用托卡塔曲写作法来写成的 scherzo 对于每一音部的演奏者都分别提出了繁重的要求。尤其是充满震奏音型（双吐）的长笛和小号的音部责任更为繁重。""交响曲的雄伟结尾部分整整占了交响乐的最后一个乐章。开始时的五声部多调性二重赋格在缓慢的速度下终于趋向平稳的调性……"①

沙波林在论文中从专业性的角度对尼基塔交响乐的四个章节，即呈示部、展开部、再现部、尾声，分别做出评价，而这四个章则恰好与长篇小说的整体结构一致。在欣赏尼基塔音乐会及阅读沙波林论文的同时，读者可以自然而然地从中感受到音乐和文学两种媒介之间的相互作用。沙波林的艺术评论是小说内部的文化元语言，他将音乐—音乐评论，文学—文学评论结合为一体，糅合成一个复杂的艺术形态，让音乐与文学两种媒介互相杂糅，犬牙交错，难分彼此。音乐会及论文不仅仅是小说主人公尼基塔心路历程之缩影，同时也可以看作整部长篇小说的一个缩小模型。这就是沃尔夫所言的"隐性效仿"，即"作品具有一种媒介特征，同时暗示了另一种媒介在这种（主导的）媒介中的在场，二者之间存在某种形象的相似性"。②

除了将音乐作为主题以及引用之外，文学作为主导媒介，音乐作为文学媒介间接在场的形式还可以通过文字音乐、形式与结构类比、想象内容

---

① ［俄］费定：《弟兄们》，沈立中、根香译，上海文艺出版社1961年版，第476—477页。
② ［美］维尔纳·沃尔夫：《音乐—文学媒介间性与文学/小说的音乐化》，李雪梅译，《杭州师范大学学报》2014年第1期。

类比等不同的技术手段得以实现，这些技巧在费定的小说《兄弟们》中也均有体现。

文字音乐是一种基于文字与音乐的相似度而将其音乐化的一种技巧，即通过文字的音响维度使读者感受到音乐在场。这种技巧并无稀奇之处，从文学的起源开始，人们便懂得话语节奏性的重要。最初的口头文学以及诗歌本质上就是文学文字音乐化最明显的结果。重复是文学文字音乐化的最重要手段，重复也是音乐曲式三大原则之一，重复是音乐之母，重复才能产生节奏，有节奏方为音乐。从这个角度上看《兄弟们》这一技巧的使用远不及上一部小说《城与年》。《城与年》是一部装饰体小说，其核心便是一种诗化文字，节奏感强，且有诸多母题与话语的重复，比如死刑犯卡尔的头颅等。费定在小说《兄弟们》创作中也使用了重复手法，比如罗吉昂假装专心看书，然而心却早已跟随着瓦尔瓦拉的行动，根本不在书本之上，"书页一页跟着一页，一页跟着一页！""一分钟跟着一分钟过去了"。① 这样看似简单的两句话在仅仅两页之间便分别重复了三次及两次，由此激活了罗吉昂在感情面前想做却不敢做的矛盾情感。

使用对位（音乐创作中将两条或多条旋律、独立旋律同时发声并彼此融合）、变奏（主题演变、变形）及对音乐体裁的效仿，形成文学媒介主导下音乐的在场，这种技巧被称为形式结构的类比。小说《兄弟们》中多次使用了对位技巧：当老卡列夫决定让尼基塔继续学习他所憎恶的小提琴的同时，弟弟罗斯基斯拉夫出生，罗斯基斯拉夫冒着生命危险看尼基塔留给自己的信件，却被敌人打死在自家门口，此处尼基塔与弟弟之间形成对位。费定正是运用对位法将人生轨迹截然不同的人物置于同一个平面之上，使他们各自发声，同时又在彼此融合在改变中获得和谐，小说由此在结构上与情节上具有了音乐特色。

节奏是音乐中必不可少的元素，因此在音乐—文学互媒介性的文本中

---

① ［俄］费定：《弟兄们》，沈立中、根香译，上海文艺出版社1961年版，第411—412页。

节奏融入其中，音乐媒介也自然而然融入文学媒介之中了。福斯特在《小说面面观》中将小说中的节奏界定为"重复加变化"[①]。尼基塔在创作过程中听力三次失而复得、得而又失的过程就可以看作"重复加变化"，即变奏。

想象内容类比是一种"媒介间摹仿的技术形式"[②]，通过文学与音乐两种媒介间的共通性使文学完成对音乐的效仿，其本质是使某特定的音乐融入文学文本之中，以唤醒文本中的某种音乐生动性。上文提到过的苏联著名作曲家沙波林为尼基塔创作的交响曲所作论文中涉及的四个乐章与小说结构基本吻合便是这种类比。小说虽共分为六个部分，且每部分内又有若干章节，但根据叙事内容划分，小说的第一部分"一夜"可视作呈示部，在这一部分中，所有人物悉数登场，小说主题抛出，但读者对于人物间的相互关系仍较为模糊。小说的第二部分"INFERNO"（意大利文，译为地狱）详细描述了尼基塔儿时学习小提琴的痛苦经历。第三、四部分中的各章节则分别以不同人物的视角叙述各自的人生经历及其与主人公尼基塔之间的关系，因此这三部分可被看作展开部。标题为"音乐会"的第五部分则再现呈示部中的主题，且在这一部分中表现民族艺术与革命艺术之间矛盾的基本统一和解决，因此可将其视为再现部。小说的最后一部分"损失"，其叙述时间回到呈示部，自此小说中所有人物关系全数厘清，且主要矛盾得以完全解决，所以这一部分与尾声相契合。

费定在长篇小说《兄弟们》中巧妙地融入了音乐元素，使音乐、文学两种媒介在其作品中相互作用。通过对尼基塔所参与演出的音乐会之描写及与其共同进修小提琴的好友对其之影响激发小说的故事层面，在叙事的话语层面则借助音乐媒介以揭示人物的内心世界，邀请真实作曲家为虚

---

① [英] 福斯特：《小说面面观》，冯涛译，人民文学出版社 2009 年版，第 150 页。

② [美] 维尔纳·沃尔夫：《音乐—文学媒介间性与文学/小说的音乐化》，李雪梅译，《杭州师范大学学报》2014 年第 1 期。

构人物的创作撰写论文以形成互媒介性之特殊的准互文参照，进而达到隐蔽的音乐—文学互媒介性之文本内主题化。此外，费定通过拟声词及重复手法的使用，使读者通过文字的音响维度感受到音乐在场；通过对位、节奏等音乐要素使小说在形式与结构方面类比音乐；同时将文学与音乐巧妙融合以唤起文学中的音乐生动性，进而达到文学媒介对音乐媒介的隐性效仿。

《兄弟们》之后的费定创作进入了一个新的时期。1930年代费定小说从美学上来说是灾难性的，官方审美入侵了其小说创作的独立性，政治化成为其最大的倾向与特征。但小说创作中的人文主义在一定程度上抚平了《盗窃欧洲》（1933）和《阿克图鲁斯的疗养院》（1940）中的意识形态压迫。

无论费定文学史地位如何变化，他都是20世纪苏俄文学的重要参与者之一，对苏联文学有着重要的影响，特别是其1920年代的创作，体现出费定非同一般的创作才华。早期费定的小说吸收了俄罗斯经典文学之特性，受高尔基、契诃夫等作家影响较大。1922—1924年的创作带有明显的实验性风格，他推崇形式主义文艺理论，沉迷于小说形式层面的探索，并在1920年代的小说创作中体现出来（特别是《城与年》）。在长篇小说《城与年》中有意打破传统叙事结构，采用环形叙事结构，并杂糅了心理主义与冒险小说情节；长篇小说《兄弟们》在小说文本中使用了音乐媒介，使读者在两种媒介相互交织之间感受隐藏于文本之内的时代矛盾。《兄弟们》这部小说可以看出费定创作的现实主义转向。

下 编

"谢拉皮翁兄弟"文学批评家研究

第一章　格鲁兹杰夫文学"面具"理论

伊利亚·亚历山德罗维奇·格鲁兹杰夫（Илья Александрович Груздев，1892—1960），苏联文艺学家、文学批评家、作家，是1920年代"谢拉皮翁兄弟"成员之一。1911年，格鲁兹杰夫从彼得罗夫斯基商业学校毕业之后考入圣彼得堡大学历史语文系，并开始在杂志、报纸、文集上发表文学评论和批评。1914年参加一战，其间两次被授予乔治十字勋章。1917年格鲁兹杰夫重返彼得格勒，1919—1921年，他在"艺术之家"翻译培训班学习，师从于什克洛夫斯基、扎米亚京和楚科夫斯基等人，其批评理论多受教于以上几位大家。20世纪20年代，他创作了《作为文学手法的面具》（О маске, как литературный приём, 1921）、《面目与面具》（Лицо и маска，1922）、《文学的功利主义与自身价值》（Утилитарность и самоцель，1923）、《脱离艺术的艺术》（Искусство без искусства，1923）等文章，阐述了自己关于文学面具理论的理解。格鲁兹杰夫在"谢拉皮翁兄弟"中的绰号是大司祭。弗列津斯基（Б. Фрезинский）在《谢拉皮翁兄弟的命运》（2003）一书中写道，"格鲁兹杰夫拥有对于一个批评家来说最重要的品质——敏锐的洞察力"[①]。雅科夫·布朗（Я. Браун）指

---

① Фрезинский, Б. Я., *Судьбы Серапионов*, *Портреты и сюжеты*, СПб.：Академический проект, 2003, С. 181.

出，格鲁兹杰夫"在团队中打着先进思想的旗帜，手握荣誉的勋章。如果将'谢拉皮翁兄弟'比作剧团，那么格鲁兹杰夫就是这个剧团的总导演"。① 格鲁兹杰夫是"谢拉皮翁兄弟"中唯一真正的专职文艺批评家（如果不将什克洛夫斯基也算在其中的话），在团体中的地位举足轻重。

格鲁兹杰夫不仅仅是文艺批评家，而且还是知名的高尔基研究专家，高尔基传记的撰写者。他出版了相关作品，如《高尔基的生活与奇遇》（Жизнь и приключения Максима Горького，1929）、《高尔基与他的时代》（Горький и его время，1938）、《高尔基传》（Максим Горький，1946）等作品。其中，《高尔基传》是格鲁兹杰夫最重要的作品，是格鲁兹杰夫一生研究高尔基的重要总结。

第一节　面具与面目

格鲁兹杰夫在《面目与面具》一文中，首先系统地提出了"面具"概念，并将其引入文学批评中，极大地推动了俄苏"面具"理论的形成与发展。

"面具"（mask/маска）一词，最早来源于拉丁语"persona"，原意为"人物"，可理解为人的"面貌"。后这一词汇在实践中被引申，特指戏剧舞台角色所佩戴的"戏剧面具"，因此"面具"概念是建立在对"面目"概念的理解基础上产生的。"面具"在奥仁果夫、乌沙科夫等详解词典中一般有如下两种解释：一是指掩盖面部的镶贴物，用于眼部的剪片；裹着掩盖物的人；从逝者脸上取下的、用石膏或其他材料做成的模塑品。其转义为：伪装的样子，某种情感、态度的假象，或双重灵魂。可固定搭配的例子有：戴面具＝伪装；摘下面具＝不再伪装；扯下某人的面具＝揭穿某

---

① Браун, Я. В., "Десять странников в осяемое ничто", *Сибирские огни*, No. 1, 1924, C. 230.

人。二是指用于舞会的化装，或舞会用的典型服饰，抑或狂欢者戴着的面具；圣诞节期间戴面具的人们。其转义为：欺骗、伪装、虚伪。其派生词是"装扮成……"，具有把某事、意图伪装成另一种样子的意思。从面具一词的语义发展史可以发现一些很有意思的东西。"人的面貌—面部覆盖物—伪装"几乎是词汇发展扩展的共有路径。词汇的语义扩充是人们使用过程中因相似或相关性将该语义赋予词汇，从而形成了词汇的多义性。用莱考夫的话来说，这便是我们赖以生存的隐喻。

古代祭祀以及巫术表演最早使用了面具，这是这一现象的起源。戏剧面具的出现打破了对表演者固有身份的认知，使得演员表演者所能演示的范围大大扩张。古罗马时期多神教农神节自然延续"狂欢"这一传统，而从基督教范围来看，则属于大斋戒前一年一度的节日，即在斋戒前的一段时间里，人们来到狂欢广场，同一切世俗举行告别仪式，面具是欧洲民间狂欢节道具之一。在狂欢节中，基督教文化中的所有对立、所有的日常认知都被易位：乞丐、傻瓜、小丑成为狂欢之王，人们向后者表示敬意；基督教的神圣被亵渎、玷污，取代崇高话语的是插科打诨、广场骂语；男性和女性因素被易换：男人戴上女人的面具，或相反，上变成了下，头部变成了屁股，口鼻经常被替换为性器官，生死互位。其实，中世纪的基督教文化本来就伴随着对多神教神话的理解，如土地崇拜。为了使地上的种子结果，需要它象征性的死亡。狂欢节中常有这样的说法："去……吧"，就是指，为了以后得到净化和再生、回到母亲的怀抱、去纷乱的物质——肉体下面去授胎。因此，狂欢节上的骂语是具有双重意义的。总之，古代和中世纪的表演仪式都是以面具形式为基础，即介于现实与形象，诸如戏仿、讽刺、鬼脸等之间的特殊关系得以完成的。

众所周知，中世纪民间狂欢文化，极大程度地影响了日后的文学创作。许多以关注人和社会生活为主的作家，如19世纪法国浪漫主义作家雨果、俄国现实主义幽默大师果戈理等，在自己的创作中都不可避免地与古代的民间礼仪和习俗联系起来，并通过各民族狂欢场面的描写揭示世界的本真意义或人文精神，赞扬真善美及人性自由。狂欢化脱离普通日常生活，它不仅仅是一种审美意识，还是一种看待世界的观念，而作家这种对待世界的狂欢化意识及观念，显然不是其对客观现实世界的平面反射，而是其借助各种叙述维度，透过"面具"之棱镜所折射出来的。面具其实就是一种乔装打扮（маскироваться），在戏剧中乔装还有一个专门的术语叫 травести，多指女性演员扮成青少年或者男性角色，中国国粹中的京剧脸谱亦与此相似。使用面具及其模拟性便是各国艺术形式的共同特征，面具其实就是结构主义者所说的符号。

至于"狂欢化"作为文艺学术语及其理论，则是由巴赫金在《拉伯雷及中世纪和文艺复兴时期的民间笑文化》一书中提出的，巴赫金的狂欢化理念核心就在于具有二元对立意义的颠覆思想。在巴赫金的狂欢化理论中，"假面与更替和体现新形象的快感、与令人发笑的相对性、与对同一性和单义性的快乐的否定相联系；与否定自身的因循守旧和一成不变相联系；假面与过渡、变形、打破自然界限、与讥笑、绰号相联系；在假面中体现着生活的游戏原则，它的基础是对于最古老的仪式——演出形式极为典型的、完全特殊的现实与形象的相互关系"[①]。

在民间狂欢的世界感知中，怪诞形象是双重性的、内在矛盾的，这是一种未完成的客观存在的变形，其中可以发现"变化的两极即旧与新、垂死与新生、变形的始与末"[②]。依据巴赫金的狂欢化理论，面具可以揭示怪诞的本质，因为怪诞的身体不是封闭的、完成的，而是自我发展的，并超出自己的界限。建立在面具表演基础上的怪诞形象，产生于笑之上的表演仪式，传达着人与世界、人与人之间关系的非官方视野，可谓再造的世界和生活，这是中世纪以来所形成的特殊的双重性意识。这意味着，古代和中世纪的表演仪式实际上都是面具的派生物。

---

① ［俄］巴赫金：《巴赫金全集》，白春仁等译，河北教育出版社1998年版，第46页。
② ［俄］巴赫金：《巴赫金全集》，白春仁等译，河北教育出版社1998年版，第29页。

关于面具理论的研究，最早出现在西方，其代表为王尔德（Oscar Wilde）、叶芝（William Butler Yeats）、庞德（Ezra Pound）等人。"化妆""假象"等现代艺术手法的产生均可追根溯源至此。在俄国，以别林斯基、车尔尼雪夫斯基、杜勃罗留波夫为代表的现实主义文艺批评家则始终关注于对现实人物之"面目"的发掘。"美是生活""文学是生活的教科书"等说法被广泛认同。如，在革命民主派和唯美派之间就展开了关于文学是否应真实地反映生活、是否要对现实生活施加影响等一系列哲学美学问题的争论。在这场讨论中，唯美派虽然遭到了革命民主派的批评，但却为20世纪初俄国形式主义的产生奠定了基础。俄国形式主义者特尼扬诺夫最早在文章《陀思妥耶夫斯基与果戈理（论戏仿理论）》（Достоевский и Гоголь. О теории пародии）（1921）一文中指出了果戈理创作中的各层面的"面具"手法，比如给人物一些亲密的绰号、称呼，然后以简单的语言隐喻得以实现，转化为文学面具。特尼扬诺夫总结了递进式的五种手法：（1）吸烟的酿酒师——酿酒作坊烟囱，蒸汽《五月之夜》；（2）《可怕的复仇》中的手，《维》第一版中的怪物；（3）《鼻子》中隐喻以面具形式实现（此处是毁坏面具的效果）；（4）《科罗博奇卡》中的物喻成为文学面具；（5）《阿尔卡基·阿尔卡基耶维奇》中与文学面具失去了与语义的联系，而与声音捆绑，成为声音、语音的面具。[1] 在特尼扬诺夫的研究中，初级的面具其实就是什克洛夫斯基所说的陌生化，但接下来的五种手法"物"成为人的符号表征，所以人被物化，而由于面具带有物质属性，所以人又被"面具化"。特尼扬诺夫的面具说与什克洛夫斯基的陌生化理论的区分就在于：前者使话语面具化，人物被双面化、怪诞化；后者则使话语陌生化，将"手法"作为艺术创作的动因。格鲁兹杰夫受过形式主义学派的影响，文学功利性等问题成为其面具理论不可

---

[1] Тытянов, Ю. Н., *Поэтика, История литературы. Кино*, М.：Наука, 1977, С. 202 – 203.

规避的话题。

格鲁兹杰夫首先区分了"面具"与"面目"两个不同的概念。在格鲁兹杰夫看来，传统的现实主义文艺观并不尽如人意，因为这种囿于"面目"视角的文艺批评并不能诠释现代艺术的本质。在《面目与面具》一文中，格鲁兹杰夫首先以车尔尼雪夫斯基小说《怎么办》为例指出，"这部作品虽鼓舞了一代正直的人的斗志，但却难以称之为艺术品"。[①] 他借用物理学的光学概念论证到："艺术文本是对思想生活的'折射'，而非'反射'，是使思想多角度分散的'棱镜'，而非'平面镜'。"这意味着，格鲁兹杰夫对于车尔尼雪夫斯基关于艺术范畴内不加修饰、直接反映现实的现实主义文艺观持相斥的意见。车尔尼雪夫斯基认为，直抒胸臆会更强烈地撼动读者的心灵，而格鲁兹杰夫则认为"被塞进个人倾向的"[②]、只展现"面目"的作品是寡淡无味的，它忽略的恰是艺术本身的审美价值。用丘特切夫的诗句，即为：

你的心怎能够吐诉一切？
你又怎能使别人理解？
他怎能知道你心灵的秘密？
说出的思想已经被歪曲。[③]

车尔尼雪夫斯基所提倡的是一种偏自然主义的写作手法，主张直抒胸臆。但实际上，作家仅仅是世界的一个观察者，但其笔下所描绘的世界千奇百怪，包括世上各行各业，作家难免会有局限，所以人的观察必然不能

---

① Груздев, И. А., "Лицо и маска", в кн.: *Серапионовы братья: Заграничный альманах*, Берлин: Русское творчество, 1922, C. 208.

② Груздев, И. А., "Лицо и маска", в кн.: *Серапионовы братья: Заграничный альманах*, Берлин: Русское творчество, 1922, C. 209.

③ [俄] 丘特切夫：《丘特切夫诗选》，查良铮译，外国文学出版社1985年版，第34页。

绝对真实。更何况但凡涉及人的内心,作家又如何知道人心之所想,无非是揣测与歪曲。所谓描绘世界万千百态不过是写下作者自己内心的世界而已。所以艺术创作并非照搬现实,需要对其加工,比如借用面具的方式,隐藏作者的真实面目。虽然"美是生活",但艺术并不能等同于生活,而是作家对生活的创造,所以只有回归文学本身,关注文学审美功能,才能创作出好的艺术作品。

格鲁兹杰夫阐述了传统文学批评重"面目"、轻"面具"研究的心理主义方法。在形式主义文艺理论出现之前,心理主义分析法是俄国文学批评界的主要方法之一。研究者们大多关注的所谓文学只是在探究作家的"面目",即生平传记及创作背景,主要分析作品主人公的心理细节和精神面貌,最终目的是确定作者与主人公的内在统一性。这与雅各布森在《现代俄国诗歌》这篇文章中对当代文艺学的批评几乎一样:

> 直到现在我们可以把文学史家当做一名警察,他要逮捕某个人,可能是把在房间里遇到的人,甚至从旁边街道上走过的人都抓了起来。文学史家就是这样无所不用,诸如个人生活、心理学、政治、哲学,无一例外。这样就凑成了一堆雕虫小技,而不是文学科学,他们似乎忘记每一种对象都属于一种科学,如哲学史、文化学、心理学等等。而科学自然也可以使用文学作为不完善的二流材料。[①]

而直到1920年代的现代俄苏文学批评中,仍盛行着这一方法。对此格鲁兹杰夫表示了质疑:"研究者们认为普希金为人真实、简单、真诚、直率,所以在读过他的诗后,准备就此描写他的心路历程,仿佛他们对普希金了如指掌。而事实上,他们所熟知的仅仅是他的生平材料,或是个人

---

① 转引自〔法〕茨维坦·托罗多夫主编《俄国形式主义文论选》,蔡洪滨译,中国社会科学出版社1989年版,第24页。

的哲学思想而已。"① 极有可能的是,作者有意地从作品中抽离,塑造一个与自己完全相悖的形象。在这种情况下,心理主义分析法就不再适用,如《叶甫盖尼·奥涅金》第二章结尾这样写道:

> 将来会有这样一个文盲
> 对我著名的肖像说一声:
> 这好像是一位什么诗人!
> 敬请接受我的感激的心曲,
> 崇拜和平的缪斯们,
> 是你啊,肯在记忆中保持
> 我那些信笔涂抹的诗句,
> 我那么感谢你意厚恩宽,
> 肯伸手抚摸老人的桂冠!②

别林斯基和奥夫夏尼科-库里科夫斯基(Овсянико-Куликовский)等批评家都断言普希金内心的想法完全体现在以上诗句中,但格鲁兹杰夫持相反观点。在他看来,普希金并不是"戴着桂冠的老人",读者们当然也不是目不识丁的"文盲",身份的虚拟设定显然是诗歌作者(诗人)有意而为。在这段诗文中,诗人看似表达了自己的"感谢"之情,决定接受人们的"加冕",而实际上,他意在告知人们自己无异于他人,并不需要过多的赏识或是崇拜。值得注意的是,普希金的文学墓志铭《我给自己建起了一座非手造的纪念碑》一诗中写道:"既不怕受人欺侮,也不希求什么桂冠。什么诽谤,什么赞扬,一概视若粪土。"(陈守成译)这表明,文学批评之

---

① Груздев, И. А., "Лицо и маска", в кн.: *Серапионовы братья*: *Заграничный альманах*, Берлин: Русское творчество, 1922, С. 209–210.

② [俄] 普希金:《叶甫盖尼·奥涅金》,智量译,人民文学出版社1995年版,第88页。

于普希金乃是"身后事",它本身并不能展现诗人自己的"面目",而是诗人为自己戴上的"面具",嘲讽人们对他盲目的崇拜,也自嘲承受了过多的盛赞荣誉。格鲁兹杰夫强调,"作家(艺术家)是一副面具"。① 格鲁兹杰夫选择《叶甫盖尼·奥涅金》这一文本来论证自己的面具观是非常正确的,因为普希金的这部诗体小说有着一个奇特的艺术结构,特尼扬诺夫将其称为小说的小说(роман романа)。即作品中有一个叙事者,他与作者的形象很相似,但此人是叙述者,并非普希金本人。在现代叙事学发展起来之前,文艺学家们并未对作品进行科学细致的分析。俄国形式主义者们及格鲁兹杰夫对这一现象进行了最初的描述。《叶甫盖尼·奥涅金》其实有一个双层艺术结构,第一层是关于塔吉扬娜和奥涅金的故事层,另一层面是关于小说的创作层面,及元小说层,这一层面中叙事者会不断出现与读者对话,并对创作进行评论。比如,这句被托马舍夫斯基当作戏仿经典例句来解释的经典文本:

那干裂作响的严寒,
田野中银光闪闪。
(读者已经期待玫瑰的韵律,
那,这就是,快把它拿去。)②

在俄语中"严寒""玫瑰"(мороз, роза)是一对规整的韵脚,作诗一般出现严寒便会有玫瑰。前两句是在描绘自然风光,提到严寒,叙述者突然出现调侃读者,也凑好了这一韵律。也就是说叙述者很明显突然从故事层直接跃迁到叙事层,与读者直接展开对话。类似的例子在《叶甫盖

---

① Груздев, И. А., "Лицо и маска", в кн.: Серапионовы братья: Заграничный альманах, Берлин: Русское творчество, 1922, С. 207.

② Томашевский, Б. В., Теория литературы, поэтика, М.: ФЛИНТА, 2018, С. 205.

尼·奥涅金》中很多，因此俄国学者们将《叶甫盖尼·奥涅金》认作俄罗斯第一部元小说。

  作品中的作者会乔装打扮为自身身份（或作者形象），作品中的作者与作家本人完全不同，"就好比戏剧演员的鼻子、眼睛和嘴只是一副面具，如果认为这就是他的真实面目的话，那就白白去了一趟剧院，没有弄清它的实质"。① 作家本人与作者身份相异之处体现在作品之中，确切地说，只有深入发掘出作品中使用的形式、手法和独特的结构，才算是读懂了作家的思想和灵魂。在这种情况下，作者的生平、个性和思想就不能成为理解作品的主要参考因素。对于作家来说，他有权自主地选择是否在作品中反映自己的生平和思想，如果选择在作品中体现，那么使用何种手法同样是他的自由。而对于批评家来说，应放弃以作家生平来研究文学文本，抑或以作品文本来观照作家生平的做法，也不必相信作家看似诚实的"坦白"。作家有虚构的权利，其笔下所描所写可完全出自自身喜好与即时幻想。这种观点与后来法国结构主义大师罗兰·巴尔特（Р. Барт）的"作者死亡说"有相似之处。巴尔特认为，作者是某种近乎臆想的东西。作品一旦写完便与作者无关，作者的个性已失去对文本的制控权，因而就不应当去考虑作者的意志，而应将它忘掉。格鲁兹杰夫与罗兰·巴尔特一样，都强调作者虚构的权利以及文本自身的独立性。

  格鲁兹杰夫其实在区分作品中的叙述者与作者的关系。他的观点认为，作品中的作者是作者的面具，而 1920 年代之前的评论家常常将两者对等看待。这个问题其实很好理解。纳博科夫在《文学讲稿》里讲过一个经典的故事，即狼来了的故事。他认为：

    一个孩子从尼安德特峡谷跑出来大喊狼来啦，后面真的跟着一只

---

 ① Груздев, И. А., "Лицо и маска", в кн.: *Серапионовы братья: Заграничный альманах*, Берлин: Русское творчество, 1922, С. 208.

大灰狼，那这不能称之为文学。这个孩子从峡谷里跑出来，而背后并没有狼，这才能称之为文学。这个小家伙扯谎太多，真的被狼吃掉纯属偶然。而重要的是下面这点：在丛生野草中的狼和夸张故事中的狼之间有一个五光十色的过滤镜片，一副棱镜，这便是文学的艺术手段。文学是虚构的，虚构就是虚构，说一篇小说是真人真事，这简直侮辱了艺术，也侮辱了真实。所有的大作家无不都是大骗子，不过骗术最高的首推大自然。①

纳博科夫这段话反映出其对文学创作的态度。文学是虚构的，并不是对现实的反映，或者说文学是作家通过艺术手法这一棱镜将现实描绘出来的。那么文学作品的最高价值自然不是真实，其刻画的人物形象和世界可能是怪诞的、扭曲的、对现实的异化等。这完全取决于作者使用的艺术手法。假如文艺学家以作品中叙事者对标现实作者，则将会陷入一个巨大的陷阱之中。格鲁兹杰夫的观点正是如此，他的面具理论认为，作者和文本中的叙述者并不一定具有内在统一性，草率地将二者等同，则陷入了文学的"欺骗性"所导致的误区。"如果只因作品中的叙述以'我'开头，就轻易地断言作品是作者本人思想的体现的话，那么这种做法是荒谬的。"②也就是说，文本并非一个直接复制现实生活的"平面镜"，而是凹凸不平的"棱镜"，穿透这面"棱镜"折射出复杂多彩的想象乃至幻想。由此一来，戴上"面具"不仅可丰富作品的内涵，也能赋予读者无限的想象，不受制于作者本人的思想，掌握阅读的主动权。

简言之，格鲁兹杰夫将文学研究的重点从"面目"转移到"面具"上来，这是他理论研究的重要贡献之一。在文本中，作者本人与所塑造的

---

① Набоков, В. В., *Лекции по зарубежной литературе*, СПб: АЗБУКА, 2014, С. 38.

② Груздев, И. А., "Лицо и маска", в кн.: *Серапионовы братья: Заграничный альманах*, Берлин: Русское творчество, 1922, С. 217.

人物之间总是有一定的距离，人物并非全是由作者操控的"提线木偶"。但是，在任何一个文本中都存在着作者的影子，将二者完全割裂开来同样是极端的认识，应以辩证的眼光看待问题。文学作品中开始区分"面目"（即作家本人）与面具（即虚拟作者）这两个既相似又相异的文学范畴。人之"面具"与"面目"之别，就在于外在形象与内在形象的不相符，人的面具永远要比人的面目特征深刻得多。

第二节　讲述人：面具理论的实现者

　　讲述人（Рассказчик）是格鲁兹杰夫"面具"理论中的一个重要概念。他以视角有限的第一人称展开叙事，作为小说中的人物，既是故事的讲述者也是其中的参与者、见证者。讲述人"我"并不等同于作者，"我"的态度也并不一定等同于作者的态度。格鲁兹杰夫反对把作家、作者、讲述人等主体身份混为一谈："如果只因作品中的叙述以'我'开头，就轻易地断言作品是作者本人思想的体现的话，那么这种做法是荒谬的。"[①] 由于以第一人称口吻讲述，视角并非全知全能，但却因此给予了读者充分的联想空间。在小说中安插一个讲述人的手法是叙事文学的常用手法，例如普希金的《别尔金小说集》，莱蒙托夫的《当代英雄》等都是如此。其实不仅仅在俄罗斯文学中，世界文学中给小说安排讲述人这种创作手法几乎与小说一同诞生。比如阿拉伯故事集《一千零一夜》中的山鲁佐德。那么为什么作者会选择藏在"面具"之下，把"撰写"小说的任务交给讲述人呢？通过格鲁兹杰夫的论证，我们可以总结出，讲述人存在的意义有二：其一，迫于种种原因作者往往有口难言，此时讲述人已然

---

① Груздев, И. А., "Лицо и маска", в кн.: Серапионовы братья: Заграничный альманах, Берлин: Русское творчество, 1922, С. 217.

为自己发出声音，充分地表达作者的想法和意图；其二，作为故事的亲历者，讲述人比作者本人更容易令读者信服，他的存在甚至能够增强故事的可信性。

格鲁兹杰夫将讲述人的表现手法分为以下三种：

（1）讲述人并不是典型人物，没有实际的地位，仅起到串连事件脉络的辅助作用。而综合来看，完全符合这一点的作品极少；

（2）讲述人被"戏剧化"，不仅参与到事件之中，甚至整个事件都是围绕自己展开的，这种形式主要运用于日记、札记、书信等文学体裁中。例如：陀思妥耶夫斯基的《地下室手记》；

（3）讲述人不过多地参与到故事之中，不去干涉事件进展。他讲述自己对于所发生事件的看法，仿佛在向读者"递眼色"。①

在格鲁兹杰夫看来，第三种是最常见的，又可分为两种表现形式：一种是作者自己充当讲述人，直接表明思想立场；另一种是作者给讲述人"化妆"，做模糊视觉的鬼脸，使讲述人的叙事语气和方式与作者本人完全不同。在这种情况下，讲述人是一个特殊人物，他的补充使小说变得完整，故他就是作者的"面具"。其实读者不难发现，格鲁兹杰夫的研究已经涉及现代叙事学理论了。他所谓的讲述人即叙事学所说的讲述者或叙述者。格鲁兹杰夫沿着形式主义学者的路径比结构主义者早半个世纪讲述了叙述者功能与分类。尽管格鲁兹杰夫只提到了叙述者的经验更全面，视角更丰富等方面，但无疑是个巨大的进步。

1973年法国著名结构主义学者热奈特出版了给他带来巨大声誉的巨著《叙事话语》。在这本书中热奈特讲述了《追忆似水年华》这部作品中的叙述者话语与主人公话语之差别。他认为《追忆似水年华》中的叙述者优势在于"其叙述者不仅全凭经验比主人公知道的多，而且他的知是

---

① Груздев, И. А., "Лицо и маска", в кн.: *Серапионовы братья: Заграничный альманах*, Берлин: Русское творчество, 1922, С. 218 – 219.

绝对的，他了解真相……"①。这几乎与格鲁兹杰夫关于讲述人的论点一致，但热奈特更细致地总结了叙事者（也就是格鲁兹杰夫所说的讲述者）的四个职能：（1）基础职能：叙述职能；（2）管理职能；（3）叙述情境（即两个主角在场或不在场）；（4）情感职能（即雅各布森所说的情感功能，但热奈特认为雅各布森的术语并不合适），即叙述者在多大程度上介入叙事，产生的情感关系。②很明显格鲁兹杰夫只观察到了讲述人的第一个叙述职能，并以讲述者介入叙事多少来对小说的讲述人进行分类。

但格鲁兹杰夫对讲述人特征的描绘不可谓不全面，他多次称赞陀思妥耶夫斯基笔下作为"面具"的讲述人。他以《群魔》为例指出，作者对讲述人的描写并不占据过多篇幅，只是三言两语一笔带过。呈现在读者面前的是一个轮廓模糊的、没有鲜明个性的形象。在格鲁兹杰夫的"面具"理论中，讲述人的特点之一就是没有过多的外貌和性格描写。往往只能听到他的声音，而在脑海中想象他做出的表情。讲述人多数时间是隐藏起来的，保持着神秘性，给予读者想象的空间。如果将某个真实人物代入，则会丧失讲述人作为一种特殊艺术手法的意义。在谈到讲述人的意义时，格鲁兹杰夫说道："其意义就在于置身于事件之内，纵览全局发展，对于其中人物的关系给予自己的评价。"③ 如此就会使作者从某个特定角度来理解故事的情节。这种情况下，讲述人的思想越是简单，看待世界越是单纯，所发生的一切在他看来就越为重大，越富意义。正因为他夸张的转述，最普通的事也会变得宏伟离奇。在《群魔》中，哪个场景需要渲染激动人心的气氛，或是需要讽刺滑稽的效果，讲述人就会出现在哪里。他会说出"吓得我跳了起来"，"我太震惊了"之类的话来表明自己的态度，也因此起到强调小说情节的作用。通过格鲁兹杰夫的分析可以得出，作

---

① ［法］热奈特：《叙事话语》，王文融译，中国社会科学出版社1990年版，第179页。
② ［法］热奈特：《叙事话语》，王文融译，中国社会科学出版社1990年版，第180—181页。
③ Груздев, И. А., "Лицо и маска", в кн.: *Серапионовы братья: Заграничный альманах*, Берлин: Русское творчество, 1922, С. 217.

为作者与读者之间的纽带,讲述人的存在吸引着读者的注意力。对于作者来说,讲述人是"藏身之处",是遮蔽自己的一种手段。这就是戴上"面具"的意义。

既然在小说中安排了讲述人,那就意味着作者不想直白地把自己的"面目"展现于众。但有时亦会出现相反情况。格鲁兹杰夫称这种手法为"撕毁面具",即话语看似是出自讲述人之口,实际上是作者直抒己见。他仍以《群魔》第一章第九节为例指出:一直以来都称赞斯捷潘·特拉菲莫维奇为"引人注目的","聪明过人的","最值得尊敬的"的讲述人,但当他听完好友一席渲染西方自由主义的发言后,其却在独白中这样写道:"怎么办呢,先生们,现在不还是常听到这种'可爱的'、'聪明的'、'自由主义的'陈腐的俄国废话吗?"① 陀思妥耶夫斯基本人曾拥护西方的自由主义思想,参加彼得拉舍夫斯基小组,陀氏本人也因此被流放,他开始转为谴责西欧自由主义。此处陀思妥耶夫斯基借这个独白撕掉了讲述人"面具",表示自己对以斯捷潘为代表的西欧派的反对和驳斥,露出了作者意识的真正"面目"。作者意识的直白裸露也是小说叙事一种非常重要的技巧。格鲁兹杰夫否定了安年斯基(И. Анненский)等人的"讲述人多余论",着重地阐释了讲述人的作用和意义,并归纳了**讲述人特点、类型及其表现手法**。格鲁兹杰夫还通过《别尔金小说集》中讲述人"撰写"小说的替代作用,《涅瓦大街》里果戈理运用夸张的语言表达讽刺的荒诞"面具"、列米佐夫笔下善于编故事的讲述人等描绘了讲述者的多样形态,开创性地点出了讲述人在整个面具理论中的作用。

但其实格鲁兹杰夫的所谓撕毁面具,是作者现身涉及几个跟作者相关的术语。即"作者形象"(Образ автора)、"作者意识"(Авторское сознание)与"作者面具"(Маска автора)。"作者形象"和"作者面具"是两个都涉及作者范畴、既相似又有所不同的文艺学概念。作者本

---

① [俄]陀思妥耶夫斯基:《群魔》,娄自良译,上海译文出版社2001年版,第32页。

身作为文学文本中的一个形象，即"作者形象"，是伴随着文学创作伊始而被引进文学叙事的，而其作为文艺学理论术语只是在 20 世纪初才由俄罗斯著名语文学者 B. B. 维诺格拉多夫提出来的，而"面具"一词早在形式主义论著中就有所提及。"作者形象"和"作者面具"两个概念都是"作家隐藏自身面目的方法之一"，而潜藏在作者形象与作者面具之后的作者意识也是叙事学比较难以把控的术语之一。

由于作者隐藏在"面具"背后，文本交际和叙事策略就体现在"作者—叙述者/讲故事人—人物"之间的游戏之中，因此会很难区分作者和叙述者的立场。针对于此，早在 1960 年代文艺学中就已出现了诸如"可靠/不可靠的讲故事者""可信/不可信的叙述者"等相关概念。"隐含作者"一词，用来说明作者在文本中的存在。在布斯看来，作家在书写作品时也在创造一个"潜在的自我"或"第二个我"。所谓隐含作者是相对于实际作者而言的。实际作者先于作品而存在，而隐含作者则是作品赋予作家的人格，作家是隐含作者人格的集合体。作者本人是一个生物体，但隐含作者这是个概念体，文本存在，隐含作者便永远存在。所谓的作者意识即是隐含作者在文本中的体现。

格鲁兹杰夫当然不了解后来叙事学理论的发展，但其作者面具理论对整个苏联后来相关研究产生了比较大的影响。维诺格拉多夫对作者形象与作者意识的研究受到了其影响，巴赫金相关理论也可以看到一些论述上的相近之处。不得不说，格鲁兹杰夫的作者面具理论是相当有见地的。

第三节 俄国形式主义与面具理论

格鲁兹杰夫作为 1920 年代的文艺理论家受到当时显学俄国形式主义的影响，他关注的面具理论问题也是形式主义关注的研究领域。他对形式主义的形式研究极为看重。在他看来，形式是一部文学作品中最重要的因素，不断探索新形式是文学发展的动力。他提倡革新创作手法，认为"片段、暗示、情节跳跃、情节模糊这些看似不适宜的手法才是文学作品真正需要的形式"。[1] 但与形式主义者不同的是：格鲁兹杰夫认为，形式并非文学作品的唯一主角，对形式的热衷并不是目的本身，生动的文学作品并不等同于形式和手法。早期的形式主义者认为文学就是形式本身，而文学形式就是系列技巧的总和。艾亨鲍姆在自己的文章中写道："我们不能也没有任何权利看到其他别的什么，除了特定的文学技巧。"[2] 文学演变即形式在体裁中心及边缘转换的过程，完全不依靠在传统的文学研究中占中心地位的内容。本质上而言，俄国形式主义早期观点带有强烈的虚无主义特征，他们只关注共时层面的文学问题，沉迷于对形式革新或演变的文本分析。而在格鲁兹杰夫看来，形式和手法的重要性不言而喻，但缺少内容的形式是无法独立存在的。格鲁兹杰夫本质上带有黑格尔式的辩证形式内容观。而"面具"理论正是他这一文学观念的反映。在格鲁兹杰夫的批评理论中，单纯地靠手法展现的成品，只是毫无生机的艺术，是呆板的、毫无吸引力的"面具"。在这张"面具"之下看不见作者的"面目"。恰恰相反，"真正优秀的文学作品一定要引入生活化的，细微的，心理描写的内容"，[3] 正是透过这些吸引读者的内容情节，才能评判作家描写事物的手段和反映现象的特点。因此，只有将形式和内容有机融合，才能构成真正的文学"面具"。

格鲁兹杰夫还是个优秀的传记专家，他的文学批评并没有止步于理论层面空谈。值得注意的是，他在关于作家传记的写作过程中就使用了面具

---

[1] Груздев, И. А., "Лицо и маска", в кн.: *Серапионовы братья: Заграничный альманах*, Берлин: Русское творчество, 1922, С. 235.

[2] Эйхенбаум, Б. М., *О прозе*, Л.: Художественная литература, 1969, С. 321.

[3] Груздев, И. А., "Лицо и маска", в кн.: *Серапионовы братья: Заграничный альманах*, Берлин: Русское творчество, 1922, С. 215.

理论。在格鲁兹杰夫的作品《高尔基的生活与奇遇》中，面具理论得到了具体的体现。传记作者以高尔基的自传体三部曲为依托，把高尔基青年时代的生活故事用简明的中篇小说形式演绎了出来。传记书写与理论阐述有机地结合于一体。如：格鲁兹杰夫在作品的高潮部分插入了高尔基的《伊则吉尔老婆子》和《马卡尔楚德拉》等几篇浪漫主义作品，将高尔基带入虚拟的艺术世界中。因为作者以第三人称叙事，且交代了主人公就是高尔基本人，因此使读者相信高尔基的"奇遇"就是他的真实生活，制造了艺术世界的假象。这些材料的组建展现了作品的结构模式、表现手法和作者的叙事特色，而这才是作品的灵魂所在。

格鲁兹杰夫反对毫无节制地追求形式层面的创新。无论是所谓的"崭新的、鲜活的语言"，还是机械地将旧词汇同臆造的新词汇相结合，并不能从根本上解决问题。形式主义是作为俄国未来主义理论奠基人的角色登上历史舞台的。未来主义对形式的过度迷恋、追求标新立异在很大程度上就是文艺理论上的俄国形式主义。赫列勃尼科夫、马雅可夫斯基、克鲁乔内赫等未来主义诗人通过拆分韵脚、创造新词、转移重音等方式使语言变得晦涩难懂。但俄国未来主义所为人诟病之处也在于此，作为什克洛夫斯基最为推崇的未来主义诗人之一，"马雅可夫斯基跟其他同仁一样，起初迷恋形式，追求'让资产阶级大惊失色'，但随着时间的推移、社会生活的变化和影响，这样的迷恋和追求在他的作品中明显地逐渐退居次要地位，他对艺术的作用和社会使命的看法也趋于明确"。[1]可见，早期形式主义理论是有较为明显的缺陷的。而格鲁兹杰夫没有将形式与内容相对立，避免了形式内容二元论。他认同形式主义所提出的"词语不必局限于本身的涵义""不必一定反映现实生活和事物"等观点，但对于形式主义过度关注形式手法，从而导致虚无的观念是无法接受的。格鲁兹杰夫尝试在社会历史批评与形式主义批评之间寻找一个折中点，既要克服传统文学批评偏

---

[1] 张杰、汪介之：《20世纪俄罗斯文学批评史》，译林出版社2000年版，第441页。

重于内容而忽视了对形式的关注，又要避免过于迷恋形式的极端化。

格鲁兹杰夫的"面具"理论，作为具体问题的细化研究在当时苏俄文坛引起不小的轰动。巴赫金曾高度评价了格鲁兹杰夫关于面具的文章，认为他的理论在当时文艺学领域是一种重要的革新。[1]

格鲁兹杰夫的面具理论在叙事学领域具有相当大的价值，它否认了当时文艺学界所谓的"讲述者无用论"，对讲述人的角色进行定义、分类并研究了其存在的形态。此外，格鲁兹杰夫受到形式主义理论影响，但他却具有独到的文学批评见解，不完全囿于形式主义学者们的固有观念，以其批评实践、理论探索丰富和拓宽了形式主义批评理论的视角，此实属难能可贵。应该说，格鲁兹杰夫的相关研究比西方结构主义者早半个世纪研究了叙述者与作者之间的差异，对巴赫金的小说理论以及维诺格拉多夫的文艺理论都产生过一些影响。此外格鲁兹杰夫还是苏联时期最主要的高尔基传记作者之一。其撰写的《高尔基的生活与奇遇》《高尔基传》具有较高的学术与参考价值。

---

[1] Колышкина, Н. И., *Беседы В. Д. Дувакина с М. М. Бахтиным*, М.: Издательская группа «Прогресс», 1996, С. 189.

第二章　隆茨浪漫主义戏剧理论

隆茨不仅是一位小说家、剧作家，而且是一位颇有建树的文学理论家和戏剧批评家，是"谢拉皮翁兄弟"团体诗学美学的主要构建者。隆茨在1919—1923年之间写了11篇批评文章，其中两篇为宣言性质：《为什么我们是谢拉皮翁兄弟？》《向西去！》；5篇涉及各类戏剧具体问题：《关于反讽小说的戏剧改编问题》《孩子的笑》《导演的创作》《列米佐夫的戏剧》《马里沃式风格》；1篇辩论性文章：《关于意识形态与政论》，还有3篇剧评，分别评论了萧伯纳的《康蒂妲》、莱蒙托夫的《假面舞会》和莎士比亚的《奥赛罗》。在与高尔基及楚科夫斯基等人的通信以及自己出版物的序言和后记中亦能零星表现隆茨的戏剧观点。因为隆茨在"谢拉皮翁兄弟"中的特殊地位，因此我们将隆茨的这11篇文章拿出来单独做一个梳理，总结出其主要的戏剧诗学理念，为后来研究者提供一个必要的参考。

第一节　隆茨与现代俄国戏剧

隆茨的戏剧思想与俄罗斯当代戏剧理论发展及个人经历密切相关。其戏剧思想的来源主要是两方面：一是来自俄罗斯当代剧作家、文艺理论家勃洛克、卢那察尔斯基、高尔基、什克洛夫斯基等人的直接影响；二是德国狂飙突进运动和法国浪漫主义戏剧大师席勒和雨果的影响。

隆茨与什克洛夫斯基、高尔基有直接的交集。什克洛夫斯基算得上是隆茨的伯乐。正是什克洛夫斯基最早注意到隆茨的才华，将他引荐到世界文学出版社下设的翻译培训班，引荐给"谢拉皮翁兄弟"文学团体，并对他的戏剧《超越法律》和《猿猴来了！》给予了较高的评价。隆茨对什克洛夫斯基的学识非常钦佩，他认为什克洛夫斯基是一位出色的文艺理论家，他的形式主义文学观、创作观和文艺自由观对隆茨产生了较大的影响。但是什克洛夫斯基的戏剧观点并未得到隆茨的呼应。隆茨认为，什克洛夫斯基在《马步》中谈到的一些戏剧观点仅限于非戏剧家之间，什克洛夫斯基只是文学理论家，他关注的只是戏剧文本。他并没有丰富的戏剧理论储备及实践，只是立足于文艺理论之上对戏剧进行评论，并不专业。在隆茨看来，什克洛夫斯基对戏剧的表演体系理解尤为欠缺，他理解的戏剧只是文本，而戏剧实则是表演的艺术，两者不能一概而论。

高尔基是19—20世纪之交影响深远的俄罗斯戏剧大家之一，20世纪俄罗斯剧坛上最璀璨的明珠。但毫无疑问，高尔基的戏剧创作思想并非是一成不变的。世纪之交发生了许多重大历史事件，1905年革命，1917年两次革命，随后的社会制度更迭，俄罗斯国内战争，随着社会历史的发展，高尔基的戏剧风格和戏剧思想也逐渐发生变化。高尔基的戏剧作品反映出他对俄罗斯社会发展与民族性、底层民众与十月革命、知识分子与民众等重大问题的深刻思考。1917年前后，高尔基的剧作主题发生嬗变，戏剧创作思想也随之不断转型与深化，大致体现出从底层苦难书写到知识分子批判、从知识分子批判到自由主义启蒙、从自由主义启蒙到社会民主主义探讨的路标转换。[①] 高尔基在革命后提倡浪漫主义的"英雄戏剧"，这种英雄戏剧呼吁将现实理想化，以忘记革命现实的悲剧日常。英雄戏剧

[①] 王树福：《高尔基剧作思想源流及发展论考》，《戏剧艺术》2013年第2期。

展现给观众的是英雄人物以骑士般的自我牺牲，珍爱自己的理想与丰功伟绩。这种戏剧可以唤起观众情感，轻易将人从日常剥离出来。在体裁上，从1910年起高尔基就开始关注情节剧，他的关注影响了隆茨。革命后高尔基这种情节剧等同于英雄悲剧。新时期的这种戏剧获得了不少人的呼应。卢那察尔斯基与高尔基此时的戏剧观便有不少相似之处。革命前后的高尔基是彼得格勒世界文学出版社的主要组织者与领导者之一，是隆茨所在的艺术之家"翻译培训班"的间接缔造者。高尔基与隆茨在1920年代初有不少通信，其创作观念对隆茨的戏剧思想产生了一定的影响。

　　卢那察尔斯基对革命后戏剧圈的直接影响甚至要重于高尔基。他是人民教育委员会分管戏剧的文化官员，他的戏剧观点直接影响了苏联戏剧的发展，他的文章《戏剧中的浪漫主义》《戏剧英雄化》等接近于勃洛克与高尔基对浪漫主义的理解。但卢那察尔斯基更倾向于在其中寻找其前景：即将其理解成革命艺术的一种风格，以最终达到崇高宏伟的现实主义。他不仅是个戏剧评论家，也是个剧作家，写了《浮士德与城市》《宰相与钳工》《人民》等戏剧。卢那察尔斯基把浪漫主义看成新革命艺术的一种风格，属于伟大而崇高的现实主义。1923年4月13日，卢那察尔斯基在小剧院以纪念奥斯特洛夫斯基百年诞辰为契机在自己的报告中提出了"回到奥斯特洛夫斯基"（Назад к Островскому）的口号，这些观点对隆茨也产生了影响。

　　同时代的俄罗斯戏剧理论家中对隆茨影响最大的是勃洛克。革命后的勃洛克是戏剧变革的拥护者，他主张戏剧价值的回归。勃洛克在1919年的一些文章里将浪漫主义艺术作品与古典主义连接起来，在他看来，崇高的悲剧是"我们时代迫切的食粮"[1]。勃洛克认为，俄罗斯当时的戏剧没有达到欧洲戏剧的水平，隆茨也持这一观点，这一观点甚至可以说是隆茨宣言性文章《向西去！》的基本出发点：正是因为没有达到西欧戏剧的水

---

[1] Блок, А. А., "Большой драматический театр в будущем сезоне", в кн.: А. А. Блок, *Собрание сочинений*, Т. 6. *Проза* 1918—1921. М. Л.: Гослитиздат, 1962, С. 347–348.

平，才需要向西方学习。勃洛克认为，格里鲍耶托夫和果戈理这样的天才作家及其悲剧顿悟在未来依然吸引着许多后辈，这点也得到了隆茨的回应。为此，革命后勃洛克帮助彼得格勒大戏剧剧院编排了大量莎士比亚、席勒、雨果等人的戏剧作品。勃洛克提出了与以往浪漫主义概念不同的见解。在《关于浪漫主义》一文中，他认为浪漫主义并不是不问世事的一种文学流派，并不完全是19世纪初那种强调抒情、情感与想象优于理智的写作方式。狭义上浪漫主义在欧洲文学发展史上常被描绘成这样：文艺复兴到18世纪中期欧洲各国文明都处在古典主义的桎梏之下，理性高于情感，但随着时间流逝，这种理性的力量消失，变为了虚假的古典主义。情感与感伤是当时反对这种虚假古典主义的反映，于是18世纪中期，感伤主义文学在欧洲盛行，首先发端于德国的狂飙突进运动，英国作家斯特恩的《感伤的旅行》也感染了整个西欧文学。19世纪初，感伤主义逐步让位于更有力量与深度的浪漫主义（狭义上）。这一浪潮缘起于法国大革命之影响，其思想影响了整个欧洲，随后德国的浪漫主义起到了领导的作用。狂飙突进运动与两大天才歌德与席勒的创作可以说是整个浪漫主义文学之前奏。施莱格尔兄弟、路德维希·蒂克、瓦肯罗德和诺瓦利斯等人在此过程中扮演了重要角色。但是这仅仅是文学史家与批评家们的观点，勃洛克在此提出了以下与众不同的看法：

（1）真正的浪漫主义绝不仅仅是一个文学流派，它努力成为一种新的感觉形式，一种体验生活的新方式。文学创新只是灵魂发生深刻变化的结果，灵魂不断年轻化，以一种新的方式看待世界，与旧世界的联系动摇了，充满了恐惧、焦虑、神秘的激情和一种未知的距离感，对世界灵魂的亲近则充满兴奋。

（2）真正的浪漫主义并非脱离生活。相反，他充满了对生活的无尽向往，生活以新的、深刻的感觉向他敞开怀抱，就像其他五种感觉一样清晰，却没有找到言语来表达。这种感觉是直接从狂飙突进运动的天才那里继承下来的。在《浮士德》中可以看到对理性的完全反对和对感性的偏好，但他们的继承者浪漫主义者并不拒绝理性。因此，浪漫主义者的"感觉与想象力高于理性"的特征似乎是不正确的，感觉高于思考力，但不高于理性。

（3）从浪漫主义的两个新发现的主要迹象中，可以看到这些浪漫主义不过是一种具有十倍力量的新生活方式，由此得出，浪漫主义作为文学流派的所有其他特征都是完全衍生的，即是次要的；只有它们的数目可以无限地相乘；对中世纪，对本国远古时期，对外国文学的渴望是浪漫主义所固有的，就像对其他所有时代，对人类活动的所有领域的渴望一样，在那里与世界建立新联系的愿望只得到明确体现。浪漫主义被定义为一种世界愿望，自然而然地传播到整个世界。①

勃洛克可以说完全重新定义了浪漫主义。在他看来，浪漫主义是一种新的看待世界的方式，一种世界的普遍愿景，浪漫主义是人类所有发展阶段中第六感约定俗成的标志，是人与诗歌的原始联系。②浪漫主义早在原始人类对生活的愿望中就有所体现了，之后被延伸为一种类似于乌托邦的永恒的愿景，贯穿整个人类历史。与浪漫主义相矛盾的古典主义只是"雄伟的平静时刻"，它的产生只是让这平静时刻延长。而其他文学史上约定俗成的所谓情感高于理性，注重抒情，刻画内心世界，描绘异域风光，追求怪诞奇景，在勃洛克看来都是次要的，第二性的。勃洛克这篇文章的结论也颇出人意料，他认为：一方面，欧洲戏剧直到现在也没有真正的浪漫主义传统（浪漫主义戏剧只是偶尔出现，总让位于其他戏剧）；另一方面，勃洛克提出了"伟大的现实主义风格"的界定，在他看来，其核心就是浪漫主义③。毋庸置疑，隆茨的戏剧观继承了勃洛克对当下戏剧

---

① Блок, А. А., "О романтизме, Собрание сочинений", в кн.: А. А. Блок, Собрание сочинений, Т. 6. Проза 1918—1921. М. Л.: Гослитиздат, 1962, С. 363 – 364.

② Блок, А. А., "О романтизме, Собрание сочинений", в кн.: А. А. Блок, Собрание сочинений, Т. 6. Проза 1918—1921. М. Л.: Гослитиздат, 1962, С. 363.

③ Блок, А. А., "О романтизме, Собрание сочинений", в кн.: А. А. Блок, Собрание сочинений, Т. 6. Проза 1918—1921. М. Л.: Гослитиздат, 1962, С. 363.

的基本判断，也接受了勃洛克对浪漫主义的理解。

值得关注的是，隆茨对现代主义戏剧大师梅耶荷德导演则是截然相反的态度，他认为梅耶荷德本人是戏剧大师，在戏剧舞台创新上无出其右。但隆茨对白银时代以来的戏剧舞台的革新浪潮却持有批判态度，他认为这些戏剧就是赤裸的炫技。在一次"奥斯特洛夫斯基戏剧比赛"中，隆茨认为参赛的19部戏剧没有一部是成功的，甚至连剧评也不例外。他决意要革新俄罗斯戏剧，向欧洲最好戏剧大师取经，莎士比亚、拉辛和雨果都是他创作的导师。遗憾的是，从文学史或者戏剧史来看，隆茨的许多戏剧观念或意图并没有被广泛认可及运用。他也没有将自己的所有创作手法与秘密完全与读者分享。

第二节　隆茨与西欧浪漫主义

但是，在隆茨的戏剧理论中有两个人的影响是显而易见的，那就是席勒和雨果。席勒和雨果是法国大革命之后戏剧运动的领袖，隆茨与他们一样，希望在十月革命之后成为俄罗斯戏剧领域的领袖。但是法国大革命与十月革命差别非常之大，其看待文化艺术发展的观念也是不一样的。作为狂飙突进运动的追随者，席勒和雨果给自己设置的定位就是成为艺术作品结构和思想上的创新者。因席勒和雨果的影响，隆茨也将自己定位为革命后俄罗斯戏剧的革新者。狂飙突进运动者们将戏剧看成是激情、英雄主义和高度紧张的舞台艺术的综合体，无论是雨果、席勒还是隆茨都赞成这一观点。当然，作为相差两个世纪的艺术家，隆茨对席勒的一些观点保持着相当的距离，比如在席勒《现代德国剧院》一文中，剧院被看成道德的机构，而不是一种文化活动中心。隆茨明显拒绝了席勒艺术道德化的倾向。席勒对隆茨的影响主要体现在有关人性的研究方面。此外，两者都对自己的作品进行阐释，且对戏剧上映的审查制度很不满。但是相对而言，隆茨更尊重鲜活的生活规则和人类活动自由规则，比席勒少了道德理论的束缚。从这个方面来说，隆茨更接近狂飙突进的主观心灵教育，反对道德规则与社会责任的束缚，以及对天才的崇拜的浪漫主义定律。

除了席勒之外，雨果的戏剧理论对隆茨影响更大。雨果宣扬的浪漫主义正是隆茨在革命后宣传并使用的艺术技巧；从文论风格上来说，隆茨几篇宣言式文章的语调就是在模仿雨果那篇著名的《克伦威尔》序言。比如雨果说："首先呼吁要剥落艺术门面上的旧石膏。什么规则，什么典范，都是不存在的。或者不如说，没有别的规则，只有翱翔于整个艺术之上的普遍自然规则，只有从每部作品特定的主题中产生出来的特殊法则。"① 隆茨与雨果一样，认为旧艺术具有虚伪的品味，所以必须对当今文学（戏剧）进行系统梳理。

隆茨与雨果都强调艺术作品的真实性原则。雨果认为："艺术的真实根本不是如有些人所说的那样是绝对的真实。"② "而是一面聚物的镜子……将他们积聚起来，把光变成色彩，把光彩变成光明。因此戏剧才为艺术所承认。"③ 与古典主义者不同，雨果认为艺术的真实不应该只在戏剧中表达崇高的东西，滑稽丑怪也是真实的一部分。崇高优美只是艺术的一面，滑稽丑怪是戏剧的相宜部分，而且是一种必须要素。④ 隆茨也认为滑稽丑怪是艺术高度的美的另一面，主张将其运用到戏剧之中。隆茨在创作中也践行了同样的艺术规则，他著名的独幕剧《猿猴来了！》中有一个关键性的角色便是小丑。但是在对待三一律的问题上，隆茨与法国浪漫主义者的看法不一，雨果认为戏剧三一律中，时间和空间的一致性是不必要的，把情节都塞进过道里和把时间都控制在一昼夜是艺术僵化的表现，这剪断了他们想象的翅膀，可以不必遵从，但情节的一致性是必要的。雨果

---

① ［法］雨果：《雨果文集》（第17卷），柳鸣九译，河北教育出版社1998年版，第64页。
② ［法］雨果：《雨果文集》（第17卷），柳鸣九译，河北教育出版社1998年版，第67页。
③ ［法］雨果：《雨果文集》（第17卷），柳鸣九译，河北教育出版社1998年版，第68页。
④ ［法］雨果：《雨果文集》（第17卷），柳鸣九译，河北教育出版社1998年版，第54页。

说:"因为这建立在心无二用的事实之上,也就是说人的眼睛和人的智力都不能同时把握两个以上的事物。"① 但隆茨的戏剧《超越法律》却恰恰证明了情节不一致的可能性,他的戏剧舞台上可以同时存在三条情节线。这是隆茨以戏剧创作实践对古典戏剧三一律发出挑战的最好证明。隆茨对三一律的抗拒是受到西班牙黄金时代戏剧思想的影响,那时的西班牙戏剧也同样面临着挣脱三一律桎梏的重大任务。

隆茨关于新文学以及文学自由的倡议也与雨果观点相似。当然,这并不完全来源于对雨果的继承,文学自由是革命后俄罗斯文学大环境使然,包括什克洛夫斯基等人在内的许多作家都有创作自由的要求。但雨果两百年前的那场艾那尼之战无疑给了隆茨范例与勇气。雨果在《艾那尼序》一文中说道:"文学上的自由主义和政治上的自由主义一样能够得到普遍的伸张。"② 隆茨也认为接受文学作品不应该考虑社会和政治上的观点,文学的存在只是因为他不能不存在,它有自身的规律与特性。从另一方面来说,隆茨的戏剧观也可视为雨果艺术观的发展和现代性阐释。

基于以上论点论据,我们认为隆茨接受了当代俄罗斯戏剧家勃洛克、卢那察尔斯基、高尔基等人及浪漫主义戏剧家席勒和雨果的戏剧思想,在此基础上形成了其对戏剧的独特看法。但是隆茨并不是机械地模仿和拿来主义,他有自己对俄罗斯戏剧本土化的独到思考。

第三节 隆茨的大众戏剧思想

隆茨的戏剧批评文章具有俄罗斯1920年代文本的明显特征:宣言性。1920年代在莫斯科和彼得格勒出现了林林总总几十家艺术创作团体,涵

---

① [法] 雨果:《雨果文集》(第17卷),柳鸣九译,河北教育出版社1998年版,第58页。
② [法] 雨果:《雨果文集》(第17卷),柳鸣九译,河北教育出版社1998年版,第100页。

盖文艺理论、诗歌、小说、绘画、电影等各个艺术层面，他们大都会出几篇剑拔弩张的宣言以宣示自己的存在。隆茨可以说是"谢拉皮翁兄弟"这一团体宣言的主要撰稿人，其犀利的文风、挑衅的言语以及才华横溢的论述使得"谢拉皮翁兄弟"这一团体很快便引起文坛的注意，同时也招致了大量论战。具有宣言性质的文章主要有《为什么我们是谢拉皮翁兄弟？》《关于意识形态与政论》《向西去!》，正如上文所说，这些文章受到了雨果《艾伦威尔序言》文风的影响，前两篇文章并未明显涉及戏剧，而是总体的艺术观。隆茨这几篇文章主要观点如下：

第一，每个作家都应有自己独立的个性，不应该成为一种纲领、口号或思想主张、美学主张的奴隶；第二，文学要强调艺术真实，遵从艺术的内在逻辑；第三，文学不能是功利的，文学如同生活一样，是没有目的，没有意义的，它之所以存在，只是因为它不能不存在；第四，文学的多元化，多样化，"每个人都有权把自己的房子漆成自己喜欢的颜色"。①

而在《关于意识形态与政论》这篇文章中，作者对宣言引起的争议进行了反驳，他再次强调了：第一，意识形态在艺术作品中不是一切，只是必要元素，小说没有准确明了的世界观有可能是完美的，但是如果小说只有赤裸的意识形态那将会是难以忍受的；第二，艺术不是政论，艺术有自身的规律。②

隆茨并不是为艺术而艺术的拥护者，也不完全否认意识形态，但他认识到艺术独立于政论之外，有自身规律，是非功利的、多元的。尊重艺术自身的规律，追求艺术的真实才能创作出好的作品，这几点主张在戏剧艺术上也是一样的。

隆茨戏剧理论的独创性尤其体现在《向西去!》一文中，他的观点颇

---

① Лунц, Л. Н., "Почему мы Серапионовы братья", в кн.: Л. Н. Лунц, *Литературное наследие*, М.: Научный Мир, 2007, С. 345 – 346.

② Лунц, Л. Н., "Почему мы Серапионовы братья", в кн.: Л. Н. Лунц, *Литературное наследие*, М.: Научный Мир, 2007, С. 347 – 348.

为惊世骇俗。他认为，俄罗斯戏剧不存在、没有也没存在过。仅有五到七部好的喜剧样板，不少好的日常正剧，一些已经被遗忘了。"伟大时代戏剧作家中总是能出现杰出人物，并形成一个流派。像英国、西班牙的16—17世纪，法国的18世纪。俄罗斯没有出现任何与此相似之处，甚至都不曾有过一部悲剧。"[1] 隆茨敏锐地指出了俄罗斯戏剧的弱点：剧作家们沉迷于反映沉重社会主题，迷恋心理独白，执着于描写日常生活画面，戏剧开场毫不引人入胜，情节布置也不见技巧。所以屠格涅夫、契诃夫和果戈理的戏剧只是适用于阅读的剧本，是为文本戏剧，而戏剧终究是要上舞台的，是舞台的艺术。隆茨由此找出了俄罗斯戏剧最大的敌人：心理主义和现实主义，认为它们是舞台艺术的大敌，会让整个舞台的节奏变得冗长且乏味。

俄罗斯戏剧的发展要远滞后于俄罗斯诗歌和小说的发展。在冯维辛之前俄罗斯戏剧几乎都在翻译和复刻西方戏剧、喜剧，本土化的戏剧剧本创作直到19世纪初期才出现。而19世纪俄罗斯戏剧受到俄罗斯文学整个一百年强大的现实主义传统影响，惯性一直持续到了20世纪初才有些许的变革。应该说19世纪的大作家们创作的剧本已经拥有了民族主义戏剧的底色，特别是奥斯特洛夫斯基之后。但整个19世纪在戏剧上获得成功的作家并不多，果戈理、格利鲍耶陀夫、奥斯特洛夫斯基、契诃夫等人的戏剧创作实验也为戏剧开辟了新的道路，同时也将小说中的日常生活与心理主义带入了剧本创作。在隆茨看来，这个传统使得俄罗斯戏剧沉闷不堪。

俄罗斯戏剧模仿西欧戏剧，意图掌握高超的舞台艺术，走一条与众不同的民族戏剧发展道路。从苏马罗科夫开始俄罗斯戏剧经历了曲折的模仿过程。隆茨将俄罗斯戏剧中掺入俄罗斯文学的强烈社会性导向的道路称

---

[1] Лунц, Л. Н., "На запад!", в кн.: Л. Н. Лунц, *Литературное наследие*, М.: Научный Мир, 2007, С. 351.

为：一种肥胖的、油腻的、外省的极度文盲的道路。① 尽管到了20世纪初，俄罗斯戏剧经历了象征主义者们的大胆实验，出现了一批优秀的作品。但隆茨依旧认为，俄罗斯戏剧的模仿之路远未结束，剧作家们未曾掌握西方戏剧的舞台力量，还需向他们学习（隆茨对当代的象征主义戏剧并不熟悉）。由此隆茨对在这条模仿之路上做出贡献的戏剧家：苏马罗科夫、阿泽洛夫、巴列沃伊、库卡里尼克等人致以崇高敬意，因为正是他们给俄罗斯戏剧带来了新的东西。与此同时，来自经典文学中的心理主义和现实主义传统则阻碍了俄罗斯戏剧的既有发展道路，终止了俄罗斯戏剧向西方学习的途径，导致俄罗斯戏剧无论在古典主义还是在浪漫主义戏剧上都未能达到西方的高度，所以隆茨在文中呼吁当代俄罗斯戏剧家向西方学习。

  隆茨很少提及同时代的知名戏剧家，如契诃夫、高尔基、安德烈耶夫等人。白银时代诸多戏剧也未能进入他的视野。20世纪前20年是俄罗斯戏剧最为繁荣的时代，各种新概念丛生，每一个流派都会有自己的戏剧观和戏剧实践，但隆茨并没有足够的时间和储备浸润其中，也没有过多参与到戏剧革新过程中来，他在1924年便英年早逝了。究其原因，除了隆茨个人身体的原因之外，还与隆茨的浪漫主义戏剧观和向西方学习的口号有关。高尔基、契诃夫等人的戏剧与隆茨的戏剧品味则是相悖的，所以这些当代作品隆茨未必全部读过，导致他在这些方面几乎未发表任何有价值的论断。

  在当代俄罗斯剧作家中，隆茨唯独对列米佐夫（1887—1957）情有独钟，列米佐夫在侨居之前与"谢拉皮翁兄弟"文学团体交往亲密，彼得堡普希金之家编撰的"谢拉皮翁兄弟"材料中甚至说列米佐夫是"谢拉皮翁兄弟"这一名字的首倡者。这在笔者看来并不可信，不过，有证

---

① Лунц, Л. Н., "На запад!", в кн.: Л. Н. Лунц, *Литературное наследие*, М.: Научный Мир, 2007, С. 352.

据证明列米佐夫给什克洛夫斯基取了一个"装甲车兄弟"的绰号。列米佐夫此人在文学史上也是颇具特色的人物，他沉迷神话世界不能自拔，在古罗斯神话空间里，他仿照共济会形式创造了一个神秘的"伟大而自由的猿猴议院"（Обезьянья Великая и Вольная Палата），这个想法源于1908年创造戏剧《关于犹太王子伊斯卡利奥特斯基的悲剧》。在1917—1921年，即饥饿的革命战争年代，列米佐夫给许多人颁发了猿猴勋章并授予职位和封号。据什克洛夫斯基回忆："列米佐夫按照俄国共济会的形式构想了猿猴汗国。勃洛克也曾加入其中，现在库兹明担任伟大而又自由的猿猴议院的音乐家，而格尔热宾——猴子们的教父，在猿猴汗国里任职并获得普通大公称号，这都是在饥饿的战争年代。我也参与了这个猴子的阴谋，并授予自己短尾巴猴子的职位。"[①] 列米佐夫这一爱好持续多年，从1908年颁发第一张猿猴勋章开始，到1950年间结束，在这一个孩子过家家般的游戏中将现实与想象力、文学创作结合起来，这一汗国的创始成员几乎囊括了当时彼得格勒和莫斯科文艺界最聪明的头脑。在这个虚构空间里他则给自己安排了一个秘书、书令史的位子。有学者将列米佐夫这一活动用象征主义"文化神话"来阐释，并认为此乃这一链条的必然终结。其实，大可不必如此，用形式主义者的术语来说，这其实就是简单的文学日常（литературный быт）。现实人物进入文学世界，或者在文学世界里描绘文学活动是1920年代文学的一大特点之一。比如什克洛夫斯基就把自己的人生过成了小说，他是布尔加科夫小说《白卫军》中的什波良斯基，是卡维林小说《爱吵架的人，或瓦西里耶夫岛之夜》中的涅克雷洛夫等等。列米佐夫的行为与此相似。

总而言之，列米佐夫的怪诞离奇的行为及其与"谢拉皮翁兄弟"的亲缘关系，使得隆茨注意到了他的戏剧。他还专门写了《关于列米佐夫

---

① Шкловский, В. Б., *Собрание сочинений в 3 томах*, Т. 1, М.: Художественная литература, С. 182.

戏剧》一文来评价他的戏剧,这非常罕见。在《向西去!》中隆茨对列米佐夫如此评价:"列米佐夫有民间语言与民间形象,属列斯科夫派却没有列斯科夫的情节。"① 这是隆茨是对列米佐夫小说特征的总结(非常精准,列米佐夫自1900年便开始收集民间故事与童话,并将其融入自己的创作中)。在《关于列米佐夫戏剧》这篇文章中,隆茨对列米佐夫的戏剧做了较细致的分析。隆茨认为列米佐夫的戏剧《关于乔治·赫拉布雷的行动》《关于犹太王子伊斯卡利奥特斯基的悲剧》(1908)非常严肃,这些可以引起知识分子观众的兴趣。隆茨对列米佐夫的欣赏更涉及文学戏剧创作技巧,列米佐夫的戏剧作品充满了对民间故事的戏仿,专注于情节、戏剧动态、喜剧状态,使用大量双关语及其他丰富情节戏剧性的手法。这也正是隆茨对列米佐夫产生兴趣的原因之一。隆茨对列米佐夫戏剧产生兴趣不是偶然的,他带有强烈的目的性:试图在分析戏剧的同时,指出列米佐夫作品中悲喜剧之间的兴趣关系,向大家展示什么样的剧目才算得上是人民戏剧。但是这种阐释有一个前提:在这个精英知识分子和普通民众的口味差距如此之大的时代,作家是在为哪个群体写作?从隆茨的《关于列米佐夫戏剧》这篇文章可以看出,他是站在普通民众与士兵的角度出发的,在这点上他的观点与莎士比亚、雨果等人的戏剧亦有相似之处:莎士比亚的戏剧在当时就是在环球剧场面向普通大众售票的(里边有大量的性暗示与粗俗语言,中译本对其做了删减),它们并非一开始就是如今外国文学史上的阳春白雪。而雨果在那场旷日持久的"艾那尼之战"中也强调戏剧的喜剧因素,试图打破古典主义悲剧桎梏,为戏剧注入新的活力。这也解释了为什么隆茨会忽略晦涩的象征主义和现代主义戏剧实验戏剧,却对戏剧的情节性与趣味性颇为关注。

  隆茨对以往俄罗斯悲剧评价较低,但对于喜剧却颇为赞赏,他认为可

---

① Лунц, Л. Н., "На запад!", в кн.: Л. Н. Лунц, *Литературное наследие*, М.: Научный Мир, 2007, С. 353.

以拯救俄罗斯戏剧的是且只能是俄罗斯的轻喜剧："我们舞台上唯一可以夸奖的就是俄罗斯的轻喜剧。"① 隆茨认为孩子那无忧无虑的率真的笑才是喜剧追求的效果，而不是成人世界那种思想、性格和道德。喜剧应该避免崇高思想和全人类意义这种没必要的包袱（这里有必要强调，隆茨并非反对意识形态，在他看来意识形态是不可能不存在的，只是它的存在要在合理的范围之内，不可将意识形态作为艺术评价的准绳，因为艺术、戏剧有自己的价值体现与评价标准）。隆茨在考察这一问题的时候列举的主要是知名剧作家作品中不被旧学派认可的、不受关注的那些作品。在《孩子的笑》这篇文章中，作者提到了柏拉图、埃庇卡摩斯、塞万提斯等人。在隆茨看来，塞万提斯作为一个幕间剧作者要比一个喜剧作家重要得多，他是戏剧《努曼西亚》的创作者，和其先辈洛佩·德·鲁埃达一样，他的那些短剧要比按照亚里士多德和贺拉斯规则写下的作品更重要。这个剧目单里还有勒萨日的喜剧，莫里哀被遗忘的喜剧《飞天医生》《可笑的女才子》《司卡班的诡计》以及契诃夫早年的小说。也就是说，文学史上那些基于意大利戏剧艺术、法国民族戏剧和俄罗斯丑剧的戏剧都不是具有全人类意义的作品样本，但它们毫无疑问都是优秀的喜剧。

　　隆茨与那些以莫里哀经典戏剧为样本的剧作家们展开了争论。他认为，丑剧和芭蕾相对于经典性格和道德喜剧来说是种不成熟的体裁。隆茨从勒萨日的《杜卡来先生》风格转到集市喜剧看出，剧作家大都会有纯滑稽的喜剧，他说道："尽管莫里哀首先是《无病呻吟》和《伪君子》的作者，但提到他们想到的肯定不是文学史学家们写的厚厚的注释，而是那些令人信服的角色。② 在这种情况下，隆茨得出结论：这些喜剧类型是全人类的，因为在舞台上总是随处可以见到他们，他们与先辈的文学传统相

---

① Лунц, Л. Н., "На запад!", в кн.: Л. Н. Лунц, *Литературное наследие*, М.: Научный Мир, 2007, С. 352.

② Лунц, Л. Н., "На запад!", в кн.: Л. Н. Лунц, *Литературное наследие*, М.: Научный Мир, 2007, С. 363.

关，无非是一成不变的面具，演员们表现出来的本质也是一样的，只是他们穿着不同的衣服，说着不一样的语言而已。这些面具在整个喜剧历史上反复重复，超越时间和民族。隆茨不赞成完全以社会功用观点来评价喜剧。如果单纯以这个标准来看的话，莎士比亚的《第十二夜》只是对清教徒伪善和不忍耐的讥笑。

为更具体阐释喜剧理论，隆茨引进了法国剧作家马里沃的创作风格。"Мариводож"这个词汇在当时的俄罗斯是没有的，作为一个术语被隆茨引进俄语中。法国戏剧里"马里沃式风格"指的是一个有趣、独特的角色，但是俄罗斯戏剧家并不熟知。根据隆茨本人的观察，这个术语反映了马里沃创作上的一个喜剧风格特点：那就是所有马里沃戏剧中的角色，从王子到仆人都毫无例外地讲着同一种喜剧的语言。与此同时，"马里沃式风格"是一个完整的概念：这是以主人公全部思想、感情和行动所进行的爱情游戏，戏剧中所有词组与表达，所有情节与故事都包含在这个爱情游戏中。马里沃的规则就是在他的戏剧中除爱情游戏之外没有任何的附带的母题，没有任何强行插入片段，没有任何不涉及主题的暗示。所有"马里沃式风格"作品都屈从于一个主题：爱情游戏。那些玩爱情游戏的人，不是与外部作斗争，而是与他们自己臆想的内部障碍作斗争。所以，在马里沃的戏剧中没有引人入胜的开场和情节，爱情永远也不会表现为胜利的激情或者倒塌在自己路上的障碍。舞台上的爱情缺乏激情对于隆茨来说是个缺点，但他的优点却是将整部戏剧集中于一个爱情游戏。[①] 隆茨对马里沃的评价应该是正面的："马里沃式风格"完全基于古希腊、罗马和法国喜剧范例之上（特别是莫里哀的喜剧），虽然作为一个戏剧创作者他在世及其逝世之后都没有出现比较出色的模仿者（除了博马舍），但毫无疑问，他的戏剧创作对后来的爱情戏剧有着重要的影响。

---

① Лунц, Л. Н., "Мариводаж", в кн.: Л. Н. Лунц, *Литературное наследие*, М.: Научный Мир, 2007, С. 374.

第四节　隆茨的表导演思想

　　隆茨对当代俄罗斯戏剧理论有较深刻的认识，他开创性地认为戏剧有四个主要创造者：作者，导演，演员和观众。他们之间的关系在当时的艺术理论上不仅没有被阐释，也没有研究者提供范式，更没有得到解决。这种四位一体的创作者观念远远超出当时的主流文艺观。在当时的艺术界，导演与观众扮演的角色是有限的，导演被认为单纯是演员的调度者和材料的管理者，剧作家创作好作品，导演无须对文本进行大规模改动（也无权对其大规模改动），而观众则完全处在创作者的范畴之外。隆茨认为，导演和剧作家之间的差别很大这个假设是不成立的，本质上两种创作差别并没有那么大，作者不可能在自己的创作中保持绝对的自由，导演也不是简单的调度者和管理者角色。恰恰相反，在戏剧成功与否这个问题上，很明显，导演的作用要比剧作家重要得多，所以在改编过程中导演的功力直接可以决定一部戏剧的生死。原则上来说，剧作家也绝非完全自由，他们被文学传统、文学品位以及戏剧习惯、套路缚住手脚。每出戏剧都会有意识或无意识地模仿经典或已有戏剧，没什么是完全新的（太阳下没有新鲜事，但创作手法可以出新）。他们首先模仿文学经典，学会创作技巧，然后加入时代之特征，对其进行重构。导演加工作家的作品，看起来好像是简单的管理者，但是作者本人也是在加工前辈们的材料，所以如果以前面的论点来看的话，戏剧家的角色也就是简单调度者的角色。[①] 由此隆茨发出了号召：赋予导演独立的地位。我们可以发现隆茨的观点已经无限接近于结构主义者，可以被认为是结构主义者的先驱。有别于形式主义者，

[①] Лунц, Л. Н., "Творчество режиссера", в кн.: Л. Н. Лунц, *Литературное наследие*, М.: Научный Мир, 2007, C. 367.

隆茨虽是谈论导演的艺术，但已经认识到文学中存在所谓的"影响的焦虑"（The Anxiety of Influence），美国耶鲁学派评论家哈罗德·布鲁姆在《影响的焦虑》一书中描述了后来诗人重估伟大诗人们作品中的主题、精神、创作手法等，并在其中寻找可发挥的余地，并希望以此来超越前辈。为摆脱前辈创作之影响，他们往往采取反抗性措施对待前辈诗作：有意误读、抵制重复、逆向崇高、死者回归等手段。布鲁姆如此形容这一过程："这是一种朝向个人化了的逆崇高运动，对前驱的崇高的反动，迟来的诗人伸开双臂接受这种他认为蕴含在前驱的诗中但并不属于前驱本人而是属于稍稍超越前驱的某一存在领域的力量。"① 隆茨虽只蜻蜓点水般提到戏剧创作者的创作过程，但很明显已经触及这一话题，如果再进一步说，便是创作中的互文及其阐释了。隆茨本人的戏剧创作也大量使用了戏仿和互文艺术。隆茨在这篇文章中的结论同样令人印象深刻：演员和导演的才华取决于戏剧工作中的创新程度，取决于对既有框架的克服的程度，取决于作家的才华与个性对文学流派所做的突破。

隆茨的两个剧评《莱蒙托夫的"假面舞会"》和《萧伯纳的"康蒂妲"》，认为这两场戏剧失败的主要责任在于导演，现存的这段对上演于亚历山大剧院的莱蒙托夫戏剧《假面舞会》做出了点评，他指出，梅耶荷德的前一个版本戏剧让彼得罗夫此剧相形见绌。另一个剧评对象是盖伊德布罗夫的巡演剧，演的是英国剧作家萧伯纳的《康蒂妲》。剧本得到隆茨的称赞，虽然作者认为这部与易卜生的《娜拉》题材相近的戏剧不是萧伯纳的最好作品，但毫无疑问，"萧伯纳是当今世界最好的戏剧家，也是唯一的"②。原因在于："他能使用自莎士比亚至易卜生之间的所有旧的材料，并将其运用到新形式中去，对于一个作家来说，驾驭日常生活与想

---

① ［美］哈罗德·布鲁姆：《影响的焦虑》，徐文博译，生活·读书·新知三联书店1992年版，第14页。

② Лунц, Л. Н., "Б. Шоу «Кандида»", в кн.: Л. Н. Лунц, *Литературное наследие*, М.: Научный Мир, 2007, С. 388.

象要远比思想重要且困难。"① 隆茨认为，萧伯纳就是当代的莎士比亚，他可以在自己的作品中将悲剧性与戏剧性巧妙地交织在一起。② 但这部剧隆茨认为是不成功的，原因就在于：导演擅长易卜生的戏剧，场景布置也跟易卜生戏剧一样，最致命的是，他没有明白剧中的反讽，第一幕的几个场次是好的，但越往后反讽越表现为心理主义。在隆茨看来，心理主义会让戏剧变坏。什曼诺夫斯基却尝试将其构思成一个心理动机，且构思得不好，手忙脚乱，太多多余的动作，太多心理的活动。③

演员的表演是隆茨评价戏剧成功与否的铁律之一，特别是喜剧。他认为喜剧不仅仅是文本艺术，还是表演的艺术，他极为看重舞台和表演效果，是舞台的忠实守护者。戏剧文本可以自洽，但那绝不是喜剧的全部。对于喜剧来说，成功的角色和观众的笑声才是评判喜剧在戏剧史上地位的标准。④ 彼得罗夫版本的《假面舞会》，除了导演控场力不足之外，演员的表演也是大问题，虽然演员有首都剧院应有的最高水准，但是一方面演员的精力都消耗在了与戏剧韵文作斗争，表现得破碎、矫揉造作，而另一方面戏剧现场表演杂乱无章且有不少疏忽。⑤ 隆茨关于莎士比亚《奥赛罗》的观点我们尚看不太清晰，因为这篇剧评缺失了第二页和第三页，但是总体上看，隆茨对于《奥赛罗》的演出是持批评态度的。他不允许拥有这样声誉的剧院演员却无法保证演出质量。主演尤里耶夫扮演的奥赛罗得到隆茨"难以忍受"的评价，他在自己的嫉妒中变得毫无节制，最

---

① Лунц, Л. Н., "Б. Шоу «Кандида»", в кн.: Л. Н. Лунц, *Литературное наследие*, М.: Научный Мир, 2007, С. 388.

② Лунц, Л. Н., "Б. Шоу «Кандида»", в кн.: Л. Н. Лунц, *Литературное наследие*, М.: Научный Мир, 2007, С. 388.

③ Лунц, Л. Н., "Б. Шоу «Кандида»", в кн.: Л. Н. Лунц, *Литературное наследие*, М.: Научный Мир, 2007, С. 388.

④ Лунц, Л. Н., "Детский смех", в кн.: Л. Н. Лунц, *Литературное наследие*, М.: Научный Мир, 2007, С. 363.

⑤ Лунц, Л. Н., "М. Ю. Лермонтов «Маскарад»", в кн.: Л. Н. Лунц, *Литературное наследие*, М.: Научный Мир, 2007, С. 406.

后几场在隆茨看来完全是令人疲倦且多余。黛丝狄蒙娜的扮演者安德烈耶娃的表演并不愚蠢，但是她尖细无助的嗓音无法与无节制的尤里耶夫构成和音。此外，蒙纳霍夫扮演的奥赛罗的侍从在隆茨看来也是不成功的：亚戈寒冷到可以流出冰水，如果真的这样表演的话，那么蒙纳霍夫的概念与勃洛克的概念将会截然不同。亚戈虽是黑暗势力的代表，但实际上外冷心热。隆茨对于《奥赛罗》的三个主演没有持否认态度，他们是三位非常好的演员，尽管他们三位在这场戏剧扮演中并未在状态上结合得很好。斯卡尔斯卡娅在《康蒂妲》中的表演非常好，因为她在台上能够沉默。①

　　在戏剧文本创作上，隆茨抛出了具体的问题，即如何改编讽刺小说，因为讽刺小说的道德观念是明确的，作者想用自己的作品嘲笑谁，想在作品的镜子中反映怎么样的时代、什么样的道德，这都是不难理解的。隆茨指出，工作中的困难与讽刺小说的结构相关：讽刺小说都是马赛克状的，都是对个别故事的串联，而单独的片段很难撑得起戏剧的整体性，即完整的戏剧情节。② 以往对果戈理《死魂灵》戏剧的改编都以独幕剧的形式上映，各幕之间互有联系。此外，小说改编另一个需要注意的问题在于：哪些片段是经得起改编的？因为讽刺小说是两种元素的结合：讽刺的因素和抓住观众的冒险元素。③ 这些元素并非永远处于和谐之中，比如，在小说《格列佛游记》中，有些片段是单纯的冒险，有些则是单纯的讽刺（格列佛与巨人国国王的对话）。斯威夫特小说的戏剧改编不可能不碰到以下的问题：通常的惯例是将讽刺的部分改编，传统认为这是作品的根本或本质，剩下的只是次要的布景。但如此一来，戏剧就丧失了情节和趣味性，

---

　　① Лунц, Л. Н., "Б. Шоу «Кандида»", в кн.: Л. Н. Лунц, *Литературное наследие*, М.: Научный Мир, 2007, С. 388.

　　② Лунц, Л. Н., "У. Шекспир «Отелло»", в кн.: Л. Н. Лунц, *Литературное наследие*, М.: Научный Мир, 2007, С. 407.

　　③ Лунц, Л. Н., "Об инсценировке сатирических романов", в кн.: Л. Н. Лунц, *Литературное наследие*, М.: Научный Мир, 2007, С. 361.

观众只看到道德劝谕性的对话，令人生厌且无聊至极。隆茨建议改编冒险片段，这样情节会更容易被凸显出来，有可能在发展中成为独立喜剧。隆茨认为，这样的戏剧改编虽会丧失一些东西，但是会是戏剧最好的选择。"到那时他们就失去自己反映时代的意义，但是我认为在各个方面来说塑造愉快的情节喜剧要比写无聊的非舞台道德剧要更有意义有趣得多。"[1]隆茨的结论几乎无可指责：他说因为马赛克式的情节，讽刺小说不是戏剧改编的肥沃土壤，纯讽刺几乎完全不适合改编。[2]

应该说，隆茨的戏剧既受到了1920年代戏剧理论的影响，又汲取了狂飙突进与席勒、雨果的戏剧理念，从而形成了自己独特的思想。首先，他认为俄罗斯戏剧发展受制于强大的社会心理因素影响，发展迟缓。俄罗斯没有好的悲剧，只有三五部好的喜剧，为向西方学习需要引入浪漫主义，增强情节性和趣味性。其次，隆茨戏剧思想在于创建人民戏剧，拒绝文评家过分强调道德教化，突出戏剧的可观赏性，喜剧要突出笑点；在戏剧的技术层面上，隆茨面对改编讽刺小说时着重改编冒险情节，而非将讽刺性部分拼贴起来；在戏剧的批评上，隆茨认为戏剧是表演艺术，戏剧能否成功表演是决定性因素之一。最后，在戏剧创作者观念来看，隆茨首次引入了导演、剧作家、观众、演员四者关系，演员和导演的才华标准取决于戏剧工作中的新颖程度，取决于对既有框架的克服的程度，取决于作家的才华和自身的个性在文学流派统治下所做的突破。

隆茨的戏剧创作思想与其所熟知的几门语言关系颇大，隆茨精通五门外语，所以他对西班牙、法国、英国等西欧戏剧及戏剧理论了如指掌。他的戏剧理论受到了国内勃洛克浪漫主义戏剧及高尔基英雄主义戏剧及西欧狂飙突进运动、浪漫主义戏剧理论的影响。席勒、雨果等浪漫主义戏剧大

---

[1] Лунц, Л. Н., "Об инсценировке сатирических романов", в кн.: Л. Н. Лунц, *Литературное наследие*, М.: Научный Мир, 2007, С. 361.

[2] Лунц, Л. Н., "Об инсценировке сатирических романов", в кн.: Л. Н. Лунц, *Литературное наследие*, М.: Научный Мир, 2007, С. 361.

师创作理念在其戏剧观的形成中扮演了重要角色。他主张创作自由，清算旧艺术；提倡向西方学习情节戏剧，掌握戏剧情节的处理技巧；呼吁戏剧创作注重受众（大众），提倡笑与情节；并提出了导演、剧作家、演员、观众四位一体的创作者观念，在 1920 年代可谓相当具有前瞻性。隆茨一生虽然短暂，但他以短暂的生命为我们留下了丰富的戏剧文学遗产。隆茨是具有世界眼光的戏剧家，他的作品也属于世界文学，在戏剧史上永远会有一个属于自己的地位。

结　　语

"谢拉皮翁兄弟"是1920年代苏俄文学进程的主要参与者之一。1920年代的苏俄文坛面临着与众不同的时代语境。一方面，革命战争依然侵袭着生活在这片大地上的人们，给他们带来灾难与不幸，饥饿寒冷困扰着作家们；另一方面，随着革命战争接近尾声，苏维埃政府开始收紧文化政策，原有的宽松自由的环境为一种新的文化生活方式所替代，这深深地影响了整个1920年代的文学发展进程。

在意识形态尚不严苛的1920年代初，苏俄文学踩着白银时代的尾巴获得了不亚于前者的繁荣景象，各种文学流派、小组和沙龙在两个都城遍地开花，"谢拉皮翁兄弟"便是其中最有意思的团体之一，也几乎是唯一的小说创作团体。"谢拉皮翁兄弟"是以一种特立独行的方式参与其中的：他们是一群文学的朝圣者，组建起一个松散的文学团体，保持着对文学的特有热忱，追求创作上的自由，继承经典文学创作技巧，将革命战争主题引入其中，成为苏联文学的第一批作家及其奠基人，其中大部分作家在苏联时期都成为大作家，甚至苏联最重要的文化官僚（费定、吉洪诺夫）。

"谢拉皮翁兄弟"这一团体受文学史上的阿尔扎马斯社及列米佐夫的"伟大而自由的猿猴大议院"影响，形成了别具一格的创作团体文化。从"谢拉皮翁兄弟"整个文学团体着眼，可以看出其组织形式具有聚与散的特征；其创作上有着承与创的精神内核；活动上则有着悲与欢的戏谑娱乐方式。"谢拉皮翁兄弟"团体组织松散，不设主席规章，靠着对文学的热爱聚在一起；在创作上以模仿经典作家走上创作道路，又试图在文学艺术上找到自己的发展道路，进行了大量文体、修辞及创作题材与方法上的创新。此外，"谢拉皮翁兄弟"团体每个人都有着自己的戏谑绰号（出于对女性的尊重，波隆斯卡娅没有绰号）。

对列宁格勒文学团体"谢拉皮翁兄弟"影响最大的无疑是扎米亚京、什克洛夫斯基和高尔基三人。高尔基革命之后将精力投向文学教育与出版事业，成立世界文学出版社并组建翻译培训班，这是文学团体得以成立的最直接原因。高尔基有意栽培新生代作家，鼓励他们创作，作为20世纪最伟大的作家之一，高尔基的创作、评论与书信直接影响了费定、弗谢·伊万诺夫等人的创作。什克洛夫斯基作为形式主义的代表人物，其文艺理论在年轻作家中很受欢迎，部分理论对隆茨、费定、卡维林早期的创作影响颇大。在文学培训班课程中最受欢迎的当属扎米亚京的小说创作技法课程，扎米亚京的小说技巧直接体现在了卡维林、隆茨、伊万诺夫、左琴科等人早年的小说之中。扎米亚京的许多文艺观念如"永恒革命"等思想对隆茨创作影响尤其深刻。

卡维林早年的小说具有很强的实验性，他极力模仿霍夫曼的创作技巧和创作主题，使得早年的创作中霍夫曼的技巧、形象如影随形，此外他还尝试了不同的实验技巧，将几何学理论引入小说创作和文本结构设置之中。其第一部小说《第十一条公理》即借用了罗巴切夫斯基几何学理论，使人耳目一新，这一创作技巧也在第一部小说《爱吵架的人》中被再次实践。在长篇小说创作中卡维林设置了现实人物原型为虚幻故事添加真实性，描绘了1920年代文学日常以及文艺争论。另外，小说的主题是创作，主人公是语文学家，运用蒙太奇、延宕等现代主义小说技巧，使得《爱吵架的人》这部语文体小说别具一格。

隆茨是"谢拉皮翁兄弟"中的天才戏剧家，他遗留下来的四部戏剧都带有强烈的实验性特征。《超越法律》这部戏剧与西班牙黄金时代戏剧有着紧密联系；《伯特兰·德·伯恩》则是一部法国中世纪题材诗剧，与但丁《神曲》有着结构上与人物形象上的关联性；《真理之城》是世界上第一部反乌托邦幻想戏剧，具有强烈的讽刺意味和《圣经》元素，但隆茨此时气力不足，仅构建出一个酋长制原始共和国，戏剧中的乌托邦构建借用了柏拉图《理想国》和马克思主义思想；《猿猴来了!》这部独幕剧是最早的元戏剧，这部一幕戏剧也同时在排演一部名为《密集的队列》的戏剧，是为戏剧中的戏剧。

弗谢·伊万诺夫1920年代的小说创作始终关注的是革命战争年代西伯利亚地区的革命形势和人民的生活状态。其笔下的主要人物大多是出身底层的革命者和游击队员。弗谢·伊万诺夫是苏联文学中这一题材的开拓者，他的创作直接影响了苏联战争文学的发展，但伊万诺夫具有独特的行文和修辞技巧，其系列游击小说是1920年代苏联装饰体风格小说的代表作。弗谢·伊万诺夫的西伯利亚系列小说也为20世纪下半期西伯利亚文学繁荣奠定了坚实的基础。

费定1920年代的小说创作经历了一个较为明显的转变过程。费定的第一本书《荒地》是其革命前人生阅历的写照，描写的都是革命前后外省乡村的生活状态与人物形象，技巧上模仿经典文学创作主题和创作手法，主题是逝去的时光。第二部小说《城与年》是现在公认的费定创作生涯所有小说中最好的一本，技巧上深受形式主义和装饰体风格小说的影响。1928年出版的小说《兄弟们》则预示着作者开始转向现实主义心理小说的创作。费定小说的政治与社会历史性开始加重，而艺术和审美性质开始减弱。

"谢拉皮翁兄弟"中有两位重要的文学批评家。格鲁兹杰夫是高尔基传记作家，曾专门研究小说创作中的面具理论，促进了整个理论的发展，比结构主义叙事学早半个世纪定义了"讲述人"，并对讲述者进行了归纳、分类和论证。格鲁兹杰夫将作者面具与作者形象区分开来，并对面具的实现方式进行了阐述。此外面具理论最初为形式主义者特尼扬诺夫、什克洛夫斯基、雅各布森所关注,格鲁兹杰夫在他们的研究基础之上进一步分析这一现象,促进了叙事学方面的发展。

隆茨是独到的戏剧理论家,他的理论受到了德国狂飙突进和浪漫主义者雨果、席勒的影响。在俄罗斯国内其戏剧理论则受到什克洛夫斯基、高尔基、勃洛克以及卢那察尔斯基的影响。隆茨注重发展大众戏剧,强调喜剧的重要性,他认为笑的意义要比意识形态教化更重要,并向大众介绍了马里沃式风格。在戏剧改编和创作上,隆茨坚持导演—演员—剧作家—观众四位一体的创作原则,几乎无限接近于结构主义者的观点。

综上所述,"谢拉皮翁兄弟"坚持创作自由,并身体力行进行小说、戏剧、诗歌等各文艺领域内的创新革命工作,对革命后的文学发展产生了至关重要的作用。"谢拉皮翁兄弟"在文学史上仅存在了不到十年的时间,他们是一群极度热爱文学的有才华的年轻人,以自己的天赋为苏联文学谱了一首优秀的开篇序曲。这个团体解散之后,作家们大都成长为优秀的苏联作家,并对后来的整个苏联文学产生了较大的影响。费定、卡维林、吉洪诺夫、左琴科等人均有一批模仿者,斯洛尼姆斯基甚至在创作上启蒙了安德烈·比托夫,故此我们可以称"谢拉皮翁兄弟"为苏联文学的先行者。

参考文献

一 中文文献

［俄］阿格诺索夫：《俄罗斯侨民文学史》，刘文飞等译，人民文学出版社1998年版。

［俄］阿格诺索夫主编：《20世纪俄罗斯文学》，凌建侯等译，中国人民大学出版社2000年版。

［俄］巴赫金：《巴赫金全集》，白春仁等译，河北教育出版社1998年版。

曹靖华：《曹靖华译著文集》（第五卷），北京大学出版社1992年版。

曹靖华主编：《俄苏文学史》（第二卷），河南教育出版社1992年版。

［法］茨维坦·托罗多夫主编：《俄国形式主义文论选》，蔡洪滨译，中国社会科学出版社1989年版。

［意］但丁：《神曲》，田德望译，人民文学出版社1997年版。

［德］恩格斯：《家庭、私有制和国家的起源》，载《马克思恩格斯选集》（第四卷），中共中央马克思恩格斯列宁斯大林著作编译局编译，人民出版社1995年版。

［俄］法捷耶夫等：《回忆高尔基》，伊信等译，人民文学出版社1958年版。

［俄］费定：《城与年》，曹靖华译，人民文学出版社2007年版。

［俄］费定：《城与年后记》，曹苏玲译，莫斯科国家文学出版社1952年版。

［俄］费定等：《苏联作家谈创作经验》，卢绍端等译，中国青年出版社1956年版。

［俄］费定：《弟兄们》，沈立中、根香译，上海文艺出版社1961年版。

［俄］费定：《一个早晨的故事》，靳戈译，《当代外国文学》1983年第1期。

［俄］弗谢·伊万诺夫：《幼儿》，曹靖华译，载《曹靖华译著文集》（第5卷），北京大学出版社1992年版。

［俄］伊凡诺夫：《会见高尔基》，孟虞人译，新文艺出版社1956年版。

［美］福斯特：《如何阅读一本小说》，梁笑译，南海出版公司2015年版。

［英］福斯特：《小说面面观》，冯涛译，人民文学出版社2009年版。

［俄］高尔基：《高尔基散文》，巴金、孟昌等译，浙江文艺出版社2003年版。

［美］哈罗德·布鲁姆：《影响的焦虑》，徐文博译，生活·读书·新知三联书店1992年版。

胡健生、陈晓红：《"戏中戏"艺术的登峰造极之作——试论皮兰德娄的怪诞剧〈六个寻找作者的剧中人〉；兼与莎士比亚之〈哈姆莱特〉比较》，《焦作大学学报》2004年第3期。

黄肖嘉：《反英雄》，高等教育出版社2016年版。

［俄］康·帕乌斯托夫斯基：《作家肖像》，陈方译，人民文学出版社2002年版。

［俄］柯根：《伟大的十年间文学》，沈端先译，南强书局1930年版。

［俄］科尔米洛夫等：《二十世纪俄罗斯文学史：20—90年代主要作家》，赵丹等译，南京大学出版社2017年版。

李凡辉：《早期苏联文艺界的形式主义理论》，《苏联文学》1983年第3期。

李懿：《俄国文学叙事样式：故事体研究》，《中国俄语教学》2016年第4期。

刘淼文、赵晓彬：《"谢拉皮翁兄弟"的文学继承性》，《俄罗斯文艺》2015

年第 3 期。

刘文飞：《苏联文学反思》，中国社会科学出版社 2005 年版。

刘彦顺：《涌动着的意义：论什克洛夫斯基文学思想中的时间性问题》，《文艺理论研究》2014 年第 5 期。

[俄] 隆茨：《竖琴》，鲁迅译，载《在沙漠上·鲁迅全集》（第 19 卷），人民文学出版社 1973 年版。

[俄] 隆茨、左琴科等：《谢拉皮翁兄弟自传》，大鹏译，《苏联文学》1986 年第 4 期。

鲁迅：《在沙漠上译者附识·鲁迅全集》（第 10 卷），人民文学出版社 2005 年版。

[西] 洛佩·德·维加：《洛佩·德·维加精选集》，朱景冬译，北京燕山出版社 2006 年版。

[德] 马克思、恩格斯：《共产党宣言》，中共中央马克思恩格斯列宁斯大林著作编译局编译，人民出版社 1997 年版。

[美] 马克·斯洛宁：《苏维埃俄罗斯文学》，浦立民、刘峰译，译文出版社 1983 年版。

[美] 马克·斯洛宁：《现代俄国文学史》，汤新楣译，人民文学出版社 2001 年版。

[俄] 马雅可夫斯基：《马雅可夫斯基选集》（第一卷，第四卷），余振等译，人民文学出版社 1987 年版。

钱善行：《论费定》，载中国社会科学院外文研究所苏联文学研究室编《苏联文学史论文集》，外语教学与研究出版社 1982 年版。

邱运华等：《19—20 世纪之交俄国马克思主义文学思想史论》，北京大学出版社 2006 年版。

[法] 热奈特：《叙事话语》，王文融译，中国社会科学出版社 1990 年版。

[俄] 什克洛夫斯基：《动物园·第三工厂》，赵晓彬、郑艳红译，四川文艺出版社 2016 年版。

［俄］什克洛夫斯基：《感伤的旅行》，杨玉波译，敦煌文艺出版社 2014 年版。

［俄］斯洛尼姆斯基等：《"谢拉皮翁兄弟"自传》，大鹏译，张捷校，《苏联文学》1986 年第 4 期。

［俄］托洛茨基：《文学与革命》，刘文飞、王景生等译，外国文学出版社 1992 年版。

［英］托马斯·卡莱尔：《论英雄、英雄崇拜和历史上的英雄业绩》，周祖达译，商务印书馆 2005 年版。

［俄］陀思妥耶夫斯基：《群魔》，娄自良译，上海译文出版社 2001 年版。

王树福：《高尔基剧作思想源流及发展论考》，《戏剧艺术》2013 年第 2 期。

［美］维尔纳·沃尔夫：《音乐—文学媒介间性与文学/小说的音乐化》，李雪梅译，《杭州师范大学学报》2014 年第 1 期。

徐乐：《西伯利亚苏维埃文学中的民族性与世界性》，《外国文学动态》2019 年第 2 期。

［俄］叶果林等：《高尔基与俄罗斯文学》，赵侃等译，新文艺出版社 1957 年版。

［俄］伊万诺夫：《铁甲列车 14—69》，戴望舒译，人民文学出版社 1958 年版。

［俄］伊万诺夫：《铁甲列车 14—69》，罗稷南译，生活·读书·新知三联书店 1950 年版。

［俄］伊万诺夫：《游击队员》，非琴译，河北教育出版社 2018 年版。

［法］雨果：《雨果文集》（第 17 卷），柳鸣九译，河北教育出版社 1997 年版。

［俄］扎米亚京：《明天》，闫洪波译，东方出版社 2000 年版。

张冰：《白银挽歌》，黑龙江人民出版社 2013 年版。

张冰：《陌生化诗学：俄国形式主义研究》，北京师范大学出版社 2000 年版。

张杰、汪介之:《20世纪俄罗斯文学批评史》,译林出版社2000年版。

张捷:《十月革命前后的文学流派》,上海译文出版社1998年版。

张煦:《第十一条公理的几何学原理》,载《俄罗斯文学多元视角:俄罗斯文学与艺术的跨学科研究国际学术研讨会议论文集》,浙江大学出版社2017年版。

张煦:《20世纪俄罗斯"文化神话"的终结之链——从列米佐夫的"猿猴议会"到"谢拉皮翁兄弟"》,《俄罗斯文艺》2017年第3期。

二 外文文献

(一) 英文文献

Abel, Lionel, *Metatheatre: A New View of Dramatic Form*, New York: Hill and Wang, 1963.

Gibbon, Peter H., *A Call to Heroism: Renewing America's Vision of Greatness*, New York: Atlantic Monthly Press, 2003.

Hornby, Richard, *Drama: Methdrama and Perception*, London: Associate University Press, 1986.

Katerina Clark, *The Soviet Novel: History as Ritual*, Chicago and London: The University of Chicago Press, 1981.

(二) 俄文文献

Архив А. М, Горького, *А. М. Горький и советская печать*, Кн. 2, М.: Наука, 1965.

Архив А. М, Горького, *Переписка А. М. Горького с И. А. Груздевым*, Т. 11, М.: ИМЛИ РАН, 1966.

Баранова, Н. Д., *М. Горький и советский писатель*, М.: Высшая школа, 1975.

Барахов, В. С., *Новый взгляд на М. Горького и его эпоха. Материалы и* исследования, М. : Наука, 1995.

Белая, Г. А., *Дон Кихоты 20-х годов: «Перевал» и судьба его идей*, М. : Советский писатель, 1989.

Белый, А., *Ветер с Кавказа*, М. : Круг, 1928.

Белый, А., *Серебряный голубь*, М. : Скорпион, 1910.

Березин, В. С., *Виктор Шкловский*, М. : Молодая гвардия, 2014.

Березина, А. М., *Русская литература 20 века: школы, направления, методы творческой работы*, СПб. : LOGOS, 2002.

Блок, А. А., "Большой драматический театр в будущем сезоне", в кн. : А. А. Блок, *Собрание сочинений*, Т. 6. *Проза 1918—1921*. М. Л. : Гослитиздат, 1962.

Блок, А. А., *Собрание сочинений*, Т. 12, Л. : Издательство писателей, 1936.

Ботникова, А. Б., *Э. Т. А. Гофман и русская литература*, Воронеж: ВГУ, 1977.

Брайнина, Б. Я., *Федин и Запад*, М: Советский писатель, 1980.

Браун, Я. В., "Десять странников в осяемое ничто", *Сибирские огни*, No. 1, 1924.

Бунин, И. А., "Окаянные дни", в кн. : И. А. Бунин, *Полное собрание сочинений в 13 томах*, Т. 6, М. : Воскресенье, 2006.

Вахтангов, Е., *Записки. Письма. Статьи*, Ленинград: Искусство, 1939.

Воронский, А. К., *Искусство видеть мир: Портреты*. Статьи, М. : Сов. писатель, 1987.

Горбунов, А. Б., *Серапионовы братья и Федин*, Иркуск: Восточно-Сибирское книжное издательство, 1976.

Горький, М., "Группа 'Серапионовы Братья'", в кн. : *Литературное наследство*, Т. 70. *Горький и советские писатели. Неизданная переписка*,

М. : Изд-во АН СССР, 1963.

Горький, М., "Литературное наследство", в кн. : И. С. Зильберштейн, Е. Б. Тагер, *Горький и советские писатели*, *Неизданная переписка Т. 70*. М. : Изд-во АН СССР, 1963.

Горький, М., Группа "Серапионовы братья", *Жизнь искусства*, No. 22, 1923.

Горький, М., *Литературное наследие*, Т. 70, М. : Изд-во АН СССР, 1963.

Горький, М., *М. Горький и советские писатели: Неизданная переписка*, М. : Издательство АН СССР, 1963.

Горький, М., *Собр. соч. в 30-ти т.*, Т. 29, М. : Гослитиздат, 1955.

Громова, А. В., "Мир цвета в повести Вс. Иванова «Цветные ветра»", *Вестник МГПУ*, No. 3, 2016.

Груздев, И. А., "*Лицо и маска*", в кн. : *Серапионовы братья: Заграничный альманах*, Берлин : Русское творчество, 1922.

Давыдова, Т. Т., Замятин и Серапионовы братья: из истории литературной учебы 1920. гг., *Литературная учеба*, 2009, No. 1, С. 102 – 133.

Зайдман, А. Д., *М. Горький и молодые прозаики содружества «Серапионовы братья» (1919—1927)*, Нижний Новгород : [б. и.], 2006.

Замятин, Е. И., *Новая русская проза*, М. : Книга, 1988.

Зильберштейн, И. С. и др., *Творчество Константина Федина: Статьи. Сообщения. Докум. материалы. Встречи с Фединым*, М. : Наука, 1966.

Зощенко, М. М., *Рассказы и фельетоны. Ранняя проза*, М. : Московский рабочий, 1988.

Иванов, Вс, *Голубые пески*, М. : Круг, 1925.

Иванов, Вс., *Собрание сочинений в 8 т. Т. 3*, М. : Государственное издательство художественной литературы, 1959.

Иванов, В. В., *Собрание сочинений в 8 томах*, Т. 1, М.: Государственное издательство художественной литературы, 1959.

Иванов, Т. В., *Писатель и человек: воспоминания современников*, М.: Советский писатель, 1970.

Каверин, В. А., "Пятый странник", в кн.: В. Андреев и др, Рассказы 20-х годов разных авторов, http://lib.web-malina.com/getbook.php?bid=295&page=1.

Каверин, В. А., "Серапионовы братья о себе", *Литературные записи*, No. 3, 1922.

Каверин, В. А., *Собрание сочинений в 8 томах*, Т. 7, М: Художественная литература, 1983.

Каверин, В. А., *Эпилог*, М.: Рабочий, 1989.

Каверин, В. А., *Вечерний день*, М.: Советский писатель, 1980.

Каверин, В. А., *Собеседник: воспоминания и портреты*, М.: Советский писатель, 1973.

Каверин, В. А., *Собрание сочинений в 8 томах*, Том 1, М.: Художественная литература, 1980.

Каверин, В. А., *Собрание сочинений: В 6 т. Т. 6*, М.: Художественная литература, 1963.

Каверин, В. А., *Эпилог*, М.: Эксмо, 2014.

Корнелия, И., *Лев Лунц, Брат-скоморох*, Белград: Белградский университет, 2011.

Кузнецов, С. А., *Современный толковый словарь русского языка: более 90000 слов и фразеологических выражений*, Российская акад. наук, Ин-т лингвистических исслед, СПб.: Норинт, 2007.

Кукушкина, Т. А., Обатнина Е. Р., *«Серапионовы братья» в собраниях пушкинского дома. Материалы. Исследования. Публикации*, СБП: Пушкинский дом РАН, 1998.

Купченко, Т. А., *Условная драма 1920—1950-х годов (Л. Лунц, В. Маяковский, Е. Шварц)*, Диссертация МГУ им. М. В. Ломоносова, 2005.

Лейдерман, Н., Липовецкий М., *Современная русская литература*, Книга 1, М.: УРСС, 2001.

Ленин, В. И., *Полное собрание сочинение*, Т. 24, М.: Изд-во политической литературы, 1973.

Летвитин, М., *Отрицание книги о Викторе Шкловским*, М.: Искусство-XXI век, 2019.

Луначарский, А., "Молодёжь и теория «стакана воды»", в кн.: А. Луначарский., *О быте*, Л.: Государственное издательство, 1927.

Лунц, Л. Н., "Детский смех", в кн.: Л. Н. Лунц, *Литературное наследие*, М.: Научный Мир, 2007.

Лунц, Л. Н., "Мариводаж", в кн.: Л. Н. Лунц, *Литературное наследие*, М.: Научный Мир, 2007.

Лунц, Л. Н., "М. Ю. Лермонтов «Маскарад»", в кн.: Л. Н. Лунц, *Литературное наследие*, М.: Научный Мир, 2007.

Лунц, Л. Н., "Родина и другие произведения", в кн.: Вайштейн, Иерусалим, 1981.

Лунц, Л. Н., *Литературное наследие*, М.: Научный Мир, 2007.

Лунц, Л. Н., "Б. Шоу «Кандида»", в кн.: Л. Н. Лунц, *Литературное наследие*, М.: Научный Мир, 2007.

Лунц, Л. Н., *Литературная студия дома искусств, Литературное наследие*, М.: Научный мир, 2007.

Лунц, Л. Н., *Литературное наследие*, М.: Новый мир, 2007.

Лунц, Л. Н., *Обезьяны идут!*, СПб.: Инапресс, 2003.

Набоков, В. В., *Лекции по зарубежной литературе*, СПб: АЗБУКА, 2014.

Неклюдова, О. , *К вопросу о влиянии немецкого экспрессионизма на прозу В. Каверина 1920-X гг*, VIII Майминские чтения, 2015.

Новикова, О. А. , Новиков В. И. , *Каверин: критический очерк.* М. : Советский писатель, 1986.

Оклянский, Ю. М. , *Константин Федин*, М. : Молодая гвардия, 1986.

Оклянский, Ю. М. , *Федин*, М. : Молодая гвардия, 1986.

Папкова, Е. А. , "Сибирская биография Всеволода Иванова", *Москва*, No. 12, 2013.

Папкова, Е. А. , *Книга Всеволода Иванова «Тайное тайных»: на перекрестке советской идеологии и национальной традиции*, М. : ИМЛИ РАН, 2012.

Петрицкая, И. С. , *Интермедиальность в русской литературе*, СПб. : Государственное бюджетное общеобразовательное учреждение гимназия, 2013.

Платон, *Собрание сочинений в 4 томах*, Т. 3, М. : Мысль, 1994.

Полонская, Е. А. , *Как и тридцать лет назад...*, М. : Писатель и человек, 1975.

Полонский, Вяч. , "Литературное движение октябрьского десятилетия", *Печать и революция*, No. 7, 1927.

Разумов, А. О. , Свердлов М. И. , "Шкловский-персонаж в прозе В. Каверина и Л. Гинзбург", *Вопросы литературы*, No. 5, 2004.

Резникова, Н. В. , *Огненная память. Воспоминания об Алексее Ремизове*, Berkeley, 1980.

Свердлов, М. , Разумова, А. , "Шкловский-персонаж в прозе В. Каверина и Л. Гинзбург", *Вопросы литературы*, No. 5, 2005.

Скандура, К. Л. , Гоголь и Каверин. Рим, 2006, http://www.domgogolya.ru/science/researches/1522/.

Скороспелова, Е. Б. , *Русская проза XX века: от А. Белого («Петербург»)* до Б. Пастернака («Доктор Живаго»), М. : ТЕИС, 2003.

Слонимский, М. Л. , *Завтра. Проза. Воспоминания*. Л. : Советский писатель, 1987.

Старосельская, Н. , *Каверин*, М. : Молодая гвардия, 2017.

Тамарченко, Д. Е. , *Путь к реализму*: *о творчестве Константина Федина*, Л. : Изд-во писателей в Ленинграде, 1934.

Томашевский, Б. В. , *Теория литературы, поэтика*, М. : ФЛИНТА, 2018.

Федин, К. А. , *Песьи души*, М. : Правда, 1981.

Федин, К. А. , *Братья*, М : Правда, 1981.

Федин, К. А. , *Горький среди нас*: *картины литературной жизни*, М : Советский писатель, 1977.

Фрезинский, Б. Я. , *Судьба Серапионов* (*Портреты и сюжеты*), СПб. : Академический проект, 2003.

Ханзен-Леве Оге А. , *Индермедиальность в русской культуре. От символизма к авангарду*, М. : РГГУ, 2016.

Хеллман, Бен. , *Предисловие "Серапионовы Братья: альманах 1921"*, СПб: ЛИМБУС ПРЕСС, 2012.

Чудакова, М. , Тоддес, Е. , *Альманах библиофила, Вып. X*, М. : Книга, 1982.

Чудакова, М. О. , Тоддес, Е. А. , *Прототипы одного романа. Альманах библиофила, Вып. X*, М. : Книга, 1982.

Чуковский, Н. К. , *Литературная воспоминания*. М. : Советский писатель, 1989.

Шагинян, М. С. , Серапионовы братья. В кн. : В. Я. Фрезинский, *Судьбы Серапионов*: *портреты и сюжеты*, СПБ. : Академический проект, 2003.

Шкловский, В. Б. , "Всеволод Иванов: Писатель и человек", в кн. : Т. В.

Иванов, *Воспоминания современников*, М.：Советский писатель, 1970.

Шкловский, В. Б., *Пять человек знакомых*, М.：Аки О-во Заккнига, 1927.

Шкловский, В. Б., *Собрание сочинений*, Т. 2. *Биография*, М.：Новое литературное обозрение, 2019.

Шкловский, В. Б., *Гамбургский счет*, М.：Советский писатель, 1990.

Шкловский, В. Б., *Сентиментальное путешествие*, М.：Новости, 1990.

Шкловский, В. Б., *Жили-были*, М.：Советский писатель, 1966.

Эйхенбаум, Б. М., *Мой временник*, *Художественная проза и избранные статьи*, СПб.：ИНАПРЕСС, 2001.

Эйхенбаум, Б. М., *О прозе*, Л.：Художественная литература, 1969.

后 记

"谢拉皮翁兄弟"成员除了几位作家（卡维林、左琴科、什克洛夫斯基）的作品目前还有人阅读之外，这个团体其他作家几乎已经没有读者了。他们进入过文学史，部分作家曾占据大量的篇幅，如今那个存在近一个世纪的庞然大物轰然倒塌已有三十年，话语与意识形态不断变化，曾经红极一时的作家们几乎都跌跌撞撞退出文学史。在俄罗斯如此，在中国亦如是，换句话说，这个文学团体早就过时了。但学术研究本无过时之说，研究者面临的只有执着与审慎，这本书便是审慎与执着的结果。我们也深切体验了一次"谢拉皮翁兄弟"相互打招呼的那几句话——"你好，兄弟，写作是非常困难的！"

或许这不是文学最好的时代，但我们仍有历史可以缅怀。我们的责任和义务就是使缅怀的历史更清晰一些，让当年住在彼得格勒艺术之家这艘"疯狂的轮船"上的年轻人都可以被我们知晓。虽然我们知道，这本书对此贡献仍是有限的，但也算尽了绵薄之力。本书原设想将所有"谢拉皮翁兄弟"成员创作进行详尽的阐释，但终究精力有限，写成了这本偏文学史一点的书，虽深度有限，但总还算真诚。

我们对"谢拉皮翁兄弟"感兴趣，最初是源于对该团体某种特征理想主义的想象与自我催眠。我们认为这个团体有明显的乌托邦气质：给各成员取个怪诞的绰号，写一些乖张偏执的宣言，为文学严肃认真地办些晚会，为不同的文学观点出手打骂。他们提出的主张与口号多有偏执，但不乏可爱之处。难能可贵之处在于他们对文学一片热忱，他们是革命年代里的文学朝圣者。换个角度来说，对"谢拉皮翁兄弟"的研究是我们时代对苏联文学反思的延续。这种反思伴随着那巨大怪兽解体便已开始，21世纪四分之一未过，反思远远没有结束。或许我们可以在这个小小的文学水滴里窥见些什么？

本书虽努力试图向读者展示"谢拉皮翁兄弟"成员创作与生活的全貌，奈何年代久远，资料难寻，能力有限，目前能做的仅有这些。波隆斯卡娅、吉洪诺夫、波兹涅尔三位诗人的诗歌作品未能纳入我们的研究，尼基京、斯洛尼姆斯基的作品也未能单独成章分析，这些不得不说是非常遗憾的。国内专家已做过左琴科、什克洛夫斯基的研究，有专著出版，此书不再单独专列一章叙述。

本书的撰写过程中参考了不少中外文资料，在此向所有的论文、专著作者、文学作品译者表示感谢。此外要特别感谢莫斯科大学斯卡拉斯别洛娃教授（Е. Б. Скороспелова）、嘉丽措娃副教授（Н. З. Кольцова）、莫尼索瓦副教授（И. Р. Монисова）、萨哈林国立大学伊孔尼科娃教授（Е. А. Иконникова）、阿穆尔共青城师范大学罗曼诺娃教授（Г. Р. Романова）等诸位俄罗斯文学专家帮忙收集资料、提供建议。

最后我们将引用一段什克洛夫斯基的话来结束这本书：我想和你们一起来看看，书是怎么写的，生活又是怎样的不可理解。不仅是诗人的生活，小说家的生活亦复如是。它之所以不可以理解，是因为我们对生活的理解只限于一些零散偶然的片段。我们似乎睡了觉，把一些事情睡了过去，而现在又要用这些偶然的片段来创造生活。写书大体上和我们的生活一样，写得很困难，有很多错误。同时这些错误，不是错误，是样品。

2020 年 12 月